Entrez dans l'Histoire…

Si, comme de nombreux Français, vous aimez les grandes fresques historiques, alors, la prestigieuse collection Grands Romans Historiques vous est destinée. Tous les deux mois, vous y découvrirez de palpitants récits tenant à la fois de l'épopée et du roman intimiste. Car sait-on, au juste, quel est le poids de l'amour dans les affaires d'Etat ? Cette ambiguïté fait tout le charme de ces romans qui nous entraînent dans le passé : on s'y retrouve — et on s'y perd. Au fil des siècles et des contrées, vous découvrirez les arcanes de la vie quotidienne au temps jadis, et revivrez les heures exquises où le galop des messagers emportait à la fois les édits du roi et les billets du cœur…

La responsable de collection

La comtesse des Highlands

ELAINE COFFMAN

La comtesse des Highlands

Grands Romans Historiques

éditions Harlequin

Cet ouvrage a été publié en langue anglaise
sous le titre :
LET ME BE YOUR HERO

Traduction française de
ENID BURNS

HARLEQUIN®

est une marque déposée du Groupe Harlequin
et Grands Romans Historiques® est une marque déposée d'Harlequin S.A.

Illustrations de couverture
Cours d'eau : © DARYL BENSON / MASTERFILE
Château : © JOHN LAWRENCE / GETTY IMAGES

83-85, boulevard Vincent-Auriol, 75013 PARIS — Tél. : 01 42 16 63 63
Service Lectrices — Tél. : 01 45 82 47 47
ISBN 2-280-10659-0 — ISSN 1637-0414

À cette époque...

Le jeune frère de l'héroïne de ce roman est victime d'un poison insidieux... Depuis l'origine des temps, le poison, secret par nature, hante les sociétés, s'insinue dans les maisons, se cache au fond des armoires, se tapit parmi les victuailles, se mêle à l'eau des puits, peuple les mauvais rêves... A l'occasion foudroyant, il sait aussi opérer si lentement qu'il devient insoupçonnable. Ainsi, en 1329, la comtesse Mahaut d'Artois — que la récente adaptation télévisée du roman de Maurice Druon, *Les Rois maudits*, a remise à l'honneur — succombe aux effets d'une poudre maléfique que Béatrice d'Hirson lui administrait. Plus tard, en 1675, naît la célèbre « affaire des poisons » : sous le règne de Louis XIV, la marquise de Brinvilliers avoue avoir empoisonné son père et ses frères à l'arsenic, un poison puissant également appelé de façon éloquente « poudre de succession ». A la suite de ses aveux, l'enquête de police démantèle un véritable réseau du crime et la liste des empoisonneurs s'allonge, justifiant la création d'une Cour qui ne sera dissoute qu'en 1682... Plus près de nous, Napoléon, décédé en 1821, aurait, selon une thèse récente, été empoisonné, tout comme l'actuel leader de l'opposition ukrainienne Viktor Iouchtchenko.

Dans la littérature aussi, les empoisonnements sont nombreux, le plus célèbre étant bien sûr celui de l'infortunée Emma Bovary qui, trahie par ses amants, se suicide en s'administrant de l'arsenic dérobé dans la pharmacie de son époux...

1.

Château Lennox, sur l'île d'Inchmurrin
Loch Lomond, Ecosse, 1741

On dit volontiers que les Ecossais ressemblent à leurs paysages.

Si cela était vrai, alors les quatre filles d'Alasdair, lord Errick, dix-huitième comte d'Errick et de Mains, eussent été aussi placides et calmes que les eaux lentes et tranquilles de la rivière Leven, dont le nom dérive précisément du gaélique *llevyn*, qui signifie *lent*.

Tel n'était pas le cas.

En vérité, les quatre jeunes filles du comte Alasdair n'évoquaient pas du tout la rivière qui serpentait paresseusement entre de molles collines avant d'aller se perdre dans le loch Lomond aux rives si belles. Elles rappelaient plutôt le paysage tourmenté des montagnes tailladées de gorges, qu'on trouvait à l'extrémité septentrionale du loch ; elles rappelaient les cascades tumultueuses et les cours d'eau impétueux que les poètes se sont tant plu à décrire.

Impétueux, le torrent tout juste né
Fracasse son berceau de rochers.

Les filles d'Alasdair révéraient la mémoire de Duncan, quatorzième comte, qui, en 1390, avait abandonné la forteresse de Balloch, sur la rivière Leven, pour s'installer dans le nouveau château qu'il avait fait construire sur l'île d'Inchmurrin, non seulement pour échapper à l'épidémie de peste qui ravageait alors le pays, mais aussi parce qu'il estimait cette place plus sûre en cas d'attaque. Il était loin d'imaginer que, presque quatre cents ans plus tard, ses lointaines descendantes le loueraient encore pour avoir choisi cette île, la plus belle, la plus grande, idéalement située dans la partie méridionale du loch, pour y construire le nouveau château Lennox.

Voilà pourquoi Alasdair, lord Errick, et sa famille vivaient là, à l'abri des murs fortifiés de leur immense maison. Voilà pourquoi ils ne quittaient guère leur beau domaine, leur chère île isolée du monde, qui s'appelait Inchmurrin.

En plus de ses quatre filles, Claire, quinze ans ; Kenna, quatorze ; Greer, treize ; Briana, la cadette de dix ans, le comte était aussi le père de trois fils : Breac, dix-neuf ans ; Ronaln, dix-sept ; Kendrew, douze. En ces temps troublés par les forfaitures, les complots et les meurtres, la progéniture du comte coulait une enfance heureuse dans le territoire d'Inchmurrin borné de tous côtés par les eaux. Protégés et choyés par leur père, le puissant comte et chef de l'antique clan Lennox, ces enfants ignoraient tout du monde et de ses perfidies.

Quand ils atteignirent l'âge adulte, les fils premiers-nés, Breac et Ronaln, commencèrent à quitter l'île pour accompagner le comte. Celui-ci s'appliquait particulièrement à l'éducation de son aîné Breac, seigneur en titre de Lennox, destiné à devenir un jour le dix-neuvième comte d'Errick et de Mains. Le comte ne négligeait pas pour autant Ronaln, il lui dispensait les enseignements qui feraient de lui un homme digne de ce nom.

Pendant ce temps, les filles du comte continuaient à mener une existence insouciante sur leur île enchanteresse, leur paradis de deux miles de long sur trois quarts de large qu'elles étaient libres d'explorer à leur guise sous les regards vigilants de leur gouvernante, Aggie Buchanan, et de Dermot MacFarlane, les deux personnages qui les accompagnaient en toutes circonstances.

Au moment où commence ce récit, elles étaient en train de se frayer un chemin dans les épais bosquets de rhododendrons qui poussaient autour de l'abbaye Saint-Murrin, fondée au VIIe siècle, et d'où l'île tout entière tirait son nom.

Il soufflait ce jour-là une petite brise fort agréable. L'épais feuillage filtrait la lumière. Un cerf qui buvait au bord du lac leva soudain la tête et l'eau ruissela de son museau. Il huma la brise pour la goûter puis se retourna et escalada lentement la rive escarpée à cet endroit. Quand il eut atteint l'endroit le plus élevé, il frappa le sol de son sabot et respira avec force, les narines frémissantes.

De nouveau, il donna de son sabot sur le sol. Il renifla avec bruit, baissa la tête et agita dans tous les sens ses bois encombrants, comme pour défier un ennemi invisible.

Les feuilles se mirent à bruire.

Une branche craqua.

De quelque part à l'intérieur de la pénombre qui régnait dans les buissons, partit un rire strident, et ce fut comme si les rhododendrons eux-mêmes eussent laissé éclater leur joie.

Trois jeunes filles apparurent, si hilares qu'on eût pu croire qu'elles avaient perdu la raison. Toutes vêtues des mêmes pèlerines vertes, elles sortirent des buissons et s'arrêtèrent. Une par une, elles repoussèrent leur capuchon sur leurs épaules et le soleil mit des flammes rouges dans leurs cheveux.

Briana, la plus jeune, posa ses mains sur ses hanches, comme elle l'avait vu faire très souvent à Aggie, et elle cria très fort :

— Claire ? Claire Lennox ? Tu es sourde ou quoi ?

— Non ! répondit une voix venue des profondeurs de l'ombre. Je me suis pris les cheveux dans les rhododendrons.

— Nous t'avions bien prévenue. Il ne fallait pas repousser ton capuchon ! dit Kenna.

— Par ma foi ! Je suis aussi entravée que ce chevalier qui avait voulu chevaucher l'hippogriffe afin de poursuivre les Atlantes, reprit Claire d'une voix pleine de hargne.

A cette déclaration succéda un tel raffut dans les buissons, ponctué d'exclamations rageuses, que Greer, ayant consulté ses sœurs du regard, crut bon de demander :

— Claire, as-tu besoin d'aide ?

Les feuillages s'agitèrent de plus belle.

— Aïe ! hurla Claire. Aïe ! A ce train-là, je n'aurai bientôt plus un cheveu sur le crâne. Aïe ! Je crois que ça y est, maintenant… Merci de me l'avoir proposé.

Les branches s'écartèrent et Claire Lennox apparut, la robe déchirée en douze endroits pour le moins, les cheveux défaits et emmêlés, pleins de brindilles de rhododendron.

Elle avait à peine rejoint ses sœurs que la gouvernante et Dermot arrivèrent au détour du chemin, suivis de trois chiens au pelage gris tacheté, qui s'appelaient Lord Duffus, MacTavish et Maddy. A ce moment, ces fins limiers captèrent l'odeur du cerf et s'éloignèrent à toute vitesse, en jetant déjà des abois vainqueurs.

Le cerf était un adulte habile à déjouer les dangers. Au lieu de prendre la fuite, il retourna dans le lac pour nager vers la rive occidentale. Les chiens ne voulurent pas abandonner la traque. A leur tour ils se jetèrent à l'eau. Mais Dermot les siffla et ils renoncèrent.

Toujours courant, toujours jappant, ils s'en revinrent. Lord Duffus, qui aimait tant Claire, s'arrêta près d'elle et s'assit à ses pieds pour poser sur elle le doux regard de ses yeux brun foncé. Elle lui sourit et lui adressa des paroles touchantes de tendresse, puis se mit à lui gratter le crâne entre les oreilles, sans pouvoir s'empêcher de sourire en lui voyant une expression presque euphorique. Y avait-il sur terre un autre chien capable de subir le grattage de crâne comme une expérience presque mystique ou de montrer un tel ravissement, une telle béatitude ? Il n'y en avait pas.

Tandis que Claire comblait les besoins d'affection de Lord Duffus, la gouvernante Aggie, après l'avoir examinée pendant un moment, laissa soudain tomber :

— Quel spectacle lamentable vous donnez, ma pauvre petite ! Il est heureux que votre père soit trop loin pour risquer de vous voir ainsi ! Lui qui tient tant à ce que vous deveniez une vraie dame et tout... Avez-vous oublié ce que je vous ai dit ? Une jeune fille digne de ce nom doit toujours se considérer comme une fleur et se conduire comme telle. Vous avez la peau claire et les cheveux blond roux de votre mère. Ne serait-ce que par égard pour elle, vous pourriez — que dis-je ? Vous devriez — avoir soin de vous.

Elle recula de quelques pas et enveloppa la jeune fille de son regard comme pour s'assurer qu'elle n'avait laissé échapper aucun élément sujet à la critique, et elle reprit :

— Tss-tss-tss... Et croyez-vous que vous donniez un bon exemple à vos petites sœurs ? Quand je pense que des idées aussi saugrenues germent dans la cervelle d'une fille de comte… son aînée de surcroît…

Claire sourit. La gouvernante s'emporta :

— Mais regardez-vous ! Comment voulez-vous que je vous enseigne les raffinements qui siéent à votre condition alors qu'on dirait que vous venez de passer la journée dans une porcherie ? D'abord, d'où venez-vous, ma fille ?

Délicatement, Claire se frotta le crâne avec la paume de sa main.

— Les rhododendrons m'ont retenue prisonnière, expliqua-t-elle. J'ai laissé la moitié de mes cheveux dans les branches.

Aggie se rapprocha pour commencer à lui retirer les brindilles et les feuilles accrochées à ses cheveux. Un peu radoucie, elle déclara :

— Eh bien, si vous avez laissé la moitié de vos cheveux dans les rhododendrons, vu ce qui vous reste, on peut dire que vous en aviez trop au départ.

Dermot, homme d'un naturel taciturne qui avait observé la scène en silence, demanda :

— Avez-vous été blessée, ma petite ?

— Non, répondit Claire ; j'ai un peu mal à la tête, mais ce n'est pas mortel, vous savez.

Elle souleva les plis de sa robe bleue pour prendre la mesure des dégâts et ajouta :

— Il semble que ma robe a atteint la fin de sa carrière aujourd'hui.

Il reprit :

— Vous devriez emprunter le chemin au lieu de vous enfoncer dans les buissons comme une sauvage. Je dois vous rappeler, moi aussi, que vous êtes la fille aînée de votre père et qu'en tant que telle, vous devez donner un excellent exemple à vos sœurs, ce qui est loin d'être le cas. Mme Buchanan a raison, je le sais bien, quand elle vous dit de vous souvenir à tout instant que vous êtes destinée à devenir une dame. Et puis, songez à l'âge que vous avez ! Il est bien fini, le temps des jeux et des jouets. Comment voulez-vous trouver un mari si vous continuez à vous conduire comme une enfant ?

Il n'échappa point à Claire que le brave homme fronçait ses sourcils qu'il avait gris et broussailleux, mais que ses yeux bleus brillaient d'amusement. Alors, ne voulant voir que ceux-ci et non ceux-là, elle décida qu'elle pouvait prendre l'affaire à la légère. Plongeant dans une révérence outrancière, elle déclara :

— Du fond du cœur je vous remercie pour vos avis si éclairés, Dermot MacFarlane, mais je ne pense pas que je trouverai mon futur mari sur les chemins d'Inchmurrin, chevauchant un blanc destrier. Il m'étonnerait qu'un homme vînt me courtiser en ces lieux ignorés du monde. Il n'y a aucun homme sur cette île, en dehors de mon père et de mes frères !

— Qui sait si votre mari ne viendra pas de la mer ? questionna Dermot, dont les yeux ne s'attachaient plus à Claire.

Il regardait derrière elle et ne souriait plus.

La jeune fille se retourna pour voir ce qui l'intriguait et elle vit une barque dans le loch, manœuvrée par trois rameurs, trois hommes qui n'étaient pas des Lennox. Elle se rembrunit, son regard devint menaçant. Elle demanda :

— Qui sont ces gens qui souquent ferme en direction d'Inchmurrin comme s'ils avaient reçu une invitation à y séjourner ?

D'un ton amusé, Dermot lui répondit :

— Si j'en juge par leurs plaids, je dirais que ces gens sont des Graham.

— Des Graham ? s'exclama Aggie. Voilà bien des années que nous ne les avons plus vus dans les parages. Pourquoi pensez-vous qu'ils viendraient nous rendre visite, après s'être faits si discrets pendant tout ce temps ?

— Cela a peut-être à voir avec le fait que le comte Graham n'est plus venu par ici depuis que son père est mort et qu'il est lui-même devenu lord Monleigh. Il a sans doute pensé qu'il était temps de venir visiter le château de Grahamstone, pour voir de ses yeux en quel état se trouvait la vieille bâtisse, au lieu de se contenter des comptes rendus de son intendant.

Le menton levé, le regard altier, Claire demanda d'un ton impérieux :

— Et où pensez-vous qu'il se rend, le comte Graham, lord Monleigh ?

— Je répondrais : au château Lennox, directement, à moins que je ne lui fasse savoir que nous nous trouvons par ici.

Cela dit, Dermot s'élança pour dévaler la pente qui conduisait au rivage.

Les Graham le virent. L'un des hommes leva les deux bras pour lui adresser de grands signes.

Dermot répondit de la même manière.

Changeant de trajectoire, la barque s'en vint vers lui.

Très haut dans le ciel, un autour poussa un cri strident. Les mains en visière au-dessus des yeux, Claire le chercha du regard et elle le suivit jusqu'à ce qu'il eût disparu derrière les cimes des arbres. Satisfaite, elle reporta sa curiosité sur la barque qui avait bien avancé pendant ce temps, qui se trouvait si proche, en vérité, qu'il devenait possible de distinguer les visages des trois hommes qui l'occupaient.

Elle se souvenait d'avoir vu Jamie Graham, une fois, avant qu'il ne devînt lord Monleigh. (Ainsi que la gouvernante l'avait fort bien rappelé, les membres de cette famille ne s'étaient plus manifestés depuis plusieurs années.) Claire se rappelait aussi que le jeune Jamie était venu avec son père, mais à cette époque elle avait à peu près l'âge de Briana et n'avait donc pas gardé de souvenirs plus précis.

Ayant décidé que Jamie était celui qui avait agité les bras, Claire se demanda qui étaient les deux autres ; des Graham, elle en avait la certitude, mais des frères de Jamie ou simplement des hommes du clan ? Voilà qui devrait être démêlé.

Après les avoir bien observés tous les trois, Claire sentit que son regard était attiré par l'un en particulier, celui qui tenait place à l'arrière de la barque et qui lui parut d'une beauté extraordinaire. Il la captivait déjà, il la fascinait. De l'endroit où elle se tenait, elle pouvait dire qu'il avait plus de quinze ans — son âge à elle — mais certainement moins de vingt. Il avait les cheveux aussi noirs que le fond d'une théière, si brillants que le soleil y allumait des flammes dorées. Elle se prit à espérer qu'il n'avait pas les yeux noirs, ni même bruns, mais bleus, d'un bleu aussi beau que les eaux profondes du loch.

Claire et ses sœurs entouraient Aggie. Toutes observaient la scène avec un grand intérêt. Elles virent Dermot entrer dans l'eau pour saisir la barque et la tirer, en même temps que les trois hommes sautaient par-dessus bord sans craindre de s'éclabousser, pour pousser.

Kenna s'approcha de Claire pour lui dire :

— Lord Monleigh est venu avec ses frères. Ils se ressemblent tous un peu. Ils sont très beaux mais moi, j'aime surtout celui qui est au milieu.

Chère Kenna, qui commençait à s'intéresser au charme des hommes ! Claire, émue, regretta que leur mère ne fût plus là pour assister à l'éveil sentimental de ses filles. Elle reporta son attention vers Briana et, le regard attaché aux boucles blond roux de la plus petite d'entre elles, éprouva un profond accès de tendresse pour celle-ci qui avait été privée des caresses de leur mère, morte trois jours après sa naissance.

— Dis-moi, Claire, demanda Kenna, lequel des trois frères préfères-tu ?

Claire essaya d'imaginer ce que leur mère eût répondu à une telle question.

— N'enchaîne pas ton cœur trop vite. Tu as encore beaucoup de temps avant de choisir un homme parmi tous ceux qui se trouvent sur terre.

— Dois-je comprendre que tu ne n'intéresses à aucun des trois qui nous arrivent là ?

— Pas le moins du monde ! déclara Claire, d'un ton péremptoire.

Pourtant, elle ne quittait pas du regard celui qu'elle avait choisi en secret. Elle n'ignorait pas qu'il devait s'en rendre compte et elle savait qu'elle avait un comportement assez audacieux pour une jeune fille, mais dans la vie, ne fallait-il pas, parfois, savoir transgresser un peu les règles du savoir-vivre ?

— Mais, Claire...

— Kenna, tu es trop jeune pour parler des hommes et de tout ce qui s'ensuit.

Kenna plissa les yeux.

— Tout ce qui s'ensuit ? Qu'est-ce que cela signifie ?

Claire haussa les épaules. Kenna insista. Il fallut donc expliquer, sans vraiment expliquer :

— Je veux dire : les hommes… et tout ce qui va avec.

— Qu'est-ce qui va avec ?

— Le romantisme…

— Je vois ce que tu veux dire : les baisers et tout ça ?

— Kenna Lennox, si ton père t'entendait parler de cette façon, il te ferait passer un mauvais quart d'heure. J'espère que tu en es consciente.

— Je sais bien, mais il n'est pas là pour le moment et ce n'est pas toi qui me dénonceras.

— Je te dénoncerai si tu ne t'arrêtes pas immédiatement.

— Je ne peux pourtant pas ignorer des évidences. Tu ne crois pas ?

— Je vais t'en signaler une, d'évidence : ces messieurs ne sont pas venus pour nous courtiser, et ils ne resteront pas assez longtemps pour que tu puisses en séduire un.

Kenna soupira.

— Je sais bien, mais quel dommage ! Il est si agréable de contempler un beau visage d'homme. Je me demande comment s'appelle celui que je préfère. Tu te rappelles les prénoms des frères de lord Monleigh ?

— Non, Jamie est le seul dont je me souvienne. Mais ne t'impatiente pas. Je pense que nous ne tarderons pas à savoir comment s'appellent les deux autres.

2.

Accapare-moi, emprisonne-moi, car moi,
Si tu ne me charmes pas, jamais je ne serai libre,
Chaste non plus, à moins que tu ne me soumettes à toi.

John DONNE (vers 1572-1631),
chapelain et poète anglais.
Sonnets sacrés

Claire et Kenna ne perdirent rien du spectacle que leur donnèrent les hommes tirant leur barque sur le rivage. Si Claire sursauta quand la quille racla les galets, elle n'en arracha pas pour autant son regard de l'homme qu'elle avait élu dans le secret de son cœur. Elle admira sa démarche souple dans l'eau, elle devina le jeu de ses muscles sous ses vêtements trempés.

Il était plaisant à regarder, ce bel exemple de ce que pouvait être un homme dans sa prime jeunesse. Fort bien habillé, il portait une chemise de lin blanc et un pantalon de tartan, ainsi que le plaid porté par le marquis de Montrose, au XVIIe siècle, quand il était monté à l'échafaud.

Les deux autres hommes portaient le plaid bleu ordinaire des Graham.

Dermot conversa avec le trio pendant quelques minutes. Claire le connaissait assez pour savoir que non seulement il admirait les Graham, mais qu'il les aimait, expression d'un sentiment assez peu ordinaire chez lui qui se montrait aussi difficile en amitié que ne l'était Lord Duffus. Ses faveurs, il les accordait avec parcimonie.

Le cœur de Claire se mit à battre plus fort quand les trois hommes, ayant éclaté de rire, s'avancèrent vers les demoiselles. Etant l'aînée, elle serait présentée la première. Ses paumes devenaient moites. C'était la première fois qu'elle expérimentait ce désagrément, de même que, pour la première fois de sa vie aussi, elle sentait son cœur battre plus fort et plus vite à l'approche d'un homme… mais était-ce un désagrément ?

Soudain elle se rappela qu'elle n'avait rien d'une demoiselle distinguée. Comment eût-elle pu prétendre à cette qualification, avec sa robe déchirée et ses cheveux défaits dans lesquels subsistaient des brindilles et quelques feuilles, souvenirs de son odyssée dans les bosquets de rhododendrons ?

Elle connaissait les usages. En l'absence de son père et de ses frères, c'était à elle qu'il incombait d'accueillir les Graham avec tous les raffinements de la politesse.

Elle n'ignorait pas non plus que les Graham appartenaient à un clan très ancien et très honorable, dont l'ancêtre tutélaire était Gramus lui-même, un chef calédonien qui s'était rendu fameux en combattant les envahisseurs romains. Très souvent elle avait entendu son père lui narrer les prouesses de ces guerriers, qui tous méritaient de se voir décerner le titre de braves. Leur acharnement dans les batailles était légendaire. Des Graham avaient trouvé la mort auprès de Robert le Bruce, d'autres aux côtés de Guillaume Wallace.

Avec une telle ascendance, Jamie, lord Monleigh, n'était pas un seigneur de médiocre importance. La noblesse écossaise le tenait en haute estime malgré sa relative jeunesse. Non seulement il jouissait déjà du respect de ses pairs et de tous les hommes de son clan, mais le peuple lui-même le révérait presque à l'égal d'un demi-dieu. On demandait son avis, on implorait son jugement parce qu'il avait la réputation d'être honnête et bon.

Il faut signaler enfin que les Lennox et les Graham étaient amis et alliés depuis plusieurs générations, au point que le même sang circulait dans les veines des membres appartenant à l'un et l'autre clan.

— Claire, dit Dermot, vous souvenez-vous de lord Monleigh, qui nous rendit visite, voici quelques années ?

Elle nota que le jeune homme avait une allure pleine de noble fierté mais qu'il n'en posait pas moins, sur elle, un regard plein de bienveillance par quoi il lui signifiait qu'il ne voulait pas l'accabler de son importance.

— Oui, je me rappelle, dit-elle. Je me rappelle très bien, même si Sa Seigneurie a beaucoup grandi depuis ce temps lointain. Je ne pense pas que, de votre côté, vous vous souvenez de moi, milord. Quoi qu'il en soit, c'est à moi qu'il revient, en l'absence de mon père, de vous accueillir, ainsi que les vôtres, sur notre île d'Inchmurrin et dans notre château Lennox.

— Lady Claire, je vous remercie de votre accueil si gracieux. Puis-je vous dire que vous mésestimez ma mémoire ? Car je me rappelle très bien, moi aussi, notre première rencontre. Comment pourrais-je ne pas m'en souvenir, d'ailleurs, après avoir été le témoin du coup de poing magistral que vous donnâtes dans l'œil du fils du shérif ? Il faut dire que ce petit malheureux avait eu la mauvaise idée de pousser votre sœur dans la boue !

Tandis que les éclats de rire retentissaient autour d'elle, Claire eut conscience que son visage s'empourprait violemment, qu'il devenait aussi rouge, et plus rouge même, s'il était possible, que ses cheveux. Seigneur Dieu, elle n'avait pas oublié cet incident, mais elle n'avait plus du tout souvenance qu'il fût arrivé si longtemps auparavant, un jour que les Graham séjournaient à Inchmurrin.

Elle se rappelait aussi, avec précision, de l'admonestation subséquente que lui avait administrée son père, ainsi que de l'interdiction de monter son poney, pendant un mois, qui avait sanctionné l'affaire. La punition décidée, cependant, Claire avait entendu son père lui déclarer :

— D'un autre côté, je ne crois pas avoir jamais vu personne, homme ou femme, capable de délivrer un coup de poing aussi précis. Peut-être aurais-tu pu être un garçon, Claire. Le jeune Lachlan aura pendant quelque temps un œil au beurre noir qu'il lui sera impossible de dissimuler et il devra bien en expliquer la cause. Je crains que tu ne viennes de te faire un ennemi pour la vie, ma chère enfant, car ce garçon ne pardonnera jamais à une fille de l'avoir battu à plate couture.

— Surtout que je suis de deux ans plus jeune que lui, avait-elle ajouté, toute fière.

— Je préférerais que tu ne t'en réjouisses pas trop, Claire, et surtout que tu n'en tires pas un encouragement à renouveler ce genre d'exploit. Maintenant, viens ici et donne-moi un baiser. La cause est entendue.

Les souvenirs se dissipant tandis que la rougeur de

son visage s'atténuait, Claire revint à la conversation en cours.

Monleigh souriait encore. Il demanda à Dermot s'il avait assisté à ce coup de poing qui méritait de rester dans les annales.

— Certainement, répondit Dermot avec enthousiasme. J'ai très bien vu que la jeune demoiselle avait touché le chenapan sur la joue et que son poing avait glissé jusque dans l'œil.

Monleigh se remit à rire et se tourna vers ses frères pour expliquer :

— Le pauvre garçon est tombé les quatre fers en l'air. Quand nous sommes arrivés près de lui, il avait le regard vitreux et les membres tout mous.

— Faut-il comprendre qu'il avait sombré dans l'inconscience ? demanda celui qui avait les yeux les plus bleus, les plus beaux, ainsi que Claire l'avait espéré.

— Mais oui. Précisons que son malaise n'a pas duré très longtemps, assez cependant pour manifester à tous que la jeune demoiselle avait les arguments qu'il fallait pour se faire entendre et respecter des garçons.

Puis Monleigh se tourna de nouveau vers Claire. Les yeux brillant de gaieté, il demanda :

— Dites-moi : Lachlan Sinclair vous a-t-il pardonné ce coup de poing ?

— Non. Il a juré qu'il se vengerait un jour, et ce jour n'est pas encore arrivé. Il n'a rien oublié, il m'en veut toujours.

Monleigh se rappela alors qu'il n'avait pas encore présenté ses frères. Il pria qu'on voulût bien l'excuser, puis répara cet oubli.

Claire entendit à peine le premier nom prononcé, Niall, mais quand Monleigh lui présenta Malcolm Graham, elle regretta, du fond de son cœur, d'avoir boxé Lachlan Sinclair, et sur la tombe de sa mère elle jura, *in petto*, que désormais elle consentirait d'immenses efforts pour se conduire comme une vraie demoiselle. Il est vrai qu'elle ajouta aussitôt ce codicille restrictif : *du moins, tant que Malcolm Graham circulera dans les parages...*

La conversation roula encore pendant quelque temps, fort animée, entre les frères Graham et les sœurs Lennox. Puis Claire proposa une invitation à dîner.

Ravi, Monleigh déclara :

— Du fond du cœur, nous vous remercions. Nous avions l'intention de nous rendre au château de Grahamstone depuis ici, afin d'y arriver avant la tombée de la nuit. Cependant, une telle invitation est difficile à refuser. Que dis-je ? Elle ne se refuse pas. Alors, que sont quelques miles de chevauchée nocturne, je vous le demande ? Qu'en dites-vous, mes frères ?

— J'adore chevaucher la nuit, répondit Niall.

Malcolm renchérit :

— Le prix à payer est modeste pour quelques heures de bonne conversation en compagnie de demoiselles aussi charmantes.

Tandis que tout ce monde prenait la direction du château, Kenna glissa à l'oreille de Claire :

— Crois-tu que de nos jours, un homme peut encore tomber amoureux d'une jeune fille au point de l'enlever ? C'est ainsi qu'on procédait dans les temps anciens, n'est-ce pas ?

— As-tu perdu la tête ? demanda Claire, horrifiée. Par le ciel, d'où te viennent ces idées saugrenues ?

— De l'endroit où tu les prends, Claire.

— Je ne crois pas avoir jamais proféré de telles insanités devant toi.

— Ce ne sont pas des insanités. Je crois que ce genre d'aventure peut encore se produire.

— Très bien ! Si cela peut te faire plaisir... Rêve donc, ma sœur. Caresse tes chimères.

— Je ne vois pas pourquoi tu t'énerves.

— Je ne m'énerve pas. Simplement, je ne comprends pas pourquoi ces idées bizarres te viennent tout d'un coup. Ce matin encore, tu allais très bien, tu parlais de façon sensée. Enfin, Kenna, réfléchis ! Pourquoi un homme voudrait-il t'enlever quand il lui suffit tout simplement de demander ta main à notre père ?

Kenna, soudain muette, parut tomber dans un abîme de réflexions.

— Alors, lui demanda Claire après un petit moment de silence, tu donnes ta langue au chat ? Tu n'as pas de réponse à me proposer ?

Kenna haussa les épaules et répondit, énigmatique :

— Pas aujourd'hui, mais je suis sûre qu'un jour je l'aurai, ma réponse.

Le château Lennox était bâti sur un promontoire rocheux, tout au bout de l'île, au sud-ouest. Protégé à l'est, du côté de l'intérieur des terres, par un fossé large et profond, il occupait une position avantageuse qui lui permettait de se prévenir contre d'éventuelles incursions venues de l'intérieur de l'île, tout en surveillant les allées et venues des bateaux sur le loch.

Ce château n'était pas aussi majestueux que tant d'autres construits beaucoup plus tard, car c'était une bâtisse conçue pour la défense, une véritable forteresse dont les murs n'avaient pas été élevés pour le plaisir de l'œil et l'accommodement de ses habitants.

Pourtant il ne manquait pas de séduction, avec son donjon à l'élégante architecture, ses tours carrées ou rondes, couvertes d'un toit pointu. Les vergers qui l'entouraient, tout le paysage de l'île en vérité et jusqu'au loch lui-même, lui conféraient un charme indicible, mystérieux, romantique en un mot.

Le bâtiment à usage d'habitation comportait deux étages. Ses murs de trois à quatre pieds d'épaisseur, construits avec la pierre du pays, étaient crénelés dans la plus pure tradition médiévale.

Au rez-de-chaussée on trouvait d'un côté les cuisines et les communs, les réserves et la blanchisserie, l'armurerie, bref toutes les pièces nécessaires au travail du personnel, ainsi que l'amorce d'un escalier en colimaçon donnant accès au donjon. De l'autre côté se situaient la grande salle à manger et une bibliothèque, que le comte utilisait comme cabinet de travail. Au bout du vestibule, immense, s'ouvrait une élégante porte, sous un arc gothique, qui conduisait aux jardins.

Deux escaliers conduisaient aux appartements de toute la famille et à un salon privé, au premier étage ; puis aux chambres du personnel.

Toutes les fenêtres des deux étages donnaient vue sur les magnifiques paysages qui s'étendaient au-delà du loch, paysages si tranquilles, si pacifiques qu'il était difficile de croire qu'ils avaient été bien souvent le lieu d'événements brutaux voire sauvages, au cours desquels plusieurs comtes Lennox avaient perdu la vie, en compagnie de maints membres de leur clan.

Aggie et Greer se retirèrent peu de temps après les présentations. Il incombait à la première de courir au château pour avertir les cuisiniers que des invités arrivaient à l'impromptu et qu'il s'agirait de les honorer d'un bon dîner.

Pendant ce temps, Claire, Kenna et Briana, pour rentrer, s'engagèrent dans un cheminement plus étroit et tellement plus pittoresque, tandis que Dermot accompagnait les messieurs qui retournaient à leur bateau qu'il fallait ramener au pied du château.

Les trois jeunes filles s'arrêtèrent à un moment où le chemin, sortant des buissons qu'elles affectionnaient, leur permettait d'embrasser la grève de galets blancs et gris. Elles écoutèrent un moment la chanson des petites vagues qui venaient lécher les rochers, tout en observant Dermot et les messieurs qui poussaient le bateau vers des eaux plus hautes avant d'y embarquer.

Claire nota, avec ravissement, que Malcolm Graham se mouvait avec autant de grâce qu'un bel animal. Puis elle soupira plusieurs fois. Elle se voyait incapable d'arracher son regard de ce jeune monsieur.

Ses soupirs, peut-être son regard aussi, attirèrent l'attention de Kenna, dont les yeux se chargèrent de suspicion.

— Tu ne m'avais pas dit que tu ne n'intéressais pas du tout aux hommes ? persifla-t-elle.

Claire ne répondit pas. Kenna insista.

— Claire, je t'ai parfaitement entendue déclarer que les hommes ne t'intéressaient pas le moins du monde.

— Où veux-tu en venir, Kenna ?

— Tu m'as grondée pour avoir dit que ceux-là étaient plaisants à regarder, et tout et tout.

— C'est vrai.

— Eh bien, tu es en train de faire la même chose, alors

que tu m'as certifié qu'ils ne t'intéressaient pas. Que réponds-tu à cela ?

— Que j'ai peut-être menti.

— Voilà qui te ressemble bien, Claire ! C'est d'ailleurs ce que je trouve si énervant, chez toi.

— Qu'est-ce qui t'énerve ? Que j'aie l'habitude de dire la vérité ?

— Oui ! Tu arrêtes toujours tout quand je suis prête à entrer dans une dispute avec toi et moi, je n'ai aucun moyen de me calmer.

— Tout ce que j'ai dit, c'est que j'avais menti.

— C'est cela ! Comment veux-tu que je te querelle, après de telles paroles ? Je ne peux pas te reprocher d'avoir menti puisque tu l'admets trop vite.

— Nous trouverons bien un autre sujet de dispute, je pense. Viens maintenant. Il nous faut vite regagner le château, si nous voulons y arriver avant ces messieurs. Il faut nous changer et nous arranger.

Elles se remirent en marche parmi les arbres et les arbustes, Claire la première. Kenna lui emboîta le pas et son menton haut, ses lèvres pincées disaient assez qu'elle était vraiment très énervée et qu'il faudrait bien qu'elle pût évacuer sa hargne, d'une manière ou d'une autre.

A un certain endroit, les feuillages s'éclaircissant, les jeunes filles aperçurent le bateau qui contournait le promontoire rocheux surgi des eaux profondes.

C'était le royaume de l'aubépine et du chèvrefeuille entremêlés, qui semblaient ainsi s'allier pour résister aux grandes fougères qui voulaient leur disputer la place. Sur le côté se trouvait une petite anse aux eaux calmes et claires, véritable miroir dans lequel se reflétait la beauté du paysage.

Un rire lointain troubla le silence comme un roulement

de tonnerre dans un ciel serein. En l'entendant, Claire se sentit soudain très malheureuse, sans comprendre d'où lui venait ce sentiment inconnu d'elle. Elle s'interrogea, chercha en elle.

Son père et ses frères étaient partis pour Stirling, la ville voisine, deux jours plus tôt et devaient rentrer dès le lendemain. Une si courte absence n'avait rien d'insupportable. Pourquoi, alors, cette tristesse inusitée ?

Claire se sentait si accablée par le destin qu'elle y réfléchit longuement avant de conclure qu'elle se sentait seule, tout simplement ; que son père et ses frères lui manquaient, ce qui n'avait rien d'étonnant.

Puis lui vint une pensée si horrible qu'elle crut défaillir. Et s'il lui était donné de voir son avenir ? Et si ce sentiment de solitude signifiait tout bonnement qu'elle était destinée à rester vieille fille jusqu'à la tombe où elle descendrait, toute ratatinée, sans avoir connu les joies légitimes de l'amour et du mariage ?

Cette perspective lui parut si terrifiante qu'elle voulut la chasser de son esprit. Elle murmura une courte prière puis s'appliqua à des idées plus roboratives. Elle évoqua les cheveux si noirs et les extraordinaires yeux bleus dont elle venait de faire la connaissance et qu'elle aurait tout loisir d'admirer au cours du dîner.

Elle ne savait peut-être pas ce qui avait causé son malaise, mais elle connaissait une excellente recette pour le guérir.

Malcolm Graham lui avait tiré l'œil, mais leurs relations en resteraient sans doute là, hélas, car avec ses frères, il séjournerait un certain temps au château de Grahamstone puis il s'en retournerait à Monleigh qui se trouvait si loin d'Inchmurrin, très loin, au bord de la mer du Nord.

Si, au moins, elle pouvait trouver un moyen de retenir les trois frères dans les parages, même pour une courte période, juste le temps, pour elle et pour Malcolm Graham, de faire connaissance et si possible de devenir proches, très proches l'un de l'autre…

3.

Oh ! Il m'apparaît que la reine Mab vous a rendu visite.
C'est elle, l'accoucheuse des fées...
En grand arroi elle galope nuit après nuit,
Elle traverse les cerveaux des amants et alors,
Ils rêvent d'amour.

William SHAKESPEARE (1564-1616),
poète et dramaturge anglais.
Roméo et Juliette (1595), acte 1, scène 4

Un excellent repas fut servi mais personne n'y prêta grande attention, car la soirée tirait l'essentiel de son charme des amis avec lesquels on la partageait.

La conversation allait bon train après le dîner, autour des bouteilles de vin, quand soudain une commotion formidable, dans une pièce adjacente, attira l'attention de Claire. Alarmée, elle se demanda quel incident avait provoqué ce bruit. Puis elle entendit un rire tout aussi tonitruant.

Personne ne riait comme son père et c'était bien dommage car lord Errick avait un rire extraordinaire, très communicatif. Quiconque l'entendait avait envie de s'approcher pour partager son hilarité, de peur de manquer un de ces merveilleux et miraculeux moments que la vie accorde avant tant de parcimonie.

Ce rire était d'autant plus fascinant pour Claire qu'il lui rappelait les plus beaux souvenirs de son enfance, quand, par exemple, elle entrait dans la bibliothèque pour interrompre le travail de son père. Riant aux éclats, il lui ouvrait les bras et la prenait sur ses genoux.

Le comte Lennox aimait rire. Il racontait souvent à sa fille l'histoire et l'origine du rire, il lui rappelait que le premier homme à rire avait été Adam lui-même, le jour qu'il avait tenu dans ses bras son fils premier-né. Son rire s'était fracassé sur les murs de la pièce où il se trouvait pour retomber sur le sol en millions et en millions de petits éclats. Alors Dieu avait envoyé ses anges pour ramasser ces miettes de joie afin d'en donner une, désormais, à chaque enfant qui viendrait au monde. Ainsi y avait-il toujours de la joie pour l'humanité.

Entendant ce rire, Claire se réjouit d'apprendre ainsi que son père et ses trois frères revenaient de Stirling un jour plus tôt que prévu. Dans la pièce d'à côté, le bruit allait augmentant, il devint proprement tonitruant. Puis la porte s'ouvrit et parut Alasdair, lord Errick qui entra dans la grand-salle.

Sa fascinante personnalité effaça toutes les autres. Majestueux dans sa veste vert bouteille à boutons d'étain et ses hautes bottes noires armées d'éperons, il ne pouvait qu'inspirer le respect et l'admiration.

Le sourire de Claire s'agrandit quand elle aperçut, derrière son père, ses trois frères si beaux avec leurs chevelures toutes plus rousses les unes que les autres. Suivie de ses sœurs, elle se précipita vers eux, Breac, Ronaln et Kendrew pour les accueillir avec des baisers et de douces paroles. Les quatre Lennox mâles se virent ainsi environnés par l'élément féminin de la famille, dans un concert d'exclamations et de rires.

Après bien des embrassades et des baisers, Alasdair, bras dessus bras dessous avec une de ses filles de chaque côté, put enfin saluer ses hôtes.

— Grand Dieu ! déclara-t-il avec enthousiasme, si j'avais deviné que vous vouliez venir nous visiter, Monleigh, j'aurais reporté mon voyage à Stirling. Depuis quand vous trouvez-vous ici ?

— Nous sommes arrivés cet après-midi, répondit Jamie. Nous sommes ravis de vous revoir, lord Errick. Vous souvenez-vous de mes frères, Malcolm et Niall ?

— Bien sûr, répondit le comte en même temps qu'il rendait leur liberté à ses filles. Je me souviens fort bien de vos frères, même s'ils étaient beaucoup plus petits la dernière fois que je les ai vus. Mais je vous en prie, Monleigh, appelez-moi Alasdair à l'instar de votre père. J'étais son hôte la nuit de votre naissance. C'est pourquoi je pense que nous pouvons nous dispenser de l'étiquette.

Tout sourires, Jamie repartit :

— Nous ne nous embarrassons pas non plus de tant de formalités. Vous me ferez donc plaisir en usant de mon prénom.

Alasdair échangea alors accolades et paroles de bienvenue avec chacun des deux premiers frères Graham mais, arrivé devant Malcolm, il lui dit :

— Par le sang-Dieu, Malcolm, vous êtes le portrait tout craché de votre père. Quelle ressemblance ! C'est bien simple, en entrant dans cette salle, j'ai d'abord cru que c'était lui que je revoyais. Mais je suppose qu'on vous l'a déjà dit plus d'une fois.

— Une fois ou deux, admit Malcolm. J'avoue que je ne me lasse pas d'entendre ce genre de compliment.

Alasdair se tourna ensuite vers Dermot.

— Voulez-vous commander qu'on nous apporte un peu de bière ?

Puis il s'adressa à ses fils.

— Asseyez-vous tous, installez-vous. Nous allons converser avec nos hôtes en vidant quelques pintes.

Quand tous eurent pris place, il reprit :

— C'est une banalité que de le dire, mais qu'il fait bon être de retour chez soi ! Je vous le déclare tout net : s'il ne tenait qu'à moi, je ne quitterais jamais mon île. Chaque fois que je rentre à la maison, je suis heureux de laisser derrière moi le monde et toutes ses méchancetés. Dès le moment où je descends du bateau, plus rien ne compte qu'Inchmurrin. A propos, ça va toujours aussi mal, à Stirling.

— J'ai cru comprendre que vous y étiez pour vos affaires et non pour votre plaisir, dit Jamie. Je m'y suis rendu moi-même, il y a quelque temps, et je peux dire que je fais mienne votre analyse de la situation qui règne là-bas.

— Pour affaires, oui, soupira le comte, et les pires des affaires. Affaires de famille, s'il faut tout vous dire. Je présume que vous vous souvenez de mon frère Guillaume ?

— Certainement. J'ai été désolé d'apprendre sa mort, voici deux ans, si je me souviens bien.

— Tout juste. Il laisse une veuve, Isabelle, qui est pour moi comme une épine dans le pied depuis que Guillaume a quitté cette terre.

— Isabelle..., murmura Malcolm. N'avait-elle pas été mariée une première fois ?

— Bien sûr, avec sir David McLennan. Ils ont eu un fils, Gilles.

Jamie reprit :

— Je ne connais pas cette dame personnellement, mais j'ai plus d'une fois entendu prononcer son nom. Il paraît qu'elle tient compagnie à lord Walter Ramsay. Euh... c'est ce qu'il me semble.

— Rien n'est plus vrai. Elle n'a pas attendu longtemps pour jeter son dévolu sur lui et ils sont comme cul et chemise... si vous voyez ce que je veux dire. A peine le corps de mon pauvre frère était-il mis en terre que lord Walter arrivait avec armes et bagages pour s'installer au château de Finlay dont la veuve héritait, en plus d'une jolie fortune. Il semble que tout cela ne suffise pas à satisfaire sa cupidité, qui est incommensurable.

— Laissez-vous entendre qu'elle vous réclame de l'argent ? s'enquit Niall.

— Et comment ! Elle en veut, elle en veut ! Elle a engagé les services d'un avocat qui s'est chargé de réclamer pour elle la moitié de tous mes biens, sous le prétexte que j'aurais frauduleusement capté la presque totalité de l'héritage venant de notre père.

Malcolm s'indigna.

— Sur quels principes se fonde une requête aussi étrange ? Je suis certain que les biens de votre père ont été répartis comme il se doit et vous, étant l'aîné, étiez tout à fait habilité à en recueillir la majeure partie.

Avant qu'Alasdair eût pu répondre, Jamie éclata de rire et donna un bon coup de coude dans les côtes de son frère. Il s'en expliqua ainsi :

— Malcolm a étudié le droit à Edimbourg pendant deux ans. Ne vous étonnez donc pas qu'il vous donne une petite consultation légale impromptu. Ces questions financières le passionnent.

Malcolm répliqua vivement :

— Ces questions financières me passionnent si bien qu'elles m'ont permis de gérer au mieux la fortune familiale et encore de l'accroître. Alors, je t'en prie, ne parle pas de mes compétences à la légère.

— Loin de moi l'idée de vouloir te blesser, répondit Jamie. Si tu as pu croire que je me moquais, je te prie de m'excuser car telle n'était pas mon intention.

Malcolm n'écoutait pas. Tourné vers Alasdair, il lui demanda avec empressement :

— Dites-m'en plus, je vous prie, au sujet de vos ennuis avec Isabelle Lennox. Quelles preuves apporte-t-elle pour soutenir sa requête ?

— Selon mon avocat, il ne s'agit pas d'une cause *prima facie*.

— Qu'est-ce donc qu'une cause *prima facie* ? voulut savoir Claire.

Malcolm donna les éclaircissements qui s'imposaient.

— Quand un tribunal doit juger d'une cause *prima facie*, il se contente d'une preuve qu'on lui apporte, et cette preuve emporte la décision si la partie adverse ne réussit pas à en prouver l'inanité.

Il demanda à Alasdair :

— De quelle preuve cette femme dispose-t-elle ?

— En vérité, elle n'a qu'un simulacre de preuve, un document légal que je suppose établi et signé par mon frère, dans lequel il prétendrait que, pour mon père, il était entendu que ses fils feraient deux parts égales de tous les biens n'étant pas spécifiquement attachés au titre nobiliaire. Il y déclare aussi qu'il existait autrefois un acte signé par notre père pour attester de ces dispositions, mais que cet acte a été détruit... par qui ? Par moi, bien sûr !

— Votre frère aurait-il pu rédiger et signer un tel document ? s'exclama Jamie. Je le croyais homme d'honneur et j'ai du mal à croire qu'il ait pu s'abaisser à de telles manœuvres.

— Il n'en a rien fait, déclara fermement Alasdair. Ce document est un faux, certes très habilement élaboré, mais dont le caractère inauthentique a été établi devant le tribunal, ce qui mettait fin à la procédure.

— Et Isabelle ? demanda Malcolm. La justice lui demandera-t-elle des comptes pour avoir menti et utilisé un faux à l'appui de sa cause ?

— Je ne le pense pas, car elle clame son innocence et prétend qu'elle ne connaissait pas le caractère fallacieux de son document. Elle dit l'avoir trouvé dans les papiers de mon frère après la mort de celui-ci. Mais il faudrait établir pourquoi il se serait donné la peine d'écrire cela pour elle. Il possédait beaucoup de terres et de numéraire, mais Isabelle est de celles qui ne sont jamais satisfaites de ce qu'elles ont. Toujours elle poussait son mari à acheter de plus grands châteaux parce que son ambition était de vivre comme une véritable reine.

A la fin de cette longue déclaration, Alasdair, accablé, but sa bière d'un trait.

Dans le profond silence qui s'ensuivit, un serviteur approcha pour remplir de nouveau les chopes ainsi que le verre de Kendrew car celui-ci préférait s'en tenir, comme ses sœurs, au vin allongé d'eau.

Après quelques minutes, Niall reposa sa chope et il s'exclama :

— La cupidité est un démon qu'il est difficile de chasser de son âme une fois qu'il s'y est installé.

— C'est vrai, admit Jamie. Tandis que nous travaillons honnêtement pour arrondir notre fortune, nous sommes entourés d'aigrefins qui cherchent le meilleur moyen de nous dépouiller.

Alasdair opina du chef et ajouta :

— Isabelle n'a aucune envie de chasser le démon qui a pris possession de son âme. Inutile de vous dire qu'elle a déjà dépensé tout l'argent que mon frère lui avait laissé. Elle a dû vendre trois châteaux, il ne lui en reste donc plus que deux. Elle commence à le tirer par la queue, son diable. En un mot comme en cent, elle apprend ce que c'est que d'avoir du mal à joindre les deux bouts et sa situation ira de mal en pis.

— Si je comprends bien, dit Breac, c'en est fini de votre différend avec elle ?

— Oui, répondit le comte, à moins qu'elle n'invente un nouveau stratagème de la même farine.

Malcolm lui accorda un regard plein de sympathie.

— Je voudrais pouvoir vous certifier que vous n'en entendrez plus parler, mais je sais par expérience que les gens de cette trempe ne lâchent pas prise aussi facilement. Croyez-moi, elle reviendra à la charge aussitôt qu'elle aura repris quelques forces et concocté un nouveau plan d'attaque.

— C'est bien ce que je crains, même si je l'ai vue contrite, pas plus tard qu'aujourd'hui.

— C'est parce qu'elle se trouvait exposée en public, affirma Breac. J'ai bien vu, moi, le regard qu'elle vous a jeté, père, quand nous nous sommes éloignés du tribunal. Elle vous hait, j'en suis certain. Elle souhaiterait ardemment votre mort que je n'en serais pas étonné.

En riant, Alasdair ébouriffa les cheveux blond roux de son fils et répondit :

— A quoi bon souhaiter ma mort, puisque j'ai un héritier, prêt à me succéder, le moment venu ?

— Cette femme est prête à tout pour arriver à ses fins, ajouta Ronaln. Elle est le diable en personne. Chaque fois qu'elle passe devant un arbre, je m'attends à le voir perdre toutes ses feuilles d'un seul coup !

Quelque part dans le château, quelqu'un dut ouvrir une porte, à ce moment-là, car un méchant courant d'air froid parcourut la grand-salle, faisant vaciller les flammes des chandelles et des flambeaux. Claire frissonna désagréablement et elle s'apprêtait à demander aux serviteurs de remédier au problème qui se résolut tout seul, d'un coup, aussi subitement qu'il s'était fait connaître. Tout rentra dans l'ordre.

— Eh bien ! murmura la jeune fille, quelle impression étrange ! On aurait cru, tout à coup, que le diable passait dans la maison.

— Il est passé ! déclara Breac, péremptoire. Croyez-vous que Lucifer soit content de nous entendre dire tant de mal de sa disciple Isabelle ?

Lucifer... A la mention du diable, Claire eut la chair de poule sur tout le corps. Les mots précédemment prononcés retentissaient de façon déplaisante dans sa tête. Elle savait certes que Breac n'avait voulu que railler et qu'il ne pensait pas réellement qu'Isabelle fût la disciple de Lucifer, mais tout de même, il valait mieux éviter certaines plaisanteries, surtout tard le soir.

— Que le diable emporte Isabelle et lord Walter aussi ! proclama Ronaln. Et qu'il prenne Gilles aussi, tant qu'il y est.

— Pourriez-vous me redire qui est Gilles ? demanda Niall.

— Le fils qu'Isabelle a eu de son premier mariage, expliqua Breac. Nous avons à peu près le même âge.

— Breac est tellement plus beau, affirma Ronaln.

Un immense éclat de rire salua cette nouvelle plaisanterie.

Tout en ne perdant rien de la conversation, Claire ne quittait pas Malcolm des yeux. Il lui plaisait de savoir qu'il l'avait remarquée, car il ne cessait de jeter des regards vers elle, très brefs et très discrets, qui pourtant n'avaient pas échappé à Kenna. La mâtine s'amusait à donner de petits coups de genou à sa sœur après chaque œillade reçue du beau Malcolm.

Claire ne pouvait dénier qu'elle se sentait invinciblement attiré par le jeune homme. Elle devait admettre qu'il l'avait intéressée dès son arrivée et qu'elle n'avait cessé de l'observer depuis ce moment. En vérité il la fascinait. Elle aimait les impressions et les sentiments qu'il lui inspirait chaque fois qu'elle reportait son regard sur lui.

Meilleurs encore étaient les sentiments et les impressions qu'elle sentait naître en elle quand c'était lui qui la regardait. Il fallait bien dire qu'elle s'était entichée de lui au premier coup d'œil. Elle s'enthousiasmait de savoir que cette attirance se partageait entre eux. Elle ne pouvait certes pas se tromper quand elle pensait lui plaire autant qu'il lui plaisait. Cela sautait aux yeux !

Claire regretta de ne pas avoir de mot pour définir ce gonflement de son cœur, de son esprit, de son âme... de tout son être en vérité. Elle se promit d'entamer des recherches lexicologiques sur ce sujet très important.

Après un blanc dans la conversation, le regard de Jamie, qui se trouvait à l'autre bout de la table, se posa sur Claire et ses sœurs assises l'une à côté de l'autre, et il déclara avec emphase :

— Par Dieu, Alasdair, vos filles sont toutes très belles et elles ne renient pas leurs origines celtiques. Il suffit de voir leurs cheveux flamboyants !

Reportant son regard sur les fils du comte, il ajouta :

— Ce que je dis s'applique à vos fils aussi, naturellement.

L'heureux père répliqua :

— Ils ont tous le tempérament celtique, ce dont je ne me félicite pas tous les jours.

Un éclat de rire général salua cette réponse pleine d'humour et de tendresse. Jamie souriait encore quand il reprit :

— Vous savez que vos filles sont presque à l'âge où tous les jeunes messieurs du voisinage commencent à se promener sous leurs fenêtres, tandis que les plus hardis se hasardent à frapper à votre porte. C'est là que vos véritables ennuis vont commencer, mon cher. Avez-vous déjà fiancé l'une d'elles ?

— Non. J'ai promis à leur mère que je ne le ferais pas. Je les laisserai suivre leurs inclinations et lier leur destin avec l'homme qui saura les séduire.

— Eh bien ! s'exclama Niall, ce n'est pas un discours qu'on a l'habitude d'entendre, mais qu'on reçoit avec grand plaisir.

— Et vous trois, où en êtes-vous de ce point de vue ? demanda Alasdair. Et tant que nous y sommes, donnez-moi des nouvelles de vos autres frères, ces vauriens qui s'appellent Calum, Bran et Tavish.

— N'oubliez pas Arabella, père, dit Claire.

Alasdair lui fit un clin d'œil.

— Ma fille, comment pourrais-je oublier Arabella ?

Alors, dites-moi, les Graham. Avez-vous célébré quelque mariage dont je n'aurais pas entendu parler ?

— Pas un.

— Pas de fiançailles non plus ?

— Non plus, indiqua Malcolm.

— Eh bien ! Jamie, mon garçon, ne serait-il pas temps pour vous de penser à prendre une épouse, afin d'assurer votre descendance et la transmission de votre titre ?

— C'est vrai, admit le jeune homme en souriant. Je puis vous avouer que j'y ai déjà bien souvent pensé, mais que je ne parviens pas à prendre une décision. C'est que, voyez-vous, il est très difficile de se marier. Comment peut-on se résoudre à choisir, parmi tant et tant de jeunes filles, toutes plus belles les unes que les autres ?

Les messieurs se mirent à rire de façon plus ou moins retenue. Embarrassée, Claire fixa son regard sur Malcolm Graham qui se trouvait juste en face d'elle, de l'autre côté de la table. Elle vit qu'il riait aussi, trop fort. Offusquée et déçue, elle se leva et déclara :

— Je vous prie de m'excuser, mais je me sens fatiguée...

Kenna lui donna un coup de pied dans le mollet, dont elle ne voulut pas tenir compte. Impavide, elle poursuivit :

— Je monte, donc. Permettez-moi de vous souhaiter une bonne nuit.

Jamie et ses frères se levèrent.

— Nous nous sommes déjà bien attardés, déclara-t-il. Je dirai, pour notre défense, que votre compagnie est trop agréable et que pour cette raison nous avons oublié les règles élémentaires de la civilité. Maintenant nous devons vous quitter, car nous avons encore une longue route à parcourir jusque chez nous.

— Si vous désirez dormir ici, répondit Alasdair, vous êtes les bienvenus.

— Nous vous remercions, reprit Jamie, mais il faut que vous sachiez encore que nous sommes attendus ce soir. Si nous nous faisons désirer trop longtemps, des patrouilles seront envoyées à notre recherche. Le devoir, vraiment, nous commande de partir, mais pas avant de vous avoir invités à Grahamstone, où doit se tenir dès demain une assemblée de la noblesse du voisinage. Nous devons discuter des vols de bétail qui se produisent un peu trop souvent depuis quelque temps. Avez-vous à en souffrir aussi, lord Alasdair ?

— Tout à fait, et il faut bien dire que ces vols se reproduisent à une cadence de plus en plus rapide. Je me rendrai donc à votre invitation et j'amènerai mes fils Breac et Ronaln avec moi.

Après les échanges de vœux pour la nuit et pour le voyage, les hommes sortirent pendant que les sœurs de Claire prenaient l'escalier pour monter dans leurs chambres.

Claire s'attarda dans la grand-salle. Elle tenait à souhaiter une bonne nuit à son père. Elle se promenait de long en large quand elle aperçut soudain les gants oubliés par Malcolm sur la table. Aussitôt elle s'en empara et s'élança vers la porte, qui s'ouvrit au moment où elle l'atteignait. Elle heurta Malcolm qui revenait.

— Aïe ! cria-t-elle.

Elle chancela mais Malcolm la retint et la plaqua contre lui. Le nez contre un bouton d'étain, elle reprit ses esprits puis leva la tête. Malcolm la regardait en souriant.

De tout près il lui parut encore plus beau. Elle songea, non sans un pincement au cœur, que les jeunes filles devaient le poursuivre de leurs assiduités, puis elle s'en voulut d'avoir des pensées aussi déplacées. En fait, non, elle ne s'en voulait pas. Elle souffrait réellement de savoir que ce beau jeune homme n'était pas pour elle.

— Normalement, une demoiselle ne court pas ainsi, lui fit-il remarquer, mais je ne vous adresserai aucun reproche car si vous aviez eu plus de retenue, je n'aurais pas maintenant le plaisir de vous tenir dans mes bras. La situation est loin d'être désagréable, si je puis me permettre de vous le dire. J'ajouterai même, au risque de vous paraître impertinent : quel dommage que vous soyez si jeune.

— Je ne suis pas si jeune que vous le pensez ! protesta-t-elle. J'ai quinze ans. D'ailleurs, vous ne paraissez pas si vieux vous-même. Voulez-vous me révéler votre âge ? A moins que vous ne soyez si chargé d'ans que vous ne puissiez vous le rappeler ?

Malcolm consentit à rire et répondit sans ambages :

— J'ai quatre ans de plus que vous, lady Claire… presque cinq.

— Alors, vous n'avez pas à faire la fine bouche en décrétant que je vous parais trop jeune. Ne vous en déplaise, je suis une femme.

— Inutile de le dire, jeune fille. C'est une des premières remarques que je me suis faites en vous voyant.

Troublée par cette assertion, troublée plus encore par la situation où elle se trouvait, Claire ne trouva pas de réponse appropriée.

Observant de tout près ce jeune homme qu'elle avait d'abord cru gentil, elle découvrit qu'elle avait commis une erreur de jugement. Il n'était pas gentil au sens que l'on donne d'ordinaire à cet adjectif, car il n'y avait rien en lui de mièvre ou d'anodin.

Sa haute taille, ses épaules larges, son menton énergique, ses pommettes hautes, son teint hâlé et ses yeux bleus comme l'acier démontraient l'homme énergique et sûr de lui, aimable certes, mais qui pouvait devenir très dangereux pour quiconque se hasarderait à le défier, et d'autant plus dangereux qu'il ne manquait pas d'esprit, un esprit dont il avait fait la preuve, plusieurs fois au cours de la soirée, quand, pour les besoins d'une conversation aimable, il avait multiplié les saillies et les bons mots.

— Où couriez-vous, belle demoiselle ? demanda-t-il sur un ton amusé. Aviez-vous l'intention de me donner un baiser d'adieu ?

— Vous n'y êtes pas du tout ! répliqua-t-elle. Comment osez-vous imaginer que je puisse avoir de telles pensées ? Il faut que vous soyez bien outrecuidant, ce que je n'avais pas pensé de vous jusqu'à ce moment.

— Et vous êtes bien outrecuidante pour oser me juger si vite ! Ne croyez-vous pas que nous sommes faits pour nous entendre ?

— Nous entendre, nous ? Qu'allez-vous encore imaginer ? Non, je n'ose y croire... Malcolm Graham, je vous le déclare tout net : on me donnerait les mines du roi Salomon pour forcer ma décision que je ne voudrais encore point de vous.

— Je n'en crois pas un mot, dit le jeune homme sans se départir de son grand sourire. Inutile de me faire cette tête maintenant, car j'ai bien vu la façon dont vous n'avez cessé de me dévisager tout au long de la soirée. Allons, reconnaissez-le !

— Vous ne vous êtes pas privé vous-même de me dévisager avec une insistance gênante.

— Oui, avec cette différence que moi, je le reconnais. Et pourquoi pas ? Il n'est pas étrange qu'un homme trouve du plaisir à admirer une jeune fille aussi jolie que vous, car vous êtes une très belle jeune fille, lady Claire Lennox. Quant à vous, ce n'est pas la dernière fois que vous me voyez.

— Ce serait folie de penser que je vais garder les yeux fixés sur le loch dans l'espoir de voir apparaître votre bateau, répliqua Claire, tâchant de paraître aussi détachée que possible.

— Vous ne tarderez pas à apprendre que je ne suis pas du genre à résister inutilement à la tentation.

Un baiser soudain suivit cette déclaration, baiser rapide qui surprit Claire mais lui donna tout loisir de sentir sur ses lèvres la chaleur des lèvres de Malcolm, lui donna aussi envie de l'enlacer pour l'attirer contre elle et ainsi prolonger le baiser. Hélas, Malcolm ne lui donna pas le loisir d'agir ainsi. Au contraire il la repoussa, sans brutalité, mais en riant, et il lui dit :

— Il est malheureux que je n'aie pas plus de temps à vous consacrer, mais nous y reviendrons une prochaine fois. Nous ferons, si j'ose dire, les choses proprement.

Claire ouvrit la bouche mais aucun son n'en sortit. Elle était trop stupéfaite pour prononcer le moindre mot. Il lui semblait que sa tête fût vide d'idée, vide même de mots. Elle chercha désespérément ce qu'elle pourrait dire pour briser le silence gênant, puis soudain se rappela pourquoi elle avait couru. Elle prononça alors, d'une petite voix tremblante :

— Je voulais seulement vous rendre vos gants.

Elle les lui plaça dans la main.

Malcolm prit les gants, mais de son autre main il lui prit aussi le menton, la forçant à lever le visage vers lui. Elle croisa son regard impérieux, si saisissant qu'elle se sentit toute faible et qu'elle se mit à trembler comme une feuille dans le vent d'automne.

— Ma chère petite, murmura-t-il.

L'instant d'après, il n'était plus là.

Claire courut à la porte, elle traversa la cour puis courut encore vers la berge d'où le bateau devait partir. Elle ne s'arrêta que lorsqu'elle se trouva près de son père, dont elle prit le bras pour s'en entourer. Elle avait besoin de cette protection. Ainsi rassurée, elle put regarder avec plus de sérénité Malcolm qui donnait une poussée au bateau et sautait dedans.

Ainsi enlacés, le père et la fille suivirent des yeux l'embarcation qui se dirigeait vers la rive opposée. Malcolm Graham s'éloignait, il s'était déjà fondu dans l'obscurité, mais Claire persistait à percevoir en elle les effets de son charme mystérieux, avec autant de force que s'il fût resté à côté d'elle, fixant sur elle le regard de ses beaux yeux bleus.

4.

Ô vous, Hauts Pays et vous, Bas Pays
Où étiez-vous
Quand ils tuaient le comte de Murray
Et le couchaient sur l'herbe ?

Cet homme était un brave,
Il combattait en champ clos.
Le gentil comte de Murray
Méritait d'être roi.

Ô, triste sera sa dame
Qui montera au sommet du château
Pour guetter le retour du comte de Murray
Par les rues de la ville.

Le gentil comte de Murray
Anonyme

Seul Kendrew se trouvait dans la grand-salle quand Claire y parvint, le lendemain matin. Elle s'arrêta au pied de l'escalier, regarda autour d'elle et demanda :

— Où sont-ils tous ?

— As-tu oublié, Claire, que lord Monleigh a invité notre père à Grahamstone pour aujourd'hui ? Il s'est mis en route fort tôt ce matin et m'a prié de te faire ses adieux. Il a dit aussi de ne pas l'attendre ce soir, car il risque d'arriver bien tard.

— Breac et Ronaln l'ont-ils accompagné ?

— Oui, et tout contents de participer à l'expédition, je te prie de le croire.

— Qui, encore, s'en est allé avec eux ?

— Duncan et Hugh...

Kendrew étudia le visage de Claire et demanda :

— Que se passe-t-il, Claire ? Tu me sembles troublée. Te sens-tu bien ?

— Je me sens tout à fait bien, mais il me déplaît qu'ils soient partis avant mon réveil. J'aurais préféré leur faire mes adieux.

— Dans ce cas, il fallait te lever plus tôt.

— C'est vrai, soupira Claire.

Elle s'en alla vers la cuisine pour quérir une tasse de thé, non sans s'interroger sur l'étrange sentiment de malaise qui la prenait.

Le soleil descendait derrière les hautes murailles du château. De longues ombres s'étendaient déjà sur la campagne au moment où les Graham faisaient leurs adieux à Alasdair, à ses fils et aux deux membres du clan qui les accompagnaient.

— Vous êtes bien certains que vous ne voulez pas rester pour la nuit ? demanda Jamie. Vous ne pensez pas qu'il serait plus sage de ne partir que demain matin ?

— Certain, répondit Alasdair déjà en selle. Il est toujours

plaisant de voyager à la fraîche. Nous serons rendus avant l'aube.

— Alors, que Dieu vous accompagne, dit Jamie.

Entouré de ses frères, il suivit du regard les Lennox qui s'éloignaient au petit galop de leurs chevaux racés.

Sitôt franchi les grilles et le pont-levis, ils mirent leurs montures au galop et s'élancèrent dans la campagne sur laquelle la nuit commençait à jeter ses voiles noirs.

Alasdair vit paraître la lune, disque d'argent qui semblait rouler sur les collines lointaines. Pensant alors aux nombreux miles qu'il lui restait à parcourir pour parvenir sur les bords du loch Lomond, il se demanda si Claire obéirait à la requête qu'il lui avait fait transmettre par Kendrew, il se demanda si elle renoncerait à l'attendre tard dans la nuit. En souriant, il paria que non.

Elle ressemblait tant à sa mère, Claire ! Aimante, dévouée, confiante, elle ne manquait pas d'esprit, de caractère non plus ! Alasdair considérait comme un cadeau du ciel cette fille qui lui rappelait l'épouse qu'il avait perdue trop vite, trop tôt.

Il éperonna son cheval. Dans la froide clarté de la lune, lui, ses fils et les hommes de son clan passèrent au grand galop par les rues d'une petite ville. Quand ils en franchirent les limites, de l'autre côté, ils passèrent sur un pont de bois, dans le vacarme assourdissant des sabots ferrés.

Grâce à la lumière que leur dispensait la lune, ils n'éprouvaient aucune difficulté à suivre leur chemin. Alasdair songea que, dans ces conditions, ils arriveraient à destination plus vite qu'il ne l'avait prévu.

Depuis un moment, il lui semblait entendre, assez loin derrière, le bruit d'une autre galopade ; mais quand, la main levée, il fit arrêter son monde et pria d'écouter, ils n'entendirent rien d'autre que le murmure d'un ruisseau qu'ils venaient de traverser.

Alors ils poursuivirent leur chemin et aperçurent bientôt les grands arbres pointus annonçant la forêt qu'il faudrait traverser. Là, le chemin s'arrondissait pour contourner une colline, il disparaissait ensuite dans les profondeurs obscures où la lumière de la lune ne pénétrait pas.

Ils ne circulaient pas depuis très longtemps entre les arbres séculaires qu'ils se virent soudain assaillis par une bande d'au moins trois douzaines d'hommes. Brandissant de longues épées et mugissant d'innommables jurons, ces gens sans aveu surgirent d'entre les arbres pour se ruer sur les voyageurs qui ne s'attendaient pas à tomber dans une telle embuscade.

Pris de court, les hommes du clan Lennox restèrent sans réaction pendant quelques secondes, mais quand ils virent les épées brandies, quand ils croisèrent les regards où luisaient des intentions meurtrières, ils comprirent qu'ils n'avaient d'autre choix que de sortir leurs armes. Ils formèrent un cercle et s'apprêtèrent à résister bravement.

Le cliquetis des épées commença, assourdissant dans le silence de la forêt nocturne.

Alasdair, le premier, obtint le sang d'un adversaire dont il avait profondément entaillé l'épaule, mais déjà il savait que la victoire n'était pas possible contre une troupe si supérieure en nombre qui les encerclait et ne leur ferait pas de quartier. Il ne s'en découragea pas pour autant et combattit avec une énergie surhumaine, sans ignorer quelle issue fatale lui était promise. Conscient que bientôt ses fils, ses hommes et lui baigneraient dans leur sang, il transperça de son épée un autre assaillant.

Parmi les rochers et les arbres, les hommes du clan

Lennox combattirent pied à pied, ne cédant du terrain qu'en toute dernière extrémité. L'air froid et sombre s'emplissait du vacarme des armes qui s'entrechoquaient, des injures proférées par les uns à l'encontre des autres, des cris d'effroi ou de rage de ceux qu'une lame avait touchés. L'odeur âcre du sang avait supplanté celle des mousses et des feuillages. La mort rôdait. On la sentait à son affaire.

Cherchant ses fils au milieu de la mêlée, Alasdair se réjouit d'apercevoir la tignasse rousse de Ronaln. Lui au moins restait en vie... Puis il vit, derrière lui, Breac son aîné, qui se battait comme un vrai Highlander, qui défaisait l'un après l'autre les hommes qui approchaient pour se mesurer à lui.

Son épée tournoyant et faisant des ravages dans les rangs ennemis, Alasdair se fraya un chemin sanglant pour se rapprocher de ses fils car il savait que, malgré leur bravoure, ils ne tarderaient pas à sentir la fatigue et qu'alors ils risquaient de tomber sous les coups d'une bande encore supérieure en nombre malgré les pertes qui lui avaient été infligées.

Il arrivait près de Ronaln juste au moment où une épée ennemie le transperçait de part en part. Il vit la lame entrer par-devant et ressortir par-derrière, tout ensanglantée.

— Non ! hurla Alasdair fou de douleur et de rage.

Hélas, il ne put qu'ouvrir les bras pour recueillir son fils qui tombait de cheval.

A cet instant il ressentit un grand choc dans le dos, suivi d'une effroyable douleur. Il laissa tomber son épée. Toute son énergie l'ayant subitement quitté, il sut qu'il avait été, lui aussi, mortellement touché et que dès lors ses instants étaient comptés.

Son cheval effrayé se cabra. Alasdair tomba lourdement

sur le sol où gisait déjà son fils Ronaln. Par réflexe plus que par volonté, il s'empara de l'épée de celui-ci et se tint prêt à affronter ceux qui seraient tentés de le croire trop vite hors de combat.

En même temps, il chercha des yeux son autre fils. Il vit l'épée à double tranchant siffler dans l'air et lui décoller la tête.

— Tuez-moi ! hurla alors Alasdair au comble du désespoir.

Il réussit à se remettre sur pied. Tenant fermement l'épée de Ronaln, il se rua sur le premier des hommes à sa portée. Il le tua. Il en tua un deuxième, puis un autre encore. Il se livra à un véritable carnage, sans se rendre compte des multiples blessures qui lui étaient infligées et lui causaient de grandes pertes de sang.

Quand il tomba à genoux, pantelant, il entendit une voix qui disait :

— Ne le tuez pas. Cet honneur revient à lord Walter.

— Et quel honneur ce sera ! s'exclama quelqu'un d'autre.

Perdant son sang à profusion, Alasdair sentait la vie qui s'en allait de lui à chaque battement de son cœur.

— Lord Walter, murmura-t-il, les dents serrées, je vous maudis au nom du père, et du fils et du Saint-Esprit. Puissent vos jours vous être comptés chichement. Puisse votre agonie vous rendre au centuple les souffrances que vous avez infligées à mes fils et à moi.

— Voilà bien le genre de déclaration que j'attendais de vous, Alasdair. Vous avez toujours été si brave, si outrecuidant aussi. Quel dommage que vous n'ayez pas voulu accepter pour authentique le document que vous montrait lady Isabelle. Voyez le résultat ! Vous avez voulu préserver votre fortune et vous avez perdu deux de vos fils, et vous perdrez la vie.

— Ne croyez pas vous en tirer à si bon compte. Vous aurez à répondre de votre forfait.

— Que vous dites ! J'ai tout prévu, mon cher. Quelques vaches mortes ont été disséminées dans les alentours. Comme tout le monde, dans le pays, sait que vous reveniez d'une assemblée qui traitait des vols de bétail, il ne fera de doute pour personne que vous aurez surpris une troupe de voleurs, très supérieure en nombre. Bien entendu, on chantera vos louanges, on louera votre bravoure et celle de vos fils. Qui sait ? On fera peut-être des chansons sur votre mort tragique et celle de vos chers fils. Cette affaire n'aura de conséquences graves que pour quelques véritables voleurs de bétail, qui seront exécutés aussitôt que pris la main dans le sac. Personne — vous m'entendez ? — ne soupçonnera la vérité. C'est comme je vous le disais : contrairement à ce que vous espérez, je m'en tirerai à très bon compte.

— Détrompez-vous. Vous paierez pour vos crimes.

Lord Walter et ses hommes éclatèrent de rire à l'unisson.

— C'est cela ! déclara le chef de la bande. Vous croyez sérieusement que vos filles accompliront le travail que vous n'avez pas été capables de mener à bien, vous et vos fils ? Franchement, voyez-vous lady Claire prendre l'épée pour m'affronter ? Et puis, ce n'est pas non plus le seul héritier qui vous reste, à douze ans, qui pourra venger la mort de son père. Ah ! Je vois, à votre visage consterné, que vous vous faites du souci pour ce pauvre garçon qui deviendra, dans quelques minutes, sans le savoir encore, le nouveau comte d'Errick et de Mains.

Se penchant sur l'homme à terre, lord Walter poursuivit son discours, et il se frottait les mains de contentement.

— C'est pitié que tout finisse pour vous de cette manière, lord Errick, mais il faut encore que vous sachiez, avant de rendre le dernier soupir, qu'en ce moment même lady Isabelle est sur le chemin de Londres, où elle demandera la tutelle sur votre fils jusqu'à la majorité de celui-ci. Voilà qui lui donnera, vous n'en doutez pas, la haute main sur vos châteaux, vos terres et vos filles.

— Kendrew ne restera pas mineur éternellement, souffla Alasdair qui avait de plus en plus de mal à parler. Gare à vous quand il sera en âge de faire valoir ses droits.

Lord Walter, doucereux, reprit :

— Hélas, il m'en coûte de vous le révéler parce qu'il me semble que vous avez déjà suffisamment subi d'avanies aujourd'hui, mais le petit Kendrew n'atteindra jamais l'âge de la majorité. C'est pitié qu'il ait à rejoindre très vite ses frères et son père dans la tombe, mais il se trouve que j'ai d'autres projets pour votre titre.

— Vous n'aurez jamais le contrôle de mon titre, même si vous assassinez Kendrew, car il est prévu que s'il meurt, une de mes filles deviendra chef de maison.

— Certainement, et vos filles, je crains d'avoir à vous le dire, seront bien plus faciles à diriger.

— Mes filles ne se rendront jamais à vos volontés, proclama Alasdair.

— Eh bien ! Vous ne saurez jamais si vous avez raison ou non sur ce point, mais voici une chose que je puis vous apprendre. Avant que le mois ne soit écoulé, je dormirai dans votre lit.

Conscient que sa fin était désormais toute proche, le comte eut encore la force de prononcer cette prophétie :

— Vous dormirez peut-être dans mon lit, mais vous n'y mourrez point. Soyez-en persuadé. Tôt ou tard, vous commettrez une erreur et alors, vous serez chassé de chez moi comme le chien que vous êtes. Au fond, ce jour se solde pour moi par une grande joie car bientôt je rejoindrai mes fils au paradis. Vous vous apprêtez à connaître une vie difficile, pleine d'embûches et quand, enfin, vous quitterez cette terre, misérable, ce sera pour aller brûler éternellement en enfer où vous vous êtes réservé une place de choix, ce soir.

Lord Walter se tourna vers un de ses hommes.

— Plantez la tête de son fils sur une pique, afin que le puissant comte d'Errick et de Mains emporte, comme dernière vision de la vie, le spectacle de ce que lui aura valu son avarice et son outrecuidance.

— Finissons-en, soupira Alasdair, avec lassitude.

Il détourna les yeux pour ne pas voir la tête de son fils qu'on brandissait devant lui. Il reprit :

— Achevez-moi, homme sans foi ni loi.

— Avec plaisir, grogna lord Walter.

Alasdair ne connut pas le coup qui mettait fin à sa vie.

5.

Cruel avec remords et audacieux par désespoir,
Le meurtrier de minuit brise les barreaux insuffisants.
Il arrive au moment sacré du repos silencieux
Et plante, sans être vu, une dague dans votre poitrine.

Samuel Johnson (1709-1784),
écrivain et lexicographe anglais.
Londres

Claire se trouvait dans le salon privé en compagnie d'Aggie et de ses sœurs. Ainsi qu'elles en avaient agi avec régularité depuis plus de trois ans, elles travaillaient à un grand ouvrage de broderie. En effet, elles achevaient une tapisserie qui illustrait plusieurs scènes de l'histoire d'Ecosse, dans le style immortalisé par la célèbre tapisserie de Bayeux. Celle des demoiselles Lennox était de dimensions plus modestes.

— Pensez-vous que père nous aurait fait savoir s'il avait eu l'intention de séjourner à Grahamstone jusqu'à aujourd'hui ? demanda Kenna.

— C'est certain, dit Claire. Père ne manque jamais à ce

devoir car il sait bien que nous nous inquiétons quand nous n'avons pas de nouvelles de lui.

Greer parcourut, d'un regard nerveux, tout le salon, puis elle soupira longuement.

— Nous sommes au milieu de l'après-midi, déclara-t-elle d'une voix sourde. Vous ne croyez pas qu'ils devraient être de retour, maintenant ?

— J'espère qu'il ne leur est rien arrivé de fâcheux, murmura Briana.

Claire se planta l'aiguille dans le doigt. Elle lécha la goutte de sang puis elle se tourna vers Briana et la reprit avec un peu d'acrimonie.

— Ne dis jamais de sottises pareilles ! Ne répète jamais ce genre de propos ! Est-ce bien compris ? Comment peux-tu avoir d'aussi horribles pensées ?

Les yeux aussitôt emplis de larmes, Briana se défendit.

— Je ne pensais pas dire de sottises, Claire. Et je n'ai pas d'horribles pensées. C'est vrai !

Claire ne répondit pas, cette fois. L'index dans la bouche, elle suçait consciencieusement son sang.

Au moment où elle reprenait son aiguille, elle s'aperçut qu'une goutte de sang déparait la tapisserie. La tache rouge se trouvait juste sur la représentation du château Lennox.

Claire poussa un cri angoissé. Tous les regards se tournèrent vers elle.

— Que se passe-t-il, mon enfant ? demanda Aggie. Vous êtes très pâle, tout à coup.

Kenna se leva de sa chaise pour venir près de Claire et la questionner.

— Te sens-tu bien ?

Elle s'apprêtait à en dire davantage quand elle vit la goutte de sang sur la porte du château. Ses mains se portèrent à sa bouche, comme pour bloquer le passage des mots qu'elle s'apprêtait à hurler.

Briana se mit à pleurer, tandis que le regard de Greer allait de Claire à Kenna, puis à Aggie.

Celle-ci déclara :

— Mes petits agneaux, il ne faut pas vous tourmenter ainsi, voyons ! Vous avez mal à l'estomac, voilà tout ! C'est ce qui arrive toujours quand on est un peu fatigué, comme vous l'êtes toutes en ce moment. Et chacun sait que les maux d'estomac donnent des idées noires.

A ce moment, Dermot entra dans la pièce. Le visage grave, il déclara :

— Le comte de Monleigh et ses frères sont arrivés. Ils voudraient vous voir tous dans la bibliothèque.

Il sembla à Claire que son cœur s'arrêtait instantanément de battre. Personne, pas même le comte de Monleigh n'avait à lui révéler pourquoi les frères Graham se trouvaient là. Au moment même où elle avait vu le visage de Dermot, elle avait compris que ses pires frayeurs s'étaient réalisées.

Ô mon père, qu'avez-vous fait ? Où êtes-vous ? Qu'est-il arrivé à vous et à mes frères ? Seigneur Dieu, je Vous en prie, faites qu'il ne leur soit rien arrivé de mal. Vous avez accueilli notre mère en Votre paradis, laissez-nous notre père et nos frères, encore un peu…

Elle se tenait droite et digne malgré ses jambes qui lui paraissaient faibles, et tout son corps plus faible encore. Mais elle n'avait pas envie de se montrer forte à ce moment. Il lui semblait nécessaire, vital même de courir et de pleurer et de hurler. Hélas, elle ne le pouvait pas. Quelles que fussent ses craintes, quel que fût son chagrin, elle devait rester la digne fille de son père. Donc elle ne pleurerait pas. Elle ne perdrait rien de son maintien. Ce ne serait qu'une apparence, certes. Elle avait une volonté de fer mais son cœur saignait.

Seigneur, faites que cela ne soit pas vrai. Je Vous en supplie, faites qu'il ne se soit rien passé du tout.

Il lui parut congru de prononcer quelques mots. Au début sa voix tremblait, mais ne tarda pas à reprendre de la fermeté.

— Notre père et nos frères accompagnent lord Monleigh, n'est-ce pas ?

Le regard éploré, la voix cassée, Dermot répondit :

— Oui, lady Claire. Ceux que vous aimez... ils sont revenus à la maison.

Claire se tourna vers ses sœurs.

— Attendez-moi ici.

Kenna protesta.

— Nous voulons descendre avec toi.

D'un regard, Claire fit comprendre à Aggie qu'elle comptait sur elle. Celle-ci s'agenouilla pour enlacer Kenna et Greer au niveau des épaules, tandis que Briana s'accrochait à sa taille. Et elle dit d'une voix douce :

— Je resterai ici avec vos sœurs, lady Claire. Descendez et allez voir ce qu'il se passe.

Dermot s'effaça pour laisser passer Claire et il la suivit dans l'escalier. Pas un mot ne fut prononcé parce que les mots, en cette situation, n'auraient servi de rien. Quel réconfort auraient-ils pu apporter à la jeune fille qui souffrait déjà ? Comment auraient-ils pu expliquer l'inexplicable, justifier l'injustifiable ?

Au moment d'entrer dans la bibliothèque, Claire s'arrêta pour prendre une longue inspiration. *Tu es une Lennox*, se dit-elle. *Apprête-toi à surmonter cette épreuve, car tu dois la surmonter.* Avec lenteur, elle laissa ensuite l'air s'échapper de ses poumons. Puis elle leva le menton et, toute pleine de la fierté familiale que son père lui avait inculquée, elle s'avança vers les Graham qui l'attendaient, debout.

Lord Monleigh, Malcolm et Niall avaient le visage grave. Ils gardèrent le silence.

— Où sont-ils ? demanda Claire. Qui a commis l'acte méprisable que vous venez m'annoncer ?

Jamie s'avança vers elle.

— Ne voulez-vous pas vous asseoir ?

Claire secoua la tête.

— D'abord, je veux les voir.

Malcolm vint se placer près de son frère. Son regard chercha le regard de Claire et alors, il prit la parole avec la douceur exagérée qui trahissait un grand chagrin.

Quand les lèvres de Claire se mirent à trembler, il la prit dans ses bras et la serra contre lui pour la réconforter.

— Oh, jeune fille, murmura-t-il, il suffit d'un regard sur votre visage pour briser le cœur de l'homme le plus endurci.

Claire pressa son visage contre la laine de la jaquette, elle s'y appuya de toutes ses forces comme pour s'insinuer en lui, comme si, par ce rapprochement, elle pouvait capter un peu des forces qu'elle sentait disponibles en lui. Pendant ce temps, il lui caressait les cheveux et continuait de parler, avec douceur, tout doucement. Il parlait et elle ne comprenait pas ce qu'il lui disait, ce qui n'avait aucune importance. Seule comptait la musique des mots.

Dans la bibliothèque régnait un silence tel que Claire pouvait entendre le tic-tac régulier de l'horloge qui se trouvait dans la pièce d'à-côté.

Après quelque temps, Malcolm éloigna Claire de lui. Avec délicatesse, il lui prit le menton pour l'obliger à le regarder dans les yeux, et il lui demanda :

— Etes-vous certaine de vouloir cela ? Vous en avez le droit, et loin de moi l'idée de chercher je ne sais quel prétexte pour vous en empêcher. Mais vous devez savoir que si vous choisissez de voir, vous n'oublierez plus jamais. Jusqu'à la fin de vos jours vous garderez, présente à votre mémoire, l'image des vôtres dans l'état où la nuit nous les a rendus. Ne croyez-vous pas qu'il serait plus sage de renoncer, afin de ne pas obérer le dernier souvenir que vous avez d'eux, tels qu'ils étaient l'autre jour, dans la grand-salle ?

Claire pouvait conserver son maintien. Elle pouvait étouffer les sanglots qui lui serraient la gorge ainsi que les hurlements de douleur qui sourdaient de sa poitrine. Mais elle ne pouvait rien contre les larmes qui montaient à ses yeux et dévalaient sur son visage. D'une voix sourde, elle répondit :

— Je sais bien que vous me dites cela parce que vous voulez atténuer ma peine. Vous pensez qu'il vaut mieux que je ne voie pas la réalité en face, dans toute son horreur. Hélas, ceux qui sont morts sont de ma chair et de mon sang. Je ne peux pas les laisser seuls. Je n'ai pas le droit de les abandonner. Je ne peux pas abandonner à d'autres les devoirs qui doivent leur être rendus. Mes sœurs et moi, nous nous acquitterons de nos obligations filiales. Simplement, je voudrais que l'on fît prévenir le pasteur.

— J'ai déjà envoyé un de mes hommes au pasteur avec l'ordre de le ramener ici, indiqua Jamie.

Claire se retourna et posa sa main sur le bras de Dermot.

— Mon cher Dermot, il m'en coûte de vous le demander, mais pouvez-vous vous charger des cercueils ?

Sans un mot, mais juste un hochement de la tête, Dermot quitta la bibliothèque. Il ne voulait pas se montrer irrespectueux en ne formulant pas sa réponse. Claire savait qu'il ne s'agissait pas d'impolitesse de sa part. Simplement, il ne pouvait trouver les mots qu'il fallait, son esprit embrumé par le chagrin ne lui servait plus de rien.

La tête dans les mains, Claire essaya ensuite d'ordonner ses pensées. Ayant bien réfléchi, elle se tourna vers Jamie pour lui demander :

— Où sont-ils ?

— Dans la grand-salle.

Aussitôt Claire se dirigea vers la porte, mais sur le seuil elle s'arrêta de nouveau. Elle s'adressa alors à Malcolm.

— Voulez-vous être assez aimable pour me donner votre bras ?

Malcolm s'empressa. Elle glissa son bras sous celui qu'il lui offrait.

Elle avait maintes et maintes fois suivi le chemin allant de la bibliothèque à la grand-salle, depuis le jour où elle avait appris à marcher. Jamais il ne lui avait fallu aussi longtemps pour parcourir une aussi courte distance. Jamais il ne lui en avait autant coûté.

Elle tâchait de se préparer à l'épreuve qui l'attendait, en se disant qu'elle s'apprêtait à voir un spectacle plus effroyable que tout ce qu'elle avait pu déjà voir ou même imaginer. Elle savait qu'il serait terrible, le moment qui venait, et qu'elle recevrait un coup dont, peut-être, elle ne se relèverait jamais.

La belle barbe rouge et or de son père fut la première chose qu'elle aperçut en entrant dans la grand-salle. Elle s'arrêta sur le seuil, avec l'impression étrange qu'elle s'éveillait d'un long, très long sommeil. Le corps engourdi aussi bien que l'esprit, elle se mit à trembler. Elle craignit de tomber et pour assurer sa position, elle planta ses doigts dans le bras de Malcolm sans se rendre compte de la douleur qu'elle lui infligeait malgré l'épaisseur du drap qui le couvrait.

Quelle souffrance c'était pour elle que de voir, allongés devant elle, les corps sans vie de trois êtres qu'elle chérissait, avec qui elle avait partagé tant de joies, avec qui elle avait encore dîné, pas plus tard que deux soirs plus tôt.

Elle se tourna vers Malcolm. D'une voix blanche, elle lui demanda :

— Pourquoi a-t-on recouvert le corps de Breac ?

— Ne me posez pas la question, répondit-il, afin que je ne sois pas obligé de vous répondre. Il est certaines choses qu'il vaut mieux ne pas savoir.

— Peu m'importe que vous me répondiez ou non, car si vous refusez je me rendrai compte par moi-même. Mes sœurs et moi devons préparer ces corps pour les funérailles. Il faudra donc bien que nous voyions ce que vous prétendez nous cacher.

— Breac a été décapité, Claire. Nous voulions vous épargner ce spectacle.

Claire sentit que sa lèvre inférieure se mettait à trembler. Elle la pinça fortement entre ses dents, jugeant qu'il valait mieux s'imposer cette douleur que de donner le spectacle de sa faiblesse. Son cœur battant sourdement sous l'effet de la colère et de l'accablement, elle murmura :

— Breac n'a pas été épargné. Pourquoi le serions-nous ?

Elle ravala ses larmes. Ils étaient morts… Quelles que fussent les souffrances et les horreurs qui leur avaient été infligées, tout était fini pour eux. Ils reposaient en paix. Ils n'auraient plus à connaître les ignominies que les hommes méchants s'acharnent à imposer à leurs prochains. Claire se dit encore qu'ils ne se lèveraient plus, qu'elle ne pourrait pas plus les faire revenir à la vie qu'elle n'avait la possibilité de changer les circonstances de leur décès.

S'il lui avait été donné le choix en la matière, elle eût préféré pour eux une mort pendant leur sommeil, qui lui semblait une fin tellement douce, si paisible. Mais il n'en avait pas été ainsi. Le destin en avait décidé autrement. Ils avaient péri les armes à la main, en se défendant contre... contre qui, au fait ? Claire ne le savait pas. Pour le moment, cette question n'était pas la plus importante de toutes.

Ce qui comptait pour Claire, c'était de se comporter d'une manière honorable pour sa famille et pour son clan. Elle s'en croyait capable. Pourtant, elle ne pouvait ignorer les froides serres de l'angoisse qui lui broyaient le cœur, au point de la rendre malade physiquement.

L'angoisse de l'avenir n'était pas absente non plus. Que se passerait-il, se demandait-elle, quand son frère Kendrew hériterait du titre. Le pauvre petit était trop jeune pour endosser cet habit trop large pour lui ; trop jeune pour assumer des responsabilités écrasantes, auxquelles, de surcroît, il n'avait pas été préparé.

Claire porta la main à sa tête. Elle craignait de défaillir. La nausée menaçait.

Plus tard, elle se reprocherait de ne pas avoir écouté les sages admonestations de Malcolm, car, en évitant de se confronter à l'horrible réalité, elle aurait pu, peut-être, se convaincre que tout cela n'était pas vrai. A tout le moins, elle aurait pu rêver, à certains moments, que rien n'était arrivé. Rien, absolument rien ne l'avait préparée à voir son père, Alasdair, et ses deux frères, Breac et Ronaln, couchés devant elle, ensanglantés, les yeux fermés pour l'éternité.

— Je voudrais les voir de près, maintenant, murmura-t-elle d'une voix éteinte.

— En êtes-vous certaine ?

— Oui, mais resterez-vous près de moi ?

— Oui, je resterai près de vous, Claire ; aussi longtemps que vous aurez besoin de ma présence.

Du regard, Claire caressa le visage de son père. Elle ne parvenait pas à se convaincre que le joyeux géant qui s'en était allé avec ses deux fils, deux jours plus tôt, était rentré à la maison pour la dernière fois. Il avait le visage blême. Ses yeux, qui toujours regardaient Claire avec amour, s'étaient fermés et ne s'ouvriraient plus. Sa bouche, qui si souvent avait raconté les vieilles légendes écossaises, garderait le silence à tout jamais.

Du bout des doigts, Claire caressa une longue cicatrice qu'il portait au front. Le sang, glacé, formait une croûte brunâtre. Ensuite elle vit le trou béant qu'il avait dans l'épaule, à cause duquel le bras tenait tout juste attaché au corps. Alors, elle ne songea plus à retenir ses larmes.

Claire se pencha pour déposer un baiser sur les lèvres de son père. Repoussant quelques mèches de cheveux qui lui cachaient son visage, elle murmura :

— Je suis désolée, papa ; tellement désolée de ne pas être un garçon, parce que, alors, je pourrais venger votre mort. Je suis tellement désolée de n'avoir pas songé à me lever assez tôt pour vous faire mes adieux ; désolée de me savoir si faible et impuissante, moi qui faisais semblant d'être forte ; désolée de n'être pas capable d'éduquer Kendrew, pour l'aider au moment où il devra entrer dans vos souliers, tellement trop grands pour lui. Ma seule consolation est de savoir que vous avez rejoint notre mère et que désormais elle ne sera plus seule, là-haut.

Claire voulut se déplacer pour aller vers son frère, mais il lui sembla que la main de son père s'agrippait à elle et la retenait. Elle crut lire, dans ses yeux qu'elle voyait rouverts, toute la détresse qu'il ressentait. Et quand ses lèvres se murent, elle n'entendit rien, mais les mots se formèrent dans son esprit.

Sois forte, Claire…

Pétrifiée par une angoisse surnaturelle, la gorge douloureusement serrée, Claire sentit ses larmes qui coulaient de plus belle. En même temps, animée d'une joie presque mystique, elle se dit qu'elle allait échanger sa robe contre des habits d'homme, prendre les armes pour exercer sa vengeance contre les auteurs de cet ignoble forfait. Son père le lui demandait ! Elle attendit de lui un signe d'approbation, des conseils même, mais elle n'obtint rien de tout cela. La main glacée retomba. L'enchantement disparut.

Au-dessus d'elle, Claire perçut les pleurs de ses sœurs.

Elle ne raconta pas à Malcolm ce qui venait de se passer ou plutôt, ce qu'elle croyait qu'il venait de se passer. En fait, elle n'était pas dupe. Elle savait bien que tout cela n'était qu'une hallucination de ses sens durement éprouvés, une œuvre de son imagination, une ruse de tout son être qui essayait ainsi de se protéger contre l'adversité.

Cela étant, il était exact que, dans de telles circonstances, son père lui eût dit ces mots exactement. *Sois forte, Claire…* Au fond, peu lui importait qu'elle eût entendu ou pas, parce qu'elle était dépositaire du message auquel elle aurait besoin de se référer constamment afin d'affronter, la tête haute, les événements à venir.

Le beau visage de Ronaln n'avait pas souffert dans la bataille. Au contraire de son père tant marqué par les coups reçus, il semblait dormir, lui, paisiblement. Claire s'en étonna. Elle se rapprocha pour le voir de plus près, et c'est alors que, apercevant la grande tache de sang qui s'arrondissait sur sa poitrine, elle comprit qu'il avait été lâchement abattu, par-derrière.

Elle murmura, en gaélique :

— *A fhleasgaich oig is ceanalta*... ce qui signifiait : Oh, mon pauvre garçon, si jeune et si brave...

En arrivant devant le drap qui recouvrait le corps de Breac, elle douta d'elle-même. *Puis-je faire cela ?* se demanda-t-elle. *Puis-je voir, vraiment ? Dois-je voir ? Cela est-il raisonnable ? Suis-je capable de supporter ce terrible spectacle, ou vais-je m'évanouir ? Que Dieu me vienne en aide. Qu'il me rende forte. Qu'il me donne le courage nécessaire.*

Au moment où elle s'approchait pour soulever le drap, la main de Malcolm se posa sur son poignet.

— Etes-vous certaine que c'est bien ce que vous voulez, Claire ? Songez que quand vous aurez vu, vous ne pourrez plus oublier ; plus jamais.

— Ce n'est pas ce que je veux, mais ce que je dois, répondit-elle.

Malcolm lâcha sa main mais il resta près d'elle.

Lentement, elle souleva le drap, le tira. Elle poussa un sourd gémissement en apercevant la tête de son frère, en place certes, mais avec les marques évidentes de la mort atroce qui lui avait été donnée. Spectacle terrible que celui de ce cou gonflé, violacé, déchiré, incrusté de sang.

Les cheveux restaient tels qu'ils avaient toujours été, épais, d'une belle couleur brun foncé aux reflets roux. Claire approcha sa main de ces cheveux, qu'elle trouva doux comme la soie, mais glacés. Pour Breac comme pour Ronaln, elle prononça quelques mots, en gaélique et non en anglais. Il lui semblait qu'en ces circonstances tragiques, la langue ancestrale s'imposait comme une évidence. Elle dit :

— *Fhirandleadain thlath*... le garçon aux si beaux cheveux.

Il y avait beau temps qu'elle ne songeait plus à retenir

ses larmes, qui lui semblaient devoir couler éternellement. Elles ruisselaient sur son visage, mouillaient ses mains, ses vêtements, le sol même.

Incapable de se mouvoir, elle avait l'impression d'être engourdie par l'opium dont elle avait lu les effets dans un livre. Désorientée, elle avait perdu la capacité de penser, de former une décision, aussi simple fût-elle.

Comme s'il comprenait l'état lamentable où elle se trouvait, Malcolm lui prit le poignet et la tira doucement pour l'éloigner, ensuite de quoi il ramena le drap sur le corps de Breac. Puis il conduisit Claire hors de la grand-salle.

— Je suis morte, lui dit-elle. Comme vous pouvez le voir, Malcolm, je suis bel et bien morte. J'ai en moi des blessures dont je ne me remettrai jamais. Vous rendez-vous compte, un peu, de ce que je ressens ? Croyez-vous que j'aurai toujours cette douleur en moi ? Voudrais-je l'évacuer que je ne le pourrais pas. Que faire, Malcolm ? Comment recouvrer un peu de repos ?

Le jeune homme lui répondit :

— Il n'est ni simple ni facile de guérir les blessures du cœur et de l'âme. Pour cela, nous prenons tous des chemins différents, mais la distance à parcourir est la même pour tous. Vous n'avez pas le choix. Il vous faut entreprendre ce voyage éprouvant, mais sachez que vous ne serez pas seule. Je suis avec vous, Claire. Pour aussi longtemps que vous le désirerez, je serai à vos côtés.

6.

J'aimerais savoir qui a été enlevé, en dehors de moi. Pauvre de moi ! Personne n'a plus été enlevé que moi, depuis la guerre de Troie.

Lord Byron (1788-1824), poète anglais.
Lettre du 29 octobre 1819, pour réfuter les accusations de débauche portées contre lui.

Lord Monleigh et ses frères restèrent sur l'île d'Inchmurrin pendant les journées terribles qui suivirent. Ils apportèrent toute l'aide qu'ils purent pour la préparation des funérailles, leur conduite aussi. Ils se montrèrent d'une prévenance extrême. Ils acceptèrent de rester encore plus de deux semaines. Claire, son frère et ses sœurs les considéraient désormais comme membres de leur famille.

En conséquence de la tragédie, Kendrew, le plus jeune et seul héritier mâle des Lennox, devint comte d'Errick et de Mains. Claire se faisait du souci pour lui, qui n'avait que douze ans. Il était bien trop jeune pour prendre sur ses épaules le fardeau d'un tel titre.

Claire éprouvait une vive reconnaissance envers les

Graham si pleins de sollicitude. Il était spécialement bon pour Kendrew d'avoir lord Monleigh à ses côtés pour le diriger et l'encourager. Celui-ci ne comptait pas les heures qu'il passait avec lui, pour lui désigner les hommes du clan sur qui il pouvait compter, ceux qu'il valait mieux éviter, ceux, enfin, qu'il importait de tenir à distance. Il lui recommandait vivement de prendre conseil auprès de Claire et de puiser dans l'expérience de Dermot.

Jour après jour, Claire voyait Kendrew reprendre confiance en lui, quoique très lentement, avec beaucoup d'hésitations. Ses sœurs aussi, bien qu'affligées d'une immense tristesse, sujettes à des crises de désespoir où les larmes coulaient à flots, reprenaient peu à peu goût à la vie. Par moments il leur arrivait de rire de nouveau, comme par exemple le soir, quand tout le monde se rassemblait dans la grand-salle, autour de la cheminée, pour évoquer les souvenirs heureux.

Claire était celle qui se remettait le moins bien de la terrible épreuve. Elle parlait peu. Elle écoutait, attentive, les histoires narrées par les siens ou par les Graham. Il lui arrivait même d'apporter sa contribution à certains échanges, mais toujours d'une voix contenue.

En vérité, si Claire ne pouvait plus rire ni même sourire, elle ne pouvait pas pleurer non plus. Elle portait en elle un chagrin qui broyait son âme mais ne pouvait s'exprimer. En dépit des encouragements de Malcolm à se laisser aller pour sortir de sa douleur, elle restait murée à l'intérieur d'elle-même.

Très tôt, certain matin, Jamie quitta Inchmurrin pour se rendre à Edimbourg où il devait rencontrer son avocat afin de mettre en route la procédure qui lui permettrait d'obtenir la tutelle sur les fils du comte Errick. Niall prit avec lui le bateau qui devait l'emmener sur les rives du loch, mais au lieu de l'accompagner dans son voyage, il prit la direction de Grahamstone. Là, il s'occuperait des affaires de la famille jusqu'au retour de Jamie.

Malcolm resta à Inchmurrin. Prenant sous son aile le jeune Kendrew, il assumerait pendant un temps le rôle de lord Errick dans la conduite quotidienne des menues tâches d'un chef de famille.

Alors qu'ils se promenaient dehors après avoir passé un long moment dans la bibliothèque, à remuer des papiers, Kendrew demanda :

— A votre avis, qu'est-ce que c'est que d'être un chef de clan ?

Malcolm, qui avait emporté un document avec lui, interrompit sa lecture et reporta son regard sur le loch au-delà duquel se dressait le Ben Lomond, mont solitaire et un peu tassé, comme un soldat fatigué d'avoir trop longtemps veillé.

— Regardez le Ben Lomond, déclara Malcolm. Quand vous êtes jeune, vous vous trouvez parmi vos semblables, rien ne vous distingue des autres, personne ne vous reconnaît. Mais quand vous devenez chef de clan, alors vous ressemblez au Ben Lomond, qui se tient droit et fier, solitaire et sans peur.

Malcolm lut, sur le visage du garçon, l'expression des soucis que lui donnait sa position. Il lui ébouriffa les cheveux et reprit, d'un ton enjoué :

— Il n'est pas toujours amusant d'être chef de clan. Certains jours, c'est même une corvée dont on se déchargerait volontiers. Mais je ne m'inquiète pas pour vous, Kendrew. Vous assumerez très bien les devoirs qui vous incombent.

Kendrew s'arrêta pour ramasser quelques cailloux sur

la rive du loch où venaient se mourir de petites vagues. Il en jeta plusieurs dans l'eau en essayant de faire le plus de ricochets possibles, puis il reprit :

— Lord Monleigh a dit que je devais connaître très bien mes responsabilités et il a ajouté qu'elles étaient immenses.

— Eh bien ! il a raison. Je me rappelle très bien le premier discours que mon père m'a tenu à ce sujet. Je vais te le répéter mot pour mot car je ne l'ai pas oublié.

Prenant un ton plus grave pour imiter la voix rocailleuse de son père, Malcolm poursuivit :

— « Malcolm, m'a dit mon père, rappelez-vous que vous serez toujours responsable des décisions que vous prendrez en fonction de situations dont vous ne serez pas responsable. ».

Kendrew donna un coup de pied dans un caillou, puis il tendit le doigt pour désigner un vol de corbeaux criaillant au-dessus d'eux.

— Satanés oiseaux ! s'écria Malcolm. A cause d'eux, on ne s'entend plus.

Il lui plut d'entendre le rire spontané de Kendrew. C'était un gentil garçon sur qui s'abattaient trop vite les rigueurs de la vie. Il ne profiterait pas de son enfance. En soupirant, Malcolm demanda :

— Faites-vous bien la différence entre devoir et responsabilité ?

— Le devoir c'est une tâche qu'on doit entreprendre. Ensuite, on en assume la responsabilité, c'est-à-dire que l'on reçoit un blâme si c'est mal, des louanges si c'est bien. Moi, j'espère que je recevrai toujours des louanges, car je n'aime pas avoir tort.

— C'est une manière de paradoxe que vous énoncez là.

Personne n'aime avoir tort, mais personne ne peut avoir tout le temps raison. Chaque action que vous entreprendrez, chaque choix que vous ferez sera ensuite comme une ombre qui vous suivra jusqu'à la fin de vos jours.

— Je ne comprends pas très bien ce que vous voulez dire par là.

Tandis qu'il tâchait d'élaborer une réponse satisfaisante, Malcolm étudia les taches de rousseur qui parsemaient le nez du garçon. Songeant soudain que la leçon avait été très longue, il reprit en souriant :

— Voyez-vous, lord Errick, je crois que nous avons assez travaillé aujourd'hui. Il est temps de vous divertir un peu.

Kendrew garda le silence et continua de marcher à côté de lui, l'air très sérieux, renfermé même. Après un moment, Malcolm lui demanda ce qui le chagrinait. Le garçon répondit en soupirant :

— Quand j'étais petit, je pouvais bien avoir tort car cela ne tirait pas à conséquence. Maintenant que je suis le comte, on me dit qu'il faut m'attendre parfois à avoir tort. Mais je ne veux pas avoir tort, moi ! Je veux être un homme comme mon père. Je veux être fort, comme lui.

— Vous devez comprendre que vous pouvez avoir raison ou tort, cela n'implique pas un jugement sur votre personnalité. Vous aurez tort car un homme ne peut pas avoir raison tout le temps. Mais quand vous serez un homme, vous serez obligé de reconnaître parfois que vous avez tort, même s'il vous en coûte de l'admettre. Ce qui compte, en somme, c'est d'accomplir son devoir avec rigueur et probité, au mieux de vos possibilités. Quant au reste, tout ce que vous ne pouvez pas contrôler, eh bien, il faut l'abandonner à Dieu et s'en remettre à Lui.

Quand ils eurent regagné le château, Malcolm envoya Kendrew à Dermot et leur recommanda d'aller pêcher dans les eaux du loch. Il était temps, pour le garçon, après une journée si sérieuse, de passer un peu de temps à des occupations de son âge.

Resté seul, Malcolm consacra ses pensées à Claire. Il n'y avait aucun doute dans son esprit : il était tombé amoureux d'elle. L'ennui, c'était qu'il ne pouvait lui faire sa cour, parce qu'elle était en deuil, parce qu'elle était dévorée par un chagrin qui ne s'amenuisait pas.

Son dilemme était celui-ci. Etant l'ami — mieux, le confident de Claire, — il n'avait pas le droit de prendre avantage sur elle en profitant de son état de faiblesse. Etant homme, il la désirait de toutes les façons qu'un homme désire une femme. Il éprouvait de plus en plus de difficulté à retenir ses mains quand il se trouvait près d'elle.

Il aimait Claire. Il la désirait ardemment et ne pensait plus guère à autre chose qu'au moment où il pourrait faire l'amour avec elle. Certes il avait la volonté de se conduire en homme d'honneur, c'est-à-dire demander sa main et l'épouser. Mais il devrait s'armer de patience car Claire était tenue d'observer un an de deuil.

Pourrait-il attendre un an avant d'avoir le droit de coucher avec elle dans le même lit ? Telle était la question que se posait Malcolm.

La réponse était non si Claire ne l'aidait pas à garder ses distances. Quand il se trouvait en sa présence, il n'avait plus de volonté, il ne se connaissait plus. Il craignait de succomber à sa passion et de commettre un geste irréparable qui l'éloignerait d'elle à tout jamais. C'était au point qu'il en arrivait à craindre les tête-à-tête avec elle et qu'il les évitait, soit en appelant de la compagnie, soit en s'éloignant sous un prétexte ou un autre.

Il priait Dieu de ne pas le soumettre à la tentation ou, au moins, de lui donner la force d'y résister. Il lui semblait que Dieu lui délivrait, en guise de réponse, les recommandations reçues autrefois de son père et qu'il avait répétées à l'usage de Kendrew.

« Malcolm, rappelez-vous que vous serez toujours responsable des décisions que vous prendrez en fonction de situations dont vous ne serez pas responsable. »

Une nuit, Claire rêva que son père lui parlait et qu'il lui répétait les mots qu'elle avait cru lui entendre prononcer dans la grand-salle.

Sois forte, Claire…

Ce rêve était si dérangeant qu'elle s'éveilla en sursaut. Elle s'assit dans son lit, pour réfléchir.

Elle ne comprenait pas pourquoi elle était bouleversée à ce point, pourquoi elle versait, de nouveau, des larmes abondantes. Elle comprit qu'elle ne pouvait rester seule à se morfondre dans la solitude de sa chambre. Elle avait besoin du réconfort qu'elle avait si souvent donné à son frère et à ses sœurs. Alors, elle se leva et s'en alla par les corridors du château.

Elle avait besoin de voir Malcolm.

La grande maison silencieuse était plongée dans l'obscurité. Déçue, elle s'apprêtait à retourner dans sa chambre, quand elle aperçut un rai de lumière sous la porte de la bibliothèque. Elle ouvrit et vit Malcolm qui, assis dans le fauteuil de son père, tenait en main un verre d'eau-de-vie.

Surpris de la voir apparaître, il se leva et demanda :

— Claire, que faites-vous ici, à cette heure tardive, en chemise de nuit ?

Elle baissa les yeux. Evidemment, il avait raison, mais il ne comprenait pas qu'elle se moquait d'être vue dans cette tenue légère, parce qu'elle souffrait et que rien d'autre ne comptait pour elle.

Comme une automate, elle traversa la pièce. Le visage ruisselant de larmes, elle s'arrêta devant Malcolm qui la regardait, les yeux écarquillés, la bouche ouverte.

— Claire, reprit-il après un petit moment de silence gêné, je ne crois pas que cette visite soit une bonne idée. Vous ne pouvez pas venir me voir habillée aussi légèrement, parce que moi, je ne peux pas faire semblant de croire que vous êtes vêtue comme pour aller à l'église. Retournez dans votre chambre, je vous prie.

— Je ne peux pas. J'ai rêvé de mon père. Il me semble que tout, en moi, est brisé, moulu. Ne voulez-vous pas comprendre que je ne peux pas rester seule ? Il faut que je passe un moment avec vous, Malcolm. Je n'ai pas la force de rentrer dans ma chambre. Je vous en prie, ne me chassez pas.

Elle cacha son visage dans ses mains. Les larmes coulaient à torrents. Les sanglots lui secouaient tout le corps. Contre les sanglots et les larmes elle ne pouvait rien, sinon s'en affliger et donc pleurer davantage.

— Enfer et damnation ! s'exclama Malcolm.

Elle sentit soudain ses bras sur elle. Elle sentit qu'il l'attirait contre lui. Déjà elle se sentait mieux. Le chagrin restait présent, mais il s'adoucissait.

Puis elle se vit assise sur les genoux de Malcolm. Elle lui passa ses bras autour du cou et s'employa à lui détremper sa chemise. Quand il lui en fit la remarque, elle sanglota de plus belle en murmurant :

— Je... je... suis... dé... désolée.

Il lui tapota le bras et lui dit gentiment :

— Inutile de vous mettre dans cet état pour si peu. Une chemise, ça sèche, vous savez.

Pourquoi se mit-elle alors à pleurer avec plus de frénésie ? Elle se le demanda.

Le menton de Malcolm reposait sur le crâne de Claire. Il lui massait le dos, décrivant de grands cercles avec ses deux mains. Ayant obtenu le réconfort qu'elle était venue chercher, Claire pleurait presque avec bonheur. Elle pleura jusqu'à ce qu'elle n'eût plus une goutte d'eau dans le corps, ce qui prit beaucoup de temps.

Alors vint le temps du hoquet.

A la façon dont s'ébranlait le corps de Malcolm, Claire comprit qu'il se mettait à rire, sous cape d'abord, puis ouvertement. Quand il déposa un baiser sur ses cheveux, elle se serra plus fort contre lui et lui souffla à l'oreille :

— Je vous aime, Malcolm Graham.

Il se leva d'un bond, en la tenant toujours dans ses bras. Ce n'était certes pas la déclaration d'amour qu'elle avait espérée en retour à la sienne, mais la réponse ne pouvait pas être tenue pour négative non plus. L'émotion que traduisait le bond de Malcolm lui semblait de bon aloi.

Comme il l'emportait jusqu'à l'autre bout de la bibliothèque, elle lui demanda :

— Où allons-nous ?

— Je vous remmène dans votre chambre, répondit-il. Je m'en vais vous remettre dans votre lit, ensuite de quoi j'irai dans ma chambre où j'essaierai de dormir, ce qui me semble bien compromis, vu l'état où vous m'avez mis.

— Vous ne voulez pas plutôt rester avec moi, Malcolm ?

— Non.

— Je veux rester avec vous. Peu m'importe que nous allions dans ma chambre ou dans la vôtre. Tout ce que je veux, c'est rester avec vous.

— Claire, vous ne vous rendez pas compte de ce que vous me demandez là !

— Mais si, je m'en rends très bien compte ! Malcolm, je suis en train de vous dire que je veux passer la nuit avec vous. Je ne veux pas dormir seule. Je veux m'allonger près de vous, Malcolm, parce que vous me donnez du réconfort et que j'ai grand besoin de réconfort.

— Vous n'avez pas le droit de me demander cela. Si nous passions la nuit ensemble, Claire, vous seriez perdue de réputation. Plus aucun homme convenable ne voudrait de vous. Aucun ne se hasarderait à demander votre main, et votre situation de fortune ne changerait rien à l'affaire.

— Je me moque de ce qu'on pourrait penser de moi.

— Vous vous en moquez peut-être en ce moment, mais demain, ce ne serait plus la même chanson.

Claire ne répondit plus. Nichant son visage dans le cou de Malcolm, elle le laissa l'emporter hors de la bibliothèque, puis dans l'escalier et vers sa chambre. Elle ne dit rien non plus quand il la déposa dans son lit et tira sur elle les couvertures. Elle garda le silence quand il déposa sur son front un baiser paternel.

Elle ne le rappela pas quand il sortit de la pièce.

Il l'avait repoussée. Elle en souffrait.

Elle essaya de trouver l'oubli dans le sommeil, mais dès qu'elle fermait les yeux, elle revoyait les cadavres de son père et de ses frères, alignés sur la table de la grand-salle. Cette épreuve dura longtemps. Quand, enfin, elle put s'endormir, ce fut pour rêver que la tête de Breac avait été égarée et que le pauvre garçon la suppliait de la lui retrouver.

De nouveau elle s'éveilla en sursaut. De nouveau elle pleurait à chaudes larmes. De nouveau elle s'assit dans son lit pour réfléchir. Ayant vite compris qu'elle n'aurait plus de repos dans son lit, elle se releva et s'en alla vers la chambre de Malcolm.

Elle s'arrêta devant la porte et prêta l'oreille. Aucun bruit ne venait de l'intérieur de la chambre. Elle posa sa main sur le bouton et lentement, tourna. Quand elle entendit le déclic du pêne qui se désengageait de la gâche, elle poussa le battant, juste assez pour pouvoir se glisser à l'intérieur.

Une fois dans la place, elle referma derrière elle, puis traversa la pièce, silencieusement sur ses pieds nus. Elle atteignit le lit immense, du côté laissé libre par Malcolm. Soulevant les couvertures, elle se glissa entre les draps.

Couché sur le côté, Malcolm avait une respiration ample et régulière, ce qui indiquait qu'il dormait profondément.

Allongée sur le dos, Claire ferma les yeux. Immobile, elle attendit la venue du sommeil.

Le sommeil ne lui vint pas.

Elle se rapprocha de Malcolm et se figea quand sa main effleura le dos nu du jeune homme. Ses doigts se portèrent un peu plus bas… puis plus bas… et toujours ils ne rencontraient que de la peau nue. Claire avala sa salive, dans un bruit qui lui parut retentir avec force dans le silence de la chambre, mais Malcolm ne s'éveilla pas, il ne bougea même pas.

Elle avait la bouche sèche. Son cœur battait avec une force telle qu'elle craignait de le voir crever sa poitrine et retomber sur le lit. Mais après un petit moment de doute, la curiosité reprit le dessus. Les doigts reprirent leur exploration. Ils continuèrent donc à descendre jusqu'au moment où ils arrivèrent dans les parages de fermes rondeurs, à quoi Claire connut qu'elle abordait le fessier de Malcolm. Les yeux agrandis dans la nuit sous le choc de sa découverte, elle s'immobilisa de nouveau.

Malcolm Graham ne portait rien sur lui pour dormir.

Ramenant sa main à elle, Claire se remit sur le dos et referma les yeux. Le sommeil ne lui vint pas plus qu'avant et lui vint d'autant moins que de multiples pensées agitaient son esprit. Elle repensait indéfiniment au grain de la peau qu'elle avait caressée, aux rondeurs où elle s'était aventurée. Mais l'observation la plus troublante se rapportait au fait que Malcolm Graham dormait tout nu.

Pourquoi ?

Claire s'avisa que, peut-être, il fallait chercher l'explication dans le fait qu'il aimait cela, tout simplement. Après tout, il était peut-être agréable de dormir sans le moindre bout de tissu sur soi.

Claire se dit qu'elle devait essayer.

Lentement, avec précaution, elle remonta sa chemise de nuit, puis souleva ses fesses pour l'enrouler encore jusqu'à ses épaules. Ensuite, l'opération se compliquait quelque peu.

Après quelques contorsions, Claire put enfin se débarrasser de sa chemise de nuit et la jeter sur le plancher. Entre les draps elle s'étira langoureusement, savourant les caresses du tissu un peu rêche sur sa peau. La sensation lui parut étrange mais agréable.

Elle se mit ensuite sur le côté, le dos tourné à Malcolm. Elle ferma les yeux et s'endormit presque aussitôt.

*
* *

Quelque temps plus tard, Malcolm se retourna et sa main heurta un obstacle. Pas tout à fait éveillé, il s'immobilisa et avança de nouveau sa main. Il n'eut pas besoin de longues réflexions pour s'aviser qu'il venait d'emprisonner un sein, un sein nu.

Sa main descendit, descendit encore, et encore…

Claire, vous exagérez ! pensa-t-il.

Elle était toute nue.

A ce moment, elle s'éveilla. Aussitôt, elle se tourna vers lui.

Il émit un petit grognement.

— Ne dites rien, supplia-t-elle. Je sais que vous allez être très en colère contre moi.

— Vous pouvez m'expliquer ce que vous faites dans mon lit, sans le moindre vêtement sur vous ?

— Je voulais dormir près de vous et quand j'ai découvert que vous ne portiez rien, j'ai voulu vous imiter pour voir l'effet que cela produisait.

— Remettez votre chemise de nuit, filez dans votre chambre et dormez dans votre lit.

Claire lui passa ses bras autour du cou.

— Faites-moi l'amour, Malcolm. Je voudrais tant éprouver d'autres sentiments que le chagrin et l'angoisse. Je vous veux, Malcolm. Je me sens toute bizarre à l'intérieur de moi. C'est comme si je brûlais pour vous.

— Claire, je ne peux pas… Comprenez-moi. Je voudrais bien, mais je n'ai pas le droit.

— Mais puisque je vous le demande…

— Le chagrin vous fait perdre le sens des réalités. Ce n'est pas votre cœur qui parle.

— Vous vous trompez, Malcolm. C'est bien mon cœur qui

parle et c'est mon corps que je vous offre. Apprenez-moi... Dites-moi ce qu'il faut faire afin que je puisse...

Malcolm ne la laissa pas terminer.

— Vous êtes folle ! s'exclama-t-il, les dents serrées. Nous sommes fous tous les deux.

Mais soudain il appliqua sa bouche sur celle de Claire et, tandis que ses lèvres jouaient avec les siennes, il lui dit combien grand était le désir qu'il avait d'elle.

Sachant qu'elle n'avait jamais connu d'homme auparavant, il ne voulait pas que cette première expérience fût douloureuse ou effrayante pour elle. Il faisait donc tout son possible pour tempérer l'ardeur du désir qui le dévorait, mais il n'était pas aidé par Claire, qui ne lui laissait aucun répit. Chaque fois qu'il reculait pour se calmer, c'était elle qui prenait l'initiative.

Elle était d'autant plus séduisante qu'elle agissait le plus naturellement du monde, sans avoir rien appris, découvrant l'effet de ses caresses au fur et à mesure qu'elle les dispensait.

Malcolm, alors, capitula. Il abandonna ses nobles scrupules. Le désir primitif qui le poussait à cette union s'accordait trop bien à celui de Claire pour qu'il résistât plus longtemps. Il sentait vibrer sous le sien le corps de la jeune femme. Il respira le parfum de ses cheveux, et savoura le goût sucré de sa bouche. Puis, des lèvres, il parcourut son cou, ses seins, descendit jusqu'au ventre, avant d'atteindre ce qu'il cherchait.

Claire sursauta, puis protesta, dans un murmure :

— Non, Malcolm...

Mais il insista, jusqu'à ce qu'elle ouvrît complètement les jambes. La respiration plus forte, plus courte, elle parvint encore à dire :

— Je ne savais pas… oh… oh, Malcolm. C'est mon âme que vous atteignez.

Les caresses précises de la langue de Malcolm commençaient à la faire haleter et ondoyer. Il la conduisait à la limite de ce qu'elle pouvait supporter, puis s'arrêtait, et recommençait.

Quand, enfin, le corps de Claire explosa, Malcolm étouffa son cri de jouissance d'un baiser, et entra en elle. Il sentit céder la fragile barrière que lui opposait encore ce corps ouvert et crut devenir stupide en comprenant qu'il était parvenu au but dont il rêvait depuis le jour où, sur la grève, pour la première fois, il avait vu Claire jeter des regards courroucés aux intrus qui abordaient sur son île.

Si elle sentit une douleur, elle ne le montra pas. Au contraire, elle se mit à bouger sous lui, adaptant son rythme au sien, allant toujours plus avant, franchement, lui disant sans fausse honte ce qu'elle éprouvait, ce qu'elle aimait, ce qu'elle attendait.

Epuisé, Malcolm roula sur le côté en la tenant étroitement enlacée, et s'assoupit quelques instants.

Quand il se réveilla, il s'aperçut que Claire s'employait à explorer son corps. Elle tenait son sexe dans la main et en jouait, manifestement intriguée. Il s'échauffa à l'idée que chaque battement de son cœur allait irriguer et enfler cette partie de lui-même qui semblait tant intéresser la jeune fille.

— C'est vraiment magique, lui dit-elle. Et tu t'en sers comme un magicien.

C'est alors qu'il la vit se pencher sur lui et le prendre dans sa bouche. Il ne parvenait pas à en croire ses yeux. Pour la première fois, une femme lui donnait le plaisir qu'il avait donné à tant d'entre elles auparavant.

Comme il l'avait fait pour elle, Claire l'amena au seuil de la jouissance, puis elle s'arrêta, et recommença. Il devenait fou. Elle, gardait son calme. Avec application, elle s'attachait à terminer ce qu'elle avait commencé. Malcolm pensait qu'elle ne souhaitait que le préparer à entrer en elle, jusqu'au moment où, après l'avoir amené une nouvelle fois au point ultime de sa résistance, elle continua, et lui donna un plaisir qu'il ne connaissait pas.

Lorsqu'il eut repris ses esprits, Malcolm se dit qu'il comprenait à présent la différence entre faire l'amour et aimer, entre faire l'amour avec une femme et faire l'amour avec la femme qu'on aime.

— Je t'aime, Malcolm, murmura-t-elle en fermant les yeux.

— Tu es mienne maintenant, lui répondit-il. Tu es mienne pour toujours. Je n'ai aucune intention de te laisser filer.

7.

Pris dans l'engrenage des circonstances,
Je n'ai pas frémi, je n'ai pas gémi.
Accablé sous les coups du destin,
Le visage en sang, je reste debout.

William Ernest HENLEY (1849-1903),
écrivain anglais.
Echos, « En mémoire de R.T.H.B. », 1888

Jamie revint d'Edimbourg avec des nouvelles navrantes.

— Un voyage pour rien, annonça-t-il. Il était déjà trop tard lorsque je suis arrivé là-bas. Je ne comprends d'ailleurs pas pourquoi les événements se sont tellement précipités.

— Pourquoi était-il trop tard ? demanda Malcolm. Que veux-tu dire ?

A ce moment, ils se trouvaient en tête à tête dans la bibliothèque, Jamie à demi assis sur le coin du bureau contre lequel il s'appuyait, tandis que Malcolm allait de long en large, lentement, les mains derrière le dos, un peu penché en avant, le visage sérieux.

— A ce qu'il paraît, expliqua Jamie, quelqu'un avait déjà obtenu la tutelle quand je suis arrivé.

— J'ai du mal à le croire ! s'exclama Malcolm. A-t-on donné à ces gens le droit de régler le mariage aussi ?

— Par chance, non, dit Jamie en secouant la tête. Ils n'ont vraiment obtenu que la tutelle.

— Sais-tu de qui il s'agit ?

— J'ai réussi à l'apprendre, non sans mal d'ailleurs.

— Eh bien ?

— Que diras-tu quand tu sauras que les tuteurs sont lady Isabelle Lennox et son mari, l'honorable lord Walter Ramsay ? Question subsidiaire : que crois-tu qu'aurait pensé Alasdair s'il avait pu imaginer ce qu'il allait se passer après sa mort ? Il n'avait pas grande estime pour Isabelle, comme tu le sais.

— Je sais qu'il la rendait responsable de la mort de son frère, indiqua Malcolm. Mais je n'en sais pas plus que cela. Sur quoi fondait-il cette affirmation ? Mystère...

Jamie croisa les jambes et s'installa plus confortablement sur le bureau.

— Il m'avait dit que Guillaume Lennox avait une santé de fer, mais que sa vie en compagnie d'Isabelle et du fils de celle-ci lui avait été fatale.

Malcolm s'arrêta de marcher et se tourna vers son frère.

— Tu veux dire qu'il la croyait coupable de meurtre ? Ce serait une accusation extrêmement grave.

— Il ne l'a jamais dit de cette façon, soupira Jamie. Mais tel était son sentiment. J'en suis certain.

— Il faudrait connaître la cause exacte de la mort de Guillaume.

Jamie s'accorda un moment de réflexion avant de reprendre :

— Il se trouve que, pas plus que toi, je ne connais la cause de la mort. Toutefois, je crois me rappeler que Guillaume Lennox est tombé malade, de plus en plus gravement, et qu'il a fini par mourir, au grand dam des médecins incapables de dire de quoi il souffrait.

— Où se trouve le fils d'Isabelle, maintenant ? demanda Malcolm.

— La dernière fois que j'en ai entendu parler, il menait grande vie à Edimbourg, très au-dessus de ses moyens. C'est bien le fils de sa mère !

Malcolm approuva d'un hochement de la tête.

— En effet, c'est la réputation qu'elle a aussi. Il se chuchote même qu'elle a déjà dépensé toute la fortune lui venant de Guillaume. Voilà qui expliquerait pourquoi elle tient tant à exercer la tutelle sur le jeune comte Kendrew pendant sa minorité.

Jamie, à son tour, opina du chef. Gravement, il déclara :

— Je crains fort qu'il n'y ait plus aucun argent dans cette famille quand les enfants atteindront l'âge qui leur permettra de se débarrasser de ces embarrassants tuteurs.

— Ceux-ci n'ont pas de temps à perdre s'ils veulent procéder à un pillage en règle. Voilà pourquoi ils se sont tant hâtés de se faire installer dans cette fonction… Je reste très étonné de la rapidité avec laquelle cette procédure a été engagée et, apparemment, menée à bien. A mon avis, il y a de la manœuvre politique là-dessous, et il faut craindre que les appuis de ces gens se situent aussi haut que l'entourage de la couronne d'Angleterre. Selon toute vraisemblance, lady Isabelle a dû faire valoir ses liens de parenté, étant la tante par alliance des enfants Lennox. Maintenant, comment lord Walter aurait-il réussi à se faire accepter, lui aussi, comme tuteur ? Je n'en ai pas la moindre idée et j'ai même du mal à le croire.

Jamie tira de sa poche une lettre et la déplia.

— Tu peux le croire. Lis donc ce billet que m'a adressé mon avocat, pas plus tard qu'aujourd'hui. Il a poussé son enquête plus avant, et voici ce qu'il a découvert. Il est exact que la tutelle a été accordée à lady Isabelle en vertu de son mariage précédent avec le frère du défunt, mais elle a abandonné ses droits en faveur de son nouveau mari, lord Walter Ramsay d'Inverness...

Après un moment de silence pesant, Malcolm demanda :

— A ton avis, de combien de temps disposons-nous avant que ces gens ne se jettent sur la fortune des enfants ?

Jamie partit d'un petit rire fataliste et répondit :

— Tu penses bien que leur intention est de venir s'établir ici, à Inchmurrin, sans tarder. Comme tant d'autres prédateurs de cette espèce — les exemples ne manquent pas — ils vivront royalement sur les revenus du domaine et ils dilapideront la fortune. Quand Claire atteindra l'âge de sa majorité, elle ne recueillera plus que des restes, peut-être même des dettes.

— Cette perspective ne m'enchante pas, dit Malcolm.

— Crois-tu que je l'accepte de gaieté de cœur ? Mais sauf à avoir l'oreille du roi d'Angleterre lui-même et d'obtenir de lui le droit d'agir, nous n'avons d'autre choix que de retourner à Grahamstone aussitôt que les rapaces arriveront.

— Il ne sera pas facile non plus pour les enfants d'accepter cette situation. Ils ne portent pas Isabelle et Walter dans leur cœur, et ce n'est pas moi qui leur en tiendrai rigueur.

— Je n'en pense pas moins, mais hélas, l'affaire nous échappe. Nous voilà impuissants. Tout ce que nous pouvons faire, c'est annoncer la nouvelle aux enfants, avec tous les ménagements possibles, ce qui n'atténuera pas vraiment la rudesse du coup qu'ils vont recevoir. Veux-tu te charger de cette sale besogne, ou préfères-tu me la laisser ?

— Pourquoi ne pas nous y mettre ensemble ? proposa Malcolm. Il est certaines corvées qu'il vaut mieux porter à deux.

La corvée se révéla particulièrement ardue avec Claire, l'aînée des enfants Lennox, et donc la plus capable de comprendre de quoi il s'agissait. En outre, elle avait une opinion bien arrêtée sur les gens qui s'imposaient à elle et à sa famille. Elle ne manqua pas de déclarer le peu d'estime qu'elle éprouvait pour eux. Elle précisa qu'elle n'aimait pas lady Isabelle et lord Walter, et pour couper court à toute ambiguïté, elle ajouta qu'elle les haïssait.

En l'écoutant, Malcolm se demandait si les préventions de la jeune fille venaient de son expérience ou si elle reprenait à son compte celles de son père. Il n'osa pas le lui demander, jugeant le moment peu approprié pour entrer dans ce genre de subtilité.

En tout cas, Claire était bien la fille de son père, entière comme lui. Cela, Malcolm le savait déjà, il en obtenait une nouvelle et éclatante confirmation.

Jamie et Malcolm restèrent encore presque une semaine à Inchmurrin avant l'arrivée d'Isabelle, veuve de l'oncle des enfants. L'homme dont elle partageait désormais la vie, lord Walter Ramsay, l'accompagnait.

En s'avisant de la présence des frères Graham, Isabelle

marqua sa surprise, pour ne pas dire son déplaisir, mais elle se reprit assez vite. Elle déclara qu'elle et lord Walter assumaient désormais les fonctions de tutelle sur Kendrew, nouveau comte d'Errick et de Mains, ainsi que sur les autres enfants Lennox. Elle s'enquit de savoir si on voulait voir le document officiel. On l'en dispensa. Alors elle s'occupa de son déménagement.

Lady Isabelle et lord Walter arrivaient en effet avec armes et bagages, pour s'installer au château et assumer les devoirs d'une charge qu'ils avaient convoitée.

Jamie et Malcolm n'avaient pas le choix. Ils devaient quitter les lieux aussi vite que possible.

— Vous ne pouvez vraiment pas rester avec nous ? implora Kendrew, quand le jour et l'heure du départ eurent été arrêtés.

— Je voudrais pouvoir, mais il faut obéir à la loi, argua Malcolm.

La séparation fut un moment difficile pour tous, malgré les efforts de Jamie et de Malcolm pour tenter de faire croire qu'il ne s'agissait que d'une séparation momentanée. A leur grande surprise, ils découvrirent que les tuteurs se montraient gentils et attentionnés pour les enfants, tellement gentils, en vérité, qu'ils se demandèrent si les vilenies dont les chargeait la rumeur n'étaient pas aussi bien fondées qu'ils l'avaient cru jusque-là.

Lady Isabelle se donna même la peine de déclarer :

— Je ne vous remercierai jamais assez, lord Monleigh, pour tout ce que vous avez fait ici depuis les tragiques événements qui ont fait de ces enfants des orphelins. C'est un grand réconfort que de savoir que vous avez été là pour les guider et les protéger en attendant notre arrivée. J'espère que vous trouverez le temps de leur rendre visite, de temps en temps.

— Pour le moment, nous allons à Grahamstone, mais peut-être ferons-nous étape ici, dans quelques jours, quand nous nous rendrons à Monleigh, répondit Jamie.

— Dois-je comprendre que vous n'habitez pas à Grahamstone de manière permanente ?

— Non. Nous n'y séjournons que pour régler les affaires du domaine et procéder aux nécessaires aménagements. C'est ce que nous nous apprêtons à faire pendant quelques jours, mais ensuite, comme je vous l'ai dit, nous irons à Monleigh.

— Alors, passez par ici pour faire vos adieux à ces enfants, reprit lady Isabelle. Vous savez que vous serez toujours les bienvenus dans cette maison.

— Je vous remercie, dit Jamie. Maintenant, si vous voulez bien m'excuser, je m'en vais chercher mon frère pour lui dire qu'il est temps de partir.

Malcolm se promenait avec Claire, dans le parc, les chiens courant et batifolant autour d'eux. Il avait tenu à lui faire ses adieux en tête à tête.

— Je voudrais tant que tu restes, murmura la jeune fille.

— Tu sais que ce n'est pas possible.

— Alors, je veux partir avec toi.

— On a besoin de toi ici, Claire. Tu ne voudrais pas abandonner ton frère et tes sœurs, n'est-ce pas ? Surtout pas en ce moment.

— Je sais bien que je dois rester. C'est mon devoir, mais il ne me plaît pas.

Claire s'arrêta. Malcolm l'enlaça pour l'attirer contre lui et la presser contre son cœur. En même temps il la dévorait du regard, il respirait son parfum. C'est qu'il s'agissait pour lui de s'emplir des souvenirs dont il aurait besoin pour supporter leur séparation, qui risquait de durer assez longtemps.

Combien de temps ? Plusieurs mois pour le moins, mais pas plus d'un an, car, dès que le temps du deuil serait écoulé, Malcolm demanderait la main de Claire. Il se faisait fort de l'obtenir. Il épouserait celle qu'il aimait.

Hélas, en attendant ce jour béni, il faudrait la quitter, et plus vite que prévu car Jamie arrivait déjà. En le voyant qui arrivait au détour d'une allée, Malcolm se hâta de donner à Claire un dernier baiser tout brûlant de l'amour qu'il éprouvait pour elle. Quand leurs lèvres se séparèrent, il découvrit que la séparation serait encore plus difficile qu'il ne l'avait prévu. La voix cassée par l'émotion, il murmura :

— Je t'écrirai, mon amour.

Avec un pauvre sourire, elle lui répondit :

— Je répondrai à chacune de tes lettres, Malcolm Graham.

Tandis que Jamie attendait discrètement à quelque distance de là, Malcolm prit conscience qu'il ne serait pas aussi courageux qu'il l'avait présumé.

— Un dernier baiser, implora-t-il en reprenant Claire dans ses bras. Je t'aime tant.

Les larmes vinrent aux yeux de la jeune fille, certaines coulèrent sur ses joues, mais elle se reprit très vite et déclara :

— Je suis désolée de te donner pareil spectacle. Je

n'aime pas être faible. Je t'aime, Malcolm Graham et il m'en coûte de devoir me séparer de toi. C'est comme si on plantait un couteau dans mon cœur. Je me console en me disant que nous ne tarderons pas à nous revoir, et cette fois pour toujours, mais tout de même, c'est dur de devoir te laisser partir.

Ils soupirèrent de concert, puis Claire reprit :

— Je n'irai pas au bateau. Je préfère aller à l'endroit où je t'ai vu pour la première fois. De même que je t'ai vu faire irruption dans ma vie, je te regarderai t'en aller.

— Ce n'est pas pour toujours que je m'en vais. Tu le sais, n'est-ce pas ?

Malcolm s'éloigna, à petits pas, en marchant à reculons.

Claire le suivit du regard tandis qu'il allait rejoindre son frère, MacTavish et Maddy courant derrière lui. Elle tapota la tête de Lord Duffus et lui dit :

— Toi, au moins, tu restes avec moi.

Le chien agita la queue et jappa gaiement en suivant Claire qui s'en allait vers l'endroit d'où elle avait l'intention d'assister au passage du bateau qui emportait son amour.

Dès qu'elle le vit paraître sur les eaux bleues du loch, elle agita les bras et continua jusqu'à ce qu'il eût disparu dans la clarté éblouissante du soleil sur la surface polie comme celle d'un miroir. Alors elle épongea les larmes qui mouillaient ses joues et se tourna vers son chien qui la regardait comme s'il comprenait quelle tristesse était la sienne.

— Viens, lui dit-elle en soupirant. Rentrons à la maison et essayons de voir comment se dessine notre avenir.

Elle s'attendait à voir en Isabelle un personnage aussi détestable que la comtesse de Seaforth, dont la légende racontait comment elle avait plongé le pauvre Coinneach Odhar dans un tonneau de goudron fondu. A sa grande surprise, Isabelle l'accueillit, au contraire, avec de grandes démonstrations d'amitié.

— Ma chère nièce, lui déclara-t-elle en guise d'entrée en matière, il m'en coûte de n'avoir pas connu tout de suite le deuil cruel qui vous frappait, car alors, je serais accourue aussitôt pour me tenir à vos côtés. Je sais bien que jamais je ne pourrai prétendre à remplacer votre père, mais si vous le voulez bien, je serai votre amie, votre confidente, et, bien sûr, une tante sur qui vous pourrez toujours compter.

Elle prit Claire par la main et l'entraîna en poursuivant :

— Venez. Vos sœurs et moi étions en train d'examiner quelques magnifiques pièces de tissus que j'ai achetées à Paris. Les couleurs et les impressions, remarquables, sont de la dernière mode. Je veux que chacune d'entre vous choisisse le coupon qu'elle préfère pour se faire couper une robe dedans.

— Nous ne pouvons porter de nouvelles robes à moins qu'elles ne soient noires, répondit Claire. Oubliez-vous, ma tante, que nous sommes encore en grand deuil ?

Isabelle toisa la jeune fille et sourit.

— Non, je n'ai pas oublié votre état, ma chère enfant. Je sais bien que vous êtes en deuil mais franchement, avec vous tous habillés en noir, cette maison est aussi gaie qu'un jour d'hiver. Quoi qu'il en soit, le temps de l'affliction finira par se terminer et j'entends que ce jour-là, vous ayez toutes une nouvelle garde-robe à votre disposition. C'est pourquoi je pense que nous pourrions mettre en chantier, dès maintenant, une ou deux tenues pour chacune d'entre vous, plus quelques autres au cours des mois à venir. Ainsi, le jour venu, vous aurez de quoi vous vêtir convenablement.

Claire accepta de rejoindre ses sœurs, rassemblées dans la grand-salle autour de la table sur laquelle avaient été répandus des douzaines de coupons colorés. Elle n'en avait jamais vu d'aussi beaux.

— Claire, regarde ce que j'ai choisi ! s'écria Briana qui tenait dans ses mains une longueur de mousseline jaune. Tante Isabelle dit que cette couleur s'accordera très bien avec celle de mes cheveux. Le penses-tu aussi ? On m'en fera une robe pour aller à l'église.

En voyant le visage heureux de sa petite sœur, Claire sourit, et elle répondit :

— Je dis qu'avec une robe de cette couleur, tu seras la plus jolie fille de l'église. Il est vrai que ce jaune me paraît particulièrement seyant et que la mousseline convient très bien pour les robes d'été.

Kenna intervint.

— Regarde ce que j'ai choisi, dit-elle en agitant un coupon de velours vert sombre. Je veux qu'on m'en tire une robe pour l'hiver prochain. Moi, je dis que le vert va bien avec les cheveux roux. Qu'en penses-tu ?

— Je pense qu'avec les cheveux et les yeux que tu as, tu ne devrais porter que du vert, surtout du velours, un tissu extraordinairement doux.

— Tu as raison, fit Kenna en caressant le tissu avec le dos de la main. En plus, ce sera bien de porter des couleurs, après tous ces mois en noir.

Claire reporta alors son regard sur Greer qui se trouvait au bout de la table et semblait absorbée dans de profondes pensées. Elle se dirigea vers elle pour lui demander :

— Et toi, qu'as-tu choisi ?

Greer soupira.

— Je n'arrive pas à choisir. Je les aime tous, ces tissus. Regarde ce drap brun, par exemple. Il conviendrait fort bien pour l'hiver parce qu'il me semble très chaud.

Elle reposa le coupon, s'empara d'un autre et reprit :

— Ce lin bleu foncé m'irait parfaitement aussi, bien sûr…

Elle prit en mains un imprimé de soie vert pâle. Claire nota qu'à ce moment, les yeux de sa sœur s'allumaient de plaisir. Elle déclarait d'ailleurs, avec beaucoup d'enthousiasme :

— Quant à cette pièce, elle est la plus belle de toutes, à mon avis.

Mais son regard s'éteignit et elle reprit d'une voix contenue, presque tristement :

— Non, ce ne serait pas raisonnable de choisir celui-ci. Pour aller où ? Nous n'assistons presque jamais à des soirées. Personne ne verrait ma robe de soie verte.

Claire sourit. Il lui semblait que Greer fût la plus douce, la plus gentille jeune fille que Dieu eût jamais créée. Elle ne pouvait pas s'empêcher de répondre à un compliment par un compliment plus appuyé et d'écrire pour remercier quand on lui avait envoyé une lettre de remerciement.

— Veux-tu savoir ce que je pense ? demanda Claire.

— Oui…

— Tu devrais choisir le coupon qui te donne le plus de joie. Même si tu prends la soie vert pâle et que tu ne puisses la montrer, tu seras heureuse de la porter dans ta chambre ou dans le parc, pour promener les chiens. Pense à toi d'abord quand tu t'habilles, Greer. Oublie un peu les règles que l'on t'a inculquées. Parfois un luxe peut nous faire plus de bien qu'une douzaine de nécessités. L'important est de savoir de quoi ton cœur a besoin.

Greer retrouva son sourire.

— Oh ! merci, Claire ! s'écria-t-elle. J'avais vraiment envie de cette soie verte, mais je n'osais pas la prendre. Je craignais que tu me dises qu'elle n'était pas pratique ou ne me convenait pas.

Claire se pencha pour lui murmurer à l'oreille :

— Des robes pratiques, tu en as déjà plein une armoire, me semble-t-il ?

— Oui.

— Alors, tu peux t'offrir une robe de soie vert pâle.

Les deux sœurs s'étreignirent.

Il ne manquait plus à Claire que de choisir le tissu dont elle voudrait se parer. Elle jeta son dévolu sur un drap léger, violet foncé, ainsi qu'une dentelle qui agrémenterait fort bien l'encolure et les manches.

— Eh bien, mes belles ! déclara lady Isabelle qui les avait observées jusque-là en silence ; demain, je vous emmènerai toutes à Stirling afin que la couturière puisse prendre vos mesures et mettre vos robes en chantier. Ensuite nous rendrons visite à une modiste car vous avez besoin aussi de chapeaux ; puis à une mercière qui vous fournira en dessous, en bas, en rubans et en gants.

— Croyez-vous que nous pourrons faire toutes ces courses en une journée ? demanda Kenna.

— Bien sûr que nous le pourrons, ma chère petite ; pas en une journée, mais en trois s'il le faut. Nous descendrons à l'auberge des Deux Colombes où nous passerons deux nuits, et même une troisième en cas de besoin.

— Mais Kendrew ? demanda Greer.

— Lord Walter veut l'emmener à Glasgow, où doivent

se tenir de grandes ventes de chevaux. Kendrew doit avoir une monture bien à lui.

Les filles se récrièrent à l'unisson.

— Un cheval pour Kendrew ? s'exclama Kenna. Quelle chance pour lui, lui qui a toujours rêvé d'en avoir un !

— Eh bien, son rêve est sur le point de se réaliser. Il aura un poney des Hautes-Terres.

Ce soir-là, après que Claire eut dit ses prières en compagnie de ses sœurs, elle leur souhaita une bonne nuit. Briana l'étreignit avec force en disant :

— Je crois que lady Isabelle est la plus gentille personne du monde.

— Moi, je suis heureuse de te voir heureuse. Alors maintenant, il faut vite dormir car demain nous aurons une journée longue et éprouvante.

Lady Isabelle tint promesse. Le jour suivant, elle emmena les sœurs Lennox à Stirling. En dépit de ses préventions, malgré une défiance dont elle ne parvenait pas à se défaire, Claire dut admettre qu'elle n'avait jamais participé à un voyage plus agréable que celui-là.

Au début, elle se sentait un peu gênée de se promener ainsi dans les rues de la ville avec ses sœurs, toutes habillées en noir à l'exception de Briana dont lady Isabelle avait déclaré qu'elle pouvait porter du gris en raison de son jeune âge. Elle avait l'impression de participer à un convoi funèbre et d'attirer la curiosité des passants.

Quand elle s'en ouvrit à lady Isabelle, celle-ci éclata de rire.

— Laissez-moi vous dire quelque chose, mon enfant. Vous pouvez revêtir une belle femme d'une peau de loup et sa beauté n'en sera pas diminuée pour autant. Ce ne sont pas les vêtements qui comptent mais la façon dont vous les portez. J'ajoute qu'une beauté en vêtements de deuil ne manque pas de charme et qu'elle attire l'attention sur elle... surtout l'attention des jeunes gens. Comprenez-vous ce que je veux dire ?

Quand les filles Lennox rentrèrent à la maison, trois jours plus tard, la couturière avait pris leurs mesures pour une nouvelle robe de deuil et une autre dans le tissu qu'elles avaient choisi. Elles avaient pu faire aussi leurs emplettes de dessous, de chapeaux, de rubans et de colifichets. Lady Isabelle avait tenu à les pourvoir, en plus, de nouvelles chemises de nuit.

La vie reprit son cours normal, qui pouvait s'appeler routine. Kendrew passait beaucoup de temps sur son poney des Hautes-Terres. Claire et ses sœurs étudiaient leurs leçons avec la nouvelle gouvernante qui avait été engagée malgré les supplications des enfants qui ne voulaient pas voir partir la brave Aggie.

— Aggie ne sait rien, avait décrété lady Isabelle. Votre éducation a été très négligée jusqu'à maintenant, il est temps d'y remédier.

Les enfants se scandalisèrent d'entendre un tel discours. Ils firent si grand tapage qu'à la fin, lady Isabelle consentit à garder Aggie, mais elle tint néanmoins à engager la gouvernante qu'elle avait choisie, Miss Kathleen O'Malley, aussi irlandaise que son nom le laissait supposer.

Il régnait à Inchmurrin un semblant de bonheur qui n'était qu'une apparence, car les enfants Lennox continuaient de pleurer leur père et leurs deux frères. Ils s'adonnaient encore à de profonds moments de tristesse et succombaient à de fréquentes crises de larmes. Mais les jours passaient, le temps atténuait peu à peu les chagrins. La vie retrouvait peu à peu ses droits.

Claire sentait se dissoudre progressivement ses préventions envers lady Isabelle. Elle se sentait de plus en plus encline à lui accorder sa confiance. Elle hésitait de moins en moins à prendre son conseil. En même temps, elle s'interrogeait. D'où venait que son père détestait tant cette femme et lord Walter ? Ne pouvant répondre à cette question, elle s'appliqua une maxime que son père lui avait enseignée, à savoir qu'il fallait accepter les gens tels qu'ils paraissaient être, jusqu'au moment où ils révélaient un autre aspect, bon ou mauvais, de leur personnalité.

Les jours d'été raccourcirent et fraîchirent. On allait vers l'automne. Bientôt on entra dans le mois d'octobre. Quand vinrent les premiers froids, Claire ne manqua pas de remercier lady Isabelle qui avait tenu à fournir les quatre filles en grandes capes de drap bien chaud et bordées de fourrure.

Peu de temps après Noël survint une période de grands froids, pendant laquelle les eaux du loch gelèrent de Balloch au sud, à Luss au nord. De sa fenêtre, Claire observa d'interminables parties de curling et s'amusa à suivre du regard les évolutions de patineurs aux nez rouges. Elle s'intéressa aussi aux traîneaux, lourdement chargés de marchandises, qui traversaient le loch gelé pour éviter un long détour. Elle craignait de voir la glace céder sous les sabots des chevaux et l'équipage s'enfoncer dans les eaux noires.

Il lui sembla remarquer, pour la première fois de sa vie, du moins avec une telle acuité, à quel point le paysage changeait d'une saison à l'autre. Puis, le cours de ses pensées allant son train, elle s'avisa que sa vie aussi changeait, mais que pour elle, plus rien ne serait comme avant.

Quand revint le printemps, Claire célébra son seizième anniversaire. De nouveaux changements affectaient depuis peu sa vie et celle de ses sœurs. Elles prenaient en effet des leçons de musique et de peinture, un maître de danse venait leur apprendre les dernières évolutions à la mode dans les salons.

Lady Isabelle avait réformé le personnel et apporté de grands changements dans le train de la maison. De nouveaux serviteurs avaient été engagés tandis que certains, parmi les plus anciens, avaient été priés de s'en aller. Interrogée sur ce sujet, elle expliquait :

— Tout ce que je fais, c'est pour vous, mes enfants. Il est temps que je vous donne le raffinement dont vous avez si cruellement manqué jusqu'à présent.

Malcolm écrivait régulièrement à Claire. Elle lui répondait dans de longues lettres qu'elle confiait à Dermot en le priant de les poster pour elle. Ces échanges épistolaires ne valaient pas compagnie, mais ils avaient l'avantage de garder les amants proches l'un de l'autre.

Claire ne s'ouvrit jamais de ce sujet devant lady Isabelle, non qu'elle voulût garder le secret sur Malcolm, mais parce qu'elle ne voulait partager ses lettres avec quiconque. Elle craignait que la tutrice, mise au courant, ne demandât ou peut-être même exigeât de lire ce courrier. Pour cette raison, elle avait demandé au maître de poste de garder par-devers lui tous les envois qu'il recevait pour elle et de les lui remettre en mains propres. Chaque fois qu'elle avait l'occasion de se rendre en ville, elle passait au bureau de poste, le cœur battant. Ainsi organisé, tout un pan de sa vie échappait complètement au contrôle de ses tuteurs.

Si lady Isabelle passait beaucoup de temps avec les filles Lennox, lord Walter se consacrait presque exclusivement à Kendrew. Ce fait n'avait pas échappé à Claire, qui s'inquiétait pour son frère ainsi mis un peu à l'écart. Les filles, en effet, continuaient à jouir de la grande complicité qui avait toujours été la leur, mais Kendrew n'avait plus ni père ni frères pour partager ses joies ou ses peines.

Honnête avec elle-même, Claire se reprochait d'avoir adopté à l'égard de lady Isabelle et de lord Walter, la méfiance, pour ne pas dire plus, que son père leur avait toujours marquée, mais elle se reprochait aussi de suivre de moins en moins son père sur ce terrain. Elle avait l'impression de le trahir.

Certain après-midi, elle eut l'occasion de s'en ouvrir avec lady Isabelle. Elles travaillaient alors toutes les deux à un ouvrage de broderie tandis que les autres filles Lennox s'occupaient de musique, dans une pièce adjacente.

Lady Isabelle tira un fil, le noua et le coupa. Elle s'apprêtait à planter son aiguille de nouveau quand elle s'avisa que Claire fronçait les sourcils sur un entrelacs difficile à démêler.

— Vous m'avez l'air soucieuse, aujourd'hui, lui dit-elle. Quelque chose vous trouble-t-il ? Vous est-il arrivé un événement imprévu ? J'espère que vous êtes convaincue que lord Walter et moi-même tenons à être considérés comme membres à part entière de votre délicieuse famille. Si donc il nous arrive, à un moment ou à un autre, de nous tromper ou de prendre une décision peu judicieuse, nous comptons bien que vous n'hésiterez pas à nous le faire savoir.

Elle posa sa broderie à ses pieds et conclut son propos ainsi :

— Y aurait-il un sujet quelconque dont vous aimeriez vous entretenir avec moi ?

Claire reposa pareillement son ouvrage et répondit :

— Oui, je suis troublée, tante Isabelle, et cela ne date pas d'hier. Mais la cause de ce trouble n'est pas de celles que vous supposez. En vérité, j'ai des remords.

— Des remords ? s'écria lady Isabelle. Comment pouvez-vous avoir des remords, vous qui êtes une jeune fille au cœur pur ? Je ne puis croire que vous vous soyez rendue coupable de quoi que ce soit qui rende nécessaire une telle sévérité à propos de vous-même.

Après quelques instants de silence songeur, Claire répondit :

— Votre bienveillance, votre compréhension, la délicatesse que vous avez montrée dans la tutelle que vous exercez ici, ont contribué grandement à l'apaisement de notre chagrin. Mais vos qualités me donnent à regretter la dureté du jugement hâtif que j'avais formé à votre encontre sans vous connaître. C'est pourquoi je vous prie de bien vouloir me pardonner les méchants sentiments que j'ai eus pour vous dans le secret de mon cœur.

— Je sais que votre chagrin était la cause de cette distance entre nous, répondit lady Isabelle, sans se départir de son sourire. Loin de moi l'idée de vous en tenir grief. N'y pensez donc plus, c'est encore le mieux. Moi j'ai déjà tout oublié et vous devriez en faire autant.

*
* *

Lord Walter passait beaucoup de temps dans la bibliothèque à éplucher les comptes, ou à faire de longues tournées d'inspection dans les différentes propriétés dépendant du domaine comtal, certaines situées fort loin d'Inchmurrin. Il n'en continuait pas moins à s'occuper de Kendrew, qui lui vouait des sentiments presque filiaux. Quand il s'absentait pour une semaine, le garçon demandait chaque jour de ses nouvelles et soupirait en disant qu'il avait hâte de le voir de retour.

Claire commençait à se dire qu'elle ne reverrait plus jamais Malcolm, quand elle reçut de lui une lettre où il lui disait qu'il allait passer trois semaines à Edimbourg en compagnie de ses frères Calum et Tavish, et qu'il avait hâte de revenir à Inchmurrin pour savourer, enfin, la douceur de ses baisers auxquels il ne cessait de rêver nuit après nuit. « J'espère pouvoir venir passer plusieurs jours avec toi quand nous serons à Edimbourg », disait-il.

Si cette lettre avait l'avantage d'éveiller les joies de l'attente, elle avait aussi l'inconvénient d'allonger démesurément le temps. Les journées n'en finissaient plus, elles devinrent peu à peu tellement insupportables que Claire, pour tromper son impatience, voulut annoncer à lady Isabelle la visite qu'elle attendait.

— Malcolm Graham viendrait passer ici plusieurs jours ? s'écria celle-ci qui se rembrunissait. Je ne pense pas que ce soit une bonne idée. Que croyez-vous que l'on pensera, quand on saura qu'un jeune homme est venu vous visiter et qu'il a dormi sous le même toit que vous ?

— Nous ne serons pas seuls, objecta Claire. Avec mes

trois sœurs et mon frère, je ne crois même pas que nous aurons l'occasion d'un seul tête-à-tête.

— Pourquoi viendrait-il ?

— Les Graham étaient des amis de mon père bien avant son mariage avec ma mère. Ils sont toujours des amis de notre famille. Nos liens se sont encore renforcés à l'occasion du drame qui nous a frappés. Vraiment nous sommes très liés avec lord Monleigh, Malcolm et Niall.

— Eh bien, conclut lady Isabelle, ce qui est fait est fait et nous ne pouvons plus rien changer à vos plans puisque le jeune Malcolm doit surgir à l'improviste. Cependant, à l'avenir, songez à m'avertir de toute nouvelle idée de ce genre. Il y a des raisons qui font qu'une jeune fille de votre âge doit être placée toujours sous la sauvegarde d'un adulte. Ces raisons, vous les découvrirez et les comprendrez un jour.

8.

Quand une femme convoite un homme, quand elle éprouve du désir pour lui, il n'a nul besoin de s'évertuer à créer des occasions de rencontre, car elle en trouvera plus en une heure que nous, les hommes, en élaborerions en un siècle.

Pierre de BOURDEILLE,
abbé de Brantôme (vers 1540-1614),
homme de cour, soldat et écrivain français.
Vies des dames galantes (publié en 1569)

Quand il aperçut Claire qui l'attendait au bord de l'eau, Malcolm comprit qu'elle avait guetté l'arrivée de son bateau.

Il sauta sur la rive. Elle s'approcha et lui dit :

— Bienvenue à Inchmurrin, Malcolm. Tu nous as beaucoup manqué.

Malcolm resta sans voix en découvrant la jeune fille qui avait grandi et mûri, qui était devenue belle à couper le souffle, si belle, en vérité, que le petit discours qu'il avait préparé pour elle lui parut soudain inapproprié, ridicule même, indigne d'être prononcé devant une femme aussi belle.

Son sourire seul eût terni l'éclat d'une centaine de candélabres, car il semblait capable à lui tout seul de donner la lumière au monde. En tout cas, Malcolm avait l'impression qu'il n'avait jamais vu l'île sous une telle clarté et cette clarté ne pouvait venir que de Claire.

Il s'avisa qu'il avait vraiment beaucoup de chance d'être aimé d'une femme aussi merveilleuse que celle-là.

— Ainsi tu es venu, lui disait-elle, ravie.

— Pensais-tu que j'aurais permis à quiconque de m'empêcher de te revoir ? répondit-il, enflammé. Imagines-tu que j'aie pu me soumettre à un empêchement ?

Il la regarda longuement et reprit :

— Tu es encore plus belle que dans mon souvenir.

Dermot s'éloignait déjà avec les bagages. Claire put donc passer son bras sous celui de Malcolm et ainsi s'en allèrent-ils par les chemins qui conduisaient au château.

— Bienvenue à Inchmurrin, répéta la jeune fille. Je suis si contente de t'avoir un petit peu avec moi, de nouveau.

— Et moi, je voudrais bien pouvoir t'emmener avec moi au jour de mon départ. Tiens ! Si j'osais, je t'enlèverais. C'est si dur de vivre loin de toi.

— Crois-tu que ce soit facile pour moi ?

— Comment vont tes sœurs ?

— Elles s'adaptent beaucoup mieux que je ne l'aurais supposé. Il faut aussi que je te dise qu'à ma grande surprise, lady Isabelle et lord Walter démontrent de réelles qualités de cœur dans leurs fonctions de tuteurs.

— Il faudra ajouter mon nom à la liste des personnes surprises, dit Malcolm en riant ; car moi non plus je ne leur accordais pas grand crédit. Mais puisque tu le dis...

Claire posa son autre main sur le bras de Malcolm.

— Il ne faut pas, répondit-elle, juger trop hâtivement, surtout quand on ne dispose d'aucune preuve. C'est la leçon que j'ai tirée de cette affaire.

— Je suivrai donc tes recommandations, reprit Malcolm en souriant. Mais parlons de ce qui nous intéresse. Quand aurons-nous un moment rien qu'à nous ?

Voyant rosir les joues de la jeune fille, il se demanda si elle avait changé de sentiment pour lui, ou s'il ne fallait voir dans cette coloration subite qu'une manifestation de timidité, due à leur longue séparation.

— Hélas, il ne sera pas facile de trouver un endroit et un moment pour être avec nous-mêmes, soupira-t-elle. Cette île est minuscule, mes sœurs en connaissent le moindre recoin. En plus, il y a les chiens ; impossible de se dissimuler à eux.

— Nous trouverons sûrement à grappiller quelques minutes, dit Malcolm, plein d'espoir. Sais-tu grimper aux arbres ?

Mi-figue, mi-raisin, Claire le regarda et s'exclama :

— Je ne peux pas croire que tu me poses ce genre de question.

— Pourquoi ? s'étonna-t-il. Qu'y a-t-il de mal à te le demander ?

Avec un sourire ravi, elle pressa le bras de Malcolm.

— Il n'y a rien de mal, bien au contraire, puisque tu me rappelles d'excellents souvenirs. Quand mes sœurs et moi étions plus jeunes, beaucoup plus jeunes, nous aimions grimper dans les arbres pour observer les bateaux qui passaient sur le loch, et quand l'un d'eux s'approchait de l'île, nous courions comme des dératées pour l'annoncer au château.

— En somme, vous jouiez le rôle de sentinelles, dit

Malcolm, qui s'amusait du ton subitement plus animé de la jeune fille.

— C'est cela, nous étions des sentinelles et nous prenions ce rôle très au sérieux. Mais un jour, nous vîmes arriver un bateau et Kenna voulut être la première à l'annoncer à notre père. Dans sa hâte à descendre, elle manqua une branche et tomba lourdement sur le sol. Mon père craignit qu'elle ne se fût brisé le dos. Heureusement, il n'en était rien, quelques bleus seulement sanctionnèrent cette affaire. Il n'empêche que Kenna se vit incapable de monter aux arbres pendant une assez longue période.

— Et votre père ne vous a pas interdit de monter aux arbres ? s'étonna Malcolm.

— Bien sûr que si. Je ne l'avais même jamais vu aussi catégorique. Plus d'acrobaties dans les branches ! avait-il décrété. Mais il ne tarda pas à se rendre compte à quel point sa sentence nous rendait tristes. C'est pourquoi il a fait construire une cabane dans un arbre, une jolie petite maison pourvue d'une porte et de trois fenêtres, avec une échelle pour y monter sans aucun danger. De là, nous pouvions observer le loch dans toutes les directions, y compris par mauvais temps.

Malcolm riait. Il demanda :

— Claire Lennox, serais-tu en train de suggérer que nous pourrions nous retrouver dans cette maison de poupée ?

— Maison de poupée ?

— Evidemment ! Elle doit être minuscule, cette cabane construite pour toi et tes sœurs alors que vous étiez toutes petites, et je ne pense pas que je puisse m'y introduire. Au cas où tu ne l'aurais pas remarqué, je te signale que je ne suis pas d'un format insignifiant.

— Eh bien, répliqua Claire, si tu veux vraiment un moment de solitude avec moi, il faudra bien t'en accommoder.

Dermot leur tint la porte pour entrer et il les suivit à l'intérieur, jusque dans le grand vestibule où attendaient lady Isabelle et lord Walter.

— Soyez le bienvenu à Inchmurrin, déclara ce dernier. J'espère que vous avez fait bon voyage.

— Oui, je vous remercie, lord Walter. Ce voyage s'est déroulé au mieux, et j'en remercie le ciel.

— Walter, dit lady Isabelle, d'un ton boudeur, ne veux-tu pas que j'aie l'occasion, moi aussi, d'accueillir notre hôte ?

Elle s'approcha de Malcolm pour lui prendre le bras et déclara :

— Nous avons été ravis d'apprendre la nouvelle de votre visite. Mais venez donc dans la grand-salle. Nos jeunes filles et Kendrew vous attendent avec impatience. Et puis, le dîner y sera bientôt servi. Je suppose que vous ne manquez pas d'appétit, grand et fort comme vous l'êtes ?

— Un appétit d'ogre, en vérité, dit Malcolm, d'un ton enjoué.

Lord Walter offrit son bras à Claire, pour suivre lady Isabelle qui conduisait Malcolm à la grand-salle où il subit, comme il s'y attendait, un interrogatoire serré. Les enfants Lennox parlaient tous à la fois, ils voulaient tout savoir de lui et de ce qui lui était arrivé depuis son départ d'Inchmurrin, quelques mois plus tôt.

Au moment de passer à table, Malcolm se dit qu'il aimait de plus en plus la famille Lennox. Les sœurs de Claire atteignaient un âge qu'il trouvait tout à fait charmant. Il s'avisa que Briana, dans quelques années, briserait bien des cœurs, car elle aussi était très belle et elle se comportait déjà en véritable petite coquette.

Dans le cours de la conversation, il en arriva à demander comment on vivait sur l'île.

— C'est paisible, répondit Greer. Et nous n'avons pas de loups.

— Moi, je trouve notre vie un peu solitaire, ajouta Claire. Nos amis viennent rarement nous rendre visite car ils hésitent à prendre le bateau pour traverser le loch.

— Eh bien ! rétorqua Kenna avec un sourire entendu, tu n'as qu'à te trouver un ami de cœur et tu te sentiras moins seule.

— Nous n'avons pas assez de place pour faire galoper nos chevaux, dit Kendrew.

Briana était la seule à n'avoir pas parlé. Malcolm lui demanda :

— Et vous, Briana ? Diriez-vous qu'on se sent un peu seul, à vivre sur une île comme Inchmurrin ?

— Oh oui ! Il s'y passe si peu de choses qu'on trouve amusante l'irruption d'un moustique.

Tout en contribuant à la conversation, Malcolm observa aussi que Kendrew avait changé en bien, et qu'il fallait en attribuer tout le mérite à lord Walter, qui avait réussi à sortir le garçon du cocon de tristesse et de solitude où il avait commencé à s'enfermer dès après le drame.

En vérité, cette famille semblait très heureuse, aussi heureuse qu'elle pouvait l'être avoir perdu un père et deux frères dans d'horribles circonstances.

En conséquence de quoi, Malcolm se dit encore qu'il avait mal jugé lady Isabelle et lord Walter et qu'il devait, ainsi que le lui avait recommandé Claire, cesser de les voir comme des ennemis.

*
* *

Lorsque Claire descendit pour prendre son petit déjeuner, elle apprit que Malcolm s'était déjà restauré et s'en était allé pour une promenade avec Kendrew.

Ils revinrent, mais alors Claire craignit de n'avoir jamais cinq minutes de tête-à-tête avec Malcolm, car il était l'objet de toutes les attentions. Ses sœurs s'accrochaient aux basques du jeune homme, elles sollicitaient son avis sur tout, avaient besoin de lui pour d'innombrables petites tâches. Il était certes réconfortant de constater à quel point il était apprécié, mais Claire ne pouvait cependant s'empêcher de penser qu'on lui enlevait Malcolm qui n'était venu que pour elle. Elle sentait, planté dans son cœur, l'aiguillon de la jalousie.

Elle blâma d'abord ses sœurs et son frère qui exagéraient, puis elle blâma Malcolm qui se laissait circonvenir. Pourquoi ne mettait-il pas un terme à ces enfantillages ? Pourquoi ne demandait-il pas grâce ? Pourquoi ne proposait-il pas à Claire la promenade qu'elle attendait avec impatience depuis le moment où elle lui avait parlé de la maison dans l'arbre ? A sa place, elle n'eût pas agi de la sorte, elle eût montré plus de volonté...

Les pensées délétères cheminant dans son esprit et une idée entraînant l'autre, elle en vint à se demander si Malcolm n'avait pas changé de sentiment à son égard.

Elle hésitait sur la conduite à tenir, se demandait si elle montrerait sa mauvaise humeur ou si elle irait dans sa chambre pour bouder, quand Malcolm, enfin, se décida. En riant il s'extirpa du cercle de ses jeunes admiratrices et vint vers Claire qui, assise à l'écart, commençait en vérité sa bouderie. Il lui prit la main, l'attira à lui pour l'obliger à se lever et déclara d'une voix forte :

— Il est temps que je donne un peu de mon attention à Claire. Non, non, n'insistez pas !

Il se tourna alors vers elle et demanda :

— Accepteriez-vous de me faire visiter votre île ? Je n'ai pas l'habitude de rester très longtemps entre quatre murs et voilà que j'éprouve le besoin de respirer un peu l'air vif du dehors. Je pense donc qu'une petite promenade me ferait le plus grand bien, à vous aussi sans doute. Qu'en pensez-vous ?

Claire ne put répondre, car une clameur s'était levée.

— Nous voulons aller nous promener avec vous !

— Pas question ! déclara lady Isabelle qui entrait à ce moment. Je crois que Malcolm a gagné le droit de se promener seul avec Claire. Après tout, il n'est pas venu à Inchmurrin pour passer tout son temps avec les cinq enfants Lennox, n'est-ce pas ?

Elle se tourna vers Kendrew.

— Je crois que lord Walter vous attend sur l'embarcadère, non ? Il veut vous emmener sur le continent pour quelques heures d'équitation. Vous n'avez pas oublié, au moins ?

— J'avais oublié, en effet, avoua le garçon.

Il sortit de la pièce en courant.

— Quant à vous, reprit lady Isabelle à l'adresse des filles, j'ai besoin de votre aide.

En même temps, elle indiqua à Claire et à Malcolm, d'un petit signe de la main, qu'elle leur donnait congé. Ils ne se le firent pas dire deux fois et se hâtèrent de sortir.

— Je suis bien obligé d'avouer ma surprise, une fois de plus, dit Malcolm dès qu'ils se trouvèrent dehors. J'avais pensé que vos tuteurs s'évertueraient à nous empêcher de nous voir, qu'ils nous mettraient des bâtons dans les roues, qu'ils nous rendraient la vie difficile… Je dois me rendre à l'évidence : j'avais tort, ils se montrent fort accommodants avec nous ; complices même, pourrions-nous dire.

— Tu vois ? répondit Claire enchantée. Je t'avais dit à quel point ils étaient gentils pour nous. N'as-tu pas honte, maintenant, d'avoir pensé d'eux tant de mal ?

— Je suppose que je devrais…

— Oui, tu devrais, reprit Claire qui, la tête un peu penchée et les yeux mi-clos, examinait Malcolm avec attention ; tu devrais, mais je vois bien que tu n'as pas honte du tout.

A l'endroit où le chemin décrivait une première courbe, Malcolm attira Claire derrière un arbre. Elle, debout sur des racines qui affleuraient à la surface du sol, se trouva ainsi à son niveau, ou presque. Adossée au tronc, elle attendit avec curiosité de voir se concrétiser les intentions de Malcolm.

Il la prit dans ses bras, s'appuya contre elle. Leurs corps s'épousèrent. Dans sa petite robe de calicot noir, si légère, elle avait l'impression d'être nue et n'ignorait déjà plus rien de la vie qui animait Malcolm. Quant à elle, les battements de son cœur s'accéléraient, elle se sentait parcourue de frissons d'impatience. Son besoin de lui était si grand qu'elle avait du mal à le laisser agir sans intervenir.

Les mains de Malcolm caressèrent sa nuque tandis qu'il couvrait son visage de baisers. Il lui murmurait des mots tendres, lui disait combien elle lui avait manqué, combien souvent il avait repensé à la nuit où ils avaient fait l'amour pour la première et unique fois. Il lui dit :

— Tu as un parfum de fleur, de pluie et de soleil. Quand je touche ta peau, j'ai l'impression de plonger la main dans un panier de pétales de roses.

Il déboutonna la robe de Claire, lui emprisonna les seins dans ses mains, les souleva, en caressa la pointe avec ses pouces.

Elle réagissait vivement à ce contact, à ces mots si suggestifs. Elle n'était plus elle-même, en oubliait la réserve qu'elle s'était promis d'observer. Quand Malcolm se pencha pour promener ses lèvres sur le bout durci de ses seins, elle sentit son corps traversé de vagues de désir. Elle aurait voulu qu'il lui arrachât ses vêtements pour la prendre sans plus attendre.

Malcolm releva la tête et lui saisit les lèvres. Il lui donna un baiser profond qu'elle lui rendit en gémissant, son corps pressé contre le sien. Il respirait plus profondément, comme possédé par une force à laquelle il ne pouvait résister. Sa main passa sous la robe de Claire, se glissa entre ses jambes. La surprise fut telle qu'elle sentit ses genoux se dérober sous elle.

— Où pouvons-nous aller ? lui demanda-t-il, d'une voix rauque.

Elle avait renversé la tête, son souffle était court. Son désir était si grand qu'il lui fallut un moment avant de pouvoir parler. D'une voix haletante, elle murmura :

— Si tu ne cesses pas de me toucher ainsi, Malcolm, je serai incapable d'aller où que ce soit. Pourquoi me tortures-tu ainsi ?

— Pour avoir le plaisir d'adoucir ta souffrance, répondit-il.

Sentant que sa gorge serrée ne lui permettrait plus de prononcer le moindre mot, elle prit alors la main de Malcolm et le conduisit à travers les bois. Ils contournèrent un bosquet de rhododendrons et montèrent au sommet d'un talus rocheux d'où ils découvrirent les vastes étendues du loch. Et là se dressait un arbre immense, aux branches duquel pendaient les festons d'une lambruche.

Claire en fit le tour. L'échelle était toujours en place, mais couverte de végétation. Elle saisit le bas de sa robe d'une main et s'aida de l'autre pour grimper jusqu'à la plate-forme. Les planches en étaient encore solides et nettoyées par le vent.

Lorsque Malcolm eut atteint à son tour le sommet de l'échelle, Claire avait déjà franchi la porte de la cabane et inspectait les lieux. Elle remarqua un petit tas de feuilles mortes dans un coin. Craignant que quelque bestiole ne s'y fût cachée, elle se demandait encore ce qu'elle devait faire quand Malcolm entra et, sans dire un mot, lui prit le poignet pour la ramener sur la plate-forme.

Elle le suivit sans broncher. La main posée sur le garde-fou, elle le regarda, les sourcils levés, s'interrogeant sur ses intentions.

Il retira sa veste, la posa sur les planches et commença à se déshabiller.

— Ici ? demanda-t-elle.

— Oui, car je ne peux pas tenir dans cette boîte, répondit-il en montrant la cabane. Je te l'avais bien dit ! Mes coudes se heurteraient sans cesse aux parois.

Claire sourit et acheva de déboutonner sa robe, qu'elle retira, avant de la plier pour la poser à côté de la veste.

Lorsqu'elle releva la tête, elle vit Malcolm nu, devant elle, nu comme au jour de sa naissance. Il avait un corps magnifique, avec des muscles lisses et durs, un ventre plat et bien dessiné, et, plus bas... Elle sourit de le voir ainsi prêt pour elle.

Malcolm était son homme.

Elle commença à défaire les rubans de sa chemise, qui glissa au sol. Quand elle n'eut plus, pour seul vêtement, que le pantalon de toile qui la couvrait de la taille aux genoux, Malcolm s'approcha d'elle. Ses mains commencèrent à la caresser, s'attardant sur chaque sein dont elles excitèrent la pointe, avant de descendre vers ses flancs, son ventre. Elles s'arrêtèrent entre les cuisses.

Le cœur de Claire, à présent, frappait si furieusement qu'il semblait vouloir sortir de sa poitrine, tandis qu'elle réfléchissait. Une pensée lui était venue à l'esprit. Une difficulté se présentait à elle.

Ne s'était-elle pas montrée trop à l'aise avec Malcolm la première fois ? Trop effrontée, peut-être ? N'attendait-il pas, maintenant, qu'elle prît de nouveau l'initiative pour lui donner ce qu'il s'était sans doute déjà habitué à recevoir ? Que pouvait-il penser de ce comportement ?

Si elle voulait être honnête avec elle-même, elle devait admettre qu'il n'était plus temps de feindre la bienséance. En amenant Malcolm ici, elle lui avait clairement fait comprendre qu'elle était possédée du même désir que lui. A quoi bon, dès lors, ces considérations oiseuses ?

Donc, Claire donna sa bouche à Malcolm. Il la prit sans attendre. Mais ce baiser se révéla aussi doux que le précédent avait été passionné. Malcolm le prolongea, l'approfondit lentement, comme pour faire comprendre à Claire ce qu'il attendait d'elle. Etaient-ce les sollicitations de la langue de Malcolm, étaient-ce les caresses délicieuses qu'il continuait de dispenser à tout son corps, Claire se mit à gémir en ondulant contre lui.

Il lui murmura à l'oreille, en gaélique, mille propos suggestifs sur sa beauté, sur le plaisir qu'il comptait lui donner, sur les caresses qu'il voulait recevoir d'elle, sur le désir qui le tenait depuis qu'il l'avait vue quand il était descendu du bateau, la première fois qu'il était venu à Inchmurrin.

— J'ai compris, alors, que je voulais que tu m'attendes toujours ainsi, lorsque je rentrerais à la maison. Je t'aime, Claire, et je voudrais que tu sois à moi pour le restant de nos jours. Je sais que tu es en deuil et que tu n'as pas la tête à ces projets, mais je serais heureux si tu acceptais d'y penser et de me faire savoir, plus tard, si tu pourrais...

— Malcolm, veux-tu en venir au but et me demander de t'épouser, que je puisse te dire oui et que nous revenions à ce que nous avons commencé ?

Malcolm marqua son étonnement à ces propos si directs, puis il éclata de rire, d'un rire bruyant et chaleureux que Claire sentit résonner jusque dans son propre corps.

Quelle chance elle avait eue de trouver cet homme merveilleux au moment où elle en avait le plus grand besoin ! Quelle chance, aussi, de savoir que son père l'eût apprécié et accepté comme gendre !

D'autres pensées traversèrent l'esprit de Claire, aussitôt chassées par le plaisir que lui donnaient les mains de Malcolm ; des mains qui continuaient d'aller et de venir, guidées par un instinct sûr ; des mains qui savaient éveiller les sens au point que plus rien d'autre ne comptait que la caresse suivante, attendue avec impatience ; des mains qui faisaient naître en elle le besoin, presque douloureux, de n'être plus qu'un corps ouvert, offert, prêt à tout accepter, au-delà même de ce qu'elle avait pu imaginer.

Elle sentit, alors, au plus profond d'elle-même, naître quelque chose d'insoupçonné, une vibration de tout son être, qui en appelait une autre, puis une autre encore. Rien ne l'avait préparée à cette expérience bouleversante du langage le plus secret de son corps. Haletante, frémissante, abandonnée au désir qui la poussait, toujours plus avant, au-delà de toutes les limites, elle ne vivait plus que pour s'unir à Malcolm, sentir en elle la force de cet homme, crier son nom au moment ultime.

Soudain, elle eut peur de l'aimer trop, de se donner à lui

au point de se perdre elle-même, de comprendre trop tard qu'il l'avait soumise complètement par le seul pouvoir qu'il avait sur ses sens.

Elle regarda les traits virils de Malcolm et se demanda si elle n'était pas tombée amoureuse d'une de ces divinités mythologiques qui, dissimulées sous une forme humaine, séduisaient les mortelles imprudentes.

La main de Malcolm se glissait à présent entre les jambes de Claire et son pouce occupa délicieusement l'espace sensible où elles se joignaient. Claire gémit de plaisir et ses hanches se soulevèrent sans qu'elle l'eût voulu.

Etrangement, son corps agissait sans elle. C'était lui qui imposait des mouvements appropriés à la situation. Claire était le témoin émerveillé de la parfaite harmonie qu'il avait su établir entre les sollicitations du pouce de Malcolm, le rythme de ses hanches et de sa respiration, les déferlements successifs des vagues de plaisir qui le traversaient.

Malcolm s'agenouilla et ses lèvres remplacèrent sa main. Au premier contact de sa langue, elle poussa un cri. Son corps était secoué de convulsions successives si délicieusement intolérables qu'elle lui demanda de s'arrêter. Il n'en fit rien et demanda :

— Crois-tu que je vais te laisser en si bon chemin ? Tu as plus à recevoir, et j'aime trop la façon dont tu réagis.

De nouveau, les caresses de la bouche de Malcolm emportèrent Claire hors d'elle-même. De nouveau son corps couvert de sueur se convulsa au gré des vagues de plaisir qui roulaient l'une après l'autre et déferlaient, toujours plus rapides, toujours plus intenses.

Malcolm s'était relevé et, après avoir pris ses lèvres, impérieusement, était entré en elle. En le sentant bouger, elle souhaita une nouvelle fois que l'exquise torture qu'il lui infligeait l'emportât vers ce lieu innomé qui existe, quelque part, entre plaisir et douleur.

Avant qu'elle comprît ce qu'il faisait, Malcolm s'était allongé sur le dos. Elle se retrouva assise sur lui, leurs deux corps toujours unis. Il avait posé les mains sur ses hanches et guidait ses mouvements.

Elle se pencha vers lui. Ses seins caressèrent la bouche de Malcolm, qui en saisit la pointe et la suça au rythme que leur donnaient les hanches de Claire.

Brusquement, tous les muscles de Malcolm se tendirent. Il était parvenu à l'ultime frontière. Il se répandit au moment où le corps de Claire, intensément concentré sur la source de son plaisir, se laissait emporter par saccades vers un monde dont elle reviendrait, changée pour toujours.

Epuisée, elle posa la tête sur la poitrine de Malcolm, qui caressait son corps délicatement, lui murmurant des mots tendres. Elle aurait voulu s'endormir là et ne plus jamais se réveiller.

Elle ferma les yeux.

Elle fit un rêve étrange.

Elle entrait dans une grotte froide et profonde et venteuse, où le soleil ne pénétrait jamais. C'était là que dormait la lune. Des arcs-en-ciel qui n'avaient pas de début et pas de fin éclairaient cette grotte.

Claire traversa les arcs-en-ciel qui lui donnèrent leurs belles couleurs. Puis elle s'envola, très haut, très loin au-dessus du monde qui devenait aussi beau que dans son rêve.

9.

Le visage faux doit cacher ce que sait le cœur faux.

William SHAKESPEARE (1564-1616),
poète et dramaturge anglais.
Macbeth (1605), acte 1, scène 7

Pour le plus grand plaisir de Claire, Malcolm se mit à passer beaucoup de temps à Grahamstone afin de rester près d'elle. Ainsi put-il se rendre fréquemment à Inchmurrin.

Dans les commencements, il se voyait toujours traité avec la courtoisie dont il avait bénéficié lors de sa toute première visite, mais peu à peu, très vite en vérité, lady Isabelle et lord Walter changèrent d'attitude envers lui. Ils devinrent très froids, puis franchement hostiles quand ils eurent compris que le jeune homme ne venait que pour Claire.

Un jour, lord Walter convoqua Malcolm dans la bibliothèque.

— J'aimerais vous dire deux mots, lui dit-il d'entrée.

Malcolm, qui connaissait son monde mieux que l'autre ne pouvait le supposer, s'attendait à cet entretien depuis assez longtemps. Il s'étonnait même qu'il n'eût pas eu lieu plus tôt.

Il prit une chaise près du bureau et, observant lord Walter qui jouait avec un coupe-papier en argent, il se demanda, amusé *in petto*, s'il devait s'attendre à en recevoir un coup en plein cœur. Ne voulant pas, par jeu, prendre l'initiative de l'entretien, il décida d'attendre aussi longtemps qu'il le faudrait.

Au bout d'un long moment de silence, lord Walter, enfin, leva la tête.

— Je suppose que vous avez une idée du motif qui m'a conduit à vous appeler ici ?

— J'en ai une idée, oui.

— Alors, vous devez savoir que lady Isabelle et moi-même ne sommes pas contents du tout de vous voir courtiser lady Claire.

— Je m'en étais aperçu, en effet. Votre attitude est rien moins qu'amicale, depuis quelque temps.

— Ce n'est pas que nous n'apprécions pas vos visites. Ce n'est pas que nous ne vous aimons pas. Si nous vous marquons quelque réticence, c'est que nous voulons le meilleur pour Claire.

— Je pense que Claire est parfaitement capable de savoir ce qui est le mieux pour elle.

Ignorant la réponse de Malcolm, lord Walter reprit, sans le regarder, les yeux toujours fixés sur son coupe-papier.

— Claire est très belle. Elle appartient à une excellente famille et son éducation ne laisse rien à désirer. Vous comprenez qu'elle peut prétendre à un beau mariage et qu'elle a le droit de se montrer exigeante. Allez ! Je peux bien vous révéler que plusieurs demandes ont déjà été formulées, mais que nous réservons notre décision.

Malcolm se pencha en avant. Les coudes sur le bureau, il demanda :

— Lord Walter, pourquoi ne pas me dire franchement ce que vous avez en tête ? Cessez donc de tourner autour du pot, pour parler un peu vulgairement.

Le visage figé de son interlocuteur ne lui donnait aucune indication sur les intentions de celui-ci. Il se demanda ce qui se cachait derrière ce masque ; sans doute rien de bon. Il pensa ensuite qu'il fallait beaucoup d'entraînement pour savoir dissimuler à ce point, et en tira la conclusion qu'il avait affaire à un fourbe, ce dont il n'avait jamais vraiment douté malgré ce qu'il en avait dit à Claire, ces derniers temps.

Lord Walter reprit :

— Nous pensons que Claire mérite un grand mariage et nous avons entamé des pourparlers avec plusieurs de nos amis appartenant à la meilleure société, qui pourraient la présenter à la cour, à Londres. Si les affaires marchent selon nos vœux, on pourrait même imaginer un mariage dans la plus haute noblesse étrangère, ou — qui sait ? — dans une famille royale. J'aimerais penser que, vous aussi, rêvez d'un grand destin pour elle et que vous ne pensez pas qu'à vos intérêts. Il ne faudrait pas gâcher les occasions extraordinaires qui vont se présenter à elle sous peu.

D'une voix coupante, Malcolm répondit :

— J'avais cru comprendre que lady Isabelle et vous aviez obtenu la tutelle sur les enfants Lennox, mais que vos prérogatives n'allaient pas jusqu'à l'arrangement de mariages pour eux. Est-ce correctement exprimé ?

— Tout à fait.

— Alors, Claire est donc bien libre d'épouser qui elle veut.

— Vous, peut-être ?

— Pourquoi pas ? Si elle le désire... J'aimerais penser, moi, que vous n'entraverez pas sa liberté de choix.

Perdant quelque peu son flegme, lord Walter répliqua :

— Je pense que Claire saura voir où se trouve son intérêt.

— Pourquoi ne lui posez-vous pas la question, au lieu de m'interroger sur mes intentions ? Voulez-vous que je vous dise ce qu'elle vous répondrait ? Il se trouve que je le sais. Elle préférerait souper avec le diable plutôt que de passer une seule soirée à la cour d'Angleterre.

— Claire est une jeune fille intelligente. Je suis certain que lorsque nous lui aurons présenté les données du problème, elle n'hésitera ni ne se trompera sur la décision à prendre.

Malcolm se leva.

— Dans ce cas, parlez-lui sans tarder, et la prochaine fois que je reviendrai, c'est-à-dire la semaine prochaine, vous me donnerez le résultat de votre consultation. Maintenant, si vous voulez bien m'excuser, lady Claire m'attend et je n'aime pas la faire attendre.

Claire l'attendait dans la galerie des portraits de famille. Sous le regard des grands ancêtres, elle s'était assise dans une immense chaise médiévale, de bois sculpté, qui la faisait paraître plus petite qu'elle n'était en réalité.

Le cœur de Malcolm se serrait chaque fois qu'il la voyait dans ses habits de deuil. Le noir la faisait paraître très pâle, mais, plus grave encore, il semblait qu'elle ne fût plus vraiment elle-même quand elle se vêtait ainsi pour assumer son rôle de chef de famille en deuil. Il le regrettait. Cela dit, il ne pouvait méconnaître le fait qu'elle pleurait trois membres de sa famille, ce qui impliquait des devoirs auxquels elle ne pouvait décemment se soustraire. Il acceptait donc d'en prendre son parti, par amour pour elle.

En le voyant approcher, elle se leva.

— Que te voulait-il ? chuchota-t-elle à son oreille. A-t-il demandé quelles étaient tes intentions, comme s'il était mon père ?

— Non, Claire, il ne m'a rien demandé du tout. C'est même tout le contraire. En un mot comme en cent, il m'a intimé l'ordre de me tenir éloigné de toi.

Le visage de la jeune fille parut se défaire sous le coup de la surprise et, déjà, du chagrin.

— Tu as sûrement mal compris, réussit-elle à balbutier, malgré sa voix enrouée.

— Mon doux amour, il n'y avait aucune place pour le doute dans les propos de cet homme. Il a conçu certains plans pour toi, Claire, et dans ces plans il n'a prévu aucune place pour moi.

— Quel genre de plans ?

— Il pense que tu aimerais te rendre à Londres pour vivre à la cour pendant un certain temps. Et là, tu pourrais te fiancer à un prince espagnol, peut-être même à un comte italien.

Le souffle coupé, il fallut un moment à Claire pour recouvrer l'usage de la parole.

— Tu plaisantes, n'est-ce pas ?

— Hélas, non, mon amour, il est impossible d'être plus sérieux que moi en ce moment. J'ai l'impression que le vent tourne pour nous et que la fatalité a décidé de nous jouer un mauvais tour.

— Ils ne peuvent tout de même pas m'obliger à me marier contre mon gré !

— Non, car leurs pouvoirs ne s'étendent pas jusque-là. Tu penses bien que si c'était le cas, ils s'empresseraient de produire le document *ad hoc* signé par le roi.

— Alors, tout espoir n'est pas perdu. Que pouvons-nous faire ?

Malcolm prit Claire par la main et la conduisit dehors. Lord Duffus accourut aussitôt pour sauter autour d'eux. Malcolm demanda :

— Ce chien monte-t-il la garde à longueur de journée, en espérant te voir sortir ?

— C'est sa principale occupation, en effet, répondit la jeune fille avec un beau sourire.

Après quelques pas, elle reprit, d'une toute petite voix :

— Tu ne crains pas que je te quitte pour épouser un Italien quelconque sous le prétexte qu'il a du sang princier dans les veines, n'est-ce pas ?

— Non, car je sais que tu sais que tu ne peux pas trouver meilleur parti que celui que tu as déjà.

Ils marchèrent pendant quelque temps en silence, et atteignirent un amas de rochers qu'ils escaladèrent pour s'y installer le plus confortablement possible.

— As-tu réfléchi à la ligne de conduite que tu adopteras ? demanda Malcolm.

— Je ne crois pas avoir le choix. Il suffit que je dise à lady Isabelle et à lord Walter que je ne veux pas partir d'ici, que je n'ai pas l'intention de me marier dans une famille princière ou même royale. Je suis certaine qu'ils comprendront.

— J'en doute, mais j'espère tout de même qu'ils se rendront à tes raisons.

— Pourquoi persistes-tu à montrer tant de réticences à leur égard ?

— C'est un sentiment que j'ai... un sentiment que je n'ai jamais cessé d'avoir. Je n'avais aucune confiance en eux avant leur arrivée ici et je n'en ai toujours aucune.

— Ils se sont montrés plus que bienveillants pour nous.

— Oui, parce qu'ils ont une idée derrière la tête... mais je ne sais pas laquelle. Donne-leur encore un peu de temps, et tu finiras par connaître leurs véritables intentions. « La vérité finit toujours par sortir du puits », a dit Shakespeare.

— Je préfère que tu n'utilises pas cette citation.

— Pourquoi ?

— Parce que Shakespeare a dit exactement : « La vérité finit toujours par sortir du puits, le crime ne peut pas rester longtemps caché. »

— Tu as raison. J'avais mal choisi.

— Mais dis-moi, Malcolm. Quel moyen vois-tu pour nous sortir de cette situation ?

— Je n'en vois qu'un : marions-nous sans tarder.

Claire en resta sans voix. Malcolm vit bien qu'elle avait envie de dire quelque chose, mais que les mots ne lui venaient pas. Il reprit :

— Je sais que c'est un choc pour toi, mais un mariage rapide est réellement le seul moyen qui s'offre à nous pour éviter que tes tuteurs ne s'immiscent dans ta vie et n'y causent d'irréparables dommages. Songe qu'ils pourraient obtenir très facilement un décret du roi ordonnant que tu paraisses à la cour. Ils ont montré déjà qu'ils avaient de l'entregent, puisqu'ils ont réussi à s'imposer à vous. Comprends bien que je n'essaie pas de te forcer la main. Tu es libre, à toi de décider ce qui est le mieux pour toi. Si je te demande ta main, c'est parce que je t'aime, et si tu me la refuses, je respecterai ta décision. Sache aussi que je n'insisterai pas. Si donc tu ne répugnes pas à passer toute ta vie à mes côtés, n'hésite pas à le dire maintenant, Claire Lennox.

Elle l'enlaça et lui donna un doux baiser, puis un autre plus passionné. Bouche contre bouche, elle prononça ces mots entrecoupés d'autres baisers.

— Je t'épouserai, Malcolm Graham, aujourd'hui...

Un baiser...

— ... ou demain...

Un baiser...

— ... ou la semaine prochaine...

Un baiser...

— ... quand tu voudras, où tu voudras.

Emu, il répondit :

— Tu sais que tu ne pourras rien révéler de nos projets à quiconque. De mon côté, il faut que je prenne certaines dispositions, que je prévoie quelques arrangements. Pour commencer, j'enverrai une lettre à Jamie, pour lui dire de venir, et dès son arrivée nous rendrons visite à notre ami le duc d'Argyll, un homme qui compte dans cette région d'Ecosse, surtout depuis la mort de ton pauvre père. Quand j'aurai Jamie et le duc d'Argyll pour alliés, je ne pense pas que tes tuteurs me créeront la moindre difficulté, mais il vaut mieux rester prudents. Il faut que nous gardions le secret. Tu n'en parleras donc à personne, même pas à tes sœurs. Est-ce bien compris ?

— Oui, capitaine Malcolm. Vous êtes l'homme que j'aime de tout mon cœur. Comment ne vous obéirais-je pas ?

— Claire, mon amour, tu fais le délice de mon âme et la joie de mon cœur.

— Je sais, répondit la jeune fille, pleine de modestie.

Plusieurs heures avant l'aube, Dermot MacFarlane sortit dans la nuit et se rendit sur la rive de l'île, du côté de l'ouest. Quand il arriva au bord de l'eau, Jamie et Malcolm sortirent d'un buisson et lui signalèrent leur présence.

— Tout est-il arrangé ? chuchota Dermot.

— Oui, répondit Malcolm. Et ma fiancée ?

— Elle vous attend. Ses affaires se trouvent déjà dans le bateau.

Dermot regarda autour de lui. Son regard fouilla l'obscurité, et il demanda :

— Vous êtes venus seuls ?

Jamie expliqua :

— Le duc d'Argyll a envoyé trente hommes qui sont dissimulés derrière ce rideau d'arbres, là-bas, en compagnie de vingt membres du clan Graham. Vos moyens de transport sont-ils prêts, au cas où nous en aurions besoin ?

— Oui. Combien d'hommes prendrez-vous pour aller à Inchmurrin ?

— Une douzaine du clan Argyll et autant du clan Graham, dit Malcolm. Au premier signe de danger, vous les avertirez. Prions Dieu que leur intervention ne soit pas nécessaire.

— Je ne pense pas que vous ayez quoi que ce soit à craindre de lord Walter, répondit Dermot. Il n'a pas eu la présence d'esprit de se faire accompagner d'une garde armée. Moi, je dirais qu'il ne se méfie pas assez, mais qui s'en plaindra, n'est-ce pas ?

Jamie conclut :

— Dans ce cas, faisons avancer nos hommes et allons chercher la fiancée.

Claire se demanda si le soleil n'allait pas se lever plus tard que d'habitude ce matin-là. En effet, il lui semblait qu'il eût dû paraître depuis longtemps. Or il faisait encore nuit noire et c'était tout juste si le ciel se colorait un peu de gris, à l'est, juste au-dessus de la ligne d'horizon.

Aucun souffle de vent n'agitait les arbres. Les oiseaux se taisaient. Claire n'entendait que les battements de son cœur, assourdissants.

Debout à la fenêtre de sa chambre, elle attendait l'aube pour y voir un peu plus clair autour d'elle. Elle respirait difficilement, ses paumes restaient moites. Rien ne bougeait autour d'elle, comme si le monde tout entier, lui aussi, attendait, tendu, les événements annoncés.

Claire se souciait pour Dermot, pour Malcolm et pour Jamie, ainsi que pour tous ceux qu'ils auraient enrôlés dans leur expédition. Pour le duc d'Argyll elle ne craignait rien, car il était trop puissant pour que quiconque osât porter la main sur lui. Seul le roi pouvait s'y risquer.

Elle ne cessait pas, non plus, de penser à ses sœurs. Malcolm avait eu mille fois raison de dire qu'elles ne devaient rien savoir. Leur innocence les protégerait des représailles que lady Isabelle et lord Walter seraient tentés d'exercer aussitôt que l'affaire serait découverte. Mais s'abaisseraient-ils à cela ? Claire voulait croire que c'était peu concevable. Ils seraient pour le moins piqués d'apprendre que l'aînée de leurs pupilles avait décidé de se marier sans leur consentement, mais avec le temps ils se feraient sans doute à cette idée et ils finiraient par l'accepter.

Comment en serait-il autrement ? Lord Walter se comportait comme un père pour Kendrew, lady Isabelle démontrait pour les filles des sentiments très maternels. En dépit des préventions obstinées de Malcolm à leur égard, Claire persistait à leur accorder grand crédit. Elle pensait que leurs desseins étaient honorables.

Quand le ciel commença à blanchir, la panique envahit Claire. Mille questions se présentèrent à son esprit. Et si l'affaire tournait mal ? Et si Malcolm était pris, emmené en prison ? Et s'il changeait d'avis ? Elle se sentit soudain bien seule, et son père lui manqua comme jamais.

Il lui sembla qu'elle distinguait des ombres qui s'agitaient dans l'obscurité persistante. Pour mieux voir, elle colla son front à la vitre. Se trouvaient-ils déjà là, les hommes qui devaient venir la chercher ? Attendaient-ils qu'il y eût assez de lumière pour manifester leur présence ?

Claire n'espérait pas la venue du duc d'Argyll en personne. Il avait dû confier à un de ses hommes de loi, pour le présenter à lord Walter, le document contenant les instructions du duc, à moins qu'il n'eût tout bonnement chargé le shérif de cette mission. Mais si le duc avait refusé de s'impliquer personnellement dans cette affaire, alors Malcolm et Jamie se trouvaient seuls, en ce moment, pour attendre le lever du jour.

Le ciel s'éclaircissant, Claire put bientôt apercevoir les eaux du loch. A certain moment, il lui sembla entendre des bruits de pas sur le gravier de la cour, mais quand elle prêta l'oreille, elle ne perçut plus qu'un silence lourd et angoissant. Le parfum de l'avoine grillant sur le fourneau de la cuisine lui rappela d'une part, qu'elle n'avait pas déjeuné, et d'autre part que, quelque part dans le château, lord Walter venait de se lever et se préparait pour la journée, sans se douter le moins du monde de la surprise qui l'attendait.

Puis Claire vit un homme qui se tenait près du portail de la cour, et après un moment, s'éloignait. Elle avait eu le temps de reconnaître Dermot. Elle se dit qu'il avait dû enfermer les chiens, car à ce moment de la journée ils le suivaient toujours partout, ce qui n'était pas alors le cas. Elle en tira la conclusion que tout se déroulait sans anicroches, du moins jusque-là.

Du coin de l'œil, elle aperçut Malcolm et Jamie qui approchaient. Le moment était donc venu de sortir pour descendre dans la cour et se jeter dans les bras de l'homme qu'elle aimait.

Rendu livide par la rage, lord Walter tournait comme un lion en cage. Quand il vit apparaître Claire, il l'apostropha avec rudesse.

— Alors, c'est ainsi que vous nous remerciez des bontés que nous avons eues pour vous, pour vos sœurs et pour votre frère ?

Elle n'eut pas le loisir de répondre car Malcolm s'interposa entre elle et lord Walter. Il déclara avec hauteur :

— Je vous en prie. N'incriminez pas cette jeune fille, mais plutôt vous-même et votre stupide obstination à vouloir la marier bien que ce droit ne vous ait pas été conféré par l'acte de tutelle.

Hargneux, lord Walter répondit :

— Il n'était pas dans mes intentions de lui imposer quoi que ce fût, mais seulement de lui prodiguer mes conseils, ce qui entre parfaitement dans mes prérogatives. Quant à vous, jeune homme, vous vous immiscez dans des affaires de famille qui ne vous concernent aucunement.

Jamie, lord Monleigh s'avança à son tour pour seconder son frère.

— Je crois que le temps est mal choisi pour une controverse de ce genre. L'action que nous avons entreprise a pour but d'épargner à cette jeune fille le malheur que vous vouliez lui causer en lui imposant un mari de votre choix. Nous nous sentons obligés de la soustraire à votre tutelle, et nous espérons que vous ne tenterez rien contre nous, ce qui nous obligerait à faire donner les troupes du duc d'Argyll et celles de notre clan.

— Prenez-la ! hurla lord Walter hors de lui. Qu'elle épouse qui elle veut, je m'en lave les mains ! Je n'avais d'autre ambition que de lui procurer un grand et beau mariage, un mariage prestigieux !

Sur ce, il tourna les talons et rentra dans la maison, à grands pas saccadés.

Malcolm passa un bras protecteur autour de la taille de Claire et ils s'éloignèrent. Au moment de sortir de la cour, elle se retourna et elle vit lady Isabelle à une fenêtre, qui la regardait avec une telle expression de haine qu'elle en eut froid dans le dos.

En frissonnant, elle se demanda si c'était bien lady Isabelle qu'elle avait vu, ou quelque esprit mauvais ayant pris possession du corps de lady Isabelle.

10.

Le destin est assis sur ces remparts, il me fait grise mine, et tandis que la grande porte s'ouvre devant moi, sa voix aux mornes inflexions résonne dans les cours pour m'annoncer un avenir innommable.

Ann Radcliffe (1764-1823),
romancière anglaise.
Les mystères d'Udolphe (1794)

Une jeune mariée…

Le mot dansait dans son esprit. Elle l'entendait chanter. Il couvrait la récitation des prières et des formules rituelles.

Tout étonnée, elle reçut un baiser de Malcolm.

Ainsi elle était donc mariée.

Déjà ? se dit-elle, étonnée.

La cérémonie, modeste, avait eu lieu dans la grand-salle du château de Grahamstone. Autour des jeunes mariés ne se trouvaient que lord Monleigh, le duc et la duchesse d'Argyll, ainsi que quelques membres du clan Graham.

La duchesse, qui était une femme pleine de bonté, avait pensé à apporter une robe pour Claire, une jolie chose de soie violette agrémentée de dentelles irlandaises, couleur crème.

C'était la première fois que Claire ne s'habillait pas en noir depuis la mort de son père et de ses frères. Emue, elle ne put que balbutier, les larmes aux yeux :

— Je remercie Votre Grâce... Vous me comblez avec cette robe qui est la plus belle dont une jeune mariée puisse rêver.

La duchesse mit sa main sur celle de la jeune fille et lui répondit avec douceur :

— C'est un cadeau que je vous fais avec le plus grand plaisir, en l'honneur de ce grand jour. Vous êtes la fille d'un homme honorable, et bientôt l'épouse d'un homme non moins honorable. Mon mari et moi, nous nous félicitons de pouvoir les considérer tous les deux comme des amis très proches. Je sais que, là-haut, votre père vous regarde avec bienveillance. Je sais qu'il approuve votre choix. Je ne doute pas qu'il pense, comme moi, que vous avez trouvé, avec ce mariage, la meilleure façon de conclure une longue période de deuil et de reprendre le cours de votre vie, que je vous souhaite la plus prospère et la plus heureuse possible.

On donna un dîner après la cérémonie religieuse, et après ce dîner vint le temps des danses traditionnelles écossaises. Claire était si heureuse, au bras de son époux, qu'elle ne pensa pas à lady Isabelle et à lord Walter et qu'elle ne s'avisa pas une fois de se demander s'ils approuveraient finalement son choix.

C'est qu'elle gardait le secret espoir que la situation de crise se résoudrait d'elle-même après quelque temps.

Jamie retourna au château de Monleigh pendant que Claire et Malcolm s'établissaient à Grahamstone où ils comptaient séjourner pendant quelques mois. Claire entreprit plusieurs démarches pour obtenir la visite de ses sœurs et de son frère, mais lady Isabelle et lord Walter se montrèrent inflexibles. Ils interdirent aux enfants de quitter Inchmurrin.

Les lettres de lady Isabelle ne laissaient pourtant pas de refléter une apparence de grande gentillesse. Elle ne cessait de dire à quel point Claire lui manquait « car je vous considère comme ma propre fille ». Elle écrivait encore : « J'espère, du fond du cœur, que Malcolm et vous trouverez le courage de revenir à Inchmurrin pour vivre ici, dans cette île qui est la vôtre, dans ce château qui ne vous appartient pas moins qu'avant. Je n'ignore pas que vous m'en voulez de n'avoir pas autorisé vos frère et sœurs à vous rendre visite, mais ne voyez pas là méchanceté de ma part. Comprenez qu'ils sont sous ma responsabilité et que je n'ai pas le droit de les jeter dans les aventures. »

Claire souffrait. Son chagrin devint si patent que Malcolm finit par lui poser une question qu'il retenait depuis un certain temps.

— Veux-tu que nous allions nous établir à Inchmurrin ? Veux-tu vivre dans la compagnie de tes sœurs et de ton frère ? Serais-tu plus heureuse alors, mon amour ?

Bien sûr qu'elle désirait cela, plus qu'elle n'aurait su le dire. Pourtant, elle hésita à répondre par l'affirmative, car elle savait que ce changement de résidence serait préjudiciable pour Malcolm. Partagée, déchirée entre l'amour qu'elle vouait à son mari et l'amour, non moins réel, qui la poussait à rejoindre les siens, elle garda le silence et pleura longtemps. Elle se savait prise dans un dilemme dont elle ne sortirait jamais.

Quelques jours plus tard elle reçut une lettre. Son cœur bondit de joie quand elle reconnut l'écriture de Kenna.

« Très chère Claire,

» Nous sommes tous terriblement malheureux sans toi. Tu nous manques plus que je ne saurais le dire. Je sais que ta nouvelle vie te comble de joies et j'ai scrupule de te donner de mauvaises nouvelles. Mais il faut que je te dise que Kendrew ne va pas bien du tout. Depuis plusieurs semaines, il se plaignait d'avoir la fièvre. Hier, il n'a pas pu se lever.

» Il est de plus en plus maigre, et tout pâle. Il n'a plus de forces. Il perd ses cheveux. Je ne sais pas quoi faire. Lady Isabelle s'inquiète aussi. Beaucoup de docteurs sont venus en consultation, mais ils ne savent pas de quoi souffre Kendrew.

» Si tu pouvais trouver un moyen de venir à Inchmurrin, ne fût-ce que pour un temps très court, ce serait bien. Nous serions tous si contents de te revoir. Qui sait ? Ta présence aiderait peut-être Kendrew à guérir ?

» Ta sœur qui t'aime de tout son cœur,

Kenna. »

Claire montra la lettre à Malcolm.

— Bien sûr que nous irons, lui dit-il après sa lecture, sans une ombre d'hésitation. Nous partirons dès demain matin. Le voyage n'est pas si long, ce qui fait que tu pourras embrasser ta famille dans l'après-midi.

*
* *

Dermot n'attendait pas aux abords du château et les chiens n'étaient pas là non plus. Claire s'en étonna, puis elle pensa qu'ils devaient se trouver de l'autre côté de l'île. Résolue, elle prit sa robe à deux mains et, d'un bon pas, elle traversa la cour.

En entrant dans le château, elle eut aussitôt une impression de tristesse. Tout était si sombre à l'intérieur. Il faut dire que les rideaux étaient tirés devant les fenêtres. Dans le vestibule régnait une insupportable odeur de renfermé et de moisi.

Inquiète, Claire se tourna vers Malcolm, qui n'en pensait pas moins. Avant de prendre l'escalier menant aux étages, elle éprouva le besoin de tirer les rideaux et d'ouvrir plusieurs fenêtres. Il s'agissait d'aérer cette maison, de lui rendre un peu de vie...

Elle sursauta en entendant derrière elle :

— Je tiens les fenêtres fermées et les rideaux tirés parce que je pense que c'est mieux pour Kendrew. Les médecins disent que l'air humide et frais n'est pas bon pour lui.

Surprise et mal à l'aise parce qu'elle n'avait pas entendu arriver lady Isabelle, Claire répondit après quelques secondes :

— Oh, je vois... Eh bien, je referme tout, puisqu'il le faut.

— J'espère que vous avez l'intention de séjourner quelques jours parmi nous, reprit lady Isabelle. Soyez le bienvenu, Malcolm. Nous ne nous sommes pas quittés en très bons termes, c'est le moins que l'on puisse dire, mais j'espère sincèrement que nous pourrons oublier cette vieille querelle et repartir sur des bases nouvelles.

— Je pense en effet, répondit Malcolm, que c'est ce que nous avons de mieux à faire.

Isabelle eut un petit sourire qui n'avait rien de chaleureux mais qu'on ne pouvait pas qualifier d'hostile non plus.

— C'est parfait, dit-elle. Je vais demander qu'on s'occupe de vous préparer une chambre.

Claire, qui rongeait son frein, tourna son regard vers l'escalier et demanda :

— Kendrew… est-il…

— Il est au lit et bien trop faible pour songer à le quitter, dit lady Isabelle.

— Et personne ne sait de quel mal il souffre ?

— Non. Ce n'est pas faute d'avoir convoqué les meilleurs médecins de la région. Chacun a sa théorie, donc ils proposent tous des traitements différents, que nous avons essayés tour à tour. Aucun n'a eu d'effet bénéfique. L'état du pauvre garçon s'aggrave de jour en jour. Il fait peine à voir. Je me sens tellement inutile… Franchement, je ne sais plus quoi faire.

— Je vais le voir, dit Claire en essuyant les larmes qui coulaient déjà sur son visage.

Malcolm lui donna son bras et ils prirent l'escalier. Arrivés devant la porte de Kendrew, ils s'arrêtèrent. Claire hésita et finit par murmurer :

— Si cela ne t'ennuie pas, Malcolm, pourrais-tu attendre ici un moment afin que je puisse passer un petit moment, seule avec lui ? Devant toi, il n'oserait peut-être pas parler de sa maladie, dire ce qu'il ressent. Donne-moi cinq minutes et ensuite, entre.

Malcolm la serra dans ses bras et lui donna un baiser sur le front.

— Va, lui dit-il. J'attendrai le temps qu'il faudra.

Sur la pointe des pieds, Claire lui rendit son baiser, sur la bouche cette fois.

— Je t'aime, Malcolm, et je suis heureuse de t'avoir près de moi.

Lui prenant le visage dans ses mains, il murmura :

— Je t'aime.

En silence, Claire entra dans la chambre. Elle s'approcha du lit.

Elle ne reconnut pas son jeune frère dans cet être chétif et souffreteux. Il n'avait plus que la peau sur les os, la peau très jaune. Son visage, autrefois si beau, affectait l'apparence d'un masque tragique, aux volumes exagérés à cause des os trop saillants, masque dans lequel les yeux, sans éclat, se renfonçaient dans de profondes cavités marquées d'une vilaine couleur bistre. Il avait perdu presque tous ses cheveux, les ongles de ses mains se détachaient.

Quand il vit qui venait le visiter, il se tourna vers le mur et geignit :

— Je leur avais dit de ne pas t'appeler. Je ne veux pas que tu me voies dans cet état. Claire, je t'en prie, va-t'en. Ne me regarde pas.

Sa voix, rocailleuse, était méconnaissable aussi.

— Veux-tu bien te taire, petit sot ! répondit Claire, d'un ton enjoué. Est-ce ainsi qu'on parle à sa grande sœur ? Si tu crois que je vais me laisser pousser vers la sortie, tu te trompes !

Elle s'assit sur le bord du lit et prit la main de son frère, qui consentit alors à la regarder. Elle lui sourit et reprit :

— Je suis revenue à la maison et je ne permettrai pas qu'il t'arrive quoi que ce soit. Tu vas voir ! Je suis sûre que bientôt tu iras mieux, grâce à moi.

Les yeux du malade s'emplirent de larmes.

— Je ne vais pas bien du tout, Claire. Je sais que je vais mourir et je n'ai même pas peur. J'ai déjà dit à Dieu que j'étais prêt à Le rejoindre. Veux-tu que je te dise ? Je suis content de quitter cette terre. Je me sens si fatigué… J'ai hâte de retrouver Breac et Ronaln, notre père, et notre mère aussi.

Il s'interrompit, respira à grand bruit et reprit d'une voix sourde :

— Moi, je pense qu'une malédiction a été jetée sur la famille Lennox et que pour cette raison les mâles meurent tous les uns après les autres. Qui sait ? La malédiction sera peut-être levée après ma mort ? J'espère, en tout cas, que les filles ne subiront pas le même sort.

Il essaya de sourire.

— Merci quand même d'être venue. Je suis bien content de t'avoir revue avant de partir.

Claire avait tant de larmes dans les yeux qu'elle ne le voyait plus. La gorge obstruée par les sanglots qu'elle contenait à grand-peine, elle ne put rien dire. Kendrew lui tapota la main pour la réconforter et c'est encore lui qui prit la parole.

— Tu as toujours été une grande sœur pleine de sagesse. Je le pensais, même quand je ne voulais pas suivre tes avis. Je n'étais pas toujours gentil avec toi, n'est-ce pas ?

— Tu as toujours été mon petit frère adoré, murmura Claire.

— Même quand je ne t'écoutais pas ?

— Oui.

Claire vit un pâle sourire s'ébaucher sur les lèvres de Kendrew, juste au moment où elle sentit se poser sur son épaule la main de Malcolm. Elle était si bouleversée qu'elle ne l'avait pas entendu entrer.

Il s'adressa au petit malade :

— Que dirais-tu, Kendrew, si je promettais de réaliser ton vœu le plus cher, quel qu'il puisse être ? Quel serait-il ?

Le garçon n'hésita pas une seconde.

— Je voudrais faire un voyage en bateau sur le loch. Il y a si longtemps que je ne l'ai pas vu.

— Alors, demain, dit Claire, et dans les yeux de Kendrew elle lut la déception.

— Pourquoi pas aujourd'hui ? reprit aussitôt Malcolm. Qu'en dis-tu, Kendrew ? Es-tu prêt à te lever pour naviguer aujourd'hui ?

— Oui, dit l'enfant. Je sais que c'est aujourd'hui que je dois aller en bateau.

Malcolm l'enveloppa dans ses couvertures et l'emporta hors de la chambre.

Lady Isabelle, qui attendait au pied de l'escalier, s'écria en les voyant :

— Oh ! mais où l'emmenez-vous ?

— Faire une promenade en bateau, expliqua Malcolm.

— Est-ce bien raisonnable ? Les médecins disent que Kendrew doit garder la chambre parce que l'air de dehors est mauvais pour lui.

— J'ai gardé la chambre, répondit Kendrew, et je ne me porte pas mieux pour autant. Une petite promenade ne me fera pas de mal, tante Isabelle. C'est moi qui ai demandé. Je veux voir le loch.

Lady Isabelle se détourna et plaça son visage dans ses mains. D'une voix étouffée, elle murmura :

— Eh bien, allez, si c'est cela que vous voulez.

*
* *

Malcolm emporta Kendrew jusqu'à l'embarcadère. Il le déposa dans le bateau de telle façon qu'il pût s'appuyer contre Claire. Ainsi pourrait-elle le tenir par les épaules au cas où il se révélerait incapable de rester assis.

Si faible qu'il fût, il trouva assez de ressources en lui pour s'enthousiasmer et dire, d'une voix vibrante, tout le bonheur que lui donnait la contemplation du loch. Plusieurs fois il remercia Malcolm de lui avoir permis cette escapade dont il rêvait.

L'après-midi touchait à sa fin quand ils revinrent à leur point de départ. Ils s'attardèrent sur le débarcadère afin que Kendrew pût admirer le coucher du soleil.

Claire se demanda où Malcolm avait puisé les forces qui lui avaient permis de ramer aussi longtemps et aussi puissamment, puis encore de ramener Kendrew au château, de monter l'escalier avec lui pour le déposer dans son lit.

Lord Walter et les sœurs de Claire arrivèrent peu de temps après que Kendrew eut regagné son lit de souffrance. Après la séance des retrouvailles, Claire monta de nouveau à l'étage pour nourrir son frère d'un peu de bouillon, trop peu à son goût. Elle essaya de le forcer, mais il pinça les lèvres et détourna la tête. Il expliqua que le cœur lui levait.

— Je voudrais dormir, maintenant, soupira-t-il. Je vous remercie tous les deux de m'avoir offert cette promenade en bateau. J'en avais tant envie...

Kendrew, lord Errick, comte d'Errick et de Mains, mourut deux jours plus tard.

Sa disparition causa un choc terrible à ses sœurs, qui se mirent à pleurer sans pouvoir s'arrêter. Il semblait à Claire qu'on lui avait arraché le cœur une nouvelle fois. Malcolm faisait de son mieux pour les consoler, mais il se sentait bien démuni devant une si grande douleur.

Lady Isabelle et lord Walter, eux aussi, montrèrent le grand chagrin qu'ils ressentaient. Lady Isabelle, surtout, ne cessait de se blâmer et de répéter :

— Tout est ma faute. J'aurais dû demander plus de docteurs.

Lord Walter la reprenait.

— Vous avez fait tout ce qui était en votre pouvoir. J'ose même dire que vous avez fait plus qu'on n'en attendait de vous. Vous l'avez soigné avec patience, sans compter les heures que vous passiez près de lui, de jour comme de nuit. Il me semble encore entendre les histoires que vous lui racontiez. Combien de médecins avez-vous fait venir ? Six, me semble-t-il. En vérité, vous avez été admirable et vous n'avez rien à vous reprocher.

Plusieurs fois, Claire vit lady Isabelle, qui, dans la chambre de Kendrew, empaquetait ses affaires en pleurant bruyamment. Elle s'en ouvrit à Malcolm et s'étonna de le voir si sarcastique.

— Peut-être pleure-t-elle de ne pas trouver d'argent dans ses poches, lui dit-il une fois.

— C'est méchant ce que tu dis là, répondit-elle, choquée. Pourquoi tant de cynisme ?

Il s'en excusa et soupira :

— Est-ce que je sais ? Peut-être la douleur me fait-elle divaguer ? Nous sommes tous si affectés par la disparition de Kendrew que nous ne nous connaissons plus.

Il avait raison. Dans l'atmosphère lugubre qui régnait à Inchmurrin, les sœurs Lennox ne cessaient de pleurer que pour se chamailler, souvent avec une dureté qu'elles n'avaient jamais pratiquée auparavant.

Abattue, révoltée contre le destin si cruel envers sa famille, Claire ne comprenait tout simplement pas pourquoi la mort de Kendrew devait suivre de si près celle de son père et de ses autres frères. Il y avait là, lui semblait-il, une injustice criante.

Quand elle en parlait avec ses sœurs, celles-ci lui expliquaient que le mal s'était abattu brusquement sur lui. D'après elles, le garçon vif et rieur s'était muré en lui-même presque d'un jour sur l'autre, puis très vite il s'était mis à dépérir.

— C'était comme s'il avait soudain connu l'existence d'un autre monde et qu'il faisait tout pour le rejoindre au plus vite, expliqua un jour Kenna.

Quelques jours après les obsèques, Claire s'avisa qu'elle n'avait pas revu Dermot et les chiens. Elle s'enquit d'eux auprès de lady Isabelle, qui lui répondit :

— Ils sont partis.

— Partis ? Pour où ? C'est inconcevable ! Dermot était au service de notre famille bien avant ma naissance.

— C'est possible, mais il commençait à devenir très vieux. Affecté par la maladie de Kendrew, c'est lui-même qui nous a déclaré qu'il ne voulait pas rester davantage dans cette maison. Il a même expliqué qu'il ne voulait pas voir s'éteindre la lignée des Lennox. Nous n'avons pas essayé de le retenir. Lord Walter l'a établi dans une de ses propriétés, près d'Appledore.

— Et mes chiens ?

— Un docteur nous a conseillé de nous en débarrasser. Il pensait que peut-être ils portaient la maladie qui a touché Kendrew. Vous savez bien qu'il était impossible de les obliger à rester hors de la maison. Quoi qu'il en soit, Dermot a dit qu'il les prendrait volontiers avec lui. Maintenant, si vous voulez les reprendre, je suis certaine que Dermot comprendra.

— Je voudrais avoir Lord Duffus, s'écria aussitôt Claire, tout en ayant l'intuition désespérante que ce vœu ne se réaliserait jamais.

Malcolm se tenait assis dans une chaise, près de la cheminée, dans la grand-salle, quand Claire entra. Il se leva pour venir à sa rencontre. Lui voyant le visage pâle et creusé, il lui dit avec douceur :

— Que pourrais-je faire pour atténuer ton chagrin ?

Levant vers lui ses yeux remplis de tristesse, elle murmura :

— Crois-tu que notre famille soit maudite ? Crois-tu que nous soyons, mes sœurs et moi, destinées à suivre de près notre père et nos frères dans la tombe ?

Elle tomba à genoux devant lui, et, le visage ravagé par les larmes, elle se tordit les mains en demandant :

— Serai-je la prochaine à mourir ?

Malcolm la prit dans ses bras, la releva et s'assit pour la prendre sur ses genoux. Il essaya de lui faire entendre raison.

— Ta famille n'est pas maudite, ma chérie, et il ne t'arrivera rien de fâcheux. Aussi longtemps que je vivrai, je te protégerai, Claire Lennox.

En dépit de ces mots si rassurants, Claire ne put jamais se défaire de l'idée que sa famille était tombée dans une sorte de déchéance, ou que, pour une raison inconnue d'elle, Dieu avait tourné le dos aux Lennox. Elle resta persuadée que ses sœurs et elle étaient promises à une mort prompte, sans doute terrible.

Peu de temps après la mort de Kendrew, Claire recueillit le titre familial et devint ainsi la douzième comtesse d'Errick et de Mains. En tant que telle, elle hérita des terres et de toutes les possessions qui constituaient l'apanage des Lennox.

C'était une charge bien lourde qu'elle recevait impromptu sur ses frêles épaules. Elle n'avait pas été préparée à un tel fardeau. Il lui semblait de surcroît qu'elle n'en était pas digne et qu'elle ne serait pas capable d'en assumer la responsabilité. C'est alors que les murs du château Lennox, qu'elle trouvait si rassurants autrefois, ne lui parurent plus aussi accueillants. Elle n'y trouvait plus la paix du cœur et de l'âme. Elle se sentait seule et pensait qu'elle n'était pas à sa place. Elle en vint à considérer Inchmurrin comme une prison. Elle se demandait :

— Où est ma place, ma vraie place ?

De temps à autre, Malcolm essayait de la convaincre de le suivre à Grahamstone, ou à Monleigh si elle préférait, ou encore dans les douze autres châteaux qu'elle possédait désormais. Mais elle refusait obstinément de quitter ses sœurs.

— Ne peux-tu pas comprendre, Malcolm ? lui dit-elle un jour. Je les ai déjà abandonnées une fois et je n'étais pas là quand Kendrew est tombé malade. Je suis rentrée à la maison trop tard pour l'aider.

— Je peux demander à lady Isabelle et à lord Walter de nous les confier.

— Très bien. Demande-leur.

Malcolm s'en alla immédiatement et trouva lord Walter dans la bibliothèque.

— Je suis étonné que vous me présentiez une telle demande, répondit celui-ci. Vous savez aussi bien que moi que les enfants Lennox ont été placés sous notre tutelle, qu'il nous est donc interdit de les laisser échapper à notre vigilance.

— J'ose croire que leur sœur serait capable de s'occuper d'elles aussi bien que vous, répondit Malcolm. En outre, nos châteaux sont mieux pourvus en personnel que celui-ci. Et puis, moins isolées que sur cette île, Claire et moi leur procurerions sans doute un peu du réconfort dont elles ont tant besoin, après toutes ces épreuves.

— Je vous remercie de l'intérêt que vous portez à nos pupilles, mais je maintiens ma réponse. Aussi longtemps que nous aurons la tutelle, les enfants Lennox resteront près de nous.

Dépité, Malcolm s'en alla rendre compte à Claire et il conclut :

— C'est triste à admettre, mais ils ont la loi pour eux.

Pour aider Claire à sortir de son marasme, il lui proposa une idée : et si elle essayait de s'impliquer davantage dans l'administration de ses domaines ?

— Bientôt, lui répondit-elle d'un ton las ; mais pas maintenant. Je n'ai pas encore le courage.

Plusieurs semaines passèrent. Malcolm rongeait son frein. Il s'ennuyait parce qu'il n'avait rien à faire à Inchmurrin. Il ne pouvait convaincre Claire de quitter l'île en abandonnant ses sœurs, et celles-ci ne pouvaient s'en aller sans l'approbation de leurs tuteurs.

Malcolm se débattait dans un dilemme sans solution qui le rendait fou. Il aimait Claire mais ne pouvait plus supporter la vie qu'il menait avec elle. N'ayant plus aucun rôle, il avait l'impression de perdre sa dignité.

Certain après-midi, il s'ennuyait tellement qu'il décida de travailler un peu dans le jardin. Le soir, fatigué mais heureux de s'être dépensé physiquement, il rangeait les outils dans la remise quand il heurta une étagère avec le manche d'un râteau. Une fiole tomba. Il la cueillit au vol, de justesse.

Il la remit en place et c'est alors que l'étiquette attira son regard. Il reprit la fiole pour l'examiner de plus près. Ce symbole, sur l'étiquette, était bien celui que les apothicaires utilisaient pour signaler les poisons. Tirant le bouchon avec précaution, il vit qu'à l'intérieur se trouvait un peu de poudre blanche, qui ne sentait rien de particulier. Intrigué, il mit la fiole dans sa poche.

Le lendemain, il prit le bateau, traversa le loch, se rendit en ville et entra chez un apothicaire.

— Pourriez-vous me dire quel produit se trouve dans cette bouteille ? demanda-t-il.

Le praticien ne mit pas longtemps avant de lui répondre :

— Arsenic. D'ailleurs, cette fiole vient de chez moi.

— Hum... Auriez-vous, par chance, le moyen de me dire à qui vous l'avez vendue ?

— Certainement. Je note toutes les transactions sur les poisons — c'est obligatoire — et de plus, je ne vends pas de grandes quantités d'arsenic.

Ouvrant un énorme registre relié en cuir, l'apothicaire commença à en tourner les pages. Il énonça :

— La semaine dernière, le docteur MacNeill a acheté

une fiole d'arsénite de potassium, qu'il voulait utiliser pour confectionner une potion de Fowler. Hugh Malcolm en a acheté, voici un mois, pour empoisonner des rats. Lady Isabelle Lennox a acquis une fiole aussi, c'était il y a deux mois, pour le même motif que précédemment.

Il poursuivit son énumération, qui comportait encore deux autres noms, et conclut :

— C'est tout ce que j'ai dans ce registre. Si vous voulez d'autres noms, il faut que j'aille chercher l'autre, dans l'arrière-boutique.

— Je ne pense pas que ce soit nécessaire. Je vous remercie de votre obligeance.

L'apothicaire referma son registre.

Malcolm s'enquit de savoir où demeurait le docteur MacNeill, mais on lui apprit que celui-ci s'en était allé dans l'île de Sye, visiter sa mère malade.

De retour à Inchmurrin, Malcolm remit la fiole là où il l'avait trouvée. Puis il parla de sa découverte à Claire.

— Qu'y a-t-il de si étrange à cela ? lui dit-elle. Lady Isabelle a empoisonné des rats, qui se montrent parfois très envahissants. Quel autre usage aurait-elle pu faire de ce produit ?

— L'administrer à Kendrew, par exemple.

Suffoquée, Claire porta les deux mains à son cœur et regarda Malcolm avec horreur. Puis elle s'écria :

— Honte à toi, Malcolm Graham ! Comment peux-tu proférer de pareilles monstruosités ? Tu as vu, comme moi, le chagrin qu'ont éprouvé lady Isabelle et lord Walter lors de la maladie et de la mort de Kendrew. Je te rappelle aussi qu'ils ont commandé pour lui un magnifique monument funéraire, en marbre, orné d'une croix celtique, qu'ils ont tenu à payer sur leur cassette. Crois-tu que ce soit là le comportement ordinaire des meurtriers ?

— Je dis simplement, reprit Malcolm, d'un ton patient, que Kendrew pourrait fort bien avoir été empoisonné. J'ai lu quelque part que l'arsenic causait la chute des cheveux et des ongles. Tu as vu, comme moi, que ton frère avait perdu tous ses cheveux et que ses ongles commençaient à se détacher, non ?

Claire ne voulut pas se laisser convaincre. Elle objecta :

— Ce sont des symptômes qu'on doit observer dans un grand nombre de maladies. Je refuse, quant à moi, de croire nos tuteurs capables d'une telle vilenie. Enfin, Malcolm ! Ils se sont montrés si bons avec nous ; un peu rigides et austères, exagérément sévères peut-être, mais ils n'ont jamais prêté le flanc à la moindre critique. Alors, je t'en prie, n'évoque plus jamais cette hypothèse absurde devant moi.

Penaud, Malcolm songea qu'elle avait raison. Il ne disposait, en effet, d'aucun élément probant pour étayer ses accusations.

Plus tard, en soirée, alors qu'ils se retrouvaient dans leur chambre, Claire vint à Malcolm, elle lui passa ses bras autour du cou et se serra contre lui.

— Je ne voulais pas être méchante avec toi, cet après-midi, murmura-t-elle.

— Je sais.

Se hissant sur la pointe des pieds, elle lui baisa la bouche et implora :

— Fais-moi l'amour…

Malcolm enveloppa Claire de ses bras et lui donna mille

baisers, tandis qu'il déboutonnait sa robe. Il l'en débarrassa en la faisant passer par-dessus ses épaules. Elle avait la peau douce et chaude. Penchant la tête, il baisa son cou, puis sa gorge. Ses lèvres descendirent jusqu'à un sein, en saisirent le mamelon, déjà dur, auquel elles donnèrent de délicieuses caresses.

Il l'entraîna vers le lit et y acheva de la déshabiller, lentement, faisant glisser les vêtements sur son ventre et ses cuisses, avant de les laisser tomber au sol. Impatiente, elle entreprit de l'aider. Il la laissa faire, couvrant sa peau de caresses et de baisers.

Puis il introduisit une main entre les jambes de Claire, afin de l'inciter à s'ouvrir pour lui. Quand elle fut complètement offerte, il lui dispensa, de la langue, des caresses qui la firent gémir et qu'il approfondit en l'ouvrant plus largement encore.

Lorsqu'il s'étendit sur elle pour lui prendre la bouche, ses doigts remplacèrent sa langue. Il continua de la caresser ainsi jusqu'à ce qu'elle commençât à s'émouvoir, à onduler, de plus en plus vite. Elle cria soudain le nom de Malcolm, tandis que son corps ondulait au rythme que les doigts de son amant lui imposaient.

Il la crut rassasiée, mais elle continuait de bouger sous lui, de le caresser, de chercher sa bouche pour d'autres baisers. Il intensifia alors les caresses de sa main entre les jambes ouvertes, jusqu'à ce que Claire se mît à haleter et à se presser contre lui. Elle resta ainsi, gémissant son nom, durant quelques instants dont Malcolm aurait été incapable d'estimer la durée, tant il avait l'esprit occupé d'une seule pensée…

En vérité, elle était la femme qu'il lui fallait. Il avait eu mille fois raison de l'épouser.

Frappé de cette évidence qui le remplissait d'un indicible bonheur, il cessa ses caresses. Mais Claire ne comprenait pas pourquoi il différait plus longtemps de lui donner le plaisir qu'il lui promettait. Elle le lui fit comprendre en s'accrochant à ses épaules.

Alors il entra en elle, puissamment. Avant même qu'il fît le moindre mouvement, des spasmes répétés la secouèrent et l'emportèrent.

Quand Claire se fut apaisée, il la tint un instant, serrée contre lui, avant de s'endormir en pensant que son bonheur serait parfait s'il pouvait quitter cette île avec elle.

Au cours des jours suivants, Malcolm se convainquit, plus que jamais, que la gentillesse témoignée par lady Isabelle et par lord Walter était fausse et servait à donner le change en masquant leurs intentions profondes. Il commença à se poser des questions, d'innombrables questions.

Se pouvait-il que ces gens eussent décidé, dès le commencement, de se débarrasser de Kendrew ? Fort possible... Après l'élimination du garçon, Claire hériterait puisque le titre pouvait se transmettre aux filles aussi bien qu'aux fils. Lady Isabelle et lord Walter ne pouvaient méconnaître ces dispositions.

Pour quel motif ? Pour mettre la main sur la fortune des Lennox, il faudrait attenter à la vie de Claire, puis à celles de ses sœurs puisque chacune d'elles avait le droit de recueillir l'héritage. Trop difficile... En outre, les tuteurs n'étaient pas sots au point de croire qu'ils pourraient multiplier les meurtres et vivre ensuite sans être inquiétés.

Mais s'ils ne projetaient pas la mort de Claire, pourquoi

s'en être pris à Kendrew ? Qu'avaient-ils obtenu jusque-là ? Rien…

Quand Malcolm n'avait pas de réponses aux questions qu'il se posait, il se reportait toujours aux exemples du passé, plutôt que d'essayer de prévoir l'avenir. L'histoire de l'Ecosse fourmillait de récits dans lesquels des enfants promis à un fabuleux héritage se voyaient obligés d'épouser une personne imposée par de peu scrupuleux tuteurs désirant mettre la main sur cette fortune qu'ils convoitaient.

Malcolm songea particulièrement au cas Sutherland. Le comte de Sutherland et son épouse avaient été empoisonnés par une parente, Isabelle Sinclair, qui aussitôt avait obtenu la tutelle sur l'unique héritier, Alexandre, âgé de quinze ans au moment des faits. Contraint et forcé, le garçon avait dû épouser la fille de sa tutrice, de dix-sept ans son aînée ! Après plusieurs années d'une vie éprouvante, le jeune Alexandre Sutherland avait été arraché aux serres de ses suborneurs par un groupe d'amis, qui l'avaient caché jusqu'à sa majorité. Son heure étant arrivée, il avait pu enfin divorcer et se libérer.

Quand Isabelle Sinclair avait empoisonné les époux Sutherland, son intention était de se débarrasser en même temps du fils, mais celui-ci, rentré de chasse plus tôt que prévu, avait reçu de son père mourant une mise en garde concernant les mets et les boissons mis sur la table. Le père avait eu encore le temps d'envoyer son fils se réfugier chez un ami sûr.

Sur ces entrefaites était arrivé le propre fils d'Isabelle Sinclair. Assoiffé, il avait demandé à boire. Un serviteur lui avait servi du vin provenant de la carafe empoisonnée. Le fils était mort peu après, victime des machinations de sa propre mère.

Cette affaire offrait beaucoup de ressemblances troublantes avec le cas Lennox. Lady Isabelle avait elle aussi un fils, issu de son premier mariage. Ce garçon, qui s'appelait Gilles, pouvait avoir deux ou trois ans de plus que Claire. N'ayant aucun lien de parenté avec les Lennox, il ne pouvait prétendre à hériter, mais s'il épousait Claire, il obtenait par là même tous les droits à sa fortune.

Si tel était le plan concocté par les tuteurs, ceux-ci n'avaient qu'un obstacle à éliminer.

— Moi, se dit Malcolm en frissonnant.

Gilles ne pouvait épouser Claire que si elle divorçait — peu probable — ou si elle devenait veuve.

Malcolm se dit que tout cela n'était que spéculations peut-être hasardeuses. Il n'avait aucune preuve...

Peut-être Claire avait-elle raison.

Peut-être avait-elle tort...

Peut-être lui-même avait-il tort de croire les tuteurs capables de fomenter d'aussi machiavéliques projets.

Peut-être avait-il raison...

11.

Je suis comme celui qui, sur une route solitaire
Marche et court, la peur au ventre.
Il s'est retourné une fois,
Mais il n'ose plus tourner la tête
Car il sait quel ennemi terrifiant
Court derrière lui.

Samuel Taylor COLERIDGE (1772-1834),
poète britannique.
Chanson du Vieux Marinier (1798)

Dans les toutes dernières heures de l'après-midi, juste avant le crépuscule, Claire se promenait sur son chemin de prédilection. Elle s'avisa soudain que les brillantes couleurs, tant admirées par elle quelques instants plus tôt, devenaient plus fades et plus sombres. Certes, le soleil persistait à donner une vive lumière que voilait un nuage de brume descendu sur le loch, mais toutes choses s'estompaient rapidement à son regard.

Elle s'arrêta près d'un taillis d'où elle avait une vue générale sur les eaux du loch. La brume festonnait maintenant les rives et en dissimulait tous les points remarquables. Admirant le paysage familier, elle soupira et frissonna.

Elle avait beaucoup maigri depuis quelque temps. Un voyageur passant par là et qui l'eût vue, se fût immanquablement demandé, sans la connaître, quelle tragédie elle avait vécue pour être si mélancolique.

Au cours de ses promenades, il arrivait souvent à Claire de se retourner avec l'intention d'appeler ses chiens. Puis elle se rappelait qu'ils n'étaient plus là. D'autres fois, elle croyait les entendre s'ébattre dans les buissons autour d'elle. Le cœur battant, elle s'arrêtait pour prêter l'oreille. Ou bien, il lui semblait qu'ils dévalaient le chemin derrière elle. Chaque fois déçue, elle se mordait la lèvre et retenait ses larmes.

Elle ne trouvait à se consoler de l'absence de ses chers animaux qu'en se disant qu'ils remplissaient de joie l'existence du pauvre Dermot, bien solitaire dans son exil, éloigné pour toujours de la famille qu'il considérait comme la sienne.

Perdue dans ses pensées moroses, Claire aperçut tout à coup un bateau qui approchait de l'île. Se redressant pour regarder mieux, elle distingua une femme et deux énormes malles. A ce moment, le bateau doubla la pointe de l'île et disparut à ses yeux.

Piquée par la curiosité, Claire poursuivit son chemin en se demandant qui venait à Inchmurrin.

Arrivée à l'endroit où le chemin, au bout de l'île, décrivait un large coude, Claire vit que le bateau était déjà amarré ; que la passagère, une femme fort mince, toute de blanc habillée, en était descendue ; et que le batelier s'employait à sortir les malles du bateau pour les ranger avec soin sur le débarcadère. Elle entendit le cliquetis de la monnaie qu'on échangeait. Puis la dame remercia le batelier. Elle avait une voix grave et rauque.

Pensive, vaguement inquiète, Claire continua son chemin vers le château.

Qui était la mystérieuse visiteuse ?

Quand elle rentra au château, lady Isabelle et la dame en blanc parlaient d'une manière qui donnait à comprendre qu'elles étaient des amies de longue date. Apercevant Claire, la première s'écria :

— Claire, ma chère enfant, approchez donc, que je puisse vous présenter ma meilleure amie, Caroline, baronne de Stagwyth.

La baronne de Stagwyth... Claire n'en crut pas ses oreilles. Elle n'eût pas ressenti un choc plus grand si elle avait vu le sol s'ouvrir soudain devant elle. Qu'une femme aussi immorale que la baronne de Stagwyth eût été invitée chez elle, dans sa maison, était déplaisant, incompréhensible aussi. Comment lady Isabelle osait-elle faire venir à Inchmurrin une personne d'aussi infamante notoriété ? De quel droit se le permettait-elle ?

Si la visiteuse n'avait pas été d'une très grande beauté, son nom seul eût été stupéfiant, car sa réputation sulfureuse s'était répandue jusque dans les régions les plus reculées de l'Ecosse. Bien que fille d'un seigneur écossais, Caroline avait reçu son éducation en Angleterre, où elle avait choisi de s'établir par la suite. Elle s'y était mariée quatre fois, à un duc d'abord, puis à deux comtes, enfin à un baron à qui elle était toujours unie, pour la forme seulement.

Son passé était aussi coloré que sa beauté était grande. Réputée pour être une joueuse effrénée, elle s'adonnait aussi à la drogue et ne craignait pas de raconter ses visites dans les fumeries d'opium. Elle donnait des soirées éblouissantes que personne ne pouvait égaler, si éblouissantes en effet qu'elles surpassaient même celles du roi d'Angleterre.

Le jeu et les fêtes lui coûtaient beaucoup d'argent et sa fortune, immense, n'était pas inépuisable. Il lui fallait donc vivre d'expédients. Pour payer ses dettes de jeu, Caroline mettait ses bijoux en gage. Elle louait aussi ses services comme entremetteuse, s'engageait à trouver de beaux partis pour les jeunes filles dont les familles s'adressaient à elle. Elle cherchait, en effet. Mais si le jeune homme qu'elle dénichait pour la demoiselle lui plaisait, elle l'accaparait, du moins pour un certain temps.

Elle aimait à dire que sa peau, d'une blancheur exquise, ne portait aucune imperfection. Hélas pour elle, ils étaient nombreux, les hommes qui pouvaient attester du contraire. Parmi eux figurait le comte de Sharrington, qui avait déclaré au cours d'une soirée :

— J'ai baisé chaque pouce de ce corps voluptueux et je peux donner la localisation exacte de toutes les marques qu'il porte.

Pour le prouver, il avait publié une brochure comportant le dessin d'un corps féminin, sur lequel il avait reporté avec précision chacune de ces marques, avec leur description.

Telle était la femme qui débarquait à Inchmurrin.

Malgré ses réticences, Claire prononça les paroles qu'on attendait d'elle.

— Baronne, soyez la bienvenue à Inchmurrin. J'espère que vous avez fait bon voyage.

— Un excellent voyage, répondit la visiteuse. Laissez-moi vous regarder… Mon amie Isabelle s'était bien gardée de me dire à quel point vous étiez belle. Je vous le dis sans ambages : avec une tournure pareille, vous deviendriez très vite la coqueluche de tout Londres si vous aviez la chance d'y séjourner pendant quelque temps. Il faudra persuader votre tante afin qu'elle vous permette de venir me rendre visite, un jour prochain.

— Claire est mariée, dit lady Isabelle.

— Quelle importance ? répondit la baronne, d'un ton léger. En fait, beaucoup d'hommes préfèrent les femmes mariées, et je connais certaines femmes qui préfèrent aussi les hommes mariés. Donc, vous voyez, ma chère enfant, il ne faut pas vous embarrasser de ces détails.

— Je vous remercie de votre invitation, baronne, mais mon travail me tient trop occupée pour que je puisse songer à voyager.

Lady Isabelle intervint de nouveau.

— J'avais oublié de vous dire aussi que ma nièce est, de plein droit, comtesse d'Errick et de Mains. Elle est aussi chef du clan Lennox. C'est dire qu'elle est très occupée.

— Une femme chef de clan ! s'exclama Caroline avec un enthousiasme exagéré. Permettez que je vous fasse toutes mes félicitations.

— Merci, dit Claire, froidement. Maintenant, si vous voulez bien m'excuser, je vais voir mes sœurs. Avez-vous vu Malcolm récemment, ma tante ?

— Oui. Il est monté, voici environ une heure.

Claire passa un peu de temps avec ses sœurs qui repassaient leurs leçons avec Aggie. Puis elle se mit en devoir de retrouver Malcolm.

Très étonnée, elle le trouva dans leur chambre, profondément endormi. Elle s'assit à côté de lui et caressa ses cheveux.

— Que se passe-t-il ? lui demanda-t-elle quand il eut ouvert un œil. Pourquoi te coucher aussi tôt ? Es-tu fatigué ?

— J'ai mal à la tête.

— Mal à la tête ?

— Oui, très mal. Je ne supporte pas la lumière.

— Le soleil s'est couché. Tu devrais aller mieux.

— Un peu, mais je pense tout de même que je vais rester ici pour le reste de la soirée. Je n'ai pas envie de descendre pour le dîner.

— Pas faim ?

— Pas faim.

— Si je t'apportais un peu de bouillon ?

— Non, merci. Je ne peux rien prendre ce soir.

— Je vais envoyer chercher le docteur.

— Non, inutile ! Je te dis que c'est seulement une migraine. Demain, tout ira bien.

— Je préfère quand même mieux que tu voies un médecin, Malcolm. Je m'inquiète pour toi. Si tu as mal, j'ai mal aussi.

Malcolm serra la main de Claire.

— Je n'ai pas besoin de docteur. Je n'ai besoin que de toi… J'aimerais bien dormir encore un peu.

Le dîner devant être servi deux heures plus tard, Claire décida d'employer intelligemment son temps et elle se rendit dans la bibliothèque pour travailler sur les livres de comptes, qui devaient être mis à jour quotidiennement.

Lord Walter s'y trouvait déjà. Il leva la tête quand elle poussa la porte.

— Avez-vous besoin de me voir ? demanda-t-il.

— Non. Je voulais simplement revoir les livres de comptes et vérifier les chiffres des récoltes d'été.

Elle tira de sa poche une feuille de papier et ajouta :

— J'ai ici quelques données que je souhaite incorporer à mes calculs.

— Inutile de vous embarrasser de cette corvée, dit lord Walter. Je peux très bien m'en charger moi-même.

— Je sais que vous en êtes capable et je vous remercie de l'aide que vous me proposez si aimablement, mais maintenant que je suis comtesse, il faut que je prenne mes responsabilités. Je dois m'intéresser à l'administration de mes domaines, n'est-ce pas ?

— Franchement, ces tâches ne justifient pas que nous nous y mettions à deux.

— Alors, réjouissez-vous, car vous n'aurez plus à passer de longues heures ici. Je me charge de tout, désormais.

Lord Walter ne répondit pas, mais son visage convulsé et ses yeux injectés de sang parlaient pour lui. Il fixa sur Claire un regard fou de rage et il avança sur elle, qui ne recula pas. Etonné, il recula alors, ramassa sur le bureau une pleine brassée de papiers et s'en alla en les serrant sur sa poitrine.

Claire se dit qu'elle venait de remporter une victoire, petite certes, mais la première depuis de longs mois ; sur lord Walter, de surcroît ! Tout bien considéré, cette victoire n'était pas insignifiante.

La jeune fille travailla dans la bibliothèque jusqu'au dîner. L'heure venue, elle ferma ses registres et les rangea. Elle se rendit ensuite dans sa chambre, où elle trouva Malcolm profondément endormi. Elle s'attarda à le regarder. Repoussant les cheveux qui lui tombaient sur le visage, elle lui baisa le front. Puis elle descendit pour dîner.

Le lendemain matin, au réveil, elle se réjouit d'apprendre de Malcolm qu'il avait faim et qu'il se sentait prêt à déjeuner d'un peu de porridge. Elle s'empressa d'aller en cuisine pour le lui préparer. Elle le couva du regard tandis qu'il se restaurait. Quand il eut terminé, elle lui dit :

— Je dois aller inspecter les moissons qui se trouvent sur la rive sud du loch. J'avais d'abord pensé te demander de m'accompagner, mais je ne pense plus que ce soit une bonne idée. Tu es tout pâle, mon chéri, et à l'évidence tu es plus faible qu'un agneau qui vient de naître.

Elle lui prit des mains le bol de porridge et le posa sur la table de nuit. Puis elle mit sa tête sur la poitrine de Malcolm, elle écouta un moment battre son cœur, et elle murmura :

— Je veux que tu te rétablisses, mon amour. Tu es ce que j'ai au monde de plus précieux. Je ne pourrais pas vivre sans toi.

Il déposa un baiser dans ses cheveux et répondit :

— Toi aussi, tu es ce que j'ai de plus précieux au monde. Je voudrais aller avec toi pour inspecter tes champs, mais je crois, en effet, qu'il vaut mieux que je reste ici. Il ne me semble pas que mon estomac soit en état de supporter un voyage en bateau aujourd'hui.

Claire se leva et lui caressa le visage.

— Repose-toi, mon amour. J'ai hâte de voir tes joues reprendre quelques couleurs.

— Je te promets qu'elles se coloreront, lui dit-il en souriant, si tu emmènes tes sœurs avec toi. J'aime mieux que tu ne partes pas seule.

Claire lui rendit son sourire.

— Comme tu veux. Je dirai que c'est toi qui les obliges à se lever si tôt et elles t'en voudront atrocement.

Une heure plus tard, Claire et ses sœurs traversaient le loch en bateau. Sur la rive les attendaient quelques hommes du clan Lennox, avec des chevaux, pour les accompagner dans les champs pendant toute la tournée d'inspection.

Plusieurs jours passèrent. Un soir, Malcolm retint par le bras Claire qui passait près de lui, pour lui dire :

— Que se passe-t-il, ma chérie ? Tu ne m'as pas adressé un seul regard de toute la journée ; pas une parole.

Refusant de le regarder dans les yeux, elle répondit :

— C'est tout simplement que je n'ai pas envie de bousculer la baronne pour pouvoir échanger quelques mots avec toi.

Elle s'éloigna, la démarche hautaine, et refusa d'écouter les appels de Malcolm qui la suppliait de revenir et de s'expliquer.

Le soir, comme plusieurs soirs auparavant déjà, Claire fit semblant de dormir quand Malcolm vint la rejoindre au lit.

Le lendemain, Kenna lui rapporta qu'elle avait vu la baronne « tourner encore autour de Malcolm ». Elle demanda :

— Tu ne l'as pas vue ? C'est tout juste si elle ne se jette pas à son cou !

— Oui, j'ai vu, dit Claire, avec tristesse. Si elle continue ainsi, elle va se retrouver dans le loch sans comprendre ce qui lui arrive.

— Crois-tu qu'elle agit ainsi avec tous les hommes, ou seulement avec Malcolm ?

Claire médita sa réponse. Sarcastique et même brutale, elle expliqua ceci :

— Ecoute, petite sœur. Mets un pantalon à un piquet et tu verras la baronne lui faire des propositions. Elle est la plus fieffée adultère de tout le Royaume-Uni. A Londres, sa réputation est exécrable, mais la société est ainsi faite qu'on l'admire aussi ou qu'on l'envie. Les hommes la poursuivent de leurs assiduités... Ils n'ont pas à la poursuivre bien longtemps. Le plus souvent, d'ailleurs, c'est elle qui les poursuit. Ils n'ont même pas à se donner la peine de la conquérir.

Voyant le visage horrifié de sa sœur, elle lui demanda :

— Tu n'avais jamais entendu parler de la baronne de Stagwyth ?

— Non... Sais-tu encore beaucoup d'autres détails de ce genre sur elle ?

Prise d'une joie mauvaise, et non sans se reprocher de tenir d'aussi scandaleux propos devant sa petite sœur, Claire se fit un plaisir de dévider l'écheveau des potins mondains.

— On dit que beaucoup d'artistes éminents ont réalisé son portrait au moins une fois chacun, et qu'en guise de paiement, elle a couché avec eux.

— Oh... Comment peut-on en être certain ?

— C'est elle-même qui l'avoue ! Elle raconte que ces portraits ne lui ont rien coûté... en argent. On dit aussi qu'elle préfère les hommes mariés aux célibataires.

— Oh, ma pauvre ! s'écria Kenna de plus en plus bouleversée. Elle n'a pas sa place ici. Il faut absolument que nous nous en débarrassions le plus vite possible.

— C'est tout à fait mon avis. Puisque je te dis que je vais la pousser dans le loch, un de ces jours...

— Et si elle flotte ?

— C'est bien ce qui m'inquiète...

Le lendemain matin, Malcolm souffrait de nouveau d'une forte migraine. Il garda la chambre. Après l'avoir examiné, Claire eut un entretien avec lord Walter, aux termes duquel elle disposerait de la bibliothèque le matin et lui l'après-midi. Cela disposé, elle s'en alla travailler pendant quelques heures.

A presque midi, lady Isabelle vint lui demander si elle avait vu Malcolm récemment.

— Non. Pourquoi ? Est-il plus mal ?

— Je ne sais pas au juste, dit lady Isabelle avec un petit haussement d'épaules. Tout ce que je peux dire, c'est qu'il n'est pas encore descendu.

— Très bien, je vais le voir.

Claire rangea ses affaires et monta à la chambre.

Elle tourna le bouton mais s'aperçut que la porte était fermée à clé. Etonnée, elle essaya de nouveau mais dut se rendre à l'évidence. Alors elle frappa et appela :

— Malcolm ?

Elle entendit un choc à l'intérieur, peut-être celui d'une chaise qui tombait, puis un bruit de pas. La porte s'ouvrit. Claire commença :

— Je venais voir comment tu te portais et je...

Le reste de sa déclaration se bloqua dans sa gorge.

Ce n'était pas Malcolm qui paraissait devant elle, mais Caroline, Caroline aux lèvres gonflées, rouges et humides, au corsage défait et hâtivement remis en place, dont toutefois dépassait encore un sein. Elle portait en outre des marques rouges très suggestives sur le cou et les épaules, en fait le genre de marques qui résultent des baisers passionnés et des petites morsures que se donnent les amoureux.

— Que faites-vous dans ma chambre, avec mon mari, la porte fermée à clé ? demanda Claire revenue, difficilement, de sa surprise.

Sans se démonter, la baronne répondit :

— Je venais voir comment il allait. Je m'inquiétais pour lui car il ne s'était pas montré de toute la matinée. En fait, je n'avais pas remarqué que la porte fût fermée. Cela a dû se faire tout seul.

— Admettons que vous ne l'ayez pas fermée à clé. Mais pourquoi l'avoir poussée ?

— Je ne l'ai pas poussée. Le vent, peut-être...

Bien sûr ! songea Claire. Avec un sourire acide, elle poursuivit son interrogatoire.

— Vous prétendez qu'un courant d'air a pu fermer la porte, un jour sans vent, alors que toutes les fenêtres sont fermées ? Le seul vent que je perçois, baronne, c'est le vent mauvais des mensonges qui sortent de votre bouche. Alors, je vous en prie, ne recommencez pas. Tenez-vous éloignée de mon mari.

Avec un air narquois, Caroline contourna Claire et s'en alla sans un mot de plus.

Claire entra dans la chambre. Malcolm semblait endormi, mais le lit était bouleversé. Elle posa une main sur les draps, qu'elle trouva chauds. Pensive, elle allait se redresser quand elle aperçut une tache humide. Alors, sans réfléchir, des deux poings elle frappa Malcolm dans le dos.

Il sursauta, se retourna, ouvrit les yeux avec difficulté, porta une main à sa tête et grimaça de douleur. Puis il demanda, d'une voix pâteuse :

— Claire... que se passe-t-il ?

Elle s'emporta.

— Que cette bouche qui vient de distribuer des baisers à cette traînée ne s'avise plus de prononcer mon nom ! Tu n'as pas honte ? Rester couché, en prétendant être malade, pour attendre une visite galante ? Je dois admettre que le stratagème est bien élaboré, mais franchement, tu pourrais attendre que je sois sortie de la maison pour recevoir ta maîtresse dans notre lit.

— Claire ! implora Malcolm qui clignait des yeux. De quoi parles-tu ?

— Hypocrite ! Je dis que je me dérange pour venir voir comment tu vas, que je trouve la porte fermée à clé, et que la baronne vient ouvrir, dans une tenue qui ne donne pas lieu à l'équivoque. Je dis que je viens de remarquer sur les draps une tache fort suspecte. Et toi, tu oses me demander de quoi je parle ? Me prends-tu pour une idiote ?

Malcolm tenta de se redresser et il soupira :

— Je n'ai pas vu la baronne. Je ne lui ai pas adressé la parole depuis hier. Si elle était dans cette chambre, elle ne s'est pas fait remarquer. Je n'ai rien entendu.

— Tu es aussi méprisable qu'elle ! lança Claire, écœurée.

Elle quitta la chambre et claqua la porte derrière elle.

Elle passa le reste de la journée avec ses sœurs. En début de soirée, elle leur demanda de l'aider à déménager ses affaires de la chambre conjugale à une autre.

— Est-ce que tu n'aimes plus Malcolm ? lui demanda Briana.

— Pose-moi la question demain, répondit-elle.

Le lendemain, Malcolm se sentait mieux. Il descendit et voulut engager la conversation avec Claire, mais aussitôt elle lui jeta à la figure l'incident avec la baronne. Il proclama son innocence.

— Je n'ai rien fait de mal, dit-il, d'une voix vibrante. Je le jure sur la tombe de ma mère.

— Je ne te croirais pas même si tu impliquais la tombe de ton père et de tous tes ancêtres, répliqua-t-elle froidement, avant de s'éloigner.

Elle passa la matinée dans la bibliothèque, mais ne réussit pas à travailler. Elle ne pouvait se concentrer sur ses chiffres parce qu'elle ne cessait de penser à Malcolm.

Elle ne comprenait pas. Comment pouvait-il se laisser subjuguer par cette polissonne patentée ? Ne savait-il pas que la baronne n'aimait rien tant que séduire les hommes pour les rejeter aussitôt qu'elle les avait consommés ? Bien sûr qu'elle était belle, avec son visage à l'ovale parfait, encadré par les longues boucles de ses cheveux aussi brillants que le soleil. Mais ne voyait-il pas qu'elle se ridiculisait aussi par sa façon de minauder, de hausser à tout moment les sourcils ou de battre frénétiquement des paupières quand elle flirtait ?

On disait volontiers que les hommes tombaient fatalement amoureux des femmes dans les yeux desquelles ils voyaient — ou croyaient voir — brûler le feu du désir. Claire eût cru que Malcolm n'était pas de ceux qui se laissaient aussi facilement tromper par de tels artifices.

Elle s'était trompée.

Immense était sa déception.

Elle arrêta sa décision.

Il voulait se laisser croquer par la gourgandine ? Eh bien ! elle le laisserait aller. Mais ensuite, inutile de revenir à elle, car elle n'en voudrait plus.

Satisfaite d'avoir tracé une ligne de conduite, elle put travailler un peu. En fin de matinée, elle quitta la bibliothèque et se rendit dans la galerie. Elle rencontra lady Isabelle, au pied du grand escalier.

— Justement, lui dit celle-ci, je vous cherchais. Je me demandais où vous étiez passée.

Claire s'arrêta.

— Je travaillais dans la bibliothèque, comme tous les matins.

— Suis-je bête ! C'est par là que j'aurais dû commencer mes recherches.

Jetant un coup d'œil vers le haut de l'escalier, Claire demanda :

— Où sont mes sœurs ?

— Dehors, je pense. Je les ai vues par la fenêtre, il n'y pas dix minutes. Dans le verger, en fait. Pourquoi n'allez-vous pas les rejoindre ?

Claire traversa toute la galerie et emprunta plusieurs corridors qui, en dépit de la vive lumière entrant par les fenêtres, lui parurent sombres, tristes, froids ; pour tout dire, sinistres.

Elle sortit du château, traversa la cour d'honneur et emprunta le petit chemin qui contournait la bâtisse pour gagner le verger, vaste prairie en pente, entourée d'un mur de pierres sèches, percé d'une porte fermée par une grille en fer.

Claire poussa cette porte qui grinçait, et elle s'arrêta. Un spectacle étrange s'offrait à ses yeux.

A trois ou quatre rangées d'arbres en avant, il y avait une femme, en robe bleue dont on ne voyait que le bas, parce que la femme, penchée en avant, dissimulait le haut de son corps et son visage derrière le tronc d'un pommier.

De l'autre côté de ce pommier se trouvait Malcolm, très reconnaissable, qui s'employait... mais oui ! Il délaçait le corsage de la femme. Ses mouvements ne laissaient aucun doute à ce sujet.

La première pensée qui vint à Claire fut celle-ci : comment osaient-ils se livrer à ce manège en plein jour, dans le verger où pouvaient venir à tout moment l'un ou l'autre des serviteurs qui travaillaient à l'entretien des plantations ?

Puis vint la douleur. Les larmes aux yeux, Claire se demanda si elle devait se faire connaître ou fuir au contraire, quand un éclat de rire lui vrilla les tympans. Alors elle vit la femme — Caroline — contourner le pommier pour se jeter au cou de Malcolm et lui dévorer les lèvres.

— Ah ! lui dit-elle ensuite, d'une voix rauque de brutale sensualité. J'étais très énervée, mais vous m'avez bien calmée. Pourtant, j'ai bien cru qu'il ne faudrait pas compter sur vous. Dites donc, il vous en a fallu, du temps, pour vous décider ! Mais comme je suis bonne fille, je ne vous en tiendrai pas rigueur.

A ce moment elle tourna la tête, découvrit Claire pétrifiée et lui décocha le sourire d'un enfant qu'on surprend les doigts dans un pot de confiture mais qui serait plutôt fier de son exploit.

— Claire ! s'écria-t-elle d'une voix joyeuse. Vous veniez nous prêter main-forte ? Je crois que nous n'avons plus besoin de vous. Une autre fois, peut-être ?

Un frisson atroce secoua Claire.

Tournant les talons, elle rentra au château en courant.

12.

Une nouvelle maladie ?
Nouvelle ou ancienne, je ne sais.
Mais on peut la nommer peste des pauvres mortels,
Parce que, comme une véritable peste,
Elle infecte leur cerveau...
Dès lors ils n'ont plus une pensée ou une émotion
Qui ne soit contaminée par le poison du doute.

Ben JONSON (1572-1637),
dramaturge anglais.
Chacun son humeur, acte II, scène 3

Quand Malcolm demanda à Claire ce qui la chagrinait et qu'elle lui rappela le spectacle dégradant qu'il lui avait offert dans le verger, il se mit à rire.

Elle eût disposé, à ce moment, d'un gourdin, qu'elle lui en aurait donné ; d'une arme, qu'elle l'en aurait transpercé. Mais comme elle n'avait rien sous la main, elle se contenta de l'avertir :

— Je connais tes mensonges, je n'en veux plus entendre.

Il se récria.

— Excuse-moi de rire ainsi, mais cela ne te ressemble pas, Claire, de te montrer si jalouse alors que tu n'as aucune raison de l'être. Laisse-moi t'expliquer. Je travaillais dans le verger et j'ai eu besoin d'aller remplir d'eau mon arrosoir. Quand je suis revenu, j'ai trouvé Caroline sous un pommier, les cheveux pris dans une branche basse. Je l'ai aidée à se libérer. C'est tout ce qu'il y a à dire.

D'une voix blanche, Claire rétorqua :

— Laisse-moi te rappeler les mots qu'elle a prononcés. Elle a dit : « J'étais très énervée, mais vous m'avez bien calmée. Pourtant, j'ai bien cru qu'il ne faudrait pas compter sur vous. Dites donc, il vous en a fallu, du temps, pour vous décider ! Mais comme je suis bonne fille, je ne vous en tiendrai pas rigueur. »

Malcolm, interdit, ne sut que répondre, et comme il ne trouvait vraiment les mots adéquats, il opta pour un sourire, ce sourire dont il avait souvent constaté les merveilleux effets. Malheureusement, cette fois, il en fut pour ses frais. Alors, laborieusement, il tenta de lever les terribles soupçons qui pesaient sur lui.

— Caroline ne voulait dire que ceci : qu'elle était prise au piège par ses cheveux et qu'elle s'impatientait en attendant mon retour qui la délivrerait. Comme je tardais à revenir avec mon arrosoir, elle s'est énervée. Enfin je suis arrivé, j'ai dû trouver les mots qu'il fallait pour la ramener au calme. Puis je l'ai délivrée. Alors, très contente, elle a oublié ses griefs contre moi.

Claire le considéra avec mépris et elle laissa tomber :

— Jamais en peine d'une explication, n'est-ce pas ?

Désespéré, il la prit dans ses bras et tenta de l'attirer contre lui. Elle lui résista. Il l'implora.

— Claire, je te jure que dans cet incident, il n'y a rien dont tu puisses te tourmenter. C'est toi que j'aime ! C'est avec toi que je veux vivre ma vie ! Ne te laisse pas emporter par un ressentiment qui n'a pas lieu d'être. Tu me manques… Je ne peux pas dormir sans toi. Reviens !

Sarcastique, Claire rétorqua :

— Si tu ne peux pas dormir seul, tu n'as qu'à convoquer la baronne. Je crois qu'elle connaît le chemin.

Puis elle tourna les talons et s'en alla sans vouloir entendre rien de plus.

Elle évita Malcolm complètement au cours des deux jours suivants.

Le troisième jour, il tomba malade de nouveau, et de façon beaucoup plus alarmante. Son mal de tête avait empiré. Selon ses propres termes, il avait l'impression que son crâne allait éclater. Ses yeux, gonflés et douloureux, ne supportaient plus la lumière, si bien que dans sa chambre, dont il ne sortait plus, les rideaux restèrent hermétiquement fermés. Il ne pouvait plus garder le peu de nourriture qu'il réussissait à prendre. Il vomissait même l'eau, tant et si bien qu'au soir du deuxième jour il commençait à se déshydrater sérieusement.

On appela le médecin, qui examina longuement Malcolm et donna ses instructions.

— Sans doute un cas de cette grippe qui sévit dans la région depuis quelque temps, dit-il d'un ton qui se voulait rassurant. Je connais ces symptômes : fièvre, frissons, raideurs musculaires, prostration… Rien d'extraordinaire, en somme. Il faut que le malade reste au calme dans sa chambre. Maintenant, voici deux fioles. Il faudra lui faire prendre le contenu de la bleue demain matin, celui de la brune demain soir, juste avant qu'il ne s'endorme. N'hésitez pas à me rappeler si son état ne s'améliore pas.

Non seulement son état ne s'était pas amélioré le lendemain, mais il s'était aggravé, pas suffisamment cependant, aux dires de lady Isabelle, pour que l'on rappelât le praticien.

— Les médicaments n'ont pas encore eu le temps d'agir, répétait-elle. Attendons encore un peu. Soyons patients !

Le jour d'après, Malcolm allait encore plus mal, mais lady Isabelle trouvait des motifs d'optimisme dans le fait que la fièvre avait légèrement baissé.

— Et il dort mieux, ajoutait-elle.

Malgré ses griefs, Claire le veillait jour et nuit, installée près du lit dans un fauteuil qu'elle ne quittait guère. Au cours de la quatrième nuit, elle était en train d'y somnoler quand lady Isabelle survint pour lui recommander d'aller se coucher.

— Vous ne lui serez plus d'aucune utilité quand vous serez trop fatiguée pour garder les yeux ouverts. Allez dormir sans crainte. Je passerai le voir de temps en temps.

En dépit de ses scrupules, Claire se laissa facilement convaincre, car, au vrai, elle ne tenait plus debout. Elle regagna donc la chambre qu'elle avait choisie après sa brouille avec Malcolm, et se jeta tout habillée sur son lit, sans même prendre le temps de tirer les couvertures. Elle s'endormit aussitôt.

Elle ne sut pas combien de temps elle avait dormi quand lady Isabelle la secoua pour la tirer du sommeil. Engourdie, hébétée, elle s'assit avec difficulté et demanda :

— Il va plus mal ?

Enigmatique, la femme répondit :

— Je crois que vous devriez voir cela, Claire. Il m'en

coûte d'avoir à vous ouvrir les yeux, mais j'estime qu'il est de mon devoir de vous prévenir.

— Voir quoi ?

— C'est Malcolm et…

Recouvrant ses esprits, Claire se rua hors de la chambre et courut vers celle de Malcolm.

Il dormait sur le dos et n'avait sur lui qu'un drap qui recouvrait partiellement une de ses jambes.

A côté dormait la baronne, tout aussi nue que lui. Couchée sur le ventre, ses cheveux d'or défaits et dissimulant son visage, elle avait entremêlé une des ses jambes avec celles de Malcolm.

Claire se tourna vers lady Isabelle qui arrivait. Elle lui dit simplement :

— Sortez-la d'ici et chassez-la de l'île.

Le cœur au bord des lèvres, elle s'en alla.

L'affront qui venait de lui être infligé serait le dernier.

Quand la baronne de Stagwyth se fut rhabillée et préparée, lady Isabelle lui remit la somme convenue pour le prix de ses services, avant de la conduire au bateau près duquel attendaient lord Walter et deux hommes de confiance. Il lui ne restait plus qu'à embarquer et à s'enfoncer, dans la nuit, vers d'autres aventures.

Le lendemain matin, Claire se dit qu'elle ne pouvait décidément plus vivre avec Malcolm. La baronne s'en était allée, mais d'autres aventurières surviendraient. En vérité, il fallait désormais considérer toutes les femmes comme des rivales potentielles. Malcolm avait montré de quoi il était capable. Pourquoi changerait-il ? Claire n'avait pas envie de passer toute sa vie aux côtés d'un mari qui ne cesserait de prendre pour maîtresses toutes celles qui passeraient à portée de sa main. Elle ne voulait pas partager.

Après s'être préparée, elle prit une tasse de thé puis se rendit dans la chambre de Malcolm. La main sur le bouton de la porte, elle vit arriver Greer qui, l'air mystérieux, lui demanda de la suivre. Elles gagnèrent une chambre où se trouvait déjà Kenna. Celle-ci déclara d'emblée qu'il fallait parler.

— De quoi ? demanda Claire.

— De Malcolm, dit Kenna.

— N'essaie pas de le défendre, c'est trop tard pour lui. Son sort est scellé.

— Nous n'essayons pas de le défendre, dit Greer.

Kenna prit la main de Claire et la serra.

— Malcolm a la même maladie que Kendrew. Ce n'est pas la grippe. Je te dis que Kendrew avait les mêmes symptômes. Claire ! Nous craignons que Malcolm ne meure comme notre frère.

— Je vous remercie de vos observations, répondit Claire avec dureté, mais je me moque de savoir de quoi Malcolm souffre exactement. Je ne souhaite certainement pas sa mort, mais je refuse désormais de vivre avec lui. Dès demain, je me rendrai à Edimbourg pour engager un avocat. Je divorcerai en prouvant l'adultère de mon mari.

— Oh, Claire..., gémit Greer.

Inébranlable, Claire ordonna :

— Je te prie de ne pas te mêler de mes affaires. Toi non plus, Kenna. Tout cela ne vous regarde pas.

*
* *

Une journée passa, puis une nuit. Claire prépara un bagage léger. Elle s'habilla, but une tasse de thé. Puis, comme la veille, elle se rendit dans la chambre de Malcolm.

— Je suis heureux de te voir, lui dit-il d'une voix très affaiblie. Je commençais à me demander si tu ne m'avais pas abandonné.

— Je veux divorcer, lui dit-elle. Dans quelques minutes, je pars pour Edimbourg. J'ai envoyé un de mes hommes à Grahamstone pour annoncer ta maladie et demander qu'on vienne te chercher. Je veux que tu sois parti demain, quand je reviendrai.

Choqué, incrédule, confus, Malcolm balbutia :

— Je ne comprends pas. Je ne te reconnais pas. Tu n'es plus la jeune fille que j'ai épousée. Que t'arrive-t-il, Claire ?

— Eh bien, dit-elle avec froideur, voilà les premières paroles de vérité que tu prononces depuis quelque temps. Tu as raison : je ne suis plus la jeune fille que tu as épousée. Plus jamais je ne serai la même. Sais-tu pourquoi ? Parce que tu n'es plus l'homme que j'ai épousé ; parce que tu m'as détruite.

Il s'agita.

— Comment... comment peux-tu dire une chose pareille ? Je n'ai fait que t'aimer, Claire ! Et toi aussi, tu m'aimes, n'est-ce pas ? Sûrement tu ne veux pas jeter notre amour aux orties ? Dis-moi que tu ne parles pas sérieusement.

— Je parle très sérieusement mais il n'est plus temps de parler. Ma décision est prise. Je ne peux plus vivre avec toi après ce qui s'est passé.

Abasourdi, Malcolm se révolta.

— Quoi ? Que s'est-il passé ? Raconte-moi ! Qu'ai-je donc fait de si mal que tu veuilles me rejeter ainsi ?

Il la regardait droit dans les yeux, pensant lui prouver

ainsi son honnêteté et sa sincérité, mais elle, au lieu de lui accorder ce bénéfice, le traita de comédien sachant user de mimiques et trouver les mots qu'il fallait pour essayer de paraître convaincant, ce qui n'était pas le cas, puisqu'elle ne le croyait pas.

Elle parlait vite. Son débit était saccadé. Ses lèvres tremblaient.

— Moi, ce que je dis, c'est que je vous ai trouvés tous les deux dans mon lit, tout nus, vautrés l'un contre l'autre. Et s'il n'y avait que cela... La baronne te tenait d'une façon... très particulière. Inutile d'en dire plus long, tu sais fort bien de quoi je veux parler.

Obstiné, Malcolm reprit :

— Claire, je t'en prie, écoute-moi pendant une petite minute. La première visite de la baronne dans la chambre, la scène que tu me décris avec une horreur bien compréhensible... eh bien ! Je ne me rappelle rien de tout cela. Comment le pourrais-je, puisque j'étais malade, très malade ! Enfin, tu le sais bien !

— Tu souffres d'une maladie très particulière, Malcolm. Elle ne te frappe que lorsque tu as besoin d'une excuse. Comme c'est étonnant ! Comme c'est pratique, surtout ! Un jour tu dois garder le lit et le lendemain, te revoilà frais comme un gardon. On se dit : « Tiens, il est sorti d'affaire », et subitement, nouvelle rechute !

— J'ai l'impression que quelqu'un... lady Isabelle ou lord Walter, cherche à m'empoisonner. Je pense qu'il ou elle m'administre une dose, puis laisse passer plusieurs jours avant de récidiver. Voilà pourquoi je suis bien portant à certaines périodes et souffrant à d'autres. Il faut que j'en aie le cœur net. Dès que j'en aurai la force, je rendrai visite au pharmacien et au médecin afin de voir avec eux si ma théorie est plausible.

Claire s'emporta.

— Est-ce tout ce que tu as trouvé ? Tu manques d'imagination. Lady Isabelle et lord Walter, une fois de plus ! Tu ne cesses de les accuser de tous les maux, alors qu'ils se sont toujours montrés envers nous de la plus grande gentillesse. Tu devrais avoir honte, Malcolm, de jeter des accusations aussi ignobles sur des personnes qui sont parfaitement innocentes. Pourquoi ne te résous-tu pas plutôt à reconnaître tes torts ? Ce serait tellement plus honnête ! Va chez ton pharmacien et chez ton médecin si cela te chante, mais ne remets pas les pieds ici. Je ne veux plus t'entendre car je suis lasse de tes mensonges. Je ne veux plus te voir ; jamais ! Jamais !

Malcolm se tordait les mains. Désespéré, il lança :

— Claire, tu tombes trop facilement dans leur piège ! Ne comprends-tu pas que ces incidents font partie d'un vaste plan destiné à prendre le contrôle de ta fortune ?

— En te manipulant ? Je ne vois pas en quoi tu peux leur être utile !

— Si nous nous séparions, tu redeviendrais libre et tu pourrais épouser Gilles.

Claire éclata de rire.

— Gilles ? Alors, là, tu dépasses toutes les bornes ! Dis-moi : où ton imagination va-t-elle chercher ces hypothèses si étonnantes ?

— Tu ne trouves pas étonnant, toi, que je tombe malade au point de ne plus pouvoir sortir de mon lit, mais que j'aie pu néanmoins entretenir une liaison ? Tu ne trouves pas étonnant que je n'hésite pas à entretenir une liaison dans la maison que je partage avec ma femme et ses sœurs ? Tu ne trouves pas étonnant que je perde la raison au point de faire entrer ladite maîtresse dans le lit conjugal ?

— Je ne te connais plus, Malcolm, répondit Claire avec tristesse. C'est pourquoi je ne peux pas répondre à toutes ces questions.

— Alors, je suppose qu'il n'y a plus rien à dire, n'est-ce pas ? A l'évidence, tu t'es éloignée de moi et tu ne veux plus croire que ce que lady Isabelle te donne à croire. Et moi, je me trouve comme devant une montagne que je suis incapable d'escalader. Je t'aime, Claire, et sans doute t'aimerai-je toujours.

Les larmes aux yeux, Malcolm s'interrompit. Puis il reprit, d'une voix cassée par la tristesse :

— Pauvre petite Claire, qui ne peut pas comprendre parce qu'elle aime avec la tête et non avec le cœur. Eh bien, qu'il en soit ainsi ! Il n'empêche qu'après tout ce qui vient de se passer entre nous... la méfiance... les fausses accusations... les mots venimeux... je persiste à t'aimer. Quoi que tu dises, quoi que tu fasses, tu resteras toujours au plus profond de mon cœur.

Claire n'écoutait plus vraiment, mais elle entendit assez de ce discours pour répondre, avec hauteur :

— Si ces sentiments sont vraiment ceux que tu ressens, tu me les as bien cachés. Que veux-tu que je pense, moi, quand je te trouve couché avec cette traînée de baronne ? Comment veux-tu que j'interprète cette réalité ? Alors, ne viens pas, maintenant, te plaindre et gémir comme si, dans cette affaire, tu étais le seul à être humilié et insulté.

— Il faut que je te pose une dernière question. Comment se fait-il que tu aies pu me surprendre, plusieurs fois, en flagrant délit avec la baronne ?

— Lady Isabelle...

— N'en dis pas plus. C'est bien ce que je pensais. Elle s'est jouée de toi. J'ai peur pour toi, Claire, car tu marches vers un précipice et j'étais le dernier à pouvoir t'empêcher d'y tomber. J'ai peur pour toi... Que va-t-il t'arriver ? En fait, je le sais. Tu seras forcée d'épouser Gilles et de lui abandonner ton héritage. Si tu refuses, tu te trouveras dans la même situation que Kendrew. Et tu refuseras, car ces gens ne réussiront pas à faire plier ta volonté. Alors, ils se débarrasseront de toi, puis ils appliqueront leur tactique à tes sœurs, les unes après les autres, jusqu'à ce qu'ils obtiennent le succès escompté.

Malcolm sortit alors de son lit et marcha à tout petits pas. Il tremblait, ses jambes flageolaient. En le voyant si faible, Claire connut le pincement du remords, pas assez fort tout de même pour l'inciter à changer d'avis.

Se laissant tomber sur une chaise, il reprit avec conviction :

— Je n'ai rien fait de mal. Que tu le veuilles ou non, je gardais le lit parce que j'étais vraiment malade. Pourquoi étais-je malade, je ne le sais pas. Pourquoi la baronne est-elle venue se coucher près de moi, je ne le sais pas non plus. Mais j'ai des soupçons. Ce qui m'étonne, Claire, c'est que, toi, tu n'en aies pas. Réfléchis et réponds-moi. En admettant que je me trompe, que crois-tu que lady Isabelle espère gagner en détruisant notre mariage ?

— Peut-être a-t-elle compris que tu étais un adultère et un menteur et a-t-elle décidé de m'épargner une vie de malheur à tes côtés ? Peu importe ! Je ne veux plus discuter de cela avec toi. Je suis trop bouleversée. Je me sens comme si on m'avait planté un couteau dans le cœur. Tu m'as détruite, Malcolm. Parfois, je me dis que j'aurais préféré mourir plutôt que de connaître cette humiliation. Je...

Claire s'interrompit. A quoi bon parler davantage, puisque tout était fini ? D'une voix lasse, elle conclut :

— De toute façon, tout cela n'a plus d'importance, maintenant.

Malcolm, qui s'habillait avec difficulté, lui répondit :

— J'aurais volontiers donné ma vie pour toi, mais il paraît que tu refuserais mon sacrifice. Tu t'es laissé enjôler, tu préfères croire tes yeux plutôt que ton cœur. Tu ne veux me laisser aucune chance. Tu m'ordonnes de disparaître de ta vue. Très bien ! Qu'il en soit ainsi. Je quitterai cette maison dès que j'aurai réussi à me vêtir.

A ce moment, Claire se dit... que, peut-être, elle avait tort. Il lui parut que Malcolm, peut-être... avait raison, et que si les apparences témoignaient contre lui, il restait innocent des faits qu'elle lui reprochait.

Confuse, elle perçut une contradiction en elle. Pour venger son honneur bafoué, elle avait dit et répété à Malcolm qu'elle ne voulait plus le voir, mais quand il lui avait annoncé qu'en effet il partirait pour toujours, elle avait pris conscience que cette séparation se révélerait peut-être encore plus douloureuse pour elle.

— Alors..., balbutia-t-elle, tu pars ?

— Oui, confirma-t-il avec tristesse. Je pars puisque tu me le demandes. Sois contente, je ne reviendrai pas pour te supplier. Je te rends ta liberté. Demande le divorce si ça te chante. Sois heureuse si ton bonheur doit découler de mon départ. C'est tout le mal que je te souhaite. Quant à moi, je ne m'en tirerai pas à si bon compte. Je persiste à t'aimer, et ce ne sont pas quelques mots jetés sur un texte juridique qui m'empêcheront de t'aimer. Ce jugement ne me relèvera pas des engagements que j'ai pris envers toi le jour de notre mariage.

Plus hautaine que jamais, Claire lança cette réplique cinglante :

— Je ne t'en demande pas tant. Tout est fini entre nous. Tu pourrais bien marcher sur les genoux pour aller jusqu'à Londres et revenir de la même manière que cela ne servirait à rien. Tu as commis, sous mon toit, un adultère particulièrement humiliant pour moi. Je ne puis te pardonner.

— Je crois que tu me l'as déjà fait comprendre, dit Malcolm avec un humour amer.

— Ma décision est prise. Je veux te voir partir et je ne veux plus te revoir ; plus jamais.

— Il faudra bien que la vérité t'apparaisse un jour et que tu consentes à la regarder en face, reprit Malcolm. J'attendrai tout le temps qu'il faudra, avec patience, avec confiance aussi. C'est pourquoi je suis prêt à partir, quoi qu'il m'en coûte. En somme, je pars pour mieux te reconquérir. Pour la dernière fois, sache que le drame affreux qui nous sépare aujourd'hui n'affecte en rien l'amour que je te porte.

Il enlaça Claire et l'attira contre lui. Elle se laissa emprisonner et sa tête se posa tout naturellement sur la poitrine de Malcolm. Pendant un bref instant, elle connut même la tentation de lui passer ses bras autour du cou pour lui dire que, tout au fond de son cœur, elle ne le croyait pas coupable d'adultère. Mais une sorte d'orgueil implacable l'empêcha de prononcer les paroles qui eussent mis fin à la dispute : comment parler ainsi après les propos péremptoires qu'elle avait tenus ?

C'eût été se déjuger.

Alors elle espéra.

Elle attendit de Malcolm qu'il prît l'initiative de la réconciliation, en prononçant quelques fortes paroles auxquelles elle souscrirait avec juste ce qu'il faudrait de réserve...

Soudain, l'existence qui s'annonçait, solitaire, lui parut tellement lugubre, insupportable...

Comme rien ne venait, elle envisagea de formuler quelques mots propitiatoires, une formule d'appel. Si, par exemple, elle proposait de parler encore un peu afin de...

Doucement, Malcolm la repoussa et s'éloigna.

Elle avait hésité trop longtemps.

S'il n'est déjà pas facile de s'accuser d'avoir commis les erreurs dont on souffre, il est plus difficile encore de devoir reconnaître qu'on a commis des fautes qui accablent d'autres que soi.

Claire se voyait obligée d'admettre que sa décision de divorce était une erreur, et ce pour de multiples raisons personnelles.

Elle aimait toujours Malcolm.

Elle avait agi dans la précipitation, sous la pression des événements, au lieu de s'accorder le nécessaire temps de la réflexion.

Elle s'était laissé séduire par des simulacres d'amour et de générosité, elle avait mordu aux appâts agités devant elle par lady Isabelle et par lord Walter.

Pour toutes ces raisons, elle s'était détournée de Malcolm pour se ranger dans le camp de ses tuteurs.

Par sottise, elle s'était jetée dans un piège dont elle ne sortirait pas sans difficultés... si toutefois elle en sortait.

Qu'elle souffrît était une chose — elle pouvait admettre qu'elle recevait un juste châtiment — mais elle voyait ses sœurs souffrir aussi à cause d'elle, ce qui lui était insupportable. Elle portait au cœur une plaie qui ne se refermerait pas.

Eh bien ! pensa-t-elle. *Tu n'as que ce que tu mérites, Claire*

Lennox. Tu as choisi Isabelle et Walter contre Malcolm. Il faut assumer, maintenant. Assiste au désastre que tu as préparé, ton propre désastre...

Sitôt le divorce prononcé, lady Isabelle et lord Walter s'empressèrent de contester les droits de Claire à recueillir l'héritage, en arguant qu'il ne pouvait pas légalement échoir entre les mains d'une femme. Malheureusement pour eux, un tribunal ne tarda pas à leur donner tort sur ce point en instituant Claire légitime comtesse d'Errick et de Mains.

Alors, ces gens engagèrent à leur service un avocat sans scrupules qui consentit à prouver que Claire ne disposait plus des facultés mentales nécessaires pour assumer les devoirs de sa charge. Il fondait sa démonstration sur la mélancolie chronique de la jeune fille. Une fois encore, la justice donna raison à Claire.

Pour faire bonne mesure, le duc d'Argyll se mêla de l'affaire. Il vint à Inchmurrin et adressa aux tuteurs ce discours solennel :

— Je ne connais personne qui ne succomberait à la tristesse après avoir perdu un membre de sa famille. Or cette jeune fille en a perdu quatre dans un laps de temps très court. Je ne considère donc pas comme extravagant qu'elle s'abandonne au chagrin et je trouve scandaleux que vous puissiez lui en faire grief. J'affirme que la comtesse d'Errick et de Mains reste capable de porter son titre et de tenir son rang avec toutes les prérogatives qui y sont attachées.

Par ailleurs, beaucoup de changements affectèrent la vie au château, autrefois si gai. Les vieux serviteurs dévoués s'en allaient les uns après les autres, pour être remplacés par des gens sinistres dont l'unique tâche semblait être de surveiller les enfants Lennox afin de rapporter leurs moindres faits et gestes aux tuteurs de plus en plus arrogants et implacables.

La joie avait quitté le logis.

Le soir, Claire et ses sœurs se renfermaient dans une de leurs chambres et complotaient. Elles se demandaient comment elles pourraient rendre leur vie moins lugubre, moins misérable.

Il semblait que la grosse demeure familiale, avec ses murs massifs et ses énormes poutres, eût elle-même changé, et en vérité, elle changeait. Elle se transformait peu à peu en une sinistre prison qui se vidait progressivement de son mobilier. Les plus belles pièces disparaissaient, et il ne faisait de doute pour personne qu'elles s'en allaient garnir les maisons de lady Isabelle et de lord Walter qui, en échange, rapportaient des choses sans valeur, voire rien du tout. Claire et ses sœurs durent s'habituer à circuler dans des pièces vides et d'autant plus tristes.

Alors que, par un après-midi particulièrement morose à cause de la pluie qui ne cessait de tomber depuis le matin, Claire et Greer regagnaient leurs chambres en passant par la galerie, Greer, montrant les grands portraits de famille, déclara :

— Même eux me font peur, maintenant.

Claire en convint. Elle ressentait la même impression. Les ancêtres, qui autrefois souriaient d'un air débonnaire aux générations qu'ils voyaient passer devant eux, semblaient eux aussi gagnés par la désolation ambiante. Eux aussi faisaient grise mine.

Leurs deux premières tentatives ayant misérablement échoué, les tuteurs ne tardèrent pas à reprendre les manœuvres au terme desquelles ils espéraient contrôler enfin le titre et les propriétés de Claire. Il apparut très vite qu'ils avaient l'intention de forcer l'héritière à épouser Gilles, le fils de lady Isabelle.

Malcolm avait vu juste.

Les quatre filles Lennox furent placées sous le contrôle d'une nouvelle gouvernante, véritable garde-chiourme, Kathleen O'Malley ayant été renvoyée sans ménagement sous le prétexte qu'elle n'était pas digne de confiance et n'avait pas satisfait aux espoirs mis en elle par les tuteurs.

Cora Barber — tel était le nom de cette personne — suait l'ennui et la méchanceté. Sous sa férule, les heures d'étude s'allongèrent et devinrent odieuses aux quatre filles. Elle punissait à tout propos, le plus souvent pour des peccadilles, et toujours avec une dureté extrême. Puis elle se faisait un plaisir de rapporter aux tuteurs les moindres manquements de ses élèves et celles-ci recevaient une nouvelle punition, plus sévère encore.

Briana devint très vite le souffre-douleur de Cora Barber. Quoi qu'elle entreprît, la pauvre enfant ne trouvait pas grâce aux yeux de la terrible gouvernante. Les remontrances pleuvaient, et si encore ce n'étaient que des remontrances ! Les coups de règle se multipliaient. Briana se voyait assigner de multiples corvées, des tâches humiliantes. Si, au cours d'une leçon, elle s'avisait de poser une question, elle obtenait invariablement cette réponse :

— J'ai déjà expliqué cela. Puisque vous ne voulez pas écouter ce que je dis, eh bien ! Vous n'avez qu'à trouver la solution par vous-même.

Briana étant la plus jeune des quatre, il était normal qu'elle eût plus de mal à suivre les cours. Il faut dire aussi qu'elle ne cessait de penser à la mort de son père et de ses frères, et que si ses sœurs parvenaient, non pas à oublier, non pas à surmonter leur chagrin mais du moins à l'occulter quand il le fallait, il n'en allait pas de même pour elle. D'où ses difficultés à se concentrer sur son travail scolaire. D'où les punitions à répétition. En conséquence de quoi, Briana, autrefois l'enfant la plus gaie et la plus espiègle qui fût, éclatait maintenant en sanglots à tout propos.

Miss Barber s'adonnait avec elle à un petit jeu particulièrement pervers. Elle lui posait une question puis y répondait aussitôt sans lui en laisser le temps. Elle traitait alors son élève de cancre et d'idiote. Feignant une grande colère, elle lui jetait ses livres par terre, puis elle lui ordonnait d'aller se mettre à genoux dans un coin de la salle d'étude, en ajoutant :

— Vous êtes vraiment trop bête. Je me demande si j'arriverai à quelque chose avec vous.

Alors que la pauvre enfant, un soir, pleurait sur les misères que lui infligeait la gouvernante, Kenna lui dit :

— Tu ne comprends donc pas que tu lui rends la tâche un peu trop facile ? Tu ne vois pas le sourire mauvais qu'elle a chaque fois que tu te mets à pleurer ? Chaque fois qu'elle te voit en larmes, elle a l'impression d'avoir remporté une grande victoire. Alors, arrête.

— Je... je sais, soupira Briana, qui sanglotait. Mais je ne peux pas m'empêcher de pleurer.

Sans indulgence excessive, Kenna reprit :

— Partie comme tu es, tu passeras toute ta vie à faire le bonheur de gens comme ça. Est-ce bien cela que tu veux ? Tu trouves cela honorable ?

Très souvent, les repas ne se composaient plus que de pain sec et d'eau. Les punitions corporelles se multipliaient.

Le fouet fit son apparition. Un jour, miss Barber dit à lady Isabelle, devant Claire et ses sœurs :

— Avec elles, il faut savoir se montrer sévère, pour ne pas dire brutal. Par ce moyen nous parviendrons à briser leur mauvais caractère.

— Comme je suis d'accord avec vous ! s'écria lady Isabelle. Je sais quelle tâche salutaire vous accomplissez dans cette maison. N'ayez pas peur d'appliquer la discipline par tous les moyens qui vous sembleront appropriés. Vous recueillerez toujours mon approbation.

Cependant, lady Isabelle ne se reposait pas sur Cora Barber pour tourmenter les enfants Lennox. Elle se chargeait volontiers d'une partie importante de cette tâche. Elle trouvait un plaisir particulier à démontrer, jour après jour, qu'elle n'était plus telle qu'elle s'était montrée dans les premiers temps de sa tutelle. Enfin elle révélait son véritable visage.

D'abord disparurent toutes les belles robes qu'elle avait fait confectionner. Puis lady Isabelle vendit le piano et condamna la pièce consacrée aux arts d'agrément. Elle interdit l'emprunt de livres à la bibliothèque, les traversées du loch et même les offices du dimanche.

Au cours d'un dîner, Greer eut le malheur de dire :

— Je n'aime pas les petits pois. J'ai l'impression qu'ils se bloquent dans ma gorge.

Lady Isabelle sourit méchamment et énonça :

— Quel dommage que je ne l'aie pas su plus tôt ! Je pensais, au contraire, que vous raffoliez des petits pois, et c'est pourquoi j'ai ordonné à la cuisinière d'en préparer de pleines marmites, spécialement pour vous.

La pauvre Greer se vit condamner à ne plus rien manger d'autre que des petits pois pendant une semaine. Pour s'assurer qu'elle les ingurgiterait jusqu'au dernier, lady Isabelle lui dit :

— Pour chaque petit pois qui restera sur votre assiette, vos sœurs seront privées d'un repas.

Les quatre filles Lennox souffraient, mais l'épreuve s'avérait particulièrement éprouvante pour Claire parce qu'elle s'en attribuait la responsabilité. Elle se reprochait d'avoir tant cru à la bonté de lady Isabelle et de lord Walter et d'avoir chassé son mari qui, lui, avait vu clair. Comment pouvait-elle avoir été sotte à ce point ? se demandait-elle. Elle ne s'endormait plus que très tard dans la nuit, après avoir beaucoup pleuré.

Lord Walter ne répugnait pas à exercer des sévices lui aussi, toujours en excipant de son rôle de tuteur. Il lui arrivait de décréter un enfermement dans les chambres, d'un ou plusieurs jours selon son humeur, « pour améliorer votre caractère » ne manquait-il jamais de préciser. Prétendant que les bains froids, particulièrement en hiver, étaient souverains pour la santé du corps et pour la formation de l'esprit, il obligeait les filles à s'immerger dans une eau si froide que souvent une fine pellicule de glace se formait à la surface du bassin.

Les filles Lennox vivaient dans un monde qui avait perdu toutes ses couleurs, un monde qui ne valait plus la peine d'être connu. Pendant tout l'hiver qui suivit, elles ne connurent d'autre réconfort que celui du grand feu dans la cheminée, près de laquelle elles avaient le droit de s'asseoir, de temps à autre.

13.

Cela ressemblait si peu à tes manières aimables !
Dis, toi qui n'as rien d'autre à te reprocher,
Ne regrettes-tu jamais, mon amour
Cet après-midi de juillet
Où tu partis ?
Subitement, tu prononças quelques mots inintelligibles
Et les yeux pleins d'angoisse
Tu partis pour plusieurs jours
Sans me donner un baiser, sans me dire adieu.

Coventry PATMORE (1823-1896),
poète anglais.
Eros inconnu, Départ (1877)

Utrecht, Hollande
Eté 1745

Malcolm Graham rentrait à la maison.

Il ne pensait pas avoir le mal du pays et la nostalgie de sa famille, mais quand, du quai, il vit son frère, sur le bateau, qui s'agitait comme un sémaphore pour le saluer du plus loin possible, il sentit une boule se former dans sa gorge et les larmes lui monter aux yeux. Il comprit alors qu'il avait été fou de se croire insensible, détaché de tout.

Deux ans…

Depuis deux ans il séjournait dans ce pays étranger, sans avoir une seule fois posé le pied sur le sol écossais. Depuis deux ans, il n'avait plus revu aucun membre de sa famille. Mais tout allait changer, maintenant, puisque Bran arrivait.

Malcolm sortit de sa poche, pour la relire, la lettre dans laquelle son frère lui faisait part de ses projets.

« Je viens à Utrecht pour y passer un peu de temps, une semaine ou deux, avec toi. Ensuite, je retourne en Ecosse, avec toi. Tu comprends ? Plus rien ne t'empêche de revenir, puisque tu as obtenu ta peau d'âne.

» C'est dit. Je ne repartirai pas sans toi, parce que je ne supporte plus de te savoir loin de nous. Je passerai volontiers quelques jours dans ce pays, parce que je tiens à vérifier si les femmes y sont aussi belles qu'on le dit, mais ensuite, nous rentrerons en Ecosse, tous les deux. »

En prenant connaissance de ces lignes, Malcolm s'était dit que rien n'était fait, parce que c'était à lui qu'appartenait la décision. Mais en trouvant le visage de son frère parmi ceux des passagers agglutinés sur le bateau qui arrivait, il lui était apparu, comme une évidence, que non seulement il retournerait avec lui en Ecosse, mais qu'il attendait ce moment avec impatience.

Les deux frères se congratulèrent d'abord avec l'enthousiasme retenu qui convenait à leur rang, puis, selon une coutume qu'ils pratiquaient depuis leur plus lointaine enfance, ils se donnèrent de vigoureuses bourrades en s'esclaffant bruyamment, préludant ainsi à une courte lutte au terme de laquelle Malcolm, plié en deux et immobilisé contre Bran, la tête emprisonnée par le bras de celui-ci passé autour de son cou, dut demander grâce.

— Tu n'es pas au mieux de ta forme, frangin, notifia Bran. Il faudrait te refaire un peu, parce qu'on t'attend de pied ferme à Monleigh, j'aime autant te prévenir. Jamie, Niall, Calum, ils attendent tous avec impatience de se mesurer avec toi. Mais tu dois t'en douter, n'est-ce pas ?

— Je m'en doute, en effet, mais peut-être mon intelligence supérieure me permettra-t-elle d'échapper à ce sort fatal ?

Les yeux brillant de malice, Bran rétorqua :

— Oh ? C'est donc une intelligence supérieure que tu as acquise ici ? Nous qui pensions que tu étais venu tout simplement pour étudier le droit... Pour en revenir à ce que je disais, si tu ne te sens pas prêt à nous affronter, tu pourras toujours te colleter à notre petite sœur.

— Surtout pas ! Je lui ai offert de se faire la main avec moi, alors qu'elle n'avait pas plus de neuf ou dix ans. Tu te rappelles ce qui s'est passé, n'est-ce pas ? Comme elle ne parvenait pas à avoir le dessus, elle s'est énervée et elle m'a donné un grand coup de pied juste où il ne fallait pas.

Bran éclata de rire.

— Tu parles si je m'en souviens ! Comme si c'était hier. Je te revois, allongé dans l'herbe en hurlant à la mort, et Arabella disant que tout compte fait, elle aimait mieux donner des coups de pied que de se battre à la loyale.

Ils marchèrent un moment, évoquant leurs souvenirs d'enfance, puis Bran s'arrêta pour dire :

— Laisse-moi te regarder un peu... Le premier juriste

de la famille. As-tu la moindre idée de la fierté que tu nous inspires ?

Malcolm sourit, et pour cacher sa gêne, il ébouriffa les cheveux de son frère. Puis il demanda :

— Dis... tu ne serais pas en train d'essayer d'avoir une consultation gratuite, par hasard ?

— Aïe ! je suis démasqué !

Malcolm, en s'emparant de la malle qui venait d'être posée sur le quai, déclara ensuite :

— C'est bon de t'avoir ici.

Ils s'engagèrent dans la rue qui conduisait à la ville. La conversation allait bon train. C'est qu'il s'agissait de se donner mutuellement les nouvelles concernant les deux longues années qu'ils avaient passées loin de l'autre.

Quand ils arrivèrent à la maison où Malcolm louait deux petites pièces, Bran se laissa tomber dans un fauteuil de cuir et s'étira en soupirant :

— Je suis tellement fatigué que c'est un miracle si je suis parvenu jusqu'ici. Je me demande comment je tiens encore debout. Alors, si tu en es d'accord, laisse-moi dormir une heure ou deux, faute de quoi je ne serai pas un convive très agréable au dîner.

— Va plutôt t'allonger sur mon lit, conseilla Malcolm.

Pendant que son frère succombait aux délices de la sieste, il commença à empaqueter les affaires qui se trouvaient dans les tiroirs de son bureau, en vue de son prochain départ. Il éprouvait quelque difficulté à imaginer qu'après deux années d'études à l'université, il allait devoir quitter Utrecht. Qu'elle lui semblait loin en arrière, son arrivée dans cette ville qui se qualifiait de *Hart van Nederland*, le Cœur des Pays-Bas.

Deux ans...

Alors qu'il vidait le tiroir du bas, sa main retira un paquet de lettres, qu'il examina. Celle du haut, envoyée par Arabella, était la première qu'il eût reçue, peu de temps après son installation à Utrecht. Emu, il la relut, et il s'avisa alors que l'écriture d'Arabella ressemblait à celle de Claire. Les deux jeunes filles avaient la même manière de former de longues boucles.

Claire… Elle vivait toujours dans son esprit, comme la dernière note qui vibre encore longtemps après que la chanson est terminée. Et comme chaque fois qu'il pensait à elle, Malcolm se rappela qu'il était aussi venu à Utrecht pour tenter de l'oublier, le cœur brisé.

Claire… si belle, si délicate et pourtant si forte. Une volonté de fer… Elle n'avait pas hésité à passer par les affres du divorce, avec tout ce que cela impliquait pour sa réputation, parce qu'elle avait cru devoir se séparer de lui.

Malcolm n'avait jamais cessé de penser à elle et se demandait, après deux ans, si elle persistait à le croire adultère. Il restait interloqué qu'elle eût pu le croire capable de frayer avec cette courtisane patentée qu'était la baronne de Stagwyth.

Le souvenir des jours désastreux qui avaient préludé à leur séparation restait très vif dans l'esprit de Malcolm. Il ressentait encore le choc qu'elle lui avait infligé en affirmant qu'elle accordait sa confiance à sa tante Isabelle, cette intrigante, plutôt qu'à lui. Et puis, il était tellement malade, à ce moment-là, qu'il croyait encore discerner en lui les effets de la nausée qui l'accablait.

Il faudrait pourtant que je l'oublie, songea-t-il ; que je raye cette époque de ma mémoire…

Quand Bran sortit de la chambre, Malcolm tenait encore

la lettre d'Arabella dans sa main. Perdu dans ses souvenirs, il n'entendit pas le bruit de pas.

Bran s'approcha, jeta un coup d'œil sur la lettre et déclara :

— Elle est d'Arabella.

Ses mots pénétrèrent lentement et difficilement la conscience de Malcolm. Quand le souvenir de Claire se fut évanoui, celui-ci répondit :

— Que dis-tu ? Oh... oui...

Etonné, Bran reporta son attention sur l'enveloppe et reprit :

— Quand je suis entré et que je t'ai vu ainsi, j'ai pensé que la lettre venait de Claire.

Malcolm se rembrunit. Il éprouva le besoin de se justifier.

— Je ne lui ai pas écrit une seule fois, et elle non plus. Pourquoi imagines-tu des choses pareilles ?

— Calme-toi ! Simplement, je me suis dit, à voir ta tête, que tu songeais à Claire, ce que je me garderais bien de te reprocher, d'ailleurs.

Malcolm recouvra son sourire. Jetant le paquet de lettres dans une boîte, il répliqua, non sans un reste d'acidité :

— Toujours aussi fort pour lire dans l'esprit des autres... Eh bien, oui, c'est à Claire que je pensais.

Suivant des yeux son frère qui se laissait tomber dans le fauteuil de cuir, il se dit qu'il était content de l'avoir avec lui. Il avait certes noué de nombreux liens d'amitié à Utrecht, y compris avec deux Ecossais qui, comme lui, suivaient les cours de l'université, mais les siens lui manquaient. Les cinq frères Graham avaient toujours été étroitement unis par la fierté d'appartenir à une illustre famille. Arabella, leur seule sœur, la plus jeune aussi, était l'enfant gâtée de la famille, celle à qui on ne refusait jamais rien.

Proches les uns des autres, solidaires, inséparables, les enfants Graham avaient poussé en grappe, comme les baies rouges et brillantes des sorbiers, ces arbustes qui peuplaient en si grand nombre les collines autour du château de Monleigh, au plus haut des Hautes-Terres.

— Si tu me parlais de la jeune Batave que tu as évoquée plusieurs fois dans tes lettres, proposa Bran. Quand me la présenteras-tu ?

— Je ne te la présenterai pas. Nous nous sommes déjà fait nos adieux.

— Ah bon ? Tu m'étonnes. J'avais cru comprendre que vous envisagiez de vous marier.

— Enfin, Bran ! Tu n'as pas pris mes propos au sérieux, tout de même !

— Ecoute, Malcolm, le temps a passé. Tu as le droit d'imaginer un avenir sans Claire Lennox !

Il sembla à Malcolm qu'il réentendait les propos mêmes que lui avaient tenus ses frères et sa sœur lorsqu'il s'en était revenu à Monleigh après avoir quitté Inchmurrin pour toujours. Il souffrait encore des effets du toxique que lady Isabelle lui avait fait prendre, ce qu'il savait désormais de science certaine puisqu'un médecin, appelé en hâte, avait certifié reconnaître les symptômes de l'empoisonnement par l'arsenic. Il pouvait donc en déduire que telle avait bien été la cause de la mort de Kendrew.

Dès qu'il fut rétabli, sa famille avait voulu savoir ce qui s'était passé. Il avait tout raconté, sans omettre aucun détail.

Le récit terminé, Jamie avait été le premier à prendre la parole pour donner son sentiment.

— Lady Isabelle et lord Walter ont obtenu la tutelle sur les enfants Lennox. Or je n'ai jamais entendu dire que des tuteurs se soient vu retirer leur mandat, quelque critiquable que soit leur action. C'est malheureux à dire, mais ces gens peuvent dilapider au grand jour la fortune de leurs pupilles en étant pratiquement assurés de l'impunité. Cela dit, il faut un début à tout. On peut créer un précédent, mais il y faudrait du temps et beaucoup de patience. Je pense que Claire aurait atteint sa majorité, que le processus légal serait tout juste mis en branle. Quoi qu'il en soit, je veux bien me rendre à Inchmurrin afin de déclarer aux tuteurs que nous ne tolérerons aucune exaction de leur part, sur les enfants Lennox.

— Cela ne servirait à rien, avait dit Malcolm. Cela pourrait même s'avérer extrêmement préjudiciable.

— Pourquoi ? avait demandé Arabella.

— Lady Isabelle et lord Walter ont su si bien abuser Claire et ses sœurs qu'elles prennent ces deux malotrus pour des gens merveilleux, des tuteurs aimants et s'évertuant à remplacer au mieux leurs parents défunts. Claire ne supporterait pas qu'on entreprît une action, judiciaire ou autre, contre eux. Je suis bien placé pour en parler, puisque j'ai essayé et que j'ai constaté les résultats. Elle a pris le parti des tuteurs contre moi, son propre mari ! Elle ne tolérera aucune intervention extérieure.

— Nous n'avons pas besoin de sa permission pour intervenir, avait observé Tavish. Moi, je dis que nous devrions obliger Claire à voir la situation telle qu'elle est, qu'il ne faudrait même pas hésiter à l'enlever pour obtenir ce résultat. Aux grands maux les grands moyens !

Sophie, l'épouse française de Jamie— leur mariage avait été célébré quelques semaines plus tôt — avait alors placé sa main sur le bras de l'exalté Tavish pour le ramener à plus de mesure, et elle avait expliqué, d'une voix douce :

— On ne peut pas combattre le mal par le mal. Quoi que tu entreprennes, tu ne dois pas prêter le flanc à la critique, à des reproches qui rejailliraient sur ton clan. En outre, n'oublie pas que tu affronterais des gens retors, qui excellent dans les manœuvres hypocrites. Essaie d'attraper une truite à la main ! Elle glissera entre tes doigts et tu risqueras même de tomber dans l'eau.

Tout le monde avait souri à la parabole de la truite qui était une manière, pour Sophie, de montrer qu'en dépit de son éducation française, elle appartenait désormais à la famille Graham et qu'elle s'était fort bien adaptée aux traditions écossaises. Elle avait poursuivi :

— Croyez-moi, je sais tout de la déloyauté et je sais comment fonctionne l'esprit des gens qui la pratiquent, sans aucun trouble de la conscience, sans se soucier de ceux dont ils causent le malheur.

Rien n'était plus vrai. Sophie était la petite-fille d'une maîtresse du roi Louis XIV et sa vie avait été si menacée qu'elle avait dû fuir le royaume de France. C'est au cours de ses pérégrinations aventureuses qu'elle avait rencontré Jamie, dont elle était tombée amoureuse.

Ces deux-là montraient, par l'exemple, que le bien peut triompher du mal. Il suffisait de les regarder. En voyant ce couple uni et heureux, comment ne pouvait-on pas se persuader qu'il faut oser prendre des risques pour combattre la vilenie du monde, que les dangers sont grands, mais que la récompense peut se trouver au bout du long et difficile chemin ?

Niall avait alors repris :

— Si ce que dit Malcolm est vrai, si Claire reste persuadée que les tuteurs agissent pour le mieux, alors il n'est rien que nous puissions faire.

— Je le pense, avait renchéri Calum. Moi, je conseillerais à Malcolm d'oublier, aussi vite que possible, la comtesse d'Errick et de Mains.

— Oublier Claire ? s'était exclamé Malcolm outré, le regard brûlant fixé sur celui qui venait de proférer l'insanité. Dire que je dois oublier Claire, c'est comme me conseiller de me couper un bras ou une jambe. Claire est une partie de moi-même. Elle le restera toujours.

Bran avait hoché la tête. Avec une moue sarcastique, il avait observé :

— Je veux bien tomber amoureux, mais pas à ce point-là.

Lyrique, Malcolm lui avait expliqué :

— Il ne s'agit pas de vouloir ou de ne pas vouloir, puisque tu ne peux pas plus décider de la profondeur de ton amour que tu ne peux choisir celle dont tu tomberas amoureux. Je suppose qu'il se trouve, sur cette terre, des gens qui ne connaissent qu'un grand amour au cours de leur vie, et si cet amour vient à mourir, eh bien ! ils n'en connaissent pas d'autre et c'est un peu comme s'ils mouraient. Je suis de cette espèce-là.

Malcolm s'était surpris des mots qu'il avait prononcés. Il s'était étonné aussi de se montrer si disert, lui qui n'aimait pas trop révéler au grand jour ce qu'il avait de plus intime. Comment, s'était-il demandé, peut-on mettre tant d'émotion et même de douleur dans de simples mots ? Sagement, il s'en était tenu là, en se disant qu'il ne servirait pas à grand-chose d'ajouter que rien, même pas la mort, ne le séparerait de Claire.

Jamie eût peut-être compris, mais pas Bran qui n'était jamais tombé amoureux et ne pouvait donc savoir les tourments que Malcolm éprouvait à chérir, au plus profond de son cœur, une femme qui l'avait rejeté.

Cette séparation, la plus cruelle qui pût être infligée à un être humain, était pire encore que la mort. Devant la mort on s'incline parce qu'on en connaît le caractère définitif. On sait qu'on ne peut rien y changer. Mais quand l'être aimé, encore en vie, n'est mort que pour vous — ou plutôt, quand vous êtes mort pour lui —, vous touchez le fond du désespoir. Jour après jour, nuit après nuit, vous échafaudez les plans qui vous permettraient — croyez-vous — de regagner le cœur perdu, de reconquérir celle qui vous fuit.

En fait, Malcolm ne savait trop comment exprimer tous ces sentiments très douloureux certes, mais terriblement confus aussi, qui l'obnubilaient. Il manquait de mots. Deux ans plus tard, après s'être abîmé dans des études ardues et astreignantes, il restait paralysé par l'horreur qui l'avait saisi lorsque Claire l'avait rejeté dans un monde de ténèbres, puisque c'était un monde où elle n'était pas.

Refusant de l'oublier, Malcolm n'avait cessé de se remémorer avec précision les temps heureux, cherchant à faire remonter de sa mémoire quantité de souvenirs qu'il croyait anéantis. Il se rappelait tel petit incident survenu alors qu'il courtisait Claire. Il revivait, avec une précision maniaque, chaque jour de l'année qu'ils avaient passée ensemble. Il s'ingéniait à revivre la douce passion qu'ils avaient partagée, avec tant d'acuité que lorsqu'il reprenait conscience de la réalité et se découvrait seul, il ne manquait jamais de pleurer.

Il lui arrivait encore de s'étonner d'un drame que rien ne laissait prévoir, drame survenu si vite, si brutalement, qu'il se demandait parfois s'il n'avait pas rêvé et si, ouvrant les yeux, il n'allait pas voir Claire penchée sur lui pour demander, inquiète, quel cauchemar l'avait agité pendant son sommeil.

L'avocat qu'il était devenu avait la conviction qu'une injustice flagrante lui avait été faite. Mais contre qui pester ?

Conscient, soudain, d'un regard posé sur lui, il sortit de ses pensées moroses et vit son frère aux yeux emplis d'inquiétude.

Et si Bran avait raison, après tout ? se demanda-t-il.

N'avait-il pas vécu trop longtemps dans la confusion des sentiments, passant alternativement du chagrin qui l'abattait à la colère qui l'exaltait ?

N'avait-il pas tendance à cultiver sa douleur ?

N'était-il pas temps de laisser cicatriser les plaies, au lieu de les gratter toujours ?

— Si nous allions nous promener avant le dîner ? proposa Bran. J'aimerais me dégourdir les jambes.

— Bonne idée ! s'exclama Malcolm, heureux de trouver un dérivatif à ses pensées moroses. Je vais te montrer Utrecht. Tu verras que les femmes d'ici sont aussi belles que tu le présumes. Ensuite, j'ai l'intention de t'enivrer avec la très bonne bière d'ici et peut-être t'accompagnerai-je dans d'excessives libations.

Malcolm tint parole. Son frère et lui se trouvèrent fort gais, tard dans la soirée, quand il s'agit de retrouver le chemin du logis. Bras dessus, bras dessous, ils zigzaguèrent dans le silence de la nuit en tenant des discours incohérents. Bran proclama qu'il venait d'avoir une grande révélation et qu'il consacrerait tout le reste de sa vie à la boisson. Cherchant ses mots avec difficulté pour les assembler en une syntaxe hasardeuse, il expliqua avec enthousiasme :

— J'ai bu trop beaucoup et je me sens si très bien ! Je n'ai qu'un seul unique regret, c'est de n'avoir pas commencé plus vite tôt.

Enfin arrivés à la maison, ils escaladèrent l'escalier et réussirent à entrer sains et saufs dans le petit appartement. L'esprit embrumé, les gestes lents, Malcolm se mit en devoir de préparer une couche pour son frère, mais quand il eut terminé, il le trouva allongé de tout son long sur le plancher. Hélé et secoué, celui-ci consentit à lever un peu la tête, à entrouvrir une paupière et à sourire, pour aussitôt sombrer derechef dans un profond sommeil.

Malcolm n'insista pas. Il n'était pas en état de se colleter avec lui. Il se contenta de jeter sur lui une couverture, puis il se dirigea vers son lit. Quand il s'y laissa tomber, il dormait déjà.

14.

Si tristes, si frais, les jours qui ne sont plus.

Alfred, lord Tennyson (1809-1892),
poète britannique.
La Princesse (1847)

Château Lennox, sur l'île d'Inchmurrin, 1745

La duchesse d'Abbotsford et ses deux grandes filles, si distinguées que ç'en était déprimant, finirent à l'unisson leur troisième tasse de thé.

Claire regarda sa propre tasse, la première, encore à moitié pleine. Puis elle regarda la pendule. Il y avait donc presque trois heures qu'elle se trouvait dans ce salon. Elle n'était pas habituée à rester assise aussi longtemps.

Elle aimait beaucoup la duchesse, une femme simple et bonne qui occupait ses journées avec des séances de couturières, leçons de dessin et de chant, des cérémonies du thé, du jardinage et d'interminables conversations sur son mari et ses enfants. Claire savait aussi que la duchesse n'avait aucune idée de ce que pouvait être la vie à Inchmurrin.

Chaque jour, Claire se levait avant le soleil pour travailler sur ses livres de comptes et conférer avec ses serviteurs. Puis elle parcourait son île en tous sens et rencontrait les gens de son clan qui officiaient comme ses mandataires pour toutes sortes de tâches qu'il fallait accomplir. Deux ou trois fois par semaine, elle traversait le loch pour visiter pareillement ses autres domaines. Non, vraiment, la duchesse ne devait pas se douter que Claire multipliait les réunions avec ses fermiers et ses métayers, qu'elle élaborait des plans nouveaux et audacieux pour améliorer la qualité du bétail, qu'elle s'intéressait aux toutes dernières techniques agricoles dans le but d'augmenter la qualité et la quantité des récoltes.

Après avoir écouté tout l'insipide bavardage qu'elle avait pu endurer, Claire remercia *in petto* ses ancêtres qui avaient obtenu le droit de transmettre l'héritage Lennox aux femmes aussi bien qu'aux hommes. Il valait mieux, se dit-elle, gouverner un domaine, avec toutes les difficultés que cela supposait, plutôt que d'être une femme obligée de se demander à quoi elle pourrait occuper ses journées.

Claire sourit à quelques paroles sans importance que venait de prononcer la duchesse. Elle commençait à sentir les effets de la migraine. *Pourvu*, se dit-elle, *que mon auguste visiteuse se rappelle bientôt qu'elle a un mari qui l'attend assez loin d'ici.*

Cependant, comme elle connaissait les usages, elle demanda si ces dames ne reprendraient pas un peu de thé.

— Je crois que je me laisserai tenter, répondit lady Charlotte, l'aînée des deux filles. Je trouve tout simplement fascinant, comtesse, que vous soyez capable d'accomplir le même travail qu'un homme. Moi, je ne pourrais pas. La simple vue d'une colonne de chiffres me donne la nausée.

Claire sourit avec indulgence.

— Je ne vous cacherai pas que certains jours, les chiffres ont le même effet sur moi. Mais tout bien considéré, c'est un travail très gratifiant. Je peux même vous dire en confidence que je suis contente d'avoir devant moi, le matin, plus de travail que je ne puis en accomplir dans la journée. Quand j'ai tout fini en milieu d'après-midi, je me sens désœuvrée.

Silencieuse depuis un moment, Kenna mit son grain de sel dans la conversation.

— Il ne faut pas croire tout ce que dit ma sœur. Elle n'a jamais terminé son travail en milieu d'après-midi. Moi, je ne comprends pas où elle puise la force d'accomplir tant de tâches harassantes. Par voie de conséquence, j'admets que les hommes qui prétendent que les femmes sont d'une constitution plus faible que la leur, eh bien ! ne savent pas du tout de quoi ils parlent ; ou alors, c'est qu'ils sont de mauvaise foi.

Les yeux de lady Charlotte se mirent à briller vivement. La réflexion de Kenna l'intéressait au plus haut point et elle n'en fit pas mystère.

— Je suis tout à fait d'accord avec vous, déclara-t-elle avec enthousiasme. C'est forcément un homme qui a forgé l'expression « le sexe faible ». Nous ne sommes pas moins robustes qu'eux ; bien au contraire ! Et si nous devons nous mesurer à eux, il n'est pas écrit d'avance que la victoire nous échappera.

Kenna prit sa tasse de thé et se rapprocha de lady Charlotte pour continuer avec elle, à voix plus basse, leur conversation sur ce sujet passionnant.

Claire se tourna du côté de lady Augusta, l'autre fille

de la duchesse, placée à côté de Greer, et toutes deux aussi mutiques l'une que l'autre.

— Un peu de thé ? proposa-t-elle.

— Certainement, murmura lady Augusta, en reposant sur le plateau d'argent, sa tasse qui tintinnabulait sur la soucoupe.

Ce léger tremblement était la marque d'une grande timidité. Celle-ci, se dit Claire, eût préféré rester à la maison pour s'occuper de ses roses plutôt que d'aller en visite. En dépit de toute la gentillesse qu'on lui marquait, sa tasse persistait à trahir sa gêne et son désarroi.

Claire songea que Briana était la plus futée de toutes, car après avoir consacré cinq minutes aux visiteuses, elle avait prétexté un violent mal de tête pour s'éclipser. Claire brûlait de pouvoir l'imiter, mais son rôle de maîtresse de maison le lui interdisait ; il l'obligeait aussi à soutenir la conversation qui avait tendance à s'endormir depuis un moment. Aussi reprit-elle, toujours à l'adresse de lady Augusta :

— On me dit que vous peignez avec un talent remarquable. Greer aussi s'adonne à cet art. Alors, pourquoi ne pas revenir un de ces jours pour comparer vos techniques ? Nous avons, depuis notre île, une vue sur le Ben Lomond qui vaut qu'on la mette sur une toile.

Lady Augusta coula un regard timide en direction de Greer et lui dit :

— Je souhaite depuis longtemps avoir quelqu'un avec qui je pourrais parler de peinture, lady Greer. A quoi vous intéressez-vous le plus ? Aux paysages, aux natures mortes ou aux portraits ?

— Je n'ai pas encore de préférence, répondit Greer. Je peins selon l'inspiration du moment. Si une scène me plaît, j'essaie de l'immortaliser avec mes couleurs. Quand je vois un homme de notre clan dans une pose intéressante, je lui demande de ne plus bouger et je le croque en quelques coups de crayon. En hiver, naturellement, je me consacre beaucoup aux natures mortes, à moins que le temps ne me permette de peindre un beau paysage de neige.

Oubliant sa timidité, lady Augusta reprit sa tasse qui ne tintinnabulait plus, et, se penchant vers Greer, elle lui dit :

— Je possède quelques livres sur la peinture, que j'aimerais vous montrer. Quant à vous, si vous en avez que je ne connais pas, je vous les emprunterais volontiers.

Ravie, Greer répondit :

— Venez donc avec moi, j'aimerais vous montrer ce que je peins en ce moment.

Eberluée, la duchesse déclara alors à Claire :

— Eh bien ! J'étais loin de me douter que ma progéniture et vos sœurs avaient tant d'intérêts en commun. Il faut que je dise au duc, mon mari, d'acquérir sans tarder un bateau que nos filles pourront utiliser chaque fois qu'il leur prendra l'envie de venir à Inchmurrin. Bien entendu, j'espère la réciprocité, et vous serez toutes les bienvenues au château Dinnegal aussi souvent que vous le désirerez.

Claire et la duchesse conversèrent ensuite pendant un long moment, puis, quand Greer et Charlotte réapparurent, la duchesse posa sa tasse et s'écria :

— Le temps passe à une vitesse !

Elle se leva, prit son châle qu'elle jeta sur ses épaules et poursuivit :

— Chère comtesse, il y avait bien longtemps que je n'avais passé un après-midi aussi agréable. C'est au point que j'en ai oublié mes devoirs. Je vous ai imposé ma présence plus qu'il n'est convenable ! J'espère que vous me pardonnerez ce manquement.

— Vous venez de si loin pour me voir, répondit Claire en riant, que vous avez bien le droit de vous attarder un peu. Vous êtes d'autant mieux pardonnée que nous aussi avons passé un après-midi exceptionnel. Il est vrai que le temps est passé très vite.

— Eh bien, il me reste à vous remercier encore, lady Claire, pour ces paroles trop aimables.

La mère s'adressa ensuite à ses filles.

— Dites au revoir à notre amie, et promptement. Il faut nous dépêcher, maintenant, si nous voulons être rendues à temps pour ne pas manquer le dîner.

D'un coup d'œil discret sur les amples proportions de la duchesse, tandis qu'elle raccompagnait les visiteuses vers la sortie, Claire se dit que celle-ci pouvait aisément sauter le dîner et tous ceux des prochaines semaines sans avoir à en souffrir.

Au moment où le majordome s'apprêtait à ouvrir la porte, la duchesse se porta vivement devant une tapisserie qu'elle inspecta longuement, avant de se tourner vers Claire.

— C'est une fabrication française, n'est-ce pas ?

— Effectivement, dit Claire. Cette pièce, qui a été achetée par mon arrière-grand-père, faisait partie d'une série intitulée *La Noble Pastorale*, tissée au XVIe siècle, en France, dans la vallée de la Loire.

— Et celle-ci ? s'enquit la duchesse en en montrant une autre.

Le regard de Claire s'attarda sur une autre tapisserie qu'elle avait toujours particulièrement aimée, à cause de sa mère qui était née en juin.

— Une œuvre italienne, déclara-t-elle. Fabriquée à Milan,

elle appartenait à une série de douze, chacune décrivant un mois de l'année. Vous avez devant vous *Le Mois de Juin.*

— Je suis certaine que cette chose n'a pas de prix, affirma la duchesse admirative.

— C'est certain, dit Claire.

C'était vrai. Le père de Claire, avant lui son grand-père et tous les comtes qui les avaient précédés, avaient été réputés pour être des hommes de goût. Ils avaient passé leur vie à rassembler d'immenses collections d'œuvres d'art, peintures, dessins, sculptures, tapisseries, objets de la Renaissance italienne... La plus grande partie de ce véritable musée était conservée au château Lennox, mais d'autres œuvres tout aussi considérables se trouvaient dans les autres propriétés de la famille... enfin, s'y étaient trouvées autrefois, car lady Isabelle et lord Walter avaient presque tout raflé.

— Je ne comprends pas pourquoi j'ai mal aux pieds, dit alors lady Charlotte. Je suis restée assise tout l'après-midi.

Sa mère la rabroua gentiment.

— Ce sont ces nouveaux souliers que tu t'es entêtée à mettre malgré mes conseils. Je t'ai dit qu'ils étaient à peine trop étroits pour toi. Raison de plus pour rentrer très vite à la maison, maintenant. Venez, mes filles.

Elle se tourna ensuite vers Claire pour prononcer les dernières paroles d'avant le départ.

— Transmettez mes amitiés à votre tante. Je suis réellement désolée d'être venue un jour qu'elle n'était pas à la maison. J'aurais tant aimé converser avec elle.

Claire se demanda ce que penserait la digne duchesse si elle lui révélait la vérité, à savoir que lady Isabelle s'était enfermée dans sa chambre pour ne pas voir la visiteuse qu'elle trouvait des plus ennuyeuses.

Prenant la main de Claire, la duchesse dit encore :

— J'espère que vous trouvez tout de même le temps de vous divertir un peu, malgré vos nombreuses obligations. Vous êtes certes comtesse, mais encore si jeune ! Ne vous surmenez pas, c'est un conseil que je vous donne. Je suis certaine que lady Isabelle et lord Walter vous disent la même chose que moi.

Claire faillit éclater d'un rire amer. De son bonheur ou de son bien-être, les tuteurs se souciaient comme d'une guigne. Quelle serait la réaction de la duchesse si elle apprenait que lady Isabelle et lord Walter se comportaient comme de véritables monstres envers les enfants dont ils avaient extorqué la tutelle ; qu'il fallait les suspecter d'avoir empoisonné Kendrew ; qu'ils avaient tenté d'éliminer Malcolm par le même moyen ; et qu'il était difficile, sinon impossible de les traîner devant la justice, faute de preuves ?

Que dirait-elle, la duchesse, si Claire lui démontrait que les monstres s'étaient d'abord appliqués à la gentillesse avant de manifester leur véritable nature et de dévoiler la réalité de leurs sordides projets ?

Consentirait-elle à croire Claire si celle-ci lui avouait qu'elle avait compris, trop tard, qu'elle s'était montrée injuste avec son mari, qu'elle l'avait chassé alors qu'il essayait de lui faire comprendre quelles horribles manigances se tramaient sous le toit de cette maison ?

Oh, Malcolm, songea-t-elle, *comme tu avais raison... Tu avais tout compris et moi j'ai été une sotte de ne pas vouloir admettre que tu disais juste. Je sais maintenant — mais il est trop tard — que les incidents avec la baronne de Stagwyth avaient été montés de toutes pièces par lady Isabelle pour me forcer à me détacher de toi...*

Pourquoi, mais pourquoi n'avait-elle pas voulu envisager,

ne fût-ce que pendant une seconde, qu'elle avait assisté à des incidents troublants, entre Malcolm et la baronne, parce que lady Isabelle l'avait précisément envoyée là où il fallait, dans la chambre ou dans le verger ?

Elle portait désormais le lourd fardeau de sa culpabilité. Par sottise, elle avait tourné le dos à l'homme qu'elle aimait et qui l'aimait. Dans cette malheureuse affaire elle était la seule à blâmer car c'était bien elle qui l'avait chassé d'Inchmurrin après avoir obstinément refusé de l'écouter.

Elle pouvait certes s'accorder quelques circonstances atténuantes, en arguant que la mort de son père et de ses frères l'avait perturbée, ou qu'elle était alors trop jeune et trop inexpérimentée pour juger en toute connaissance de cause… Le résultat restait le même et mieux valait affronter avec vaillance les souffrances du présent au lieu de pleurer sur un passé qui ne reviendrait plus.

Les souffrances de Claire étaient d'autant plus atroces qu'elle persistait à aimer Malcolm. Elle savait qu'elle l'aimerait jusqu'à la fin de ses jours. Elle n'y pouvait rien, telle était la réalité qu'il fallait constater et accepter. Elle savait aussi que Malcolm était un homme fier et digne, qu'elle avait gravement outragé en lui jetant à la tête des accusations sans fondement. Elle pouvait donc avoir la conviction qu'il ne chercherait certes pas à se venger d'elle, mais qu'il ne tenterait, jamais, aucune tentative de rapprochement.

Elle avait perdu Malcolm, pour toujours.

Cependant, elle trouvait un mince motif de consolation à se dire qu'il n'était pas mort parce que, précisément, elle avait décidé de divorcer. Sachant qu'il devrait s'éloigner sans espoir de retour, lady Isabelle n'avait plus besoin de l'empoisonner, au risque de se faire prendre cette fois, alors que le divorce lui procurerait les mêmes atouts. Elle pourrait pousser les avantages de Gilles et obtenir le mariage avec Claire, si lucratif pour elle. Cette phase de la manœuvre avait commencé…

La duchesse dut prendre conscience des sombres pensées qui traversaient l'esprit de Claire, car elle déclara :

— Vous portez décidément un fardeau bien trop lourd pour vos épaules de jeune fille. Je me suis souvent interrogée sur la sagesse qu'il y avait à transmettre un titre, avec tout ce que cela supposait de responsabilités, à une femme. Avez-vous au moins songé à vous remarier ? Cela vous faciliterait grandement la vie, savez-vous ? Un mari s'occuperait de la gestion de vos domaines… Réfléchissez-y. De temps en temps, j'entends parler de jeunes gens qui seraient tentés de vous faire la cour, mais on dit tellement que vous n'êtes pas attirée par un nouveau mariage…

Lady Charlotte posa sa main sur le bras de sa mère.

— Maman, vous m'avez dit de vous rappeler, en cas de besoin, que vous ne deviez pas aborder le sujet du mariage.

— C'est tout à fait vrai, ma chère enfant, et je te remercie de ta diligence. J'ai trop tendance à me mêler de ce qui ne me regarde pas ; mon péché mignon, dit mon cher mari… Il faut que je me surveille. Quoi qu'il en soit, pardonnez-moi, lady Claire, et oubliez ce que je viens de vous dire.

— C'est déjà oublié, dit Claire en souriant.

Enfin la duchesse se décida à partir, mais il fallut, pour cela, que lady Charlotte, après un petit clin d'œil complice pour Claire, eût déclaré qu'elle n'y tenait plus et qu'elle allait retirer ses souliers.

Ouf ! songea Claire tandis que le majordome refermait la porte. Elle se tourna vers ses sœurs.

— Je les aime bien, mais à petites doses. Tout ce que

je puis dire, pour le moment, c'est : « Merci, mon Dieu, elles sont parties. » Je peux discuter d'élevage de chevaux, d'alimentation du bétail ou de rotation des cultures pendant toute une journée, mais deux ou trois heures de bavardages insipides me fatiguent plus que je ne saurais dire.

La duchesse n'avait pas plus tôt franchi le seuil que lady Isabelle descendit l'escalier. Elle s'arrêta sur la dernière marche et, le visage mauvais, les yeux luisant de méchanceté, elle lança avec une vulgarité extrême :

— Voilà des heures que j'attends que cette grosse vache veuille bien partir d'ici. Vous êtes trop indulgente avec les gens comme elle, qui vous font perdre un temps précieux. Vous n'avez pas mieux, pour occuper vos journées ?

Du tac au tac, Claire répondit :

— Le problème, ma tante, c'est que personne ne trouve grâce à vos yeux… personne, sauf vous-même, lord Walter et votre cher fils Gilles, dont le nom illustre figure tout en haut de votre liste des gens dignes d'admiration.

Furieuse, lady Isabelle fonça sur elle, elle l'attrapa au bras en lui plantant ses griffes dans les chairs, pour lui jeter au visage :

— Soyez plus respectueuse de vos aînés et de votre parentèle, ma fille !

D'un coup sec, Claire lui retira la possession de son bras et elle se dirigea vers l'escalier. Lady Isabelle hurla :

— Gilles est votre cousin, espèce de petite effrontée !

Claire s'arrêta et se retourna. Très calme, très digne, elle expliqua :

— Je consens à reconnaître Gilles comme un cousin, mais par alliance seulement puisqu'il n'a pas une goutte de sang Lennox dans les veines. Entre nous soit dit, j'en suis fort heureuse. En fait, je n'ai de véritable lien de parenté avec aucun de vous trois, et j'attends avec impatience le jour où je pourrai me libérer de votre encombrante tutelle, en faisant jeter vos misérables carcasses dans les eaux du loch.

Lady Isabelle ricana et s'exclama :

— Au moins mon premier mari est-il mort, lui ! Je n'ai pas eu à scandaliser le monde en divorçant !

— C'est intéressant, ce que vous dites là ! Corrigez-moi si je me trompe, mais n'étiez-vous pas à la tête de tous ces gens bien intentionnés qui me conseillaient de me séparer de Malcolm, pour mon bien ? Et n'est-ce pas vous qui avez invité ici cette traînée, la baronne Stagwyth, pour m'aider à prendre cette importante décision ?

Les yeux bleus de lady Isabelle prirent l'éclat et la dureté de l'acier, et c'est d'une voix de harengère qu'elle proféra ce demi-aveu :

— C'est votre faute. Vous n'aviez qu'à m'écouter. Ne vous avais-je pas dit qu'il fallait vous méfier de cet homme ? Ne vous avais-je pas mise en garde contre un mariage ? Mais vous n'avez voulu en faire qu'à votre tête ! Si vous aviez consenti à réfléchir un peu avant de vous jeter dans ses bras, rien de tout cela ne vous serait arrivé.

— Bien sûr ! Et vous auriez pu me jeter dans les bras de votre cher Gilles, qui n'a pour moi pas plus de sentiments qu'il n'en a pour vous.

Le visage convulsé, les narines dilatées, lady Isabelle fulminait. Dangereuse, elle s'approcha. Prudente, Claire monta de quelques marches.

— Vous n'avez aucune idée des véritables sentiments que mon fils éprouve pour moi ! glapit lady Isabelle. C'est un garçon très bien ! Vous seriez sage d'envisager de vous marier avec lui, et ce serait un grand honneur pour vous s'il vous acceptait !

— Plutôt épouser le diable ! s'écria Claire, horrifiée.

A seulement évoquer les lèvres du garçon sur les siennes, la nausée la prenait, elle avait envie de vomir. Elle n'en dit rien, estimant en avoir déjà assez révélé sur ce sujet brûlant. Lady Isabelle avait en effet la capacité de garder à la mémoire le moindre mot prononcé contre elle, le moindre regard acerbe, pour en tirer vengeance au moment qui lui paraissait le plus opportun. *Œil pour œil, dent pour dent* : telle était sa devise, mais son caractère l'inclinait à crever les deux yeux et à arracher toute une denture.

Décidée à ne pas aggraver son cas, Claire voulut s'éloigner, mais lady Isabelle la retint avec ces mots :

— Gilles éprouve autant d'aversion pour vous que vous en avez pour lui, mais je lui ai souvent représenté que les caractères les plus opposés font les mariages les plus passionnés, partant les plus solides. C'est une maxime que vous seriez sage de ne pas oublier.

Claire faillit éclater de rire. Elle connaissait assez Gilles pour savoir qu'il ne se passionnerait jamais que pour ses beaux vêtements, et que les femmes ne devaient pas l'intéresser grandement. Elle avait entendu des rumeurs et connut la tentation d'en révéler la teneur... Elle s'abstint, en voyant les veines qui gonflaient dangereusement au cou de lady Isabelle, l'éclat halluciné de haine qu'elle portait aux yeux.

D'ailleurs, lady Isabelle estimait que l'entretien avait assez duré. Sans un mot de plus, elle tourna les talons et s'en alla vers la grand-salle.

Intéressée et ironique, Claire la suivit du regard en se demandant si elle n'allait pas tout à coup disparaître dans un nuage de fumée nauséabonde pour réapparaître sous l'apparence d'un dragon ou de quelque autre créature immonde.

Un frisson désagréable la parcourut et elle eut l'impression que la pièce lui paraissait moins glaciale dès le moment où la femme avait disparu. Illusion ou réalité ? Illusion, sans doute… Claire porta la main à sa tête et pensa : *Je dirai à mes sœurs que nous devons renoncer à nous raconter des histoires de fantômes. Nous avons assez d'êtres malfaisants qui rôdent autour de nous sans avoir besoin de nous en inventer d'autres…*

Cette femme, elle en avait presque la conviction, avait l'esprit et le cœur si mauvais qu'elle ne pouvait qu'être une sorcière, envoyée à Inchmurrin par les forces du mal pour le plus grand malheur de la famille Lennox.

Pourquoi ne s'en était-elle pas avisée plus tôt ? Pourquoi n'avait-elle pas voulu comprendre ?

Le remords la poignarda de nouveau, comme chaque fois qu'elle pensait à la manière indigne dont elle avait rabroué Malcolm qui essayait de lui dessiller les yeux. Elle n'avait rien voulu entendre. Désespéré, il lui avait prédit un avenir de plus en plus difficile avec lady Isabelle et lord Walter. Elle l'avait chassé. En partant, il avait encore déclaré qu'il regrettait de ne pouvoir être là pour la protéger contre les agissements de ses tuteurs. Elle avait ri.

Elle ne riait plus.

Les larmes aux yeux, elle se demanda si, en écoutant les avertissements de Malcolm, elle eût pu sauver Kendrew. Question sans réponse et de toute façon, il était trop tard. Pourquoi revenir sur le passé ? Pourquoi se torturer indéfiniment ?

Lentement, elle monta l'escalier. Ses pensées étaient toutes pour Malcolm. S'il était encore là… tel le chevalier des légendes, il s'opposerait aux odieux tuteurs. Il défierait lord Walter et l'éliminerait à l'issue d'un duel en champ clos…

Oh, Seigneur, Vous m'avez donné un ange gardien et je l'ai chassé. C'est seulement maintenant que je comprends quelle folie a été la mienne. J'ai besoin d'un héros, Seigneur. J'ai besoin d'un champion… un homme au cœur généreux et au bras puissant… un homme comme celui que j'ai éloigné de moi…

15.

Aucun fil, aucun câble ne peut tirer ou entraver avec autant de force que l'amour qui s'empare d'un cœur.

Robert BURTON (1577-1640),
professeur et homme d'Eglise.
Anatomie de la mélancolie (1621)

Utrecht, Pays-Bas, 1745

Le jour de leur départ, Malcolm jeta dans une malle le reste de ses possessions. Il referma le couvercle et tourna la clé. Il était temps pour lui de faire ses adieux à Utrecht. Il se demanda s'il y reviendrait un jour.

En souriant, il se rappela que Bran avait été conquis par cette cité, qu'il en avait tout de suite apprécié le charme infini, et qu'il avait déclaré plusieurs fois qu'il enviait son frère qui avait eu la chance d'y vivre deux années entières. Lorsqu'ils étaient allés…

La rêverie de Malcolm s'interrompit brusquement quand il entendit le grondement, sous sa fenêtre, d'une lourde voiture qui s'arrêtait en grinçant. Il entrouvrit les rideaux et regarda dans la rue. C'était bien sa voiture qui venait chercher ses bagages.

Il allait se détourner de la fenêtre pour prendre la direction de la porte et sortir de l'appartement, quand son regard fut attiré par le ciel tout rouge du côté du levant, un rouge très particulier puisqu'il lui rappelait de façon invincible la couleur des cheveux de Claire.

Fasciné, il crut alors que les nuages prenaient la forme d'une silhouette féminine dont les très longs cheveux voletaient au gré de la brise. Il ferma les yeux, posa son front contre la vitre fraîche, et alors c'est le visage de Claire qu'il vit, avec autant de précision que si elle se fût trouvée devant lui en chair et en os... Claire à l'apparence toujours aussi fragile, alors qu'il n'avait jamais rencontré de jeune femme aussi forte, aussi déterminée et même, il fallait bien le dire, aussi têtue.

Les yeux fermés, Malcolm souriait.

Il rouvrit les yeux et éprouva une grande déception car le coucher de soleil, maintenant, n'avait plus rien que de très ordinaire. Il l'examina en se demandant pourquoi, l'instant d'avant, ce soleil et ces nuages lui avaient invinciblement rappelé Claire. Etait-ce, tout simplement, parce qu'il rentrait en Ecosse pour la première fois depuis qu'il avait quitté Claire, deux ans plus tôt ?

Il se demanda ensuite si la reine Mab lui avait rendu visite, la nuit précédente, car il n'avait cessé de rêver d'amour. *Fariboles !* se dit-il avec agacement. *Et oublions Claire qui ne veut plus nous voir. Chassons-la de nos pensées. Nous rentrons certes en Ecosse, mais ce n'est pas pour courir vers elle et nous jeter à ses pieds.*

Il jeta un dernier coup d'œil aux deux pièces où il avait vécu deux ans de sa vie, puis sortit. Dans l'escalier, il rencontra Bran qui revenait de promenade et lui dit :

— La voiture est arrivée.

— Je sais, je l'ai vue de la fenêtre, répondit Malcolm, toujours pensif.

Arrivé en bas, il donna ses instructions au cocher qui s'empressa de monter pour chercher sa malle et les autres bagages.

— Quelle destination ? demanda cet homme.

— Vous les chargerez sur le bateau amarré au bord du canal, celui qui part à 11 heures pour Amsterdam. Veillez à ce qu'ils soient correctement amarrés et qu'il ne s'en perde aucun.

Malcolm donna un généreux pourboire et ajouta :

— Nous nous retrouverons là-bas en temps utile.

— Très bien, monsieur ; merci beaucoup, monsieur.

Les deux frères s'engagèrent dans les rues pavées, aussi familières à l'un que l'autre désormais, et prirent la direction de *Domplein*, la place de la cathédrale. Et là, Malcolm, pris d'une soudaine inspiration, déclara :

— Tu ne peux pas décemment quitter Utrecht sans voir la cité d'en haut.

Ils grimpèrent jusqu'au sommet de l'un des trois clochers qui agrémentaient l'immense édifice. La tour était étroite, les marches glissantes et fort hautes. Ils arrivèrent au sommet essoufflés, épuisés.

— Il vaudrait mieux pour toi que la vue fût spectaculaire, réussit à dire Bran au moment où il mettait le pied sur la dernière marche.

— Tu ne seras pas déçu, souffla Malcolm.

Ils sortirent sur l'étroite plate-forme d'où le regard embrassait la totalité de la ville fondée autrefois par les Romains, entourée d'eau de toutes parts.

Du haut de leur clocher, Malcolm et Bran purent observer *Oude Gracht*, le vieux canal encombré de péniches et de barges qui convergeaient toutes vers le centre ; *Nieuwe Gracht*, le nouveau canal aux rives festonnées par les jolies maisons aux toits pointus qui avaient été bâties, plus de trois cents ans plus tôt, pour les riches marchands de la ville.

La journée étant exceptionnellement claire, on pouvait même voir Amsterdam, très loin, presque à l'horizon.

Après une descente presque aussi périlleuse que la montée avait été fastidieuse, les deux frères entrèrent dans un débit de boissons. Malcolm conseilla à Bran de ne pas céder aux instances des gamins qui les assiégeaient pour leur vendre des libelles, petites feuilles imprimées relatant les derniers potins de la ville.

— Nous achèterons une vraie gazette, cela vaudra mieux.

— Pour moi l'effet sera le même, répondit Bran ; à moins que tu ne nous en déniches une imprimée en anglais.

— On en trouve de temps en temps, mais elles sont un peu anciennes, forcément.

Ils en trouvèrent une et c'était la dernière du marchand. Leur trésor à la main, ils se rendirent dans le parc le plus proche et cherchèrent un banc où s'installer. En silence, ils savourèrent leur lecture...

Après quelques minutes d'efforts, Malcolm s'aperçut qu'il n'avait pas la tête à la découverte des nouvelles venant du Royaume-Uni. Son esprit vagabondait. Les souvenirs affluaient.

Il se rappelait toutes les visites qu'il avait rendues à la charmante Lisanne, dans une maison toute proche de ce parc, où il oubliait momentanément ses études. Cette époque de l'année était celle qu'il préférait. Qu'il était bon, après l'amour, d'écouter les bruits qui montaient de la rue, le pépiement des oiseaux dans les arbres et, si c'était le soir, le coassement des grenouilles dans le canal...

Merveilleuse Lisanne à la peau blanche comme le lait, aux yeux bleus comme les faïences de Delft... ses yeux s'étaient remplis de larmes et les larmes avaient coulé longtemps, en silence... Lisanne l'aimait. Il le savait. Il lui en avait coûté de devoir lui avouer qu'il ne pouvait l'aimer en retour. Il s'en voulait encore d'avoir dû se montrer si cruel.

Il n'oublierait jamais les derniers mots qu'elle avait prononcés, d'une voix cassée par le chagrin :

— Je ne voulais pas croire qu'on pût souffrir par amour. Je ne peux pas te quitter. Je n'en ai pas la force.

— Lisanne...

— Non, je t'en prie, ne dis plus rien. Je sais que tu voulais m'aimer, sincèrement, et je sais que tu as essayé de te persuader que tu y parviendrais. Mais le cœur n'obéit pas à la volonté, et le désir seul ne peut pas faire illusion bien longtemps. Je voudrais trouver les mots qu'il faut, les derniers, mais je me sens si vide... Je ne peux pas simplement te souhaiter un bon voyage, je n'ai pas la force de te donner un baiser d'adieu. Un jour, peut-être, j'aimerai de nouveau et peut-être me marierai-je. Et pourtant, même quand je serai très vieille, je chérirai encore ces deux années passées avec toi, jamais je ne regretterai de t'avoir aimé. Tu m'as fait tes adieux, bientôt tu t'en iras. Je sais que sur toi le temps fera son œuvre et que tu oublieras très vite Lisanne. Comme il est étrange de penser que moi, au contraire, je te garderai toujours dans mon cœur... Voilà, maintenant je m'en vais puisque tu le veux, mais c'est contre la volonté de mon cœur.

Il avait tendu les mains vers elle, mais elle lui avait demandé de partir. Elle avait ouvert la porte. Sur le seuil, il s'était retourné une dernière fois. Elle avait prononcé ces quelques mots :

— S'il t'arrive de parler de moi, je t'en prie, ne dis jamais rien qui puisse attenter à ma dignité, car tout ce que j'ai fait, c'était par amour pour toi.

La porte s'était refermée doucement. Malcolm s'en était allé, la tête basse, pas fier de lui.

Il n'oublierait pas Lisanne. Il n'oublierait surtout pas ce moment, car il se reprocherait jusqu'à la fin de ses jours d'avoir blessé le cœur si pur de cette jeune fille. Une question le hantait : pourquoi ne pouvait-il pas l'aimer comme elle le méritait ? L'amour lui était-il interdit désormais ? Etait-il alors condamné à vivre seul le restant de ses jours, à pleurer celle qu'il aimait toujours et qui ne voulait pas de lui ? Pourquoi son cœur, telle une boussole obstinée, lui indiquait-elle toujours la direction de Claire comme la seule femme qui lui fût destinée ?

Comment pourrait-il se purger de cet amour chimérique ? se demandait-il aussi. Comment pourrait-il oublier Claire, effacer jusqu'à son nom dans sa mémoire ?

Quelque part, une cloche sonna la demi-heure. Malcolm prit sa montre, qui lui venait de son père, souleva le couvercle en or et s'assura qu'il était bien 10 h 30. Le temps était venu pour lui de ranger dans un coin de sa mémoire les souvenirs concernant Utrecht et Lisanne, pour se tourner vers l'Ecosse où l'attendait son avenir.

Il se mit debout et donna une pichenette dans la gazette que lisait Bran.

— Temps d'y aller, dit-il. Tu finiras ta lecture sur le bateau, à moins que tu ne préfères admirer la vue.

Bran replia les feuilles de papier et les deux frères se dirigèrent vers le canal au bord duquel les attendait leur cocher. Malcolm connut là un moment doux-amer. Il avait été presque heureux dans cette ville où il avait acquis les bases d'une nouvelle vie. Sa quête de science juridique achevée, il ressentait de nouveau, très fortement, l'appel de son pays natal. Il avait hâte de revoir, de très loin, depuis son bateau, les Hautes-Terres enveloppées de brume, s'élevant très haut au-dessus de l'horizon.

Son cœur appartenait à ces montagnes sauvages et escarpées. L'Ecosse était sa patrie, le pays de ses ancêtres et aussi — il l'espérait encore — de sa descendance.

Quelque temps plus tard, accoudé au bastingage à côté de son frère, il vit s'estomper les tours de la cathédrale. Utrecht s'effaçait devant ses yeux. Il tournait une page de sa vie. Titulaire d'un diplôme en droit délivré par une des plus prestigieuses universités d'Europe, il rentrait au pays natal.

— Quels sont tes projets ? lui demanda Bran. Tout le monde espère te voir à Monleigh.

— J'ai effectivement l'intention d'y séjourner quelque temps, bien sûr. Je suis très impatient de revoir toute la famille.

— Je me doute que tu n'y resteras pas indéfiniment.

— Non. Je pense y passer un mois, peut-être deux, pour renouer les liens avec ma famille. Ensuite, je me rendrai à Edimbourg, où je compte ouvrir un cabinet d'avocat.

Il n'ajouta pas qu'il avait formé le dessein de s'abîmer dans le travail pour atténuer, sinon oublier son chagrin d'avoir perdu Claire.

16.

Les souvenirs sont cors de chasse
Dont meurt le bruit parmi le vent.

Guillaume APOLLINAIRE (1880-1918)
Cors de chasse (1912)

Claire et ses sœurs rentraient de leur promenade, qui était toujours le meilleur moment de la journée. Sorties du château, loin des yeux et des oreilles de leurs tuteurs, elles pouvaient donner libre cours à leur fantaisie, rire et chanter, raconter des histoires. Elles pouvaient, pendant un moment, redevenir jeunes.

Elles pouvaient, pendant un moment, oublier leur malheur.

Elles redevenaient tristes aussitôt qu'elles franchissaient de nouveau le seuil de leur maison. Ce jour-là, alors qu'elles refermaient la porte, Briana glissa sa main dans celle de Claire et murmura :

— Je n'aime pas vivre avec *ceux-là*...

Après un petit moment de silence, elle reprit, plus bas encore :

— C'est surtout lord Walter que je n'aime pas. Si je me mets à penser à lui, dans mon lit, je suis certaine de ne pas pouvoir fermer l'œil de la nuit. Crois-tu qu'il soit un esprit maléfique, un diable venu sur terre pour nous tourmenter ?

Pour toute réponse, Claire lui donna un baiser sur le front.

— Pourquoi est-il si méchant avec nous ? ajouta Kenna.

— Ce n'est pas juste ! enchaîna Briana. Il y en a qui ont tous les bonheurs, et nous tous les malheurs. Vous croyez que notre famille est maudite ?

Etonnée, plus encore attristée d'entendre de tels propos, Claire reprit la parole.

— Maudite ? Pourquoi dis-tu cela ? Bien sûr que nous ne sommes pas maudites, voyons ! D'où te vient cette idée ? Toutes les familles connaissent des revers de temps à autre. En ce qui nous concerne, je pense que le plus dur est passé.

D'un geste délicat, elle essuya les larmes sur le visage tourné vers elle et poursuivit :

— Prions pour que nos anniversaires arrivent vite, le mien surtout. Dès que j'aurai atteint ma majorité, je vous promets que nous renverrons ces gens avec pertes et fracas.

Elle vit, à ce moment, le regard de Greer se tourner vers le haut de l'escalier, et elle n'eut pas besoin de se retourner pour savoir que lady Isabelle ou lord Walter arrivait.

C'était lady Isabelle, qui déclara d'une voix grinçante :

— Vous êtes en retard. Nous avons été obligés de retarder le dîner à cause de votre insouciance. Alors, maintenant, cessez de bavarder et rendez-vous dans la grand-salle.

Les filles se hâtèrent d'obtempérer, en silence. Dans la grand-salle, elles virent lord Walter dont le regard terrible avait de quoi glacer les cœurs les plus réchauffés. Il semblait très irrité, attitude normale chez lui. Sans un mot, il surveilla les jeunes convives qui prenaient place, et surveiller était le mot puisqu'il avait assigné une place à chacune et qu'il n'était pas question pour elle d'en changer.

Jetant un coup d'œil dans le plat disposé au milieu de la table, Claire se demanda si ses sœurs éprouvaient le même dégoût qu'elle devant ces choux bouillis gorgés d'eau et ce bœuf froid dont l'apparence dénonçait la dureté. Puis, voyant que lady Isabelle, le visage fermé, ne semblait pas décidée à se servir, elle connut un moment de crainte terrible. Et si leur nourriture avait été empoisonnée ? Fort heureusement, lord Walter se décida enfin à s'emparer du plat pour se servir une large portion du peu appétissant ragoût.

Les filles se servirent après lui, dans un silence pesant. Claire voyait bien que ses sœurs éprouvaient autant d'aversion qu'elle pour le repas qui leur était imposé, car elles jouaient beaucoup avec leur portion de nourriture, elles la piquaient et la promenaient dans leur assiette, elles n'en prenaient que de toutes petites bouchées, après maintes hésitations. C'était un miracle que nulle d'entre elles n'eût la nausée. Claire elle-même faisait de son mieux pour dissimuler sa répugnance et elle retint de justesse un soupir de soulagement quand la fin du repas s'annonça, assez vite finalement.

Aussitôt les filles prièrent qu'on voulût bien les excuser et elles se hâtèrent de quitter la grand-salle. En vérité, elles fuyaient. Claire, qui marchait derrière, referma la porte et comme ses sœurs, elle courut vers l'escalier, mais elle en touchait la première marche quand elle entendit la porte se rouvrir. Instinctivement, elle sut que c'était pour elle qu'on venait et elle se retourna. En effet, lord Walter lui dit :

— J'ai besoin de vous dire deux mots, dans la bibliothèque.

— Il faut que je m'occupe de mes sœurs…

— C'est maintenant que je veux vous parler, s'il vous plaît.

Lord Walter fit quelques pas en direction de la bibliothèque, mais il s'arrêta pour reprendre :

— Quand je donne un ordre, j'aime bien qu'il soit exécuté sans récriminations.

Il leva les yeux vers les sœurs de Claire, en haut de l'escalier.

— Vous, filez dans vos chambres.

Puis il revint à Claire.

— Dans la bibliothèque, j'ai dit.

Il se remit en marche.

Claire le suivit, à quelques pas derrière lui. Elle entra dans la bibliothèque où il s'installait, derrière le bureau. Elle préféra rester debout. De but en blanc, lord Walter entra dans le vif du sujet.

— Le comte de Wick donne un bal et il a la bonté de nous y inviter. Cette soirée très courue aura lieu, non dans son château de Wickdon, mais dans sa maison d'Edimbourg. Il pense, en effet, qu'il est plus facile de s'y rendre. Son épouse, Laura Maria Cavallaro, est la fille d'un comte vénitien, qui a envie de retrouver l'atmosphère des bals costumés qu'on donne dans sa ville natale, lors du carnaval. C'est pour lui plaire que le comte de Wick donne ce bal, et il veut lui faire une surprise en demandant à tous ses invités de venir costumés. J'ai répondu que lady Isabelle et moi-même acceptions son invitation. Vous assisterez aussi à ce bal, et Gilles sera votre cavalier.

— Je ne désire pas me rendre à cette soirée.

— Vous n'avez guère le choix en la matière. Vous irez parce que je vous l'ordonne, et vous irez avec Gilles.

— Si j'y vais, ce sera sans Gilles. Je refuse d'aller où que ce soit avec lui.

Lord Walter se leva. Les deux mains posées à plat sur le bureau, il se pencha vers Claire et lui déclara d'une voix basse, en détachant bien chaque mot pour leur donner plus de relief :

— Vous irez. Vous irez avec Gilles, avec lady Isabelle et avec moi. Vous porterez le costume que j'ai commandé pour vous à Edimbourg. Vous danserez. Vous vous amuserez. Vous rirez beaucoup. Vous convaincrez toute l'assistance que vous êtes amoureuse de Gilles.

— Vous ne pouvez pas m'obliger à cela.

— Oh, mais c'est que vous vous trompez ! Vous irez et plutôt deux fois qu'une, parce que si vous persistez à faire votre mauvaise tête, j'enferme tout de suite Briana dans sa chambre et elle ne recevra ni nourriture ni eau tant que vous n'aurez pas changé d'avis. Me fais-je bien comprendre ?

— Oui, dit Claire en lui décochant un regard brillant de haine.

— C'est parfait. Et si vous aviez la malencontreuse idée de révéler à qui que ce soit la teneur de notre présent entretien, ce sont vos trois sœurs qui seront enfermées. Tâchez de vous montrer coopérative, parce que si je ne suis pas content de vous, je pourrais avoir la tentation de vous imposer la même pénitence.

Claire tourna les talons pour sortir de la bibliothèque, mais lord Walter, plus rapide qu'elle, contourna le bureau pour l'attraper par le bras avant qu'elle eût eu le temps de faire deux pas. Il lui broya les chairs. Avec brutalité, il la projeta contre la paroi garnie de livres et de son autre main, il lui prit la mâchoire qu'il serra de toutes ses forces, au point qu'elle en eut les larmes aux yeux. Le visage convulsé par la rage, il lui jeta son haleine et ces mots :

— Ne vous avisez plus jamais de me tourner le dos et de vous en aller sans que je vous en aie donné la permission. Voulez-vous que je vous donne un exemple de ce qui vous arrivera si vous me causez encore semblable déplaisir ?

Il lui comprima de nouveau le visage pour l'obliger à former une moue, et à ses lèvres ainsi avancées, il donna un baiser répugnant.

Non content de cette démonstration, il s'amusa encore à lui pincer les seins, tout aussi cruellement.

Enfin, il lui tordit le bras et le lui mit dans le dos, puis il la projeta vers la porte en proclamant :

— Ce n'était qu'un petit échantillon de ce dont je suis capable. La prochaine fois que vous me provoquerez, ce sera pire. Allez, maintenant ! Après demain nous partons pour Edimbourg afin de procéder aux essayages de costumes. Alors, un bon conseil, préparez votre bagage et tenez-vous prête.

— Et mes sœurs ?

— Quoi, vos sœurs ? Je n'ai encore rien décidé à leur sujet. L'alternative est simple : ou elles nous accompagneront, ou elles resteront ici.

Claire se garda de raconter à ses sœurs ce qui venait de lui arriver. La scène avait été si humiliante qu'elle n'avait pas envie de la revivre une seconde fois, ne fût-ce qu'en paroles. Elle déclara donc simplement :

— Il faut que j'aille à Edimbourg pour assister au bal du comte et de la comtesse de Wick.

— Irons-nous aussi ? demanda Briana.

— Non, répondit Greer. Nous sommes trop jeunes pour aller à un bal. En plus, j'aime mieux rester ici que d'aller en soirée avec les deux affreux.

— Comme moi ! affirma Briana.

Claire passa encore quelques minutes avec ses sœurs, puis elle se retira dans sa chambre. Sa mâchoire, son bras et sa poitrine souffraient encore des attentats que leur avait infligés lord Walter. En plus, elle commençait à avoir la migraine. Elle se prépara donc très vite pour la nuit, se baigna le visage, mâcha un morceau d'écorce de saule, se rinça la bouche puis se jeta sur son lit.

Son mal de tête empirait. Elle l'attribua aux incessantes pensées qui lui venaient à propos des tuteurs. Elle avait la conviction que lady Isabelle ourdissait de sombres projets, et il ne lui souriait pas de continuer à vivre en faisant comme si de rien n'était, jusqu'au jour où elle se retrouverait la tête passée dans un nœud coulant.

Son incertitude quant à l'avenir lui ramena à la mémoire des souvenirs qui la taraudaient, des souvenirs qu'elle examinait désormais avec l'expérience acquise et qui n'avaient donc plus la même tournure.

Naguère, elle avait mis toute sa confiance en lady Isabelle et s'était laissé persuader qu'il fallait penser le pire de Malcolm. Elle avait honte, aujourd'hui, de savoir qu'elle avait collaboré si volontiers à son propre malheur. Non seulement elle s'était fiée aux apparences et avait porté des accusations très graves contre lui, mais elle avait refusé d'écouter les avertissements qu'il tentait de lui donner.

Après qu'elle l'eut si honteusement chassé, il était parti

et il n'avait aucunement tenté de revenir. Jamais Claire n'oublierait ce jour maudit entre tous, jamais elle n'oublierait les derniers mots qu'il avait prononcés avant de s'éloigner pour toujours. Les souvenirs lui semblaient même gagner en intensité au fil du temps. N'était-ce pas normal ? Elle avait appris autrefois que la vie oblige à revivre sans cesse les événements les plus tragiques pour nous en insuffler la morale. Elle n'ignorait donc pas à quoi elle était condamnée. Les derniers mots de Malcolm sonnaient encore à ses oreilles avec acuité.

« Et moi, je me trouve comme devant une montagne que je suis incapable d'escalader. Je t'aime, Claire, et sans doute t'aimerai-je toujours... Pauvre petite Claire, qui ne peut pas comprendre parce qu'elle aime avec la tête et non avec le cœur. Eh bien, qu'il en soit ainsi ! Il n'empêche qu'après tout ce qui vient de se passer entre nous... la méfiance... les fausses accusations... les mots venimeux... je persiste à t'aimer. Quoi que tu dises, quoi que tu fasses, tu resteras toujours au plus profond de mon cœur... »

Un éclair déchira la nuit, un coup de tonnerre secoua les contrevents. La tempête menaçait.

Claire se leva pour aller à la fenêtre, qu'elle ouvrit. Elle vit les nuages noirs qui traversaient le ciel à vive allure. Elle se pencha pour voir les vagues que le vent soulevait à la surface du loch et jetait contre la rive, indéfiniment, avec obstination...

Comme les souvenirs de Malcolm montant à l'assaut de ma mémoire...

La tempête s'arrêterait. Les souvenirs ne cesseraient jamais de la hanter.

Malcolm, où es-tu maintenant ? Quelle est la femme qui gémit sous toi désormais ? Quelle est celle à qui tu donnes le plaisir de tes nuits ? Qui a acquis le droit de caresser ta peau douce comme le satin et percevoir la dureté de tes muscles solides comme le granite ? Tu me manques, Malcolm... Tu me manques tellement. Je souffre parce que tu n'es plus là et je souffre plus encore de savoir que jamais tu ne me pardonneras...

Elle ne put s'empêcher de se demander, comme tant de fois auparavant, s'il arrivait à Malcolm Graham de penser encore à elle de temps en temps, et non en mauvaise part.

Marchant soudain d'un pas vif vers le coffre placé au pied de son lit, elle prit la clé pendue à une chaîne autour de son cou.

A l'intérieur du coffre se trouvait un ramas d'affaires ayant appartenu à Malcolm. Avec précaution, avec dévotion même, Claire souleva un grand manteau noir dont elle s'enveloppa. Puis elle s'alla coucher sur son lit. Ce manteau avait une vertu mystérieuse : il la calmait ou plutôt, il lui rendait une sorte de sérénité. Ainsi vêtue, elle reprenait confiance en elle-même. Bien qu'elle donnât l'apparence d'une jeune fille volontaire et sans peur, il lui arrivait de trembler et de pleurer dans la solitude de la nuit quand elle pensait aux dangers qui la menaçaient.

Ce n'était pas que Claire ne fût pas forte. Elle l'était. Elle prenait très au sérieux les devoirs de sa charge et elle avait l'intention de les assumer toutes. Mais que de fois elle se sentait seule ! Que de fois elle eût souhaité avoir quelqu'un avec qui partager ses angoisses !

Lady Isabelle et lord Walter suscitaient en elle une terreur de plus en plus grande, si grande, en vérité, qu'il lui arrivait souvent de méditer une fuite sans idée de retour. Elle quitterait le château Lennox, elle fuirait Inchmurrin, son île bien-aimée, et, abandonnant son titre et son héritage, elle prendrait un bateau pour l'Amérique... Puis elle pensait à ses sœurs, à son père et à ses frères défunts, aux gens de son clan : tous, ils comptaient sur elle. Etant le chef, avait-elle le droit de se dérober ? Certainement pas ! En outre, elle avait conscience d'une impossibilité : abandonner le clan Lennox, quitter l'Ecosse, ce serait comme vider ses veines de tout son sang, avec la certitude de ne pas survivre très longtemps.

En ce temps-là, le chef de clan possédait toutes les terres du clan. Sa première responsabilité était de les protéger contre toute agression, de prendre la tête de ses troupes en cas de conflit armé. Autorité suprême, il avait un pouvoir absolu sur tous ses gens qui souvent lui étaient apparentés, pouvoir absolu donc immenses responsabilités.

Telle était la leçon que Claire avait apprise de son père.

A ce jour, elle n'en avait rien oublié.

Le souvenir de ce jour qui avait précédé la mort de son père, resterait gravé dans sa mémoire pour toujours. Elle s'était souvent demandé, par la suite, si son père avait eu quelque sorte de prémonition ; s'il avait obscurément imaginé que, bien qu'il eût trois fils, ce serait elle, son aînée, qui serait appelée à recevoir non seulement l'héritage des ancêtres, mais aussi le lourd manteau du chef du clan Lennox...

Peut-être ce père aimant avait-il, tout simplement, voulu passer un peu de temps avec sa fille en lui décrivant les us et coutumes du clan...

Claire se rappelait avec précision chaque moment de cet entretien dont elle ne savait pas encore à quel point il était crucial pour elle. Elle n'avait même pas oublié les vêtements que son père portait ce jour-là, ni l'heure marquée à la belle horloge Renaissance qui se trouvait alors dans sa chambre :

11 h 20. Elle avait un souvenir exact de l'étonnement qui l'avait prise quand le majordome était venu lui annoncer que son père désirait s'entretenir avec elle dans la bibliothèque. Surprise, elle s'était interrogée sur les raisons de cette invitation, car d'ordinaire, son père prenait un repas rapide, à son bureau, à 11 h 30 précises.

C'était donc la première fois qu'elle se joignait à lui pour déjeuner à cet endroit.

Après une longue discussion sur le rôle du chef du clan Lennox, son père s'était penché vers elle pour la regarder dans les yeux et lui déclarer, d'une voix grave :

— Si le chef néglige ses responsabilités, ou s'il perd la loyauté des membres de son clan — ce qui revient au même — alors tout le système s'écroule. C'est la fin du clan.

Claire prit une longue inspiration, soupira, ferma les yeux et roula sur le côté.

Puis elle murmura une prière pour demander la force dont elle aurait besoin pour affronter l'avenir, quel qu'il fût.

17.

L'accent du pays où l'on est né demeure dans l'esprit et dans le cœur, comme dans le langage.

François de La Rochefoucauld (1613-1680)
Réflexions ou Sentences et Maximes morales (1664)

Combien de fois n'avait-il pas chevauché sur ce même chemin, contourné cette haute colline après laquelle il découvrait bientôt le château de Monleigh, véritable nid d'aigle perché sur un pic rocheux, tout au bord de la mer du Nord ? Combien de fois, en effet ? Il ne les comptait plus. Chaque fois, il s'émerveillait. Pourtant, jamais le château ne lui avait paru aussi beau que ce jour-là. Jamais il ne s'était autant réjoui de le revoir.

— Bienvenue à la maison, mon frère, lui dit Bran qui le regardait avec attention.

— Spectacle admirable, n'est-ce pas ? répondit-il en se forçant à sourire afin de mieux masquer son émotion ; un spectacle que j'ai vu bien souvent, à la mémoire, au cours de mon exil volontaire. Mais il se trouve que la maison me semble encore plus belle que dans mes rêveries.

Arabella fut la première à les voir arriver, depuis le jardin où elle s'entraînait au tir à l'arc ; ou plutôt, c'est elle qu'ils aperçurent la première. En effet, ils s'approchèrent assez pour que Malcolm pût crier cet avertissement :

— Attention, tu vises un peu trop haut !

Arabella poussa un cri, sa flèche lui échappa et alla se planter très loin de la cible, dans les buissons. Furieuse, elle tapa du pied et se retourna pour apostropher l'odieux personnage qui se permettait, en l'interpellant ainsi, de lui faire manquer son coup, mais elle poussa un autre cri, de joie cette fois.

— Malcolm !

Quelques minutes plus tard, Malcolm sautait à bas de son cheval pour accueillir Arabella et la serrer dans ses bras en tournant sur lui-même.

— J'ai laissé ici ma petite sœur, déclara-t-il, et qui trouvé-je à mon retour ? Une magnifique jeune fille. Quel dommage que je n'aie pu suivre ta transformation au jour le jour ! Que je suis sot de m'être ainsi éloigné !

Ravie, elle but ces compliments avec un plaisir évident. Puis elle se plaça ensuite entre ses deux frères et, bras dessus, bras dessous, ils s'en allèrent jusqu'au château en devisant et en chantant.

Aussitôt que Jamie, Niall, Tavish et Calum sortirent, Arabella battit prudemment en retraite. Elle rejoignit Sophie, l'épouse de Jamie, et toutes deux, les bras croisés, observèrent avec condescendance la bataille pour rire que se livraient les six frères Graham. Ils s'agonirent de bourrades, se bousculèrent les uns les autres pour se déséquilibrer, se roulèrent par terre et ne s'estimèrent contents que lorsqu'ils furent tous essoufflés, déchirés, couverts de boue des pieds à la tête.

— Aussi sales que des porcs, maintenant ! dit Sophie en riant. Vous êtes contents ?

— Et ils doivent sentir aussi fort, ajouta Arabella, prenant un air catastrophé. Des enfants ! Moi qui pensais qu'ils avaient gagné un peu de maturité récemment…

Elevant la voix, elle s'adressa à ses frères qui se relevaient et s'admiraient les uns les autres.

— Vous jouez à ce jeu idiot depuis que vous êtes tout petits. Vous n'en avez pas encore assez ?

— Non ! s'exclamèrent-ils à l'unisson.

— Et d'abord, demanda Tavish, comment peux-tu savoir depuis combien de temps nous jouons à ça ? Tu es la plus jeune d'entre nous, tu ne peux pas savoir quand nous avons commencé.

— On m'a raconté tout ça ! répliqua Arabella.

Elle se tourna vers Jamie.

— Tu ne m'as plus l'air aussi souple qu'avant. Peut-être deviens-tu trop vieux pour pratiquer ce genre de jeu ? Peut-être serais-tu sage d'y renoncer, désormais ?

Jamie sourit et adressa un clin d'œil complice à son épouse avant de répondre :

— Je veux bien admettre que je manque un peu de pratique depuis un certain temps, mais c'est tout !

— C'est sûr, ajouta Tavish, railleur. Depuis que Sa Seigneurie passe tout son temps assise à son bureau, elle perd la main. Elle se fait du lard.

— Attention, dit Jamie. Je peux encore fort bien te donner la volée que tu mérites.

— Dites, intervint Malcolm, que diriez-vous d'aller vider une ou deux pintes de whisky, pour nous remettre de nos émotions ?

Tandis que les garçons s'élançaient vers le château, Arabella dit à Sophie :

— Vous voyez ! Il suffit de leur parler de whisky et il n'y a plus personne pour nous tenir compagnie. Regardez-les courir !

— Ils ne courront plus longtemps, soupira Sophie. Bientôt, ils risquent même de ne plus tenir debout.

Elles savaient toutes les deux que les frères Graham ne dormiraient sans doute pas beaucoup cette nuit-là, qu'ils passeraient leur temps à boire, en échangeant des plaisanteries de plus en plus bruyantes, de plus en plus affligeantes.

Le lendemain matin, quand Arabella descendit de sa chambre, elle s'attendit à trouver ses frères dormant dans la grand-salle et de ce point de vue, elle ne fut pas déçue. Elle s'étonna, en revanche, de voir les trois grands chiens allongés comme leurs maîtres, et eux aussi avaient une haleine qui empestait le whisky. Elle songea que les libations de plus en plus incertaines avaient dû causer d'amples déversements sur le dallage, ce dont les braves bêtes avaient profité.

Arabella prit un siège et d'avance elle se réjouit d'assister au réveil de ses frères, qui auraient les yeux gonflés, la mine défaite, et qui se plaindraient d'avoir mal à la tête.

Assise au bout de la table, elle écrivait avec application depuis un bon moment quand ses frères commencèrent à donner signe de vie.

— A qui écris-tu ? demanda Calum, le premier, d'une voix pâteuse.

— Je n'écris pas de lettre, répondit-elle sans lever la tête. Je dresse la nomenclature de vos méfaits. Voici où j'en suis.

Sans rire, elle donna la lecture de sa liste :

« Trois chiens ivres ;

Six verres cassés ;

Les initiales de Niall gravées dans la table ;

Deux yeux au beurre noir ;

Un œil au contour violacé, tout gonflé, presque fermé ;

Trois lèvres fendues ;

Des contusions, trop nombreuses pour être comptées ;

Deux chemises déchirées sans espoir de réparation ;

Une botte qui finit de brûler dans la cheminée ;

Une ceinture déchiquetée par les chiens. »

Puis elle ajouta :

— N'oublions pas six garçons qui empestent tellement le whisky qu'on se demande s'ils ne se sont pas baignés dans un alambic, et qui ne se souviennent sans doute pas que nous partons demain pour Edimbourg afin d'assister au bal donné par le comte et la comtesse de Wick. A ce propos, l'un d'entre vous pourrait-il m'expliquer comment vous comptez vous présenter en société, demain soir, avec vos yeux au beurre noir, vos lèvres tuméfiées, vos contusions et vos ecchymoses ?

— C'est un bal costumé, lui rappela Calum.

— Je ne l'ai pas oublié, mais il me semble que vous ne trouverez pas de masques assez grands pour cacher tous les dommages que vous vous êtes causés… à moins que vous ne vous enfonciez une citrouille sur la tête.

— Nous trouverons bien une solution, dit Jamie qui bâillait à s'en décrocher la mâchoire. Après tout, Malcolm est un homme de loi, à présent, et les hommes de loi sont censés trouver des arrangements pour toutes les situations, même les plus délicates. N'est-ce pas, Malcolm ?

Sollicité de la voix et d'une grande tape sur l'épaule, Malcolm répondit :

— Je suis homme de loi, c'est vrai, mais c'est un diplôme qu'on m'a donné, pas une baguette magique.

Claire considérait comme une chance insigne de porter le titre de comtesse et d'être le chef incontestable du clan Lennox, car ces titres, loin d'être seulement honorifiques, donnaient un sens à son existence, en lui interdisant de ne penser qu'à elle-même pour se consacrer à ses sœurs ainsi qu'à tous ceux de son clan. Et puis, il y avait aussi l'administration de son héritage, qu'elle devait préserver.

Elle se donnait tout entière à cette tâche, s'efforçait de préparer l'avenir, tâchait de réaliser les rêves de son père, à tout le moins d'exécuter les plans de celui-ci.

C'est ainsi qu'elle avait achevé les travaux de construction qu'il avait entrepris ; qu'elle avait acheté de nombreuses têtes de bétail pour améliorer les troupeaux qui paissaient en semi-liberté sur les terres du domaine les plus au nord, dans les Hautes-Terres. Elle tenait ses livres avec rigueur, procédait aux inventaires annuels.

Elle prenait des initiatives destinées à améliorer l'existence des gens de son clan, augmentant par exemple les superficies allouées à ceux qui cultivaient le domaine, sans exiger une hausse des redevances, mais demandant aux fermiers ainsi favorisés de son montrer tout aussi généreux avec leurs valets. Son projet était que les plus humbles de son clan eussent un lopin de terre, une ou deux vaches, une maisonnette ; bref, de quoi vivre décemment.

Elle s'abîmait dans le travail, seul moyen pour elle d'oublier, au moins momentanément, le grand vide qu'elle ressentait au-dedans d'elle-même. Elle avait décidé, une fois pour toutes, que non seulement son infortune personnelle n'aurait aucune répercussion sur son rôle de comtesse d'Errick et de Mains, mais qu'en plus elle ne donnerait à personne l'occasion de la plaindre. Elle gardait son chagrin pour elle.

Si elle ne s'occupait pas à l'administration du domaine, elle officiait comme sœur et comme mère pour ses trois sœurs. C'est à elles qu'elle se consacrait lorsque ses fonctions de comtesse lui laissaient un peu de répit. Et quand ni le clan ni sa famille n'avaient besoin d'elle, alors elle pensait un peu à elle.

Un matin, sa plus jeune sœur, Briana, qui venait de se lever, jeta un coup d'œil par la fenêtre et poussa un cri de surprise en voyant une longue traînée rouge dans les eaux bleues du loch. Elle regarda mieux pour se convaincre qu'elle n'était pas le jouet d'une hallucination, puis sortit de sa chambre pour courir vers celle de Kenna à qui elle cria, aussitôt la porte ouverte :

— Claire est folle ! Elle est en train de nager !

Kenna se contenta de sourire et répondit :

— Et alors ? Elle n'a pas le droit ?

Puis elle se retourna et ramena ses couvertures sur elle, manifestant ainsi son vif désir de se rendormir. Mais Briana s'approcha et la secoua.

— Je ne savais pas que Claire savait nager…

— Eh bien, maintenant, tu le sais !

— Alors, je pourrais nager, moi aussi ?

— Non, parce que toi, tu ne sais pas.

Briana se remit à secouer sa sœur.

— Mais si Claire m'apprend… Tu crois qu'elle voudrait bien m'apprendre à nager ?

— Tu ne crois pas que c'est à elle qui faudrait poser la question ?

A la fin de l'été, les quatre sœurs Lennox savaient nager et elles s'adonnaient chaque matin, à ce qui était devenu leur activité favorite.

Claire se réjouissait d'avoir tant à faire, de n'avoir pas une minute à elle du matin au soir, car elle oubliait ainsi le grand vide qui existait en elle. Elle avait le dessein de s'anéantir dans les multiples tâches qui l'accaparaient, et si le rythme qu'elle s'imposait faiblissait un peu, elle s'inventait de nouveaux devoirs, de nouvelles obligations.

Lorsqu'elle gagnait sa chambre, le plus tard possible le soir, elle se laissait tomber sur son lit et s'endormait aussitôt, sans avoir trop le temps de penser à son passé ou de réfléchir à son avenir.

Elle ne pouvait cependant oublier les tracasseries que ne cessaient de lui imposer ses tuteurs.

Il lui était impossible de ne pas penser à ce bal auquel ils prétendaient la traîner.

18.

Je suis aussi peu aimable qu'un pèlerin aux souliers pleins de cailloux ; et aussi glaçant que la charité, que la chasteté, ou que n'importe quelle autre vertu.

Lord BYRON (1788-1824), poète anglais.
Lettre du 16 novembre 1814
à Annabella Milbanke, future lady Byron.

Ils partirent avant l'aube.

Il faisait trop nuit pour y voir, mais Claire n'avait pas besoin de la lumière du soleil pour savoir qu'elle traversait les paysages admirables qu'elle parcourait depuis sa plus tendre enfance et qu'elle aimait tant.

Le soleil, en revanche, était levé quand les voyageurs passèrent aux alentours du château de Balloch, forteresse imprenable solidement assise, depuis plusieurs siècles, sur un ancien volcan. Claire, en le voyant, songea à ses ancêtres qui avaient séjourné là avant de migrer vers l'île d'Inchmurrin.

Elle se remémora aussi les batailles qui s'étaient livrées non loin de là, terribles affrontements dont les échos ne s'étaient pas encore atténués dans les mémoires. Lors de la première de ces batailles, dite « du pont de Balloch », Guillaume Wallace avait infligé une sévère défaite aux Anglais. La seconde s'était déroulée à Bannockburn, et s'était conclue sur une nouvelle victoire sans appel des Ecossais qui, sous la conduite de Robert Bruce, avaient renvoyé en Angleterre les armées du roi Edouard II.

Aujourd'hui, la campagne était déserte et silencieuse tandis que les voyageurs passaient sur le pont de Balloch, puis sous les murailles de la forteresse pour traverser la petite ville et de là se rendre à Edimbourg par la route qui avait été construite par les Romains. Plusieurs fois, ils quittèrent la chaussée empierrée pour prendre des raccourcis hasardeux, dans les bruyères et les fougères, ou pire, dans des zones marécageuses. Claire s'en étonna, quelquefois même s'inquiéta, mais se garda bien de poser des questions.

Ils arrivèrent sans encombre à Edimbourg. Pas un mot n'avait été échangé durant tout le temps qu'avait duré le voyage.

Il restait maintenant à Claire de rencontrer Gilles. Elle n'attendait pas ce moment avec impatience.

La maison Prestonfield, où il était dit que l'on demeurerait tout le temps du séjour à Edimbourg, était située en plein centre de la ville, ce qui ne l'empêchait pas d'avoir l'air d'une auberge de campagne, entourée d'un vaste parc arboré et agréablement peuplé de bosquets fleuris.

Au moment de passer le porche qui conduisait à la cour intérieure, lord Walter ouvrit la bouche pour faire valoir sa science. L'air important, il raconta que cette maison avait été construite en 1687 pour sir James Dick, prévôt d'Edimbourg, sur les plans de sir Guillaume Bruce qui n'était rien de moins que l'architecte du roi. Il en eût volontiers raconté plus s'il n'avait pas été interrompu par les cris rauques et stridents d'un troupeau de paons, qui, en plus, attirèrent sur eux l'attention en ouvrant les éventails de leurs queues magnifiques.

Lord Walter essaya de hausser le ton mais dut bientôt s'avouer vaincu. Claire baissa la tête pour ne pas montrer le plaisir indicible que lui donnait ce minuscule incident, puis elle se bâillonna avec sa main afin de ne pas éclater de rire, parce que les paons, décidément très insolents, entouraient lord Walter en criaillant de plus belle, et ils semblaient dire : « Tais-toi ! Tais-toi ! Tais-toi ! »

Des serviteurs en livrée s'approchèrent vivement pour accueillir les visiteurs et les conduire dans le vaste vestibule dont la décoration annonçait déjà la magnificence de tout le bâtiment. Claire admira le plafond où batifolaient des amours, les tapisseries et les brocarts, les statues et autres objets d'art, toutes choses qui, à l'évidence venaient d'Italie, ce qui n'avait rien d'étonnant puisque Laura Maria Cavallero, comtesse de Wick, était originaire de ce pays.

Celle-ci avait assigné une de ses plus belles chambres à Claire, ce qui n'avait rien que de très normal, celle-ci étant la comtesse d'Errick et de Mains. Lord Walter et lady Isabelle, en revanche, cachèrent mal leur déception lorsqu'ils se virent cantonnés dans des quartiers beaucoup moins prestigieux, très excentrés, loin des parties nobles de la maison.

Dès le lendemain matin, Claire et lady Isabelle se rendaient chez la couturière pour un essayage, leurs costumes de bal ayant été préparés sur les ordres de lord Walter.

Quand elle vit ce qui avait été préparé pour elle, Claire se demanda, avec amertume, si on ne l'habillait pas ainsi pour mieux tenter Gilles. En effet, ses tuteurs n'avaient-ils pas imaginé pour elle un costume fort inconvenant, imité de la

Grèce antique, qui révélait de larges parties de son corps, visibles par transparence ou tout simplement découvertes ?

Deux jours plus tard, Claire, en début de soirée, se tenait devant son miroir. Déjà vêtue de sa robe de soie jaune safran, magnifiquement brodée mais décidément trop transparente, elle se livrait avec patience aux mains de deux servantes qui achevaient de la parer pour le bal.

Elle eut la permission de s'asseoir pour permettre l'arrangement de ses cheveux selon la mode grecque, c'est-à-dire qu'ils furent relevés en un vaste chignon agrémenté de perles et de pendeloques en or. On peignit ses pommettes en rose. A ses bras nus on passa sept bracelets en or. Ainsi équipée, elle se leva de nouveau pour se regarder dans le miroir, tandis qu'on glissait des spartiates à ses pieds.

Elle avait l'impression d'être une poupée qu'on apprêtait pour susciter l'admiration, pour exciter la convoitise des hommes, surtout celle de Gilles, à qui elle ne semblait pas avoir l'heur de plaire, si elle en jugeait par les mines renfrognées qu'il lui faisait depuis deux jours qu'elle le connaissait.

Une demi-heure plus tard, elle descendait en compagnie de lady Isabelle qui représentait Zénobie, reine de Palmyre. Sortant de la maison, elles se rendirent dans la cour où avait été dressée une tente magnifique, sous laquelle devait être donné le souper inaugurant la soirée. Et là attendaient lord Walter, ainsi que Gilles à l'apparence toujours aussi maussade.

Le comte et la comtesse de Wick, en costumes Renaissance, personnifiaient Dante et Béatrice. Installés sur une petite estrade surmontée d'un dais, ils accueillaient leurs hôtes qui se pressaient à l'entrée.

Claire eut l'impression d'entrer dans une villa des Médicis quand elle pénétra sous la tente pavée de tommettes italiennes et illuminée *a giorno* par des centaines de cierges qui permettaient d'admirer les tapisseries entre lesquelles se dressaient d'antiques statues. L'immense table qui occupait tout le centre de la tente était une splendeur par elle-même, avec sa vaisselle d'or et ses cristaux.

Ebahie, Claire regardait ces merveilles avec des yeux d'enfant quand il lui sembla apercevoir, à l'autre extrémité de la tente, un homme qui ressemblait… mais oui, qui ressemblait indéniablement à Malcolm Graham.

Elle chassa cette idée aussi surprenante que ridicule et se força à donner un peu d'attention à Gilles qui racontait, d'un ton morne et sans omettre aucun détail, une chasse à la bécasse où on l'avait invité quelques semaines plus tôt. Enfin il parvint à la chute de son laborieux récit, où il apparaissait qu'il avait tué, non pas une bécasse, comme il l'avait cru, mais un lagopède !

Le visage fermé, il guetta la réaction de ses auditrices. De sa mère il obtint un sourire forcé, et de Claire, un bâillement à peine retenu, ce dont il ne se formalisa nullement parce qu'il ne cherchait pas à plaire.

Il ne cherchait pas à séduire Claire.

Il n'avait à celle-ci suffi que de quelques jours pour comprendre qu'elle n'intéressait pas du tout ce garçon… et qu'aucune autre jeune fille n'aurait l'heur de lui plaire. Toutes l'indifféraient ou pire, lui portaient sur les nerfs. Il se détournait d'elles. Il les fuyait. Ainsi se confirmait la rumeur.

Gilles recherchait la compagnie des hommes. C'était l'évidence même. D'ailleurs, sitôt son anecdote terminée, il s'était esquivé pour aller bavarder avec un jeune monsieur, et là il s'animait. Il déployait tout son charme et visiblement l'anecdote qu'il racontait cette fois était plus amusante, car il riait et le jeune monsieur riait avec lui.

Merveilleux ! se dit Claire en l'observant du coin de l'œil. *On veut me marier avec un jeune homme qui n'a d'attirance que pour son propre sexe... Après tout, pourquoi pas ? Au moins il ne me harcèlerait pas avec ses exigences...*

Poursuivant le cours de ses réflexions, cependant, elle s'avisa que cet arrangement serait indigne d'elle et qu'elle ne pouvait décemment s'abaisser à cette mascarade. Tout compte fait, elle n'épouserait personne, Gilles pas plus que quiconque.

Elle ferait mieux de chercher un moyen d'échapper aux desseins que ses tuteurs concoctaient pour elle.

Le bal commença par un spectacle donné par des danseurs sardes et siciliens, qui portaient les costumes traditionnels de leur province. Cela accompli, les invités furent invités à s'essayer à ces évolutions. Quatre puis cinq couples se mirent en place. Sur les objurgations de sa mère, Gilles escorta Claire sur la piste de danse.

Après quelques préliminaires assez embarrassés, Claire découvrit que son cavalier avait de l'aisance et qu'il l'entraînait sans difficulté dans des arabesques auxquelles elle prenait de plus en plus de plaisir. Heureusement surprise de s'amuser alors qu'elle avait craint une corvée, elle complimenta Gilles sur ses dons évidents.

— Où avez-vous appris à si bien danser ? lui demanda-t-elle.

— Le baron McCandless m'a appris. Il s'appelle Guillaume.

— Oh ? Est-il professeur de danse ?

— Non. C'est un baron qui aime danser tout autant que moi.

La conversation s'arrêta là, Claire se concentrant sur ses pas et Gilles aimant mieux danser que parler.

En dépit de son visage de fouine et de ses yeux fureteurs qui la mettaient mal à l'aise, Gilles n'était pas un garçon que Claire parvenait à mépriser, encore moins à haïr. Son plus gros défaut restait sans aucun doute son incapacité à se conduire aimablement avec les demoiselles puisqu'elles l'indifféraient, bien qu'il semblât, ce soir, avoir acquis un peu de manières.

Claire se demandait, non sans curiosité, si le garçon avait pris sur soi de fournir cet effort ou si l'heureux changement devait tout aux leçons inculquées par sa mère. Honnête avec elle-même, elle devait admettre qu'elle penchait pour le second terme de l'alternative.

Les péripéties de la contredanse, inaugurées par la démonstration de virtuosité d'un musicien, mirent tout le monde en joie. Un peu sur la réserve au début, Claire se laissa bien vite entraîner et elle se fit remarquer par l'entrain avec lequel elle frappait le plancher avec ses talons. Riant aux éclats, elle tournait, virevoltait, pirouettait, tourbillonnait, et il faut bien dire qu'elle s'étourdit quelque peu à ce jeu. Elle se sentait si pleine d'énergie et en même temps si pleine de grâce qu'elle eut l'impression, à plusieurs moments, de voleter au-dessus du sol.

Ce bonheur de vivre eût pu continuer encore longtemps si, soudain, son regard ne s'était pas porté sur un des spectateurs qui ne regardait qu'elle. Aussitôt elle n'eut plus envie de rire. Elle redevint lourde et gauche. Elle n'avait plus envie de danser.

Quand vint la fin de la contredanse, Claire demanda à Gilles d'aller lui quérir quelque chose à boire. Puis elle jeta de furtifs coups d'œil tout autour d'elle, mais elle ne revit pas l'homme qui l'avait émue. Une main sur la poitrine pour contenir les battements de son cœur, elle s'appliqua à réfléchir et à se demander pourquoi elle s'était sentie bouleversée.

Après tout, la silhouette immobile portait un masque. Elle n'avait donc pas pu voir son visage. Pourtant, il y avait quelque chose, en lui, d'indéfinissable…

Indéfinissable, vraiment ?

De nouveau, Claire sentit monter en elle le malaise. Elle comprit qu'elle ne danserait plus ce soir. Plus envie…

Gilles revenait, avec deux verres.

— J'ai pensé que vous ne voudriez pas boire de whisky, c'est pourquoi je vous ai apporté une limonade, fabriquée à partir de citrons siciliens, s'il vous plaît ! J'ai vu des dames qui en buvaient et qui m'en ont dit le plus grand bien.

— Merci, Gilles, dit Claire en prenant le verre qu'il lui tendait.

Elle but quelques gorgées. C'était très bon, en effet.

— Délicieux ! lança-t-elle avec conviction.

Gilles, qui regardait autour de lui, reporta son regard sur elle.

— Que dites-vous ? Oh ! Je suis content de voir que vous êtes contente de mes services.

— Gilles, reprit Claire en souriant, ne vous sentez pas obligé de rester près de moi pendant toute cette soirée. Je n'ai plus envie de danser, mais je ne veux pas vous empêcher de vous y remettre autant qu'il vous plaira. Quant à moi, j'irai bavarder quelques instants avec la comtesse de Wick, puis avec quelques autres personnes de ma connaissance, et ensuite, je me retirerai pour la nuit.

— Vous êtes bien certaine que vous ne voulez plus danser ?

— Certaine. Je n'ai pas l'habitude de m'agiter autant au

cours d'une soirée. Figurez-vous que je me sens déjà très fatiguée.

Gilles ne cacha pas le plaisir que lui causait cette déclaration. Il s'éloigna d'un pas vif. Quelques minutes plus tard, Claire le vit en grande conversation avec un jeune homme de son âge.

Les criailleries d'un paon lui rappelèrent que de beaux jardins se trouvaient non loin de là. Elle décida de s'y accorder un moment de solitude, sur un des bancs de pierre, sculptés à la manière italienne, qu'elle avait déjà eu l'occasion d'apercevoir au cours de ses promenades.

Elle attendit le début de la danse suivante et profita de l'animation qui régnait sous la tente pour s'esquiver sans attirer l'attention de quiconque. Elle frissonna dans l'air frais du dehors, mais n'en renonça pas pour autant à son escapade. D'un pas vif, elle se dirigea vers un banc qu'elle savait se trouver dans un recoin ombreux, au bord d'une placette circulaire, sous un sorbier.

Elle s'assit et ôta son masque, prit une longue inspiration. Il faisait réellement très frais, mais il flottait dans l'air des parfums de lilas tout à fait agréables. La musique, atténuée par la distance, était plus plaisante ainsi. Claire s'apprêta à vivre un moment de pur délice.

Avec un soupir qui exprimait tant le contentement qu'une grande lassitude, elle s'adossa au tronc du sorbier pour observer les étoiles.

La solitude du jardin lui convenait parfaitement.

19.

La meilleure solution sera de nous éviter sans en avoir l'air, et si nous nous rencontrons, de ne surtout pas nous mordre.

Lord BYRON (1788-1824), poète anglais.
Lettre du 25 avril 1814,
au sujet de sa liaison avec lady Caroline Lamb.

Derrière Claire, les feuilles s'agitèrent.

Avant qu'elle pût se retourner, un homme — celui qu'elle avait aperçu au cours du bal — s'était assis sur le banc, mais de l'autre côté, en biais, et donc ils se faisaient face.

— Je ne voulais pas vous effrayer, dit-il.

Mon Dieu, cette voix…

Malcolm…

Non, cela ne se peut pas, pensa Claire. Mon imagination me joue encore un tour de sa façon.

Serait-elle donc condamnée, jusqu'à la fin de ses jours, à voir Malcolm dans chaque homme qu'elle rencontrerait ?

Elle tourna la tête pour observer avec attention la fontaine placée au centre de la place minuscule. Dans les eaux murmurantes s'ébattait un Neptune armé de son trident. Claire éprouva le désir de vérifier que c'était bien sur un dauphin que le dieu marin posait le pied. Elle souleva sa robe et se disposa à se lever, mais la main de l'homme la retint par le bras.

— Restez, je vous prie, dit-il avec cette voix si virile et en même temps si douce que Claire n'avait pas oubliée. Je ne vous accaparerai que pendant un petit moment.

Seigneur ! C'était bien la voix de Malcolm... ou plutôt une voix qui ressemblait à celle de Malcolm car il ne rechercherait sûrement pas sa compagnie, et s'il lui arrivait de la rencontrer par hasard, il s'éloignerait plutôt que de provoquer un entretien inutile.

Claire le regarda. Elle nota qu'il avait une ecchymose à la joue et une coupure au menton. Pourrait-il enlever son masque, afin qu'elle pût vérifier si c'était bien lui, se demanda-t-elle. Elle avait toutes les raisons de le croire et pourtant sa raison se refusait à admettre cette possibilité. Malcolm, à cet instant, dans ce jardin, venu près d'elle de propos délibéré ? non... Il fallait à Claire une preuve. Avec un peu plus de lumière, elle eût pu déceler la couleur des yeux et alors sa conviction serait faite.

A la longue, ne pouvant plus endurer le tourment qu'elle ressentait à s'interroger ainsi, elle murmura :

— Est-ce vous ? Est-ce vraiment vous ?

— Oui, répondit-il d'une voix sépulcrale. C'est bien Malcolm, surgi du passé pour se jeter dans votre présent.

— J'avais entendu dire que vous étiez à Utrecht, aux Pays-Bas, et que vous y étudiiez le droit.

Malcolm sembla s'amuser de la savoir si bien renseignée, car elle vit, dans ses yeux, s'allumer les petites lueurs qu'elle connaissait si bien.

— C'est vrai, dit-il en reprenant un ton de voix normale. J'étais bien à Utrecht pour étudier le droit. Je ne suis de retour en Ecosse que depuis quelques jours.

— Etes-vous heureux de ce retour ou êtes-vous tombé amoureux de quelque jeune fille des Pays-Bas ?

Claire regretta cette question avant même qu'elle n'eût été formulée dans son entier. De quel droit se permettait-elle d'exprimer cette curiosité ?

— J'essaie de ne plus tomber amoureux, concéda Malcolm. Pour la première partie de votre question, oui, je suis heureux de pouvoir, de nouveau, fouler le sol d'Ecosse ; très heureux, même. J'ai trouvé le temps long, pour tout vous dire.

— Le temps n'a pas passé plus vite en Ecosse, vous savez.

Après un petit moment de silence, Malcolm reprit :

— Je ne m'attendais pas du tout à vous revoir ce soir. Quand je vous ai aperçue, qui dansiez avec Gilles, je n'ai d'abord pas voulu croire que c'était vous.

— Moi aussi j'ai été très étonné de vous rencontrer. Puis-je vous avouer que je ne croyais pas qu'une telle occurrence fût possible ?

— C'est donc que vous y avez pensé ?

— Non, si vous voulez dire par là que j'espérais cette rencontre. Pour être franche, je pensais que si le hasard nous remettait en présence l'un de l'autre, vous feriez de votre mieux pour m'éviter.

— Je constate que vous aviez des idées très arrêtées, ce qui ne m'étonne pas outre mesure puisque je me flatte de vous connaître un peu... Dites-moi : pourquoi pensiez-vous que je ne voudrais plus vous voir, Claire ?

— C'est que je n'ai pas oublié les derniers mots que vous

m'avez adressés, Malcolm. Ne me dites pas qu'ils vous sont sortis de la mémoire.

— Non... Si je veux être honnête, je dois reconnaître que je ne me rappelle pas la teneur exacte de mes propos... Laissez-moi chercher... N'ai-je pas dit que nos chemins ne devraient plus jamais se croiser, ou quelque chose de ce genre ?

— Vos souvenirs sont précis, les miens plus encore. En fait, je me rappelle chacun des mots que vous me dîtes au moment de votre départ. Votre déclaration fut plus ample, plus mordante aussi. Voulez-vous que je vous la récite ? « Il faudra bien que la vérité t'apparaisse un jour et que tu consentes à la regarder en face. J'attendrai tout le temps qu'il faudra, avec patience, avec confiance aussi. C'est pourquoi je suis prêt à partir, quoi qu'il m'en coûte. En somme, je pars pour mieux te reconquérir. Pour la dernière fois, sache que le drame affreux qui nous sépare aujourd'hui n'affecte en rien l'amour que je te porte. » Voilà, c'est ce que vous avez dit, mot pour mot.

— Vous avez toujours eu une mémoire extraordinaire, dit Malcolm en souriant... surtout quand il s'agit de retenir mes points faibles.

Claire sourit aussi, puis s'en aperçut et s'interrogea. Que se passait-il ? Simplement que Malcolm, comme autrefois, avait le pouvoir de l'amuser par ses propos. Elles étaient si gaies, les conversations avec lui... Pour ne pas être en reste, elle répondit :

— C'est peut-être que vous m'avez beaucoup donné l'occasion d'entraîner ma mémoire.

Malcolm ne répondit rien à cela. Le silence s'installa. Après un assez long moment, Claire se hasarda à demander :

— Est-ce donc ce que votre déclaration manifestait ? Un point faible ?

Malcolm ne répondit pas vraiment à la question, mais Claire n'eut pas l'impression qu'il cherchait à se dérober.

— Si j'ai dit cela, c'est sans doute que je souffrais. J'ai souffert, oui. Mais ne dit-on pas que le temps apaise toutes les souffrances ?

— Si je comprends bien, vous ne souffrez plus et je vous suis devenue indifférente. Est-ce bien cela que vous voulez me dire ?

— Je crains que vous n'interprétiez mes paroles de façon un peu sommaire, jeune fille.

Claire sentit son cœur s'affoler. Se pouvait-il que Malcolm ne l'eût pas oubliée aussi facilement qu'elle l'avait imaginé ?

Bien sûr que non !

Ma fille, ne commence pas à bâtir des châteaux en Espagne. Ne te lance pas dans une exégèse hasardeuse de propos qui n'ont pas de sens caché ou secret. Ce n'est pas parce que Malcolm te parle avec amabilité qu'il faut prendre tes désirs pour des réalités. Alors, pour l'amour du ciel, ne lui laisse pas deviner l'émoi où tu te mets pour si peu. Qu'il ne sache surtout pas à quel point tu regrettes de l'avoir chassé de ta vie. Et s'il venait à penser que tu souhaites reprendre la vie commune, ce serait une véritable catastrophe pour toi.

Il devenait urgent de changer de sujet si elle ne voulait pas se rendre tout à fait ridicule ou, pire encore, fondre en larmes.

Claire regarda Malcolm droit dans les yeux, pour lui prouver que ses paroles venaient de son cœur et non de sa raison, réfutant ainsi par avance une accusation qu'il avait souvent lancée contre elle dans les temps anciens. Elle énonça, d'une voix qui ne tremblait pas :

— Je suis heureuse de constater que vous avez surmonté les affres de notre séparation, Malcolm. Quant à moi, j'ai souvent médité sur les derniers jours de notre union, si horribles…

Et voilà que les larmes venaient quand même ! Sa voix se mit à chevroter. Elle comprit qu'elle n'irait pas au bout de son propos et qu'elle ne parviendrait pas à donner le change. Piteuse, elle changea de sujet.

— Avez-vous l'intention d'ouvrir un cabinet, maintenant que vous êtes avocat patenté ?

Malcolm la regardait d'une façon bizarre comme s'il essayait de lire directement dans son esprit, se dit-elle ; comme s'il cherchait à trouver les mots qu'elle n'avait pas pu prononcer.

— Non, répondit-il, je n'ai pas ouvert de cabinet d'avocat, mais je compte en ouvrir un bientôt, le plus tôt possible, en fait. Dès les prochains jours, je vais chercher les locaux appropriés, à Edimbourg.

— C'est bien d'avoir réagi comme vous l'avez fait, au lieu de vous morfondre. Je suppose que votre existence n'a pas été facile dans les jours qui ont suivi votre départ d'Inchmurrin.

— Il est vrai que je me suis trouvé tout désorienté, comme si j'étais sorti d'un rêve auquel j'aurais cru trop fort. Il m'a bien fallu trouver une activité pour combler le vide que je sentais en moi.

Claire perçut de la tristesse dans ces propos, bien que Malcolm prît le plus grand soin à la cacher. Elle répondit :

— Il m'est difficile de vous imaginer dans un cabinet

à Edimbourg, avec une plaque en cuivre sur votre porte, et votre nom sur cette plaque, en belle écriture cursive... *Malcolm Graham, avocat...* J'espère que vous aurez une grande plaque, la plus grande possible et qu'on la verra de fort loin.

Malcolm éclata de rire.

— Pas trop grande, quand même ! Il ne faut pas provoquer la jalousie de son prochain. Ne savez-vous donc pas ce que l'on pense des avocats, en général ?

— Non...

— Eh bien ! On dit qu'un avocat est un homme qui arrange un rendez-vous avec un homme qu'il ne connaît pas, pour signer un document qu'il n'a pas vu, afin d'acheter un bien dont il n'a pas besoin, avec de l'argent qu'il n'a pas.

Claire rit à son tour.

— Les gens peuvent penser ce qu'ils veulent, je persiste à croire que vous avez fort bien agi en allant étudier le droit à Utrecht, et je ne vois rien de mal à déclarer haut et fort que vous êtes un avocat fort capable, honnête par-dessus le marché.

— Je ne sais pas si mes contemporains en seront aussi bien convaincus que vous, mais je ferai de mon mieux pour les amener à le penser.

— A propos, quelles sortes d'affaires avez-vous l'intention de traiter ? divorces ?

Malcolm eut un petit sourire mi-figue mi-raisin.

— En fait, non. Je souhaiterais, au contraire, rester aussi éloigné que possible de ce genre de dossiers.

— Vous avez peut-être tort, repartit Claire sans sourire, elle ; car avec l'expérience que vous avez déjà acquise en ce domaine, vous pourriez entrer dans la carrière avec la plus grande facilité.

Malcolm se remit à rire.

— Vous avez le chic pour me rappeler les faits de ma vie que je souhaiterais oublier ! Quoi qu'il en soit, à l'université, j'ai découvert que mon intérêt se portait plutôt sur l'assistance aux personnes accusées de crimes.

— C'est donc cela que vous ambitionnez... arracher de pauvres hères aux mains du bourreau ?

— C'est ce que j'aimerais, oui, mais je ne me nourris pas trop d'illusions et il se peut fort bien que je doive m'occuper de testaments, de conseils de famille, de locations et de ventes, comme la plupart de mes confrères, d'ailleurs.

— Vous n'aurez pas besoin de traiter ces sujets triviaux fort longtemps, Malcolm, car vous serez très vite reconnu comme le meilleur avocat d'Edimbourg. Retenez bien ce que je vous dis... Vous ne m'avez pas encore dit où vous résidiez actuellement. Vivez-vous dans votre famille ?

— Oui, c'est avec les miens que je demeure depuis mon retour. Il est fort plaisant de vivre en famille, surtout après une aussi longue absence.

— Comment vont Sophie et Arabella ? Et le jeune Graham ? Je n'ai plus l'occasion de les rencontrer, mais il se trouve que je ne vais plus nulle part.

— Peut-être les verrez-vous ce soir, car ils assistent tous à cette fête.

— Arabella et Sophie aussi ?

— Bien sûr ! Croyez-vous que Arabella nous laisserait venir nous amuser sans l'emmener avec nous ? Ou que Jamie accepterait d'abandonner sa Sophie ?

— N'est-ce pas plutôt Sophie qui ne le laisserait pas partir ? demanda Claire qui riait doucement. Quant à Arabella, je me rappelle, en effet, qu'elle faisait de vous tout ce qu'elle voulait, autrefois. Je ne pense pas qu'elle soit moins habile aujourd'hui. Dites-moi quel costume elle porte, afin que je puisse la reconnaître plus facilement.

— Elle joue le personnage de Margaret, l'épouse de Robert le Bruce.

— Un excellent choix. Margaret était une femme intelligente, dotée d'un solide caractère aussi.

— A propos, dites-moi donc qui vous êtes, vous, dans votre magnifique robe jaune.

— Lysistrata.

— Lysistrata ? Celle dont parle Aristophane ?

— C'est cela même, dans une comédie qui brave l'honnêteté.

— Vous avez donc lu cette œuvre ? demanda Malcolm, en souriant.

— Non, mon père ne m'aurait jamais donné son autorisation, mais il avait consenti à m'en donner un résumé. Je sais donc que les cités grecques, en ces temps-là, ne cessaient de se battre les unes contre les autres, et que les femmes d'Athènes, lassées de tant de guerre, décidèrent de ne plus être gentilles avec leurs hommes tant qu'ils n'auraient pas conclu une paix générale.

— Ne plus être gentilles avec leurs hommes... C'est en effet la seule façon convenable, pour un père, de raconter cette histoire à sa fille. Je n'aurais pas imaginé qu'il pût vous narrer tous les aspects de cette conspiration des Athéniennes, car pour cela, il eût été obligé de vous parler ce qui se passe entre les hommes et les femmes. Il eût fallu donner certaines descriptions...

— Quelles descriptions ?

Malcolm n'en dit rien.

— Eh bien ! reprit Claire avec humeur, que venez-vous me faire la conversation si c'est pour refuser de me parler ?

Pourquoi ne pas vouloir aborder le délicat sujet auquel vous pensez ? Ne vous souvenez-vous pas que nous avons été mariés ? Ce n'est pas comme si j'étais encore une jeune fille, tout de même ! Je sais ce qu'il se passe entre un homme et une femme, dans l'intimité de leur chambre !

— Pour citer Aristophane lui-même, dit alors Malcolm, ou du moins, pour citer une honnête traduction de ce qu'il a écrit : « Tout ce que nous aurons à faire, ce sera de nous tenir dans nos maisons, les joues poudrées de rose, nos corps brûlants à peine voilés par la soie d'Amorgos, nos pubis soigneusement épilés. Quand les hommes nous verront ainsi, ils se sentiront pris d'un désir frénétique, ils nous supplieront de leur ouvrir nos jambes. C'est alors que nous serons toutes puissantes ! Parce que nous mépriserons leurs demandes, nous les repousserons. Vous verrez s'ils ne deviennent pas très vite très amoureux de la paix ! »

Pour la première fois de sa vie peut-être, Claire ne sut que répondre à cette déclamation.

— Je suis désolé, murmura Malcolm. Je vous ai choquée.

— Non, au contraire, répondit-elle. Je veux dire... que je ne suis pas choquée ; agacée plutôt.

— Agacée ?

— Oui, de ne pas avoir encore réussi à lire cette œuvre. Si seulement mon père ne l'avait pas soustraite à notre bibliothèque ! Il faudra que je trouve le moyen de m'en procurer un autre exemplaire, avec discrétion, bien sûr.

— Bien sûr, répété Malcolm, en écho, en tâchant de garder un ton très sérieux.

Mais son hilarité mal contenue n'échappa nullement à Claire, qui s'écria :

— Allez-y ! Riez tout votre soûl ! Ne vous retenez pas, car je vois que vous mourrez d'envie de rire.

— J'avoue qu'il m'est difficile de me contenir, en effet. Je succombe donc, puisque vous m'y autorisez.

Pendant qu'il riait de bon cœur, Claire l'examina avec attention dans le but de découvrir quel personnage historique il avait la prétention d'incarner, mais il portait un costume qui pouvait donner lieu à de multiples interprétations.

En fait, cette question n'était pas d'un intérêt crucial, et ce d'autant moins que les pensées de Claire se mirent à prendre un tout autre tour. Voilà qu'elle se rappelait, avec une précision troublante, le corps que paraient ces vêtements... les cheveux doux comme la soie... les yeux brillant de malice et d'intelligence... la peau aussi agréable à caresser que le satin... ces lèvres qui savaient si bien dispenser les baisers... En frissonnant délicieusement, elle se remémora le parcours de ces lèvres sur son propre corps.

Puis son regard se posa sur les mains de Malcolm, ces mains qui lui avaient laissé de grandioses souvenirs en la caressant avec art et patience ; ces mains, aussi, qui s'amusaient à l'agacer jusqu'à ce qu'elle crût perdre la raison tant elle pantelait de désir...

Troublée, Claire ferma les yeux.

— Quelque chose ne va pas ? lui demanda Malcolm.

S'il savait...

Elle secoua la tête car elle n'osait pas parler... pas encore... Elle avait besoin de remettre un peu d'ordre dans son esprit en chassant ces souvenirs inopportuns pour le moment.

— Et vous ? reprit-elle après un petit moment d'intense travail sur elle-même.

Sa voix n'avait pas chevroté, et les larmes qu'elle avait

senties tout près de ruisseler sur ses joues, n'avaient pas atteint ses yeux. Elle poursuivit :

— Je cherche, depuis un petit moment, à deviner quel personnage historique ou légendaire vous interprétez, mais je n'en connais aucun qui soit connu pour avoir une joue meurtrie et un menton fendu.

Lentement, Malcolm remonta les cheveux qui lui tombaient sur le front, puis il ôta son masque. S'approchant plus près, il demanda :

— Et comme ça, vous ne voyez toujours pas ?

Elle esquissa une moue dubitative et derechef secoua la tête.

— Toujours pas, soupira-t-elle. Je note que les marques sont si bien faites qu'on dirait des vraies.

Sans y penser, elle éleva la main pour effleurer la joue bleuie.

— Elles sont vraies, mes marques, dit Malcolm en lui capturant la main qu'il immobilisa.

— Je suis désolée ! s'écria-t-elle. Je n'avais pas l'intention de vous faire du mal. En fait, j'avoue que mon geste était rien de moins que déplacé. Je vous prie de bien vouloir m'en excuser.

Elle esquissa un petit mouvement de retrait, mais Malcolm serra les doigts sur sa main, indiquant ainsi qu'il n'avait pas l'intention de lui rendre sa liberté. En même temps, il déclara :

— Vous ne m'avez pas offensé, et donc il n'est pas nécessaire que vous vous confondiez en excuses.

Claire éprouva un pincement au cœur en s'avisant que si elle avait tant changé, Malcolm, au contraire, était toujours le même. Il restait l'homme merveilleux qu'elle avait connu. Non sans perfidie, elle avait espéré qu'il aurait contracté, en deux ans, des habitudes ou des manières qu'elle pourrait trouver détestables ; ou bien, qu'il aurait perdu tous ses cheveux voire quelques dents ; ou encore qu'il aurait pris de l'embonpoint. Pour le repos de son esprit et de son cœur, elle eût aimé le voir moins aimable... moins désirable...

Il n'en était rien. Bien au contraire, il était encore plus beau que le souvenir qu'elle avait gardé de lui. Avec amertume, elle prenait conscience qu'il n'avait pas souffert de leur séparation.

Enfin il relâcha sa main. Et il expliqua :

— Comme j'ai eu l'honneur de vous le dire déjà, Arabella personnifie Margaret, l'épouse de Robert le Bruce. Jamie est Robert le Bruce. Quant à mes autres frères et moi, nous incarnons les chevaliers anonymes qui ont combattu et remporté la victoire à Bannockburn.

— Ah ! Je suppose que vos marques sur le visage attestent que vous avez bien combattu aux côtés de votre roi, à Bannockburn ?

— Non. Elles sont seulement le résultat du pugilat auquel mes frères et moi nous sommes adonnés, quand je suis revenu des Pays-Bas.

Disant cela, Malcolm donna à Claire ce regard espiègle qui avait autrefois le pouvoir d'anéantir toute sa volonté et de la rendre aussi molle qu'un bol de porridge bouilli... qui avait toujours le même pouvoir en vérité. Elle dut faire un sérieux effort sur elle-même pour porter, sur ce visage dont elle était censée examiner les marques, un regard dénué de toute concupiscence. Le désir lui nouait les entrailles. Elle souhaita que Malcolm ne se rendît pas compte du tumulte qui l'agitait.

— Et vos frères ? Sont-ils tout aussi tuméfiés que vous ?

Le regard malicieux de Malcolm brilla davantage encore. Sur ses lèvres naquit un sourire qui s'élargit et éclata en un rire bientôt tonitruant. Puis il livra cette réponse entrecoupée de hoquets :

— Mes… mes frères ? S'ils… s'ils sont aussi marqués que moi ? Oh, oui ! Oh, que oui ! Je… je peux même vous dire qu'ils sont en assez mauvais état, beaucoup… beaucoup plus marqués que moi.

Gagnée à son tour par l'hilarité, Claire oublia, pendant un moment de grâce, qu'elle n'était plus mariée à cet homme. C'était comme si, ayant réussi à remonter le temps, le divorce aboli ne subsistait plus qu'à l'état de souvenir ou plutôt, de mauvais rêve. Elle dit :

— Votre regard brille, Malcolm Graham, et je connais bien cette lueur de malice. A mon avis, vous vous moquez de moi. C'est une habitude que vous aviez, autrefois.

Elle se rapprocha de lui pour examiner de plus près l'ecchymose sur sa joue, avant de demander :

— Un de vos frères vous a fait cela, vraiment ?

— Oui.

— On peut se chamailler avec ses frères sans se faire marquer de la sorte.

— Alors, c'était plutôt une vraie bagarre.

— Vous vous êtes battu avec vos frères ? Vous devriez avoir honte.

— Mais non ! C'était un petit affrontement de bienvenue.

— Vous y avez tous pris part ?

— Bien sûr ! Vous n'imaginez pas que l'un d'entre nous consentirait à ne pas participer à ces réjouissances ?

— Parce que pour vous, ce sont des réjouissances ? questionna Claire qui n'en croyait pas ses oreilles.

— C'est sûr.

Elle ne comprenait pas, mais elle éprouvait de l'envie aussi, à l'idée qu'elle n'appartenait plus à cette famille aux mœurs si singulières. Elle se rappelait fort bien la virile affection que se portaient les frères Graham et qu'ils cachaient, par pudeur, en se portant les coups les plus rudes.

— Lequel d'entre vous est le plus abîmé ? demanda-t-elle.

Malcolm partit d'un nouvel éclat de rire.

— Sans contestation possible, le comte de Monleigh lui-même !

Claire se laissa gagner par l'hilarité et dit :

— J'aimerais tant le voir, et vos autres frères aussi, d'ailleurs.

La musique qui venait de la tente s'éteignit. Claire s'avisa que les hôtes allaient se répandre dans le jardin en attendant que le souper fût servi. Ne tenant pas à se laisser surprendre par ses tuteurs ou par Gilles, elle déclara précipitamment, aussitôt qu'elle vit arriver les premiers couples :

— J'ai été heureuse de vous revoir, Malcolm Graham, et je vous souhaite beaucoup de réussite dans votre métier d'avocat à Edimbourg.

Elle voulait s'éloigner, Malcolm contourna vivement le banc de pierre pour se placer devant elle, lui bloquant le passage. Le regard fixé sur sa bouche, il lui répondit d'une voix sourde :

— Moi aussi j'ai été heureux de vous revoir, Claire, et surtout de vous retrouver si florissante, toujours aussi belle, il va sans dire.

Claire n'écoutait pas vraiment. Elle songeait à ce qu'elle ressentirait si Malcolm la prenait dans ses bras comme autrefois, et s'il s'avisait de lui donner un baiser, et s'il se mettait à la caresser avec ses lèvres, lentement, doucement, jusqu'à la rendre folle de désir...

Comprenant qu'il attendait une réponse à ce qu'il venait de lui déclarer, elle dit :

— Je suis surtout contente que nous ayons pu nous parler comme des gens de bonne compagnie, malgré le lourd contentieux qui nous a opposés.

— Vous devriez me connaître suffisamment pour savoir que je ne m'abaisserais jamais à vous manquer de respect.

— Je vous connaissais, mais le temps a passé, nous avons changé, et comme je vous le disais à l'instant, nous ne nous sommes pas séparés en très bons termes. Et puis, ne vous ai-je pas chassé de ma maison, en portant de terribles accusations contre vous ? Je me rends compte maintenant que je vous ai blessé, et cela, je ne me le pardonnerai jamais. En étant injuste avec vous, j'ai gâché ma vie, et peut-être la vôtre aussi.

— Vous êtes trop dure avec vous-même, jeune dame. Vous reconnaissez votre faute, c'est bien, mais il faut maintenant en tirer la leçon.

— A quoi bon ? Il semble que je sois condamnée à toujours commettre les mêmes fautes. Pourquoi suis-je incapable de m'améliorer ?

Malcolm sourit, des yeux mais non de la bouche, quand il répondit :

— Ne soyez pas pessimiste. Ne dit-on pas que même un âne finit par apprendre, si on lui répète assez sa leçon ?

Claire tourna la tête et ravala ses larmes. Elle avait oublié à quel point il pouvait être charmant quand il s'amusait à la moquer gentiment. Elle ne se souvenait pas qu'il eût à ce point le sens de l'humour. Soudain, elle regretta d'être venue assister à cette soirée qui, en lui donnant à mesurer l'ampleur de son malheur, malheur dont elle était l'unique responsable, ravivait une douleur qu'elle avait cru trop vite éteinte. La blessure s'était rouverte et sans doute ne se refermerait-elle plus jamais.

Il ne servirait à rien de revenir sur le passé en essayant de réécrire l'histoire. Seul comptait le présent, et l'avenir plus encore. Claire avait conscience de ses responsabilités claniques et familiales, qui devaient passer avant son bonheur... ou son manque de bonheur.

Son devoir était de s'oublier, de s'anéantir, et ce d'autant plus que les temps étaient dangereux. Elle devait garder l'esprit alerte, les oreilles et les yeux ouverts car le destin pouvait frapper à tout moment. Quand elle y réfléchissait, elle avait l'impression de marcher au bord d'un précipice, sous un vent violent. Un faux mouvement, un instant d'inattention, et ce serait la fin, pour elle, pour ses sœurs aussi.

Elle n'était pas naïve au point de croire que lady Isabelle et lord Walter patienteraient indéfiniment. Elle avait la certitude qu'ils ourdissaient de terribles projets la concernant, concernant ses sœurs. Elle savait, ce qui lui ôtait toute possibilité de repos. C'était comme un poids terrible qui pesait sur sa conscience et sur son cœur, mais elle avait la volonté de rester vigilante pour s'opposer à ses ennemis lorsqu'ils passeraient à l'action.

Elle se sentait bien seule pour lutter et n'avait personne à qui demander de l'aide. Vers qui se tourner, en effet ? Qui la croirait ? Qui accepterait de l'écouter avec bienveillance ? Si elle portait des accusations sans preuve, on la dirait folle. Qui ? Qui ? Il n'y avait que Malcolm... mais c'était impossible ! Il avait tenté de lui ouvrir les yeux parce qu'il avait tout compris avant tout le monde, mais elle l'avait chassé ignominieusement. Comment pourrait-elle maintenant le supplier de revenir ? Elle avait pourtant un si grand besoin d'avoir quelqu'un auprès d'elle… un homme plein d'expérience comme Malcolm, plein de sagesse… Elle pourrait lui confier ses craintes, quérir son avis, profiter de la sagesse dont elle n'avait pas voulu autrefois, sotte qu'elle était…

— Je vous trouve bien calme, depuis un moment. Ai-je dit quelque chose qui vous a offensée ?

M'offenser, toi, Malcolm ? Comment pourrais-tu ? C'est moi qui…

Claire secoua la tête.

— Non…

— Quel est votre souci, Claire ? Dites-le-moi. Vous savez qu'un souci partagé est moins lourd à porter.

Claire sourit et produisit un petit bruit censé traduire son scepticisme. Elle soupira et dit :

— Je ne crois pas à la prétendue sagesse des dictons. Je sais que certaines questions doivent rester sans réponse. Quant à mes soucis, il n'y a que le temps qui puisse les apaiser.

Avec gentillesse, Malcolm insista.

— Nos relations ne sont plus ce qu'elles étaient — c'est le moins que l'on puisse dire — mais je serais heureux de pouvoir penser que nous sommes toujours unis par une sorte de confiance. Il faut que vous soyez convaincue que je reste prêt à vous aider en cas de besoin. Bien sûr, je ne suis plus votre mari, mais vous pouvez toujours compter sur moi. Je veux rester, pour vous, un recours, le dernier espoir qui vous reste quand tout vous semble perdu. Je voudrais être celui qui vous demeure quand vous croyez n'avoir plus personne avec vous.

— Merci, Malcolm, murmura Claire qui avait les larmes aux yeux. Cela fait plaisir à entendre.

Il avait raison. Elle était sincère en le lui disant. L'ennui, c'était qu'elle n'osait pas demander l'aide qu'il lui proposait. Elle ne croyait pas en être digne. Il lui semblait aussi qu'elle devait lutter seule, non par orgueil, mais pour la dignité.

Bien souvent elle haïssait sa condition de femme qui l'entravait en l'obligeant à se conformer aux usages anciens. En elle vibrait la corde de la rébellion. Elle avait envie de proclamer au monde entier qu'elle n'était pas comme les autres et qu'elle était capable, seule, d'entrer en résistance contre l'adversité.

Elle avait la certitude, aussi, que Dieu lui avait donné l'esprit combatif d'un homme, mais hélas, le corps d'une femme. Il n'était pas dans sa nature d'acquiescer à tous les diktats du destin. Elle refusait de trembler sans cesse. Elle avait la volonté de se battre avec tous les moyens en sa possession… ses faibles moyens. Ce n'était pas la grande épée d'un homme des Hautes-Terres qu'elle maniait, mais tout juste un canif, un ridicule petit canif.

Sur elle pesait une double malédiction, celle de son titre et celle de sa condition de femme. Elle n'avait pas l'autorité d'un homme parce qu'elle n'avait pas autant de force qu'un homme. Naître femme, c'était entrer dans la vie avec une longue liste de restrictions, voire d'interdits. Même le pouvoir d'une reine était diminué par celui des hommes qui l'entouraient et luttaient entre eux pour avoir l'honneur d'assister le trône. Un roi n'avait qu'à se donner la peine de naître. Une reine devait prouver chaque jour qu'elle l'était. Les hommes, seuls les hommes semblaient avoir le droit naturel de régner.

Après quelques instants de silence, Malcolm reprit :

— Je vous reconduis à l'intérieur, si vous le voulez bien.

— Non, répondit-elle, je préfère que vous n'en fassiez rien. Il ne faut pas qu'on me voie avec vous, Malcolm. Lord Walter…

Sa voix se cassa. Malcolm l'encouragea :

— Lord Walter…

— Je suis désolée, reprit-elle avec lassitude, désolée pour tout. Je…

Une fois encore elle se vit incapable de terminer sa phrase, parce qu'elle n'en avait plus la force et plus encore parce que ses idées s'embrouillaient. Accablée de se savoir si fragile, elle s'élança en courant vers la maison.

Arrivée sans encombre à l'intérieur, elle décida de monter directement dans sa chambre. Elle savait que lady Isabelle et lord Walter se fâcheraient de l'apprendre, mais ce ne serait pas la première fois qu'elle affronterait leur colère.

Dans sa chambre, elle retira son costume de bal, passa une chemise de nuit et se mit au lit. Elle ferma les yeux avec la volonté de sombrer aussitôt dans le sommeil.

Deux heures plus tard, elle se tournait et se retournait dans son lit en essayant de ne plus penser à Malcolm.

L'ayant rencontré ce soir, elle avait pris conscience qu'il lui fallait quelqu'un à qui se confier, un homme fort et courageux et capable de l'aider. Ce n'était pas d'un chevalier tout droit sorti des légendes qu'elle avait besoin, parce qu'elle n'avait pas à affronter des dragons ou d'autres créatures extraordinaires. Elle rêvait d'avoir à ses côtés un homme fort et courageux, un homme plein de la sagesse que donne l'expérience de la vie, un homme honnête et droit.

En somme, elle avait besoin de l'homme qui avait été autrefois son mari et qu'elle avait ignominieusement chassé de sa maison.

Roulant une fois encore, elle enfouit sa tête dans l'oreiller et s'écria :

— Oh, Malcolm, pourquoi es-tu si loin de moi, alors que j'ai tant besoin de toi ? Pourquoi m'as-tu quittée ?

Question de très mauvaise foi, elle ne l'ignorait pas, puisque Malcolm avait été à elle autrefois, qu'il ne demandait qu'à rester à ses côtés et qu'elle l'avait chassé.

Eh oui, elle avait eu la chance de partager la vie d'un homme aussi valeureux que lui et si elle l'avait perdu, c'était entièrement de sa faute. Si elle avait eu un peu plus confiance en lui… si elle avait été un peu moins sotte peut-être…

— J'aurais dû te faire confiance, reprit-elle, la voix étouffée par la plume qui emplissait son oreiller. Je sais aujourd'hui que j'ai eu tort, mais il est trop tard. Es-tu parti pour toujours ?

Elle connut la douleur familière, le poignard qui se plantait dans son cœur…

A ce moment, un coup de vent souleva les rideaux, elle crut entendre un murmure, et il lui sembla que ce murmure lui apportait des mots rassurants.

Illusion, se dit-elle, cruelle illusion…

20.

Ne me dis rien, il n'est pas besoin de dire
Quelle chanson chante l'enchanteresse
Dans les derniers jours du doux septembre
Ou sous les aubépines qui blanchissent
Car elle et moi sommes de vieilles connaissances
Et je connais tous ses secrets.

E. HOUSMAN (1859-1936),
poète et érudit britannique

Au cours des quelques mois qui suivirent, Malcolm s'enorgueillit de savoir qu'il pouvait revoir Claire et surmonter très bien les effets qu'il ressentait à ces rencontres.

Quand il l'avait aperçue, la première fois, il avait connu un choc tel qu'il avait vacillé et qu'il avait cru s'évanouir. Les souvenirs l'avaient submergé. Le désir, qu'il avait cru un peu trop vite éteint, lui était revenu aussi violent qu'auparavant. Bouleversé, il n'avait pas voulu échanger avec elle d'autres propos qu'un simple « bonjour, comment allez-vous ? », mais au moment où il s'était assis près d'elle, sur le banc dans le jardin, il avait compris qu'il lui serait impossible de s'en tenir à cette apparente froideur.

Le souvenir de leur conversation ne s'évanouirait pas de sitôt. Il en avait conscience. Il puisait, à ces réminiscences, un plaisir qui, sans être tout à fait apaisé, ne le jetait pas non plus dans les transes du malheur indicible. Voilà pourquoi il se croyait un homme fort et raisonnable, capable de surmonter ses émois.

Il était, ce jour-là, dans sa chambre, et s'occupait à empaqueter les dernières affaires dont il aurait besoin à Edimbourg, quand Jamie entra et lui tendit une grosse liasse de papiers.

— Tu es bien certain de vouloir partir aujourd'hui ? lui demanda-t-il. Regarde, l'orage menace. Les éclairs déchirent déjà le ciel. Tu n'entends pas le tonnerre qui roule de vallée en vallée ?

— J'entends, répondit Malcolm, comme j'ai entendu le vent qui a hurlé toute la nuit. Mais la journée commence à peine. J'espère que la pluie ne tardera plus à tomber, qu'elle videra très vite les nuages et qu'ensuite il fera assez beau pour me permettre de voyager sans trop d'inconvénients. Pluie du matin, comme tu le sais…

— Ne dure pas jusqu'au soir, compléta Jamie. Mais si, pour une fois, le proverbe se trompait ?

— Alors, j'arriverais à destination en piteux état et de fort mauvaise humeur. J'aurais maudit mon cheval trop lent, et nos ancêtres qui ont eu la mauvaise idée de construire le château de Monleigh si loin d'Edimbourg. J'en voudrais même au ciel qui n'a pas jugé bon de me faire naître roi. Mais je serais néanmoins arrivé à bon port, et après une bonne nuit de sommeil il n'y paraîtrait plus.

Jamie prit alors, sur le lit, un petit portrait de Claire. Il le tendit à Malcolm et lui demanda :

— Tu l'emportes aussi avec toi ?

— Non... C'était mon intention, mais je pense qu'il vaut mieux que je le laisse ici.

— Pourquoi ?

Malcolm fixa son regard sur l'œuvre d'art, mais le visage immobile, tel que l'avait fixé le peintre, s'anima pour lui. Il revit Claire dans son bain, Claire avec un chapeau parce qu'elle se rendait à l'église, Claire travaillant dans la bibliothèque du château Lennox, Claire dans un bateau sur les eaux calmes du loch Lomond...

Claire nue dans son lit, près de lui, le corps luisant de sueur après l'amour...

Malcolm rejeta le portrait sur le lit, comme s'il le brûlait, et il déclara, d'une voix troublée :

— Je ne l'emporte pas... sans trop savoir pourquoi... pour mieux résister à la tentation... ou tout simplement parce qu'il n'y a plus de tentation du tout.

— Si tu n'avais pas l'intention de le prendre avec toi, répondit Jamie, d'un air fin, pourquoi l'as-tu sorti de tes affaires ?

— Un moment d'égarement, je dirais... rien de plus à en dire.

Jamie s'empara de l'objet et l'étudia attentivement avant de reprendre :

— Un moment d'égarement, donc... Dis-moi, Claire était plus jeune qu'aujourd'hui, sur cette peinture, beaucoup plus jeune. Elle était très belle... Ne me fais pas dire ce que je ne dis pas. Claire est toujours très belle, mais elle a acquis une maturité qui incline invinciblement les hommes à l'imaginer dans un lit. J'ajoute qu'elle a un visage difficile à oublier.

— J'ai réussi à l'oublier, moi ! proclama Malcolm.

Comme son frère le regardait d'un air dubitatif, il s'empressa d'ajouter :

— Je pense à elle de temps en temps, c'est certain... mais pas trop souvent... de moins en moins souvent.

Jamie éclata de rire et rendit la miniature à Malcolm, qui la déposa à côté de lui sans la regarder. Cruel, Jamie insista :

— Je voudrais savoir... Qu'as-tu éprouvé quand tu as vu Claire à la soirée de lord Wick ?

— Tu ne voudrais pas cesser de me harceler, Jamie ? Puisque je te dis que tout cela, c'est du passé !

— Du passé, vraiment ? s'exclama Jamie. Veux-tu que je te l'avoue ? J'ai du mal à y croire.

— Qu'est-ce qui te permet de dire cela ?

— Tu as passé avec elle beaucoup trop de temps dans le jardin pour qu'elle te soit devenue indifférente.

— Il serait vain de vouloir attribuer à notre entretien une signification qu'il n'a pas eue. Nous avons, pour ainsi dire, parlé de la pluie et du beau temps.

— Hum...

— Etant bien élevés tous les deux, nous ne nous sommes pas jeté des injures à la tête, nous n'en sommes pas venus aux mains. Je suis surpris que cela t'étonne.

Avec un sourire en coin, Jamie reprit :

— Mon garçon, tu as trop d'explications à fournir pour être totalement innocent. En plus, si tu veux qu'on te croie, il faut que tu sois un peu moins parfait. Ne dis pas « je n'y pense plus » ou « je ne ressens plus rien ». Avoue plutôt que tu ressens parfois un petit pincement au cœur quand il t'arrive de penser à Claire, bien qu'avec moins de force.

Malcolm, qui s'apprêtait à fourrer un paquet de livres dans une malle, s'immobilisa. Il jeta à son frère un regard pénétrant et demanda :

— Pourquoi devrais-je dire des choses pareilles, selon toi ?

— Pour la vraisemblance, mon frère, pour la vraisemblance. La plupart des gens connaissent la vérité, de toute façon, ou ils pensent qu'ils la connaissent. Ce qu'ils veulent entendre, c'est une histoire assez raisonnable pour qu'ils puissent y accorder quelque crédit. En d'autres termes, il suffit de jeter un simple coup d'œil à ce portrait pour ne plus pouvoir imaginer un seul instant que l'homme amoureux d'elle autrefois ne l'est plus du tout aujourd'hui.

Malcolm répondit, d'un ton rogue :

— Puisque tu veux un compte rendu détaillé de mes états d'âme, le voici : j'ai ressenti un petit quelque chose en revoyant Claire l'autre soir, mais cela ne signifie aucunement que j'éprouve le désir de renouer des liens avec elle. Cela te convient-il ?

— Et elle ?

— Quoi, elle ?

— Qu'a-t-elle ressenti ?

— Je n'en sais fichtre rien !

— Que crois-tu qu'elle ait ressenti ?

Malcolm soupira lourdement. Il jeta ses livres dans la malle, referma le couvercle avec bruit, avant de se tourner vers Jamie à qui il jeta :

— Puisque je te dis que je n'en sais rien ! Je ne lui ai pas posé la question ! Si tu as tellement envie de savoir, pourquoi ne t'en vas-tu pas la cuisiner toi-même ?

Jamie partit d'un nouvel éclat de rire et répondit :

— Bonne idée ! Je m'acquitterai de cette mission à la première occasion.

Malcolm le menaça d'un froncement de sourcils ;

— Attention ! Tu t'aventures en terrain dangereux.

— Crois-tu ?

— De toute façon, tout cela ne te concerne en rien, Jamie. Laisse Claire tranquille, je te prie. Cesse de me harceler avec cette histoire. Il n'y a plus rien entre Claire et moi, il ne peut plus rien y avoir.

Gravement, Jamie opina du chef.

— Excuse-moi si je t'ai mis à cran, telle n'était pas mon intention.

Malcolm soupira alors, mais sans aigreur cette fois. Tandis que son regard s'adoucissait, il avoua en souriant :

— J'étais déjà un peu énervé ce matin en me levant. Arabella m'en a fait la remarque.

— Tu ne crois pas que tu devrais t'enivrer un bon coup, pour faire passer tout ça ?

— Ma foi, je veux bien t'avouer que j'y ai pensé une fois ou deux.

— Eh bien ! Si la pluie ne cesse pas de tomber, viens donc en bas avec moi, afin que nous vidions quelques chopes.

— Promis ! Mais n'espère pas trop. A mon avis, il aura cessé de pleuvoir à midi et je pourrai me mettre en route. Ce soir, je dormirai à Edimbourg.

Il plut toute la journée.

A 10 heures, Jamie et Malcolm étaient ivres ; pas ivres à rouler sous la table, non, mais déjà en mesure de proférer des propos incohérents.

Quand Arabella entra dans leur repaire et qu'elle les trouva dans cet état, elle leva les yeux au ciel et, avant de repartir, elle lança à ses frères cet avertissement :

— A tant boire d'alcool, vous allez finir par vous tuer ; lentement, mais sûrement.

— C'est très bien ainsi, répondit Jamie, un œil fermé pour tenter d'accommoder avec l'autre. Nous ne sommes pas pressés.

— Vous n'avez pas honte, tous les deux ? reprit la jeune fille. Regardez-vous dans la glace et vous serez édifiés. Voyez vos regards éteints, vos sourires niais. Malcolm, tu ne devais pas partir pour Edimbourg, aujourd'hui ? Crois-tu être en état de monter à cheval ?

— Je ne monte pas à cheval, moi, crut devoir préciser Jamie.

— Sans doute, mais ce n'est pas une raison. Je pense que Sophie aura deux mots à te dire à ce sujet.

— Je ne suis pas ivre, dit Malcolm. Un homme digne de ce nom peut ingurgiter beaucoup d'alcool sans être ivre.

— Je ne sais pas si c'est possible, d'ailleurs j'en doute, mais ce n'est certainement pas votre cas. Il suffit de vous regarder... de vous sentir aussi. Vous empestez la bière ! Si j'ai un conseil à vous donner, c'est de monter vous coucher un moment avant que vous ne soyez vraiment trop ivres.

Les deux frères se consultèrent du regard et convinrent tacitement qu'Arabella n'avait peut-être pas tout à fait tort. Alors ils quittèrent le lieu de leur beuverie.

Malcolm réussit à monter dans sa chambre sans trop tituber, et il ouvrit sa porte du premier coup, exploit dont il se sentit tout fier. Il réussit même à retirer tous ses vêtements. C'est alors que la chambre commença à tourner autour de lui, de plus en plus vite. Il n'eut que le temps de se laisser tomber sur son lit, et il sombra instantanément dans un sommeil de brute.

Sommeil difficile que celui-là, sommeil peuplé de rêves étranges. Malcolm s'agitait, se tournait dans tous les sens, il se démenait même, et il eut la nette impression de se heurter plusieurs fois au corps de Claire allongée près de lui. Incapable d'ouvrir les yeux pour vérifier ce fait, assourdi par les battements de son cœur qui résonnaient douloureusement à ses oreilles, il murmurait indéfiniment :

— Claire... mon amour... mon doux amour...

De plus en plus agité, il s'enivrait davantage encore en respirant le parfum qu'il connaissait bien. Il avait l'impression de s'y noyer. Hoquetant, il se souleva sur les coudes pour baiser le visage de Claire. Il trouva sa bouche, qui l'accueillit volontiers. Puis ses mains se lancèrent à l'aventure, elles trouvèrent les seins si fermes... Elles descendirent encore... Claire était décidément prête à se donner à lui, elle s'ouvrait sous ses caresses... Eperdu, il ne pouvait que balbutier :

— Claire... oh, Claire...

Comme il hésitait, elle l'attira, elle l'emprisonna avec ses bras. Elle murmura à son oreille :

— Fais-moi l'amour...

— Je t'aime, répondit-il. Je n'ai jamais cessé de t'aimer.

Alors il entra en elle, mais à ce moment il reçut une grande claque sur les fesses. Poussant un cri, il ouvrit les yeux et se trouva tout surpris de voir son frère Calum penché sur lui, qui lui disait :

— Cela ne te ressemble pas de dormir si longtemps. Dis donc... on dirait que tu as passé une mauvaise nuit, si on en juge par l'état de ton lit. Est-ce que tu ne supporterais plus la bière, par hasard ?

Malcolm ne répondit pas. Il essayait de comprendre. Calum reprit :

— C'est vrai que tu ne m'as pas l'air très frais. Tu as le teint gris... Tu es bien certain que tu veux partir pour Edimbourg aujourd'hui ?

Péniblement, Malcolm se redressa. Il jeta un regard étonné à son lit... à coté de lui... intact. Il avait pourtant cru tomber dessus... Il se passa la main dans les cheveux et grimaça. Il avait mal à la tête. Incrédule, il jeta encore un coup d'œil autour de lui. Nulle part il ne vit Claire.

Il avait donc rêvé ? Impossible, songea-t-il. Il avait été favorisé, cette nuit, de sensations beaucoup trop vives, beaucoup trop précises pour être seulement des chimères... Maintenant, s'il voulait y réfléchir sérieusement, pourquoi Claire serait-elle revenue ?

Désespéré, il se laissa retomber sur le sol et se mit sur le ventre. Inquiet, Calum lui tapota l'épaule et lui demanda :

— Dis, tu ne vas pas te rendormir, n'est-ce pas ?

— Non, murmura-t-il d'une voix rauque, tandis qu'il cherchait, dans le tapis, le souvenir du parfum qui avait enchanté sa nuit.

— Dans ce cas, reprit Calum, je t'attends en bas.

— D'accord, je descends. Je m'habille et je descends.

Resté seul, Malcolm s'assit péniblement, s'adossa au mur et renonça à se mettre debout. Il n'était pas encore prêt. De plus, il avait encore besoin de réfléchir.

Ce n'était pas la première fois qu'il rêvait à Claire depuis leur divorce, mais jamais ses songes n'avaient atteint un tel degré de vérité ; jamais ils ne lui avaient donné à ce point l'illusion de la réalité. Même maintenant, il se sentait encore troublé, non parce qu'il avait bu — trop bu — mais parce qu'il avait l'impression d'avoir fait l'amour toute la nuit. Comment cela était-il possible ?

Il restait si perturbé qu'il avait du mal à se situer. Il se trouvait dans une zone grise entre le rêve et la réalité. La réalité lui répugnait, il brûlait de repartir dans son rêve, ce rêve qui, en définitive, le laissait insatisfait, frustré, mécontent, malheureux.

Après un long moment de laborieuse réflexion, il eut une révélation.

Il fallait...

Non, c'était impossible !

Impossible peut-être ; il n'en restait pas moins que là était la solution à ses tourments.

Il suffisait de faire correspondre le rêve et la réalité, ou plutôt, faire en sorte que le rêve de cette nuit redevînt la réalité.

Pourquoi se le cacher ? Claire était l'alpha et l'oméga de sa vie.

Il n'avait jamais aimé qu'elle. Il était incapable de s'attacher à une autre femme, si désirable qu'elle fût. Il en avait fait l'expérience à Utrecht.

Claire était son premier amour ; son dernier amour aussi.

Hélas, elle ne voulait plus de lui.

Claire...

Calum réapparut soudain à la porte. Il demanda :

— Ce n'est pas que la bière, n'est-ce pas ?

Malcolm émit un grognement que Calum interpréta très bien.

— Je le savais : c'est Claire. Tu te mines à cause d'elle. Pourquoi ne l'oublies-tu pas, une bonne fois pour toutes ?

Il se rapprocha, s'agenouilla près de Malcolm et poursuivit :

— Je me fais du souci pour toi. Nous nous faisons tous du souci pour toi, dans cette maison. Tous, nous pensons que la comédie a assez duré. Pourquoi ne la chasses-tu pas de ta mémoire ?

— Parce que je ne peux pas, soupira Malcolm.

— Dans ce cas, va la retrouver et réconcilie-toi avec elle. Elle nous a semblé assez bien disposée envers toi, à Edimbourg. Peut-être ses sentiments ont-ils changé ? Moi, je dis que le jeu en vaut la chandelle. On n'a pas le droit de s'avouer vaincu tant qu'on n'a pas épuisé toutes ses munitions, n'est-ce pas ?

— Que veux-tu que je fasse ?

— C'est simple : tu vas à Inchmurrin et tu parles avec Claire.

— Impossible, soupira Malcolm. Je ne peux pas l'oublier et je n'ai pas le courage de la solliciter.

— Tu veux donc souffrir jusqu'à la fin de tes jours ?

— Je ne souffre plus... moins. A la longue, tout finira par s'arranger.

— Eh bien ! s'exclama Calum en croisant les bras, je peux te dire que je n'ai pas envie de tomber amoureux. Ton exemple n'est pas encourageant.

Malcolm lui décocha un sourire ambigu montrant que, malgré sa détresse, il n'avait pas perdu le sens de l'humour. Il expliqua d'un ton professoral :

— Mon garçon, tu n'as encore rien compris. L'homme ne peut pas vivre sans amour, mais s'il tombe amoureux, son bonheur peut être remis chaque jour en cause, comme sur un coup de dés.

Calum ricana de façon théâtrale et il rétorqua :

— C'est toi qui n'as rien compris. Il se trouve que personne ne me brisera le cœur parce que les cœurs, c'est moi qui les briserai.

Malcolm éclata de rire.

— Ne sois pas si sûr de toi. Brise les cœurs autant que tu veux, mais cela ne te garantis pas que tu ne rencontreras jamais la fille qui t'anéantira d'un seul regard.

— J'en ai assez entendu, reprit Calum. Moi, je descends pour aller prendre mon petit déjeuner. Viendras-tu te joindre à nous ?

— Aussitôt que j'aurai réussi à m'habiller, dit Malcolm qui se levait lentement.

Debout, il vacilla et se laissa tomber à la renverse, sur le lit, les bras en croix. Pendant un moment il compta les craquelures du plafond puis, prenant son courage à deux mains, s'assit péniblement.

Les coudes sur les genoux et le menton dans les mains, il s'absorba alors dans la contemplation d'une large tache de lumière qui s'étalait à ses pieds. Le soleil brillait donc... C'était la promesse d'une belle journée...

Oui, mais Claire n'était plus là.

Pourtant, il vivait...

Pouvait-il vivre sans Claire ?

Bien sûr !

Le destin ne l'avait-il pas gâté ? Ne l'accablait-il pas de ses bienfaits ?

Malcolm récapitula les raisons qu'il avait de se réjouir.

Il avait la chance de vivre au sein d'une famille nombreuse et aimante.

Il était riche, très riche.

Il jouissait d'une excellente santé.

Il allait s'établir à Edimbourg et dans peu de temps, son cabinet d'avocat prospérerait.

En vérité, il était heureux. Il n'avait aucune raison de se plaindre.

La vie était belle.

21.

Il est fou celui qui croit que, par force ou par ruse,
Il va infléchir la volonté d'une femme.

Samuel Tuke (1620 ?-1674),
dramaturge anglais.
Les aventures de cinq heures (1663)

Pour Claire, l'avenir se présentait sous des couleurs de plus en plus sombres.

Lassé d'attendre le succès que lady Isabelle lui promettait toujours et n'obtenait jamais, lord Walter avait décidé de prendre les choses en mains. Il lui fit part de sa décision.

— Quelles sont vos intentions ? lui demanda-t-elle.

— Il faut l'isoler. C'est de ces lieux qu'elle tire toute sa force ; ses sœurs aussi, d'ailleurs.

— L'isoler ? interrogea lady Isabelle dont le visage manifestait la perplexité. Je ne comprends pas ce que vous voulez dire.

— C'est simple. Je vais l'emmener dans le nord et l'enfermer dans le château de ma famille.

Un moment de silence s'ensuivit. Anxieuse, lady Isabelle chuchota, comme si elle craignait qu'on l'entendît :

— Vous voulez dire... le château de Kalder, dans les Hautes-Terres ?

— Exactement. J'y ai beaucoup réfléchi depuis quelque temps, et plus j'y pense, plus je me dis que Kalder est l'endroit idéal pour réformer cet esprit rebelle.

— Mais c'est une ruine... et si isolée sur ce promontoire qui avance dans la mer. Et puis il n'y a pas de serviteurs... Les voisins les plus proches se trouvent à plusieurs miles de là...

Isabelle avait du mal à masquer son trouble. Ce n'était pas pour Claire qu'elle s'alarmait, mais pour elle-même car elle craignait que lord Walter n'eût d'ores et déjà décidé qu'elle accompagnerait la pupille dans cette solitude réformatrice. Elle n'avait visité qu'une fois ce château horrible, ce qui lui avait ôté toute envie d'y séjourner. Il lui suffisait de prononcer ce nom, Kalder, pour frissonner et claquer des dents. Elle se rappelait trop bien les pièces sombres et froides. En outre, de sinistres événements s'y étaient déroulés. On disait que de nombreux fantômes hantaient les lieux. Qui pourrait avoir envie de se retirer dans cette antichambre de l'enfer ?

— J'ai fait envoyer une missive à Angus Sinclair, reprit lord Walter ; pour lui dire que je requerrai ses services quand je serai là-bas. Il s'emploie déjà à rassembler tout ce dont nous aurons besoin et se rendra à Kalder pour me préparer les lieux.

— Vous irez donc seul ? demanda Isabelle, qui priait pour qu'il en fût ainsi, en effet.

— Seul ? Non, pas seul, car votre charmante nièce me tiendra compagnie.

— Vous ne voulez pas... que... je...

— Je crois que vous ne prenez pas toute la mesure de ce qui est en jeu ici, Isabelle. Ce n'est pas dans une entreprise de séduction que je me lance. S'il me prenait la fantaisie de m'approprier ce jeune corps — qui, soit dit en passant, est des plus désirables — je n'aurais pas besoin de monter un tel stratagème. Ne pourrais-je pas posséder cette petite Claire ici même, aussi souvent qu'il me plairait ?

— Elle ne voudra pas partir.

Un sourire sinistre s'étira sur le visage de lord Walter et le fit ressembler, plus que jamais, à un serpent.

— Elle ne voudra pas, dites-vous ? Je crois que la chère enfant n'aura pas le choix. Elle ira, et sans rechigner s'il vous plaît, parce que si elle refuse d'obtempérer, ses sœurs descendront aux oubliettes sans aucun espoir d'en sortir.

— Vous voulez donc... les punir bien sévèrement ?

— Leur sort est entre les mains de Claire.

— Quel traitement comptez-vous leur appliquer ?

— Ma foi, j'hésite, dit lord Walter, d'un ton gourmand. Je n'ai pas encore décidé si je les affamerais ou si je ne les nourrirais que de salaisons.

Isabelle ne put contenir un frémissement d'horreur. Elle se rappelait trop bien l'histoire de l'infortuné comte de Ness, qui avait été enfermé dans le château de Kalder par le grand-père de lord Walter. On ne lui avait alors donné que du bœuf salé, en lui refusant la moindre goutte d'eau. On l'avait entendu hurler comme un damné, la soif l'ayant rendu fou. On disait même qu'il avait essayé de boire son sang et qu'il était mort alors qu'il se rongeait les poignets.

Le château avait été abandonné à la génération suivante, parce que le fantôme du malheureux comte y rendait la vie impossible. On l'entendait, nuit après nuit, hantant les sombres corridors, réclamant de l'eau.

— Quand partez-vous ? demanda Isabelle.

— Dès ce soir, je poserai la question à Claire. Le choix qui lui sera proposé est simple : en refusant de séjourner au château de Kalder, elle condamne ses sœurs à une mort certaine.

Une des servantes, la sinistre et redoutable Mme Macklin, vint apporter la convocation à Claire.

— Milady, lord Walter vous attend dans la bibliothèque. Il me fait dire que vous ne devez pas tarder.

Aussitôt que la sorcière — tel était le surnom dont l'avaient affublée les sœurs Lennox — eut refermé la porte, Claire rassembla ses sœurs autour d'elle.

— As-tu la moindre idée de ce qu'il veut de toi ? demanda Kenna.

— Je crois que cette convocation ne présage rien de bon, soupira Greer.

Briana se jeta au cou de Claire.

— N'y va pas ! supplia-t-elle. N'y va pas ! J'ai peur pour toi.

Très émue, Claire caressa les cheveux de sa petite sœur. Elle aussi s'inquiétait, parce que ce n'était pas la première fois que lord Walter la sommait d'aller à lui, et ces entrevues n'étaient jamais plaisantes. Mais elle ne voulait rien en laisser paraître devant sa plus jeune sœur, sur qui lord Walter exerçait une véritable terreur. Chaque fois qu'elle entendait son pas, elle cherchait vite un endroit où se cacher et elle s'y pelotonnait, immobile, n'osant même plus respirer, jusqu'à ce qu'elle eût la certitude qu'il s'était éloigné.

Après un long moment de silence entrecoupé seulement de soupirs, Claire prit dans ses mains le visage de Briana, pour lui dire :

— Tu es une lady et tu dois te comporter comme telle. Pense que tu es une grande fille, maintenant, tu n'as plus le droit de réagir comme une enfant. Comprends-tu ce que cela signifie, être une grande fille ?

— Oui, murmura Briana, ça veut dire qu'on n'a plus le droit de montrer qu'on est malheureux.

Accablée, Claire la serra longuement contre elle. Puis, à peu près assurée de pouvoir parler sans trop manifester son émotion, elle reprit :

— Tu sais que je dois y aller, maintenant, n'est-ce pas, Briana ? Si je ne vais pas voir lord Walter très vite, il sera très mécontent et il vous punira toutes.

— Veux-tu que nous t'accompagnions ? demanda Kenna.

— Non. Lord Walter en tirerait prétexte pour nous imposer une de ces brimades dont il a secret. Mais ne vous inquiétez pas. Je ne pense pas qu'il ait l'intention de me casser une canne de golf sur la tête ou de me pousser dans la cheminée.

Constatant que ses paroles pleines d'humour noir ne pouvaient rien pour rassurer Briana, Claire poursuivit :

— Que diriez-vous si je vous rapportais ensuite une galette d'avoine et du lait aux amandes ?

— Il nous suffit que tu reviennes, s'exclama Briana en se cramponnant à elle, comme pour l'empêcher de partir.

— Laisse-moi aller, supplia Claire avec douceur. Plus vite j'irai, plus vite je reviendrai. Je ne serai pas très longtemps éloignée de vous.

— Non, il ne faut pas... il ne faut pas...

*
* *

Après le départ de Claire, ses sœurs se rassemblèrent devant la fenêtre pour regarder les eaux du loch. C'est à cette contemplation qu'elles s'adonnaient rituellement chaque fois qu'elles étaient dans la peine. Le loch, toujours semblable à lui-même, les rassurait.

Soudain, Kenna sursauta avec violence.

— Que t'arrive-t-il ? demanda Greer.

Enigmatique, Kenna répondit simplement :

— Je reviens dans un instant.

— Où vas-tu ? insista Greer.

Kenna porta son index à ses lèvres.

— Chut... Il faut que je découvre ce que lord Walter veut à Claire.

— Je vais avec toi ! déclara Briana.

— Non, tu restes ici avec Greer. Il vaut mieux que j'aille seule. Comme ça, si je suis surprise, je serai la seule à recevoir une punition.

— Vas-tu emprunter le passage secret ? voulut savoir Greer.

Solennelle, Kenna hocha la tête.

— Oui. Reconnaissons que Claire fit preuve d'une grande sagesse quand elle nous recommanda de ne pas révéler l'existence de ce passage secret à nos tuteurs.

Avant de partir, elle demanda encore à ses deux sœurs de ne révéler à quiconque le but et le motif de son expédition.

— Si on vous pose des questions, dites que vous ne m'avez pas vue depuis un bon moment.

— Promis ! dit Briana. Motus et bouche cousue.

Satisfaite, Kenna prit une chandelle qu'elle alluma à un candélabre, et en hâte elle sortit de la pièce.

Elle n'avait pas plus tôt refermé la porte que Greer chuchota pour Briana :

— Attends-moi ici, je reviens dans pas longtemps.

— Où vas-tu, toi ?

— Il faut que je sache où se trouve lady Isabelle, ce qu'elle fabrique. Peut-être surprendrai-je une conversation intéressante.

— Je veux aller avec toi.

— Tu dois rester ici, pour le cas où Kenna reviendrait avant moi. Sinon, elle risque de repartir aussitôt et après il nous faudra attendre pour savoir ce qu'il se passe avec Claire.

Greer ouvrit la porte, jeta un coup d'œil des deux côtés dans le corridor et, satisfaite de le découvrir aussi désert qu'elle l'espérait, elle s'en alla, en refermant sans bruit derrière elle.

Au bout du même corridor, Kenna poussa un panneau de bois et s'enfonça dans l'obscurité complète d'une pièce humide qui sentait le moisi. Sa chandelle ne lui donnait pas beaucoup de lumière, mais suffisamment tout de même pour qu'elle pût se diriger sans encombre vers un escalier en spirale qu'elle connaissait bien. Elle l'emprunta pour monter à l'étage inférieur et elle arriva ainsi dans une autre pièce secrète, contiguë à la bibliothèque. Ouvrant un minuscule œilleton, elle jeta un coup d'œil.

Claire se tenait debout devant le grand bureau. Lord Walter se prélassait dans le fauteuil qui avait été autrefois celui du comte Lennox, il jouait avec une plume.

— Je vous ai demandé de venir pour vous annoncer un important changement, déclara-t-il. Nous partons ce soir. Nous quittons Inchmurrin.

— Combien de temps serons-nous absents ? demanda Claire.

— Cela dépend de vous ; quelques semaines ou tout le restant de votre vie. Je vous place dans une nouvelle résidence que vous ne quitterez que lorsque vous aurez accepté d'épouser Gilles.

— Et mes sœurs ?

— Elles restent ici avec lady Isabelle. Il ne leur arrivera rien... du moins, pas pour le moment.

— Où m'emmenez-vous ?

Lord Walter ricana méchamment.

— Petite curieuse ! Vous voulez tout savoir, n'est-ce pas ?

— Il me semble que j'ai le droit de savoir.

— Soit ! Je vous emmène dans le château de mes ancêtres.

— Où ?

— Dans les Hautes-Terres. Maintenant, plus de questions à ce sujet, ce serait inutile. Je vous en ai assez dit et pas un mot de plus ne sortira de ma bouche.

— De combien de temps disposé-je ?

— Pour ?

— Pour préparer mes bagages et faire mes adieux à mes sœurs.

— Lady Isabelle s'est occupée de vos effets. Quant à vos sœurs, vous ne les reverrez plus. Si vous vouliez leur faire vos adieux, il fallait y penser avant de venir ici.

Kenna plaqua sa main sur sa bouche pour contenir le cri d'horreur subitement monté du plus profond d'elle-même.

Tremblant comme une feuille, elle se mit à réfléchir. Que faire avec les renseignements terribles qu'elle venait de glaner ?

Refermant l'œilleton, elle repartit par le même chemin.

Elle arriva dans la chambre et s'offusqua d'entendre Briana chanter.

— Tu crois que c'est le moment ? lui demanda-t-elle. La situation est grave. Pourquoi chantes-tu ?

— Pour avoir moins peur, répondit Briana.

— Tu n'as rien à craindre, du moins pour le moment. C'est Claire qui est en danger.

Les yeux de Briana s'agrandirent.

— Qu'as-tu découvert ? Est-ce grave ?

— Oui, c'est…

Kenna tourna sur elle-même et demanda :

— Où est Greer ?

— Elle est partie.

— Partie ? Qu'est-ce que ça signifie ? Partie pour aller où ?

— Elle voulait espionner lady Isabelle afin de découvrir des renseignements intéressants.

— Elle aurait dû rester ici ! s'exclama Kenna agacée. Qu'est-ce que je vous avais dit ?

— Tu sais bien que Greer n'en fait qu'à sa tête. Toi aussi, d'ailleurs.

— Bien sûr, alors que toi, tu es toujours si obéissante !

— Tu as raison, soupira Briana. Si tu me disais plutôt ce que tu as découvert ?

— J'ai entendu lord Walter dire à Claire qu'il voulait…

La porte s'ouvrit. Greer entra.

— Dépêche-toi, commanda Kenna. J'allais justement dire à Briana ce que je viens d'apprendre.

— Oh, très bien ! dit Greer. Je suis impatiente de savoir ce que tu as découvert.

Il ne fallut pas longtemps à Kenna pour révéler la terrible nouvelle.

— Que faire ? demanda Briana. Moi, je crois que nous devons aller avec Claire.

— Impossible, objecta Kenna. D'abord nous n'avons plus de bateau pour quitter Inchmurrin, et même, comment entreprendrions-nous le voyage ? Et puis, nous ne savons pas où se trouve ce château de lord Walter.

— Il faut pourtant que nous l'aidions ! gémit Briana, dont les yeux s'emplissaient de larmes. Nous n'allons tout de même pas rester assises ici et attendre !

— Tu as raison, dit Kenna. Nous allons aider Claire, mais avant de nous lancer, il faut réfléchir. Si seulement nous savions où lord Walter a l'intention d'emmener notre sœur !

— Moi je sais, lança Greer.

— Non ?

— Du moins, je connais le nom de son château.

Le front plissé sous l'effet de la surprise, Kenna insista :

— Qu'est-ce que cela signifie ? Tu connaîtrais, toi, le nom du château où lord Walter veut emmener Claire, alors qu'il n'a même pas voulu le lui donner ? Comment se peut-il que tu saches cela ?

Le sourire aux lèvres, Greer rentra la tête dans les épaules puis croisa les bras. Quand ses deux sœurs l'eurent bien suppliée, elle consentit à livrer quelques explications.

— Moi aussi, je voulais aider. Après ton départ, Kenna, je

me suis dit que j'allais essayer de savoir où se trouvait lady Isabelle. Je n'ai pas eu à la chercher longtemps, puisqu'elle s'occupait à des travaux de broderie, dans le salon privé. Sans révéler ma présence, je me suis installée dans la pièce d'à côté et j'ai attendu, en faisant semblant de lire.

Greer s'interrompit et elle eut le plaisir d'entendre ses deux sœurs qui lançaient à l'unisson :

— Alors ?

— Je n'ai pas eu à attendre longtemps, car lord Walter est entré pour annoncer qu'il partait et qu'il emmenait Claire avec lui. Lady Isabelle lui a demandé : « Vous êtes bien certain que Kalder est le bon endroit pour cette retraite ? Ce château est si loin, et si isolé. »

— Il a répondu quelque chose ?

— Bien sûr ! Il a dit : « J'ai choisi Kalder précisément parce qu'il est loin d'ici et très isolé. » Lady Isabelle a encore émis quelques doutes, en rappelant que le château en question, en plus, était fort mal en point, et même ruiné en plusieurs endroits. Lord Walter a répondu en riant : « Raison de plus, car personne n'aura l'idée, en voyant l'état de cette bâtisse, de nous y chercher ».

— Kalder..., murmura Kenna, pensive ; Kalder...

— Tu connais ?

— Non, mais je me dis que ce nom ne sonne pas celtique et pas gaélique non plus. Il doit avoir une origine saxonne ou normande... plutôt normande, dirais-je. Si c'était vrai, cela voudrait dire que le château en question se trouverait dans la partie septentrionale des Hautes-Terres... oui, oui, j'en suis presque sûre. Voulez-vous que je vous dise ?

— Oui !

— Nous n'avons plus à nous faire du souci pour Claire !

— Pourquoi ?

— Parce que nous allons pouvoir la suivre à la trace sans trop de difficultés !

— C'est facile à dire, protesta Greer, mais comment ? Qu'est-ce que nous pouvons faire ? Nous n'avons aucun moyen, et quand bien même tu nous révélerais la localisation de ce Kalder, comment nous y rendrions-nous ? Nous ne pouvons même pas partir d'ici.

Avisant le visage morne de ses sœurs, Kenna sourit, comme si elle puisait dans leur découragement une raison supplémentaire d'espérer.

— Tu as raison, déclara-t-elle en souriant. Il est exact que nous ne pouvons rien entreprendre par nous-mêmes. Vous vous rappelez le proverbe que papa citait souvent ?

— *Un moine ne peut pas se faire la tonsure tout seul*, récita Greer, pas convaincue.

— Qu'est-ce que cela a à voir avec nous ? demanda Briana, assez vivement.

— C'est simple. Si un moine ne peut pas se faire la tonsure tout seul, il doit trouver quelqu'un pour l'aider, n'est-ce pas ?

— Et alors ?

— Alors, la réponse est pourtant évidente. Nous non plus, nous ne pouvons agir seule, donc il faut trouver de l'aide. Je trouverai de l'aide.

— Tu ne veux tout de même pas rassembler le clan ? demanda Greer, incrédule.

— Non. Nous ne sommes plus au XVe siècle, quand les clans se jetaient les uns sur les autres pour résoudre la moindre contestation. Et puis, je vous le demande, comment pourrions-nous rassembler les nôtres sans éveiller la suspicion ?

— A qui veux-tu demander de nous aider ? questionna Briana, de plus en plus impatiente.

— Je pars pour Edimbourg, répondit Kenna.

— Edimbourg ? firent Greer et Briana.

— Edimbourg, en effet. C'est bien dans cette ville que Malcolm Graham a ouvert son cabinet d'avocat, n'est-ce pas ?

Greer et Briana écarquillèrent les yeux, ouvrirent la bouche. Le silence régna pendant un moment. Puis Greer reprit la parole, avec véhémence.

— Malcolm Graham ? As-tu perdu la raison, Kenna ? Tu ne peux pas lui demander cela !

— Pourquoi ?

— Parce que Claire ne le voudrait pas. Elle mourra de honte quand elle apprendra.

— Elle mourra tout court si je ne requiers pas l'aide de Malcolm Graham, répliqua Kenna. N'importe quel port est bon quand le bateau est secoué par la tempête. En outre, Malcolm est le seul homme en qui j'aie suffisamment confiance pour lui confier un tel secret.

— Pourquoi ne pas s'adresser au clan, tout de même ? Pas tout le clan, mais quelques-uns... des hommes sûrs, triés sur le volet...

— Tu sais aussi bien que moi comment sont les membres du clan. Si nous leur demandons quoi que ce soit de ce genre, ils vont aussitôt prendre les armes et monter à cheval comme s'il s'agissait de commencer une nouvelle guerre. Non, il nous faut quelqu'un de calme, de pondéré. Il nous faut un homme qui réfléchisse avant d'agir ; un homme de bon conseil. Si nous n'agissions pas avec la plus grande prudence, nous risquerions de hâter le trépas de Claire.

Briana souleva une nouvelle objection.

— Comment peux-tu être certaine que Malcolm acceptera de nous aider ? Après la façon dont Claire l'a chassé, je ne pourrais le blâmer s'il répondait qu'il ne veut plus rien avoir à faire avec notre famille et en particulier avec son ex-épouse.

— Malcolm nous aidera, j'en suis certaine, répondit Kenna avec assurance. Je vous expliquerais bien pourquoi, mais je n'en ai pas le temps. Il faut que je parte sans tarder pour Edimbourg.

— Tu ne peux pas aller à Edimbourg toute seule ! protesta Briana. Tu sais bien qu'il est dangereux, pour une femme, de voyager seule.

— Je porterai des vêtements de Kendrew et je cacherai mes cheveux sous un de ses chapeaux. Je filerai comme le vent sur mon cheval. Personne ne saura que je suis une femme.

— Tu veux dire que tu iras à califourchon ? Comme un homme ?

— Exactement.

— Oh, comme j'aimerais aller avec toi, soupira Briana. Il y a si longtemps que je voudrais chevaucher de cette façon.

— La prochaine fois. Allez, venez, mes sœurs, et aidez-moi à me préparer.

22.

Je suis comme celui qui, sur une route solitaire
Marche et court, la peur au ventre.
Il s'est retourné une fois,
Mais il n'ose plus tourner la tête
Car il sait quel ennemi terrifiant
Court derrière lui.

Samuel TAYLOR COLERIDGE (1772-1834),
poète britannique.
Chanson du Vieux Marinier (1798)

Claire ouvrit la bouche pour parler, mais elle n'en eut pas le temps. Quelqu'un devait sans doute attendre derrière la porte… Elle entendit un bruit derrière elle et ressentit un choc terrible sur son crâne. Elle s'écroula sans un cri.

On la transporta. On la jeta sur le sol.

— Assurez-vous que ses liens sont solides, recommanda lord Walter. Il ne s'agit pas qu'elle réussisse à se libérer aussitôt que nous aurons le dos tourné.

— Elle sera bien ficelée, milord. Croyez-moi, elle ne s'en ira pas d'ici, je vous en donne ma parole.

Claire ne reconnaissait pas la voix de l'homme qui la malmenait, qui lui prenait les bras pour les lui attacher derrière le dos. Il l'enveloppa dans quelque chose — sans doute un plaid — puis il l'entortilla dans une longue cordelette, de la tête aux pieds. Elle se dit alors qu'elle devait ressembler à une énorme chrysalide.

Ensuite, l'homme la souleva et se la jeta sur l'épaule pour l'emmener... elle ne savait où. Elle ignorait tout du sort qu'on lui destinait. Tout ce qu'elle savait, c'était que lord Walter était l'instigateur de ses tourments. Elle se demandait ce qu'il avait en tête. Elle pria pour qu'il n'eût pas l'intention de la jeter au fond du loch.

Elle poussa un cri de surprise et de douleur quand l'homme la jeta de nouveau, sur le sol ou alors sur une surface très dure. Elle roula, et quand sa tête heurta un obstacle, elle émit un faible gémissement.

On chuchotait autour d'elle, en gaélique. Elle prêta l'oreille, mais ces gens parlaient trop bas pour qu'elle pût saisir ne fût-ce que quelques bribes de leur conversation. Impossible, également, de reconnaître ces voix. Lord Walter semblait avoir disparu, ou alors il écoutait en silence.

Puis elle saisit un bruit de pas ; un homme avançait à grandes enjambées. Soudain tous se turent. Lord Walter était-il revenu ?

Pendant un long moment régna le silence, que Claire jugea menaçant. Comme il était étrange de se trouver ainsi, dans la nuit, impuissante, livrée à la merci de ces hommes à la solde de lord Walter. Jamais elle ne s'était sentie aussi vulnérable.

— Emportez-la.

On la souleva, on la transporta. Elle entendit un clapotis, puis on la déposa — sans ménagement de nouveau puisqu'il était dit qu'on avait décidé de la brutaliser — sur une surface qui tanguait. Une barque ? Le tangage s'accentua tandis que les autres passagers prenaient place. Ensuite il y eut le bruit régulier des avirons. Claire comprit qu'elle quittait Inchmurrin. Eperdue, elle murmura :

— Non, vous n'allez pas... vous n'allez pas...

Repensant aux derniers mots que lui avait dits Briana, elle se demanda si elle partait pour toujours. N'aurait-elle pas dû refuser de se rendre au rendez-vous funeste que lui avait fixé lord Walter ? Oui, mais elle ne pouvait se douter qu'il s'agissait d'un guet-apens... Tout de même, Briana avait-elle eu une intuition ?

Mille questions se présentèrent à son esprit tourmenté. Reverrait-elle jamais les rivages de son île bien-aimée, les tours de son cher château ? Aurait-elle encore l'occasion de rire et de chanter avec ses sœurs ?

Les larmes commençaient à lui brûler les paupières. Elle s'acharna à les refouler en pensant aux principes que lui avait inculqués son père. Elle récita, pour elle-même :

— Je suis la comtesse Lennox... Je suis le seigneur de mon clan et le chef de ma famille... C'est la mémoire de mon père qui vit en moi, et ma mémoire vivra dans l'esprit de mes descendants... Ces gens-là ne me feront pas pleurer... Je ne capitulerai pas devant eux... Je ne renoncerai pas parce que les circonstances ne me sont pas favorables... Ils pensent que je suis faible parce que je suis une femme, mais ils se trompent... ils vont voir... Je ne suis pas faible... Je suis prête à me défendre... Je défendrai...

Je défendrai ! Telle était la devise du clan Lennox. A réciter, plusieurs fois, cette formule qu'avaient proclamée tant de guerriers courant à la bataille, Claire sentit son sang courir avec plus d'entrain dans ses veines.

Elle n'était qu'un maillon d'une chaîne venue du fond des temps... De cette chaîne, elle ne serait pas le maillon faible.

Lord Walter la sous-estimait s'il croyait pouvoir l'obliger à renoncer à son héritage en signant quelques papiers. Ne savait-il pas que les comtes Lennox descendaient en droite ligne de la tribu celtique des Levenax, qui régnait sur toute la vallée de la Leven ainsi que sur le grand lac appelé jadis Lochleven et aujourd'hui loch Lomond ? Ignorait-il que ces farouches guerriers, pendant des siècles, avaient défendu leurs terres en les arrosant généreusement de leur sang, et cela dès leur première grande bataille contre les envahisseurs danois ?

Lord Walter croyait-il, vraiment, que Claire, connaissant tout cela, abdiquerait honteusement devant lui ?

Eh bien, non ! Elle préférerait mourir, ses sœurs après elle se sacrifieraient aussi, et ainsi son titre et son héritage reviendraient à la couronne d'Angleterre au lieu de tomber entre les mains d'êtres aussi méprisables que lord Walter et lady Isabelle.

Au demeurant, elle n'était pas naïve au point de croire qu'elle sauverait sa vie en acceptant de se dépouiller. Aussitôt qu'ils auraient mis la main sur l'apanage des Lennox, les tuteurs se débarrasseraient, sans aucun scrupule, de leurs pupilles devenues inutiles et encombrantes.

Dans ces conditions, mieux valait mourir dans l'honneur.

Claire crut soudain entendre, presque aussi nettement que si son père eût été à ce moment à côté d'elle, les mots qu'il lui répétait souvent :

— *Cuimhnichibh air na daoine bho'n d'thainig sibh...* N'oublie jamais de quel peuple tu viens...

Recouvrant son courage et décidément prête à lutter, elle se sentit envahie par un étrange sentiment de paix. Elle se rendait bien compte que son combat ne serait pas facile, que peut-être même elle pouvait le considérer comme désespéré, mais il lui semblait évident qu'elle devait s'engager sur le chemin tracé par ses glorieux ancêtres, chemin semé d'embûches au bout duquel l'attendait peut-être la mort, mais chemin qu'elle n'avait pas le droit de ne pas prendre.

C'est avec cette pensée en tête qu'elle s'endormit.

Quand elle s'éveilla — au bout de combien de temps ? — elle comprit, à sentir la fraîcheur de l'air, qu'il faisait nuit noire. Elle tenta de s'étirer pour dégourdir ses muscles endoloris. Elle avait mal partout, mais sa résolution restait intacte.

Elle perçut un bruit de pas. Quelqu'un approchait, qui s'arrêta tout près. Par-dessous son bandeau, elle réussit à apercevoir une silhouette, non celle de lord Walter, mais un de ses hommes de main.

Celui-là s'agenouilla près d'elle. Il glissa une main sous sa tête pour la soulever, et il ordonna :

— Bois.

C'était une voix qu'elle ne reconnaissait pas, et qu'elle n'avait pas entendue au moment où on l'emmenait d'Inchmurrin. Elle en déduisit que lord Walter s'était entouré d'une troupe nombreuse pour organiser son enlèvement.

Un récipient métallique, appliqué contre ses lèvres, heurta ses dents serrées.

Assoiffée, elle but avec avidité, bien que l'eau eût fort mauvais goût. Cela fait, on la bâillonna et on lui enfouit la tête dans une sorte de sac qui ne lui permettait plus de rien voir. Puis on vérifia ses liens, on les resserra. Elle songea vaguement qu'elle eût dû protester contre ce traitement infligé à ses membres déjà engourdis, mais elle ne trouva pas en elle les ressources d'indignation nécessaires. Tout cela lui paraissait tellement vain... Elle avait trop chaud, elle se sentait tout engourdie. Il lui sembla même qu'elle flottait.

— Mettez-la dans la charrette.

Elle reconnut cette voix et chercha dans sa mémoire, mais son esprit ne fonctionnait plus normalement. Elle avait de plus en plus de mal à réfléchir. Il lui parut qu'elle était fatiguée, bien fatiguée. Elle ferma les yeux et s'endormit aussitôt.

Quand elle s'éveilla, elle se trouvait dans un véhicule brinquebalant, sans doute la fameuse charrette dont elle avait entendu parler avant de s'endormir. Depuis combien de temps voyageait-elle ainsi ? Elle n'avait aucun moyen de procéder à cette évaluation. Faisait-il encore nuit ? Le sac qui enveloppait sa tête ne lui permettait pas de le savoir. Où l'emmenait-on ? Lord Walter ne le lui avait pas révélé.

Agacée, le cœur au bord des lèvres, allongée sur le plancher de la charrette où elle roulait et se cognait aux ridelles, il lui parut qu'elle n'avait pas plus d'importance qu'un vulgaire sac d'avoine.

Elle se demanda également si lord Walter n'avait pas veillé à ce que ce voyage se déroulât pour elle dans les conditions les plus inconfortables possibles. Elle avait mal partout. Elle ne sentait plus ses membres engourdis par l'immobilité que leur imposaient ses liens trop serrés. Sans le bâillon qui entrait dans sa bouche, elle eût crié sa douleur, sa colère et son désespoir.

Elle sut qu'elle se trouvait au bord de la mer, d'abord par les fortes odeurs qui pénétraient sous le sac enveloppant sa tête, puis par les criailleries des mouettes, et enfin par le clapotis des vagues qui venaient mourir sur la grève.

— Donnez-lui à boire !

Elle reconnut la voix de lord Walter. Il était donc bien là. De nouveau elle se demanda, avec une grande inquiétude, où il l'emmenait ; sans doute vers quelque place isolée où il pourrait prendre tout son temps pour la faire fléchir, en utilisant tous les moyens qui lui sembleraient bons. Jusqu'où était-il prêt à aller pour parvenir à ses fins ? Cette question, Claire ne pouvait pas se la poser sans trembler.

Quel dommage qu'il n'eût pas consenti à lui retirer son bâillon, car alors elle lui aurait volontiers déclaré qu'il perdait son temps, qu'elle n'était plus la naïve — et sotte — jeune fille qui n'avait pas voulu entendre les mises en garde de Malcolm. Elle avait bien changé...

Tu avais raison, Malcolm... C'est pitié que je n'aie pas voulu te croire quand tu me disais quels sinistres personnages étaient lord Walter et lady Isabelle. Si tu voyais où j'en suis maintenant, par ma faute... Je suis seule responsable de mon malheur. J'ai honte, je me repens... mais il est trop tard. J'essaierai de faire bonne figure, mais je crois que mon destin est scellé.

Lui revinrent alors à la mémoire, avec une précision étonnante, les paroles qu'ils avaient échangées au cours d'une de leurs dernières conversations... ou fallait-il dire : une de leurs dernières disputes ?

— C'est l'héritage Lennox qu'ils veulent, Claire. Pourquoi ne peux-tu pas, ou ne veux-tu pas l'admettre ? Ne comprends-tu pas que ces forbans ont causé la mort de ton père et de tes frères ? Réfléchis ! Il est important, pour la réussite de leurs sinistres desseins, que nous nous séparions ; d'où les incidents répétés qui te donnent à croire que je te trompe ! Tapis dans l'ombre, ils attendent notre divorce, tout en m'empoisonnant lentement pour le cas où leurs manigances n'obtiendraient pas les effets escomptés. Ensuite, délivrés de mon encombrante présence, ils auront les coudées franches pour t'amener à épouser leur Gilles, ce benêt bien trop faible, bien trop veule pour contrecarrer les plans où il n'entre que comme un moyen, un simple pion sur un échiquier. Lorsqu'il aura rempli son rôle, il sera éliminé.

— Qu'oses-tu insinuer là, Malcolm ? Qu'ils vont l'assassiner ?

— Exactement.

— C'est monstrueux ! Gilles est le fils de lady Isabelle !

— Et alors ? Crois-tu qu'elle prend en compte ce genre d'argument ? Lord Walter et lady Isabelle se débarrasseront de Gilles comme de Kendrew.

— Kendrew avait une mauvaise fièvre. Il était malade.

— Kendrew fut empoisonné.

— Tu mens !

Malcolm avait alors enveloppé Claire d'un long regard plein de tristesse.

— Combien de morts faudra-t-il, Claire, pour que tu consentes à admettre l'horrible réalité ? Combien te faudra-t-il enterrer des tiens pour que tu acceptes de voir la réalité en face ?

— Je...

Un appel, dans la nuit, éteignit les douloureux souvenirs de Claire.

— *Greas ort !* Dépêchez-vous !

La voix de lord Walter, de nouveau, se dit-elle.

On lui enleva le sac qui recouvrait sa tête. Eblouie par la

vive lumière du soleil, elle ferma les yeux. Il faisait donc grand jour ! Décidément, elle perdait la notion du temps.

De la même façon, c'est-à-dire sans ménagement, on lui retira son bâillon, et comme le tissu avait séché, il entraîna avec lui la peau de la lèvre inférieure.

Puis se présenta de nouveau, à sa bouche, le récipient en métal. Elle implora :

— S'il vous plaît, je n'en veux plus.

Une main s'agrippa dans ses cheveux et lui infligea une vive douleur et tirant sa tête en arrière pour l'obliger à regarder lord Walter qui fronçait les sourcils et soufflait fort par ses narines dilatées.

— Buvez ce que je vous donne, lui intima-t-il ; jusqu'à la dernière goutte.

— Sinon ? eut-elle l'audace de demander.

— Sinon, j'envoie un de mes hommes chercher vos sœurs afin qu'elles puissent assister à vos derniers instants.

Le récipient revint aux lèvres de Claire, l'eau clapota sur le rebord et mouilla ses lèvres.

Elle but, cette fois sans sourciller, en se disant que, vu les circonstances, il valait mieux dormir, mais non sans se demander avec inquiétude si ce n'était pas du poison qu'on lui faisait ingurgiter cette fois, et non un somnifère.

Avant de sombrer une fois encore dans le sommeil, elle put entendre lord Walter qui ordonnait :

— Emmenez-la à bord !

Encore un bateau, songea-t-elle. Ce fut sa dernière pensée cohérente.

Elle perdit de nouveau la mesure du temps. Plus tard, il lui sembla se rappeler que, par deux fois au moins, on l'avait tirée de son engourdissement pour l'obliger à boire encore. Il fallait donc croire qu'elle avait dormi très longtemps.

De nouveau il faisait nuit.

Elle savoura le souffle du vent frais sur son visage, seul petit plaisir qui ne parvenait pas à lui faire oublier le mauvais goût du breuvage dans sa bouche, la raideur de ses membres, son mal de tête…

Elle se félicita aussi de ne plus avoir son bâillon et son sac sur la tête, et entrouvrit les yeux pour jeter un coup d'œil furtif autour d'elle. Elle se trouvait bien sur le pont d'un bateau qu'agitaient le tangage et le roulis. Elle vit les silhouettes de deux hommes à la barre. Lord Walter étant invisible, elle en déduisit qu'il se trouvait en bas.

Immobile et silencieuse, elle attacha son regard à la pleine lune qui se trouvait juste au-dessus d'elle. Elle restait aux aguets, ne tenant pas à manifester qu'elle était éveillée, de crainte qu'on ne lui fît prendre une dose supplémentaire du somnifère au goût si mauvais.

Elle s'avisa que sa longue diète l'avait affaiblie — depuis combien de temps n'avait-elle pas mangé ? — mais que la seule idée de la nourriture lui donnait envie de vomir. Elle passa la pointe de sa langue sur ses lèvres, rencontra la croûte de sang séché à l'endroit où le bâillon arraché l'avait blessée.

Elle referma les yeux. Peut-être valait-il mieux dormir, après tout.

Elle se réveilla parce qu'une main s'était posée sur sa poitrine. Trop faible pour exprimer, ne fût-ce que l'esquisse d'une réaction, elle attendit avec une sorte d'horreur tranquille. Soudain la main se retira, tandis que retentissait dans la nuit la voix terrible de lord Walter.

— C'est la dernière fois que je vous le dis. Je couperai la gorge de celui qui osera la toucher. Ne vous avisez même pas de porter sur elle un regard concupiscent.

C'était donc bien cela, songea Claire, qui frissonna désagréablement en se demandant à quelles voies de fait s'était livré le malandrin avant son réveil. Elle se dit aussi que, par chance, lord Walter n'était pas tombé aussi bas... du moins, pas pour le moment.

Puis sans doute dut-elle se rendormir de nouveau, car elle sursauta en comprenant que quelqu'un la secouait vigoureusement par l'épaule. Elle eut à peine le temps d'ouvrir les yeux qu'un bras puissant la ceinturait. Avec une brutalité inouïe, on la plaça dans la position assise. Sa tête cogna contre le bastingage.

La nausée la reprit, plus violente que jamais. Claire se mordit la lèvre, mais sut néanmoins qu'elle allait vomir. Elle jeta un regard éperdu à l'homme assis en face d'elle. Il comprit et sa réaction ne se fit pas attendre. D'un bond il fut sur elle, il la tira par les cheveux pour l'obliger à se lever, il la ploya par-dessus le bastingage et la maintint ainsi pour lui permettre de vider son estomac dans la mer.

Quand elle eut satisfait à l'appel pressant de la nature, l'homme la rassit sur le pont. Une fois encore, la coupe s'approcha de ses lèvres. Elle gémit :

— Je vous en prie... Je n'en peux plus.

Il la reprit durement.

— Cessez donc de pleurnicher. C'est du lait aux amandes, bon pour votre estomac.

Pour preuve de ce qu'il avançait, il lui promena le récipient sous le nez. Etonnée et méfiante, elle inspira à fond et reconnut en effet le parfum du délicieux breuvage.

Décidément dans une phase bienveillante — ou avait-il reçu des ordres en ce sens ? — l'homme posa le récipient sur le plancher du bateau, puis il s'empara d'un coutelas au moyen duquel il trancha tous les liens de Claire. Avec un plaisir indicible, elle frotta ses poignets endoloris, fit jouer ses membres engourdis.

Ensuite, elle accepta le récipient que l'homme lui tendait. Ses mains tremblaient, mais elle put boire néanmoins, à toutes petites gorgées, sans trop répandre de liquide sur elle.

Ayant bu jusqu'à la dernière goutte, elle rendit le récipient à l'homme, qui profita de l'occasion pour refermer la main sur ses doigts et les retenir. Elle tenta de se libérer. Il serra plus fort, lui écrasa les doigts contre le métal. Trop faible pour se rebeller, elle implora :

— S'il vous plaît…

L'homme rit à gorge déployée, montrant l'intérieur de sa bouche largement démeublée. Et si elle l'avait cru animé de bons sentiments, elle dut déchanter car il lui dit, d'une voix grasse à souhait :

— Qu'est-ce qui te presse, chérie ? Puisque nous avons encore un long voyage à faire, pourquoi ne pas faire connaissance, hein ? Tu vois ce que je veux dire ? Attends, tu vas voir ce que j'ai pour toi.

De sa poche, il tira une petite bouteille et proposa :

— *A bheil thu g iarraidh uisge-beatha ?*

A cette simple évocation, Claire sentit son estomac se révulser. Elle secoua la tête.

— Non, je vous remercie, pas de whisky.

— Juste une goutte… ça ne vous fera pas de mal, ma petite. Au contraire, ça vous réchauffera.

— Non, répéta-t-elle, le ton plus ferme.

— C'est ce qu'on va voir.

La pleine lune donnait assez de lumière pour que Claire pût voir la mine vicieuse de l'homme qui se léchait les babines en la regardant. Puis il s'approcha d'elle et lui plaça le goulot de sa bouteille entre les lèvres, il appuya, il leva pour faire descendre l'eau de feu.

Dégoûtée aussi bien moralement que physiquement, Claire tenta de détourner la tête. Jamais elle n'avait été humiliée à ce point. Jamais personne n'avait osé se jouer d'elle de cette manière, avec de répugnantes arrière-pensées.

Mais voici que, du coin de l'œil, elle voyait une haute silhouette se profiler... Ensuite, tout se passa très vite. Elle ne put qu'assister, pétrifiée d'horreur, à l'exécution de l'homme qui la violentait.

Sans bruit, lord Walter s'approcha. Il tenait à la main une longue lame à laquelle les rayons de lune donnaient une clarté sinistre. Sans hésitation aucune, il trancha la gorge de celui qui n'avait pas voulu prendre ses avertissements au sérieux.

Le sang jaillit des artères tranchées. Claire poussa un hurlement strident.

— Vous l'avez tué ! Sainte Mère de Dieu, vous avez tué cet homme !

Avec autant de calme et d'assurance que s'il se fût adonné à une partie de pêche, lord Walter essuya son coutelas sur les vêtements de l'homme qu'il venait d'exécuter, puis il précipita celui-ci par-dessus bord.

Claire sursauta en entendant le bruit du corps qui tombait dans la mer.

Lord Walter accorda à Claire un regard si dénué de sentiment qu'il en était plus effarant encore. Jouant avec son coutelas, il déclara :

— Que ceci vous serve de leçon aussi. Comprenez bien que nous ne sommes pas en train de jouer, et, surtout, que ma patience a des limites.

Rendue muette par tant d'horreur, Claire ne sut que

répondre. Jamais elle n'avait vu un homme en assassiner un autre avec un tel sang-froid. Elle savait certes que certains hommes ne reculaient devant rien pour assouvir leurs passions ou établir leur pouvoir, mais elle croyait jusque-là que ces actes s'accomplissaient dans une sorte de fureur. Elle découvrait qu'il n'en était rien, et que pour lord Walter, le crime était un acte très naturel.

— Vous n'avez rien à me dire, comtesse ? lui demanda-t-il.

Non, pensa-t-elle. Que dire après cela ? Le regard fixe, les yeux encore agrandis par l'épouvante, elle se contenta de secouer la tête.

Les lèvres pincées et étirées en un mince sourire, lord Walter s'amusa à agiter son coutelas devant son visage, comme pour lui rappeler qu'il n'hésitait pas à s'en servir et que le cas échéant, il lui ferait subir le même traitement si elle venait à le mécontenter.

Consciente que sa vie reposait entre les mains de cet homme dangereux — peut-être même était-il fou ? — Claire se le représenta comme une sorte de génie malfaisant. Consciente qu'il la fixait du regard et qu'il se demandait peut-être quel sort il lui réserverait, elle imagina les pensées qui traversaient cet esprit malade :

Qu'est-ce que je fais ? Je la tue ou je la laisse en vie ? Réfléchissons... Je la laisse en vie, du moins tant qu'elle peut me servir et m'amuser... Oui, excellente idée ! Amusons-nous avec elle... Ensuite, c'est sûr, il faudra bien qu'elle y passe, un jour ou l'autre...

Les yeux baissés, frémissante sous le regard fixe qu'elle devinait posé sur elle, Claire gardait le silence. L'envie la prenait de se révolter, de défier le monstre qui la tenait à sa merci, mais elle résistait à cette tentation.

Que pouvait-elle contre cet homme qui avait la possibilité de lui trancher la gorge ? Elle n'avait que des mots, une arme dérisoire… qu'elle serait stupide d'employer parce que ce serait alors donner le signal de terribles représailles.

Lord Walter, d'ailleurs, semblait attendre un prétexte pour donner une nouvelle démonstration de sa cruauté.

Claire ne lui donnerait pas ce plaisir. Pour être certaine de ne pas ouvrir la bouche, elle se mordit la langue jusqu'au sang.

Déçu sans doute, lord Walter remit son coutelas dans sa botte et tourna les talons.

Le danger était écarté… pour le moment.

23.

Alors vous devrez parler de celui qui n'a pas su aimer mais qui a trop aimé. Il n'était pas foncièrement jaloux, mais quand la jalousie l'a atteint, elle l'a entraîné à la folie. Alors sa main, comme celle de l'Indien imbécile, a jeté au loin une perle plus riche que toute sa tribu.

William SHAKESPEARE (1564-1616),
poète et dramaturge anglais.
Othello (1602-1604), acte 5, scène 2

Le soleil du matin, éblouissant disque d'or serti de rubis, s'élevait au-dessus de l'horizon.

Le regard fixé sur le fascinant spectacle, Claire contrôlait l'activité de son esprit. Elle venait de découvrir que si elle concentrait ses pensées sur les souvenirs qu'elle avait de Malcolm, son malheur lui paraissait plus facile à supporter… un peu plus facile à supporter.

Le lever du soleil auquel elle assistait lui en rappelait un autre. Malcolm et elle revenaient d'un bal donné dans une maison du voisinage, de l'autre côté du loch. Ils avaient fait l'amour dans le bateau.

Fermant les yeux, elle crut sentir sur sa peau le souffle de Malcolm qui la couvrait de baisers en lui murmurant des mots éperdus d'amour. Il lui disait :

— Claire, rien qu'à penser que tu es à moi, je suis fou de joie, j'ai envie de hurler mon bonheur à la face du monde entier. Mais quand je me dis que je vais vieillir en ta charmante compagnie, mon cœur gonfle tellement que j'ai peur de le voir éclater. Tandis que je te regardais danser, cette nuit, je me sentais dévoré par un feu intérieur presque insupportable tant il était puissant. Toute la nuit, je t'ai désirée. Je n'ai pas cessé de penser à quel point tu étais douce, et chaude. Je pensais à la façon dont tu réagissais à mes caresses. J'avais hâte de t'en donner de nouvelles. Jamais je ne me lasserai de toi, Claire Lennox. Jamais je ne serai rassasié de t'aimer.

Les baisers de Malcolm avaient eu, ce matin-là, une qualité que Claire n'oublierait jamais. Cette combinaison de passion fiévreuse, de désir impatient et, en même temps, d'incroyable tendresse, lui avait fendu le cœur. C'était trop de bonheur. Eût-elle douté de l'amour qu'il lui portait — ce qui n'était pas le cas à cette époque ! — que ces baisers auraient apaisé ses craintes, ils les auraient éteintes pour toujours.

Ce matin-là, elle avait découvert, aussi, qu'elle pouvait réagir aux baisers de Malcolm avec une sensualité presque brutale. Elle s'était découvert alors des dispositions pour certains débordements. Avec allégresse, elle avait repoussé les bornes de la bienséance, qui d'ailleurs n'avaient pas lieu d'être dans ces affaires.

Concentrée, elle pouvait entendre encore leurs gémissements conjoints, leurs exclamations extasiées ou étonnées alors qu'ils découvraient les plaisirs infinis qu'ils étaient capables de se donner.

Elle se rappelait encore comment, au bord de l'extase que Malcolm retardait le plus possible pour la rendre folle, elle lui avait arraché des cheveux, l'avait griffé au visage ; comment elle l'avait insulté pour lui demander d'en finir avec elle. Elle avait alors prononcé des mots qu'elle croyait ne pas connaître. En vérité, elle avait été tout près de perdre la raison ce matin-là.

Et quand, lui ayant donné une première satisfaction, Malcolm avait esquissé un mouvement de repli, elle s'était cramponnée à lui comme une désespérée, et elle avait murmuré, d'une voix rauque :

— Ne pars pas... Ne m'abandonne pas... J'ai tant besoin de toi, Malcolm. J'ai besoin de toi.

— Tu vas m'avoir, lui avait-il soufflé à l'oreille. Un peu de patience, ma douce...

Frustrée, elle avait soupiré. C'est qu'elle le voulait tout de suite, sans attendre une seconde de plus. Fébrile, elle s'était acharnée sur ces braies dont il mettait trop de temps à se débarrasser. Puis elle s'était pressée contre Malcolm pour mieux l'attirer à elle, sur elle, en elle.

— Eh bien! s'était-il exclamé, surpris et ravi à la fois.

Quand il l'avait pénétrée, elle avait émis une plainte. La respiration courte, elle avait crié :

— Je t'aime, Malcolm ! Je t'aime tant !

Leurs sens enfin rassasiés, ils étaient restés embrassés, allongés sur le plancher du bateau, sans se soucier de l'endroit où les entraînaient les courants capricieux du loch. La tête sur l'épaule de Malcolm, Claire avait fermé les yeux. Elle espérait que le temps suspendrait son cours et qu'elle pourrait rester ainsi jusqu'à la fin des temps puisque jamais, sans doute, elle ne serait plus heureuse qu'à ce moment-là.

Quand Malcolm avait rompu le silence, c'était pour lui demander :

— T'es-tu sentie gênée de faire l'amour dans un bateau, sous le regard des étoiles ?

— Au début, oui, avait-elle répondu avec franchise. Mais quand tu m'as pénétrée, je n'ai plus du tout pensé à cela. Il me semblait que nous ne faisions qu'un, tous les trois.

— Tous les trois ?

— Toi, moi, le bateau…

— Ton plaisir a-t-il été plus fort ?

— Tellement plus fort… et différent en même temps. C'est une expérience que je n'oublierai jamais. Il m'a semblé plusieurs fois que mon cœur cessait de battre.

Se penchant sur elle, Malcolm lui avait donné un baiser pour répondre :

— Si ton cœur s'arrête de battre, le mien s'arrêtera aussi et nous entrerons tous les deux au paradis, embrassés.

Curieuse, Claire avait longuement médité une question un peu délicate, qu'elle s'était enfin décidée à poser :

— Qu'est-ce que tu ressens, Malcolm Graham, quand tu me fais l'amour ?

— Quand je te caresse, là où tu es toute chaude et humide, quand ma main s'introduit entre tes jambes, le désir me rend presque fou tant je suis impatient de te pénétrer. Mais je patiente, parce qu'il est bon de connaître ce genre de folie, qui est celle de l'amour. En fait, je suis fou de toi. Je suis heureux et fier de savoir que tu es une part de moi désormais, comme je suis une part de toi. Nous sommes indissociables. C'est pourquoi je mourrais si tu mourais. Moi, je suis prêt à mourir pour toi. La première fois que nous avons fait l'amour, je me suis juré que jamais je ne te ferais de mal, que jamais je ne te briserais le cœur. Je t'aime. Cela veut dire que je te protégerai contre la méchanceté du monde, toujours.

Puis il s'était soulevé sur un coude, et, d'une voix brisée par l'émotion, il avait murmuré :

— Ne me fais pas de mal non plus, Claire. Je t'en supplie. Je ne le supporterais pas.

Elle avait répondu avec une sincérité non moins égale à la sienne :

— Ne crains rien. Moi aussi je t'aime.

Puis ils s'étaient tus parce que les mots devenaient impuissants à traduire leurs sentiments. Serrés l'un contre l'autre, étroitement enlacés, ils s'étaient endormis sans s'en rendre compte.

Ils avaient sursauté en entendant la voix rocailleuse qui s'exclamait :

— Hé ! Venez voir ! Il y a une fille et un gars, couchés dans le bateau.

— *Hoot ! Ubh, ubh ! Co ris tha'n saoghal a'tighinn ?* Eh bien ! Mais, mais ! On voit d'étranges choses, de nos jours.

Claire se faisait la même réflexion. Ouvrant prudemment un œil, elle avait aperçu le soleil au-dessus d'elle. Comment avaient-ils pu, Malcolm et elle, dormir si longtemps ? Où se trouvaient-ils, maintenant, après avoir tant dérivé sur les eaux du loch ? Et puis, se demandait-elle avec angoisse, comment surmonterait-elle la gêne qu'elle éprouvait à s'être laissé surprendre dans une situation délicate ? Elle regretta que le courant ne les eût pas conduits jusqu'au milieu de la mer. Pourquoi, mais pourquoi s'étaient-ils endormis ? Pourquoi, surtout, ne s'était-elle pas méfiée ?

Enfin ! Ce qui était fait était fait. Claire avait alors refermé les yeux pour faire semblant de dormir. A Malcolm de prendre la situation en mains ! N'avait-il pas dit qu'il la protégerait ?

Une autre voix s'était ensuite fait entendre, elle aussi en gaélique.

— *Feumaidh Beurla a bhith air fea dhiubh*... L'homme doit être anglais, non ?

Claire se demandait à qui appartenait cette voix. Malcolm éclata d'un rire puissant. Il s'écria :

— *Madainn mhath dhuibh !* Bonjour !

Ayant ainsi prouvé qu'il n'était pas anglais, il avait provoqué le silence car il créait la surprise.

Curieuse de savoir ce qu'il allait se passer, Claire avait entrouvert les yeux. Elle avait vu deux vieillards, deux pêcheurs sans doute. Voyant qu'elle les regardait, ils l'avaient saluée d'un hochement de tête. Elle leur avait répondu de la même façon, tout en s'assurant à la hâte qu'elle n'offrait pas un spectacle scandaleux.

— *Cad is ainm duit ?* Comment vous appelez-vous ?

Ils peuvent toujours demander, s'était dit Claire, Malcolm ne leur dira pas nos noms...

— Malcolm Graham, avait dit Malcolm. Et voici ma femme, Claire Lennox.

Les deux vieillards avaient écarquillé les yeux sur Claire, qui leur adressait un humble sourire.

— La comtesse ?

— Oui, avait dit Malcolm. Je suppose que vous n'appartenez pas au clan Lennox ?

— MacGregor.

— Des braves, donc !

Tandis que Malcolm s'engageait dans une longue conversation avec les hommes du clan MacGregor, Claire lui avait donné un coup de coude dans les côtes. Elle lui en voulait d'avoir révélé son identité.

Mais le soleil montait et devenait de plus en plus chaud. Claire transpirait. Elle observait l'apparition de taches rouges sur ses bras et sans doute en avait-elle autant sur le visage. Elle s'inquiétait.

Elle s'était inquiétée plus encore quand Malcolm, la voyant dans cet état, avait suggéré un petit bain dans les eaux fraîches du loch. Un bain ? Il avait complètement perdu la raison ! Cette proposition lui avait valu un nouveau coup de coude dans les côtes, et plus rude cette fois.

Et lui, il dissertait avec les deux pêcheurs. Il leur parlait de tout et de rien, de la pluie et du beau temps, des dernières nouvelles apprises ici et là, des récoltes et de l'état des troupeaux… Et il prétendait que le bavardage était l'apanage des femmes ? Claire s'était promis alors de lui dire deux mots à ce sujet, plus tard…

L'entretien s'éternisait. Claire n'en pouvait plus. Elle avait été sur le point de signifier son impatience par un troisième coup de coude quand les deux pêcheurs, fort heureusement, s'étaient enfin décidés à offrir leurs salutations avant d'aller poursuivre leurs activités ailleurs.

Claire avait pu enfin s'asseoir dans la barque pour regarder autour d'elle et elle s'était exclamée :

— Nous sommes presque au pied du Ben Lomond ! J'ai du mal à croire que nous soyons descendus jusque-là ! Comment allons-nous rentrer à Inchmurrin ?

Malcolm souriait de toutes ses dents. Il semblait de plus en plus content de l'aventure.

— Je me demande, avait-il dit d'un air entendu, si nous

n'avons pas contribué à notre dérive, avec tout le mouvement que nous avons donné à notre bateau.

— Comment rentrons-nous ? avait répété Claire, qui n'avait pas envie de rire.

— Nous avons des rames.

Elle les avait attrapées pour les lui jeter en disant :

— Voyons si tu auras encore longtemps envie de rire !

Non seulement Malcolm avait ramé à contre-courant jusqu'à Inchmurrin, mais il n'avait pas cessé de chanter à tue-tête, une vieille chanson traditionnelle, assez égrillarde, dont il ne connaissait que la première strophe.

Une dame est assise devant sa maison,
Elle se tient droite et raide comme un bâton.
Et voilà que passe Willy le forgeron,
Avec son gros marteau et son chapeau tout rond.
Il la salue bien bas, elle lui sourit
Pour les caresses et les baisers, ils vont au lit.
Elle soupire et gémit, pousse de grands cris,
Mais pas question d'ouvrir les genoux, que nenni !

C'est seulement quand elle avait vu se profiler la silhouette du château Lennox que Claire avait demandé :

— Tu ne connais vraiment pas d'autre chanson ?

— Non.

— Eh bien..., avait-elle soupiré.

Elle avait envie de s'agacer mais ne le pouvait pas. Elle le pouvait d'autant moins quand elle avait vu le grand sourire dont Malcolm n'arrivait décidément pas à se défaire. La main devant la bouche, elle avait pouffé. Elle avait résisté autant qu'elle avait pu, et finalement s'était avouée vaincue. Elle avait éclaté de rire.

*
* *

Claire se raccrochait à ses souvenirs parce que c'est tout ce qu'elle avait pour échapper à l'horreur du présent. Le regard fixé sur la côte, tandis que le bateau l'emmenait vers une destination inconnue, elle avait l'impression d'être suspendue entre le passé et l'avenir, entre un passé heureux qui ne reviendrait plus et un avenir qui risquait fort bien d'être écourté.

Depuis que Malcolm était parti, elle s'astreignait à ne pas cultiver le souvenir de l'année qu'elle avait passée avec lui, mais il y avait quand même des moments où la nostalgie la submergeait. Dans les circonstances difficiles qu'elle vivait, comment eût-elle pu ne pas évoquer les temps heureux, abrégés par sa faute ?

Songeant qu'il y avait bien longtemps qu'elle n'avait pas ri de bon cœur, elle crut entendre le rire de Malcolm, si particulier, si communicatif. Bien sûr elle l'entendait avec le cœur et non avec les oreilles, mais il la réconforta néanmoins, comme s'il lui apportait la promesse de jours meilleurs.

Elle s'absorba alors dans la récapitulation de tout ce qu'elle dirait à Malcolm si, par chance, leurs chemins se croisaient de nouveau. Mais le reverrait-elle jamais ? Décidée comme elle l'était de ne pas accepter les conditions que voulait lui imposer lord Walter, elle avait peu de chances de vivre encore très longtemps.

Pourtant, il lui semblait essentiel de pouvoir dire à Malcolm, avant de quitter cette terre, combien elle se désolait de l'avoir chassé de sa vie, sans raison. Ce n'était pas qu'elle crût que cela changerait quelque chose dans le cours de leurs existences, ni que cela susciterait, dans le cœur de son ex-mari l'amour, la renaissance de l'amour qu'elle y avait exterminé. Elle avait assez de bon sens pour savoir que tout était mort, par sa faute, et que, de toute façon, il était trop tard pour réparer les dégâts qu'elle avait causés. Revient-on jamais sur le passé ?

Consciente de tout cela, elle désirait, simplement, pouvoir ouvrir son cœur à Malcolm, afin de mourir en paix, certes avec regret, mais sans remords peut-être...

Sentant une larme s'écraser sur sa main, elle s'avisa qu'elle pleurait. Pourquoi ai-je dit et commis tant de sottises ? se demanda-t-elle. Pourquoi faut-il que j'aie chassé Malcolm au moment où j'avais tant besoin de lui, alors que je savais, tout au fond de mon cœur, que je l'aimais encore, malgré les reproches que je croyais devoir lui adresser à cette époque ?

Elle se désolait surtout de savoir que, par son comportement, elle avait blessé Malcolm. Elle souffrait mais avait la conviction qu'elle ne souffrirait jamais autant qu'il avait souffert à cause d'elle. Pour le mal qu'elle lui avait fait, ne fallait-il pas payer ? La mésaventure qui lui arrivait, n'était-elle pas la juste punition qu'elle devait recevoir sur cette terre ?

La proue étroite du bateau fendait les flots et filait droit vers un promontoire rocheux au sommet duquel se trouvait un château sinistre d'apparence.

En découvrant ce lieu qui, selon toute vraisemblance, devait devenir son séjour pour un temps plus ou moins long, Claire se demanda si elle se trouvait encore en Ecosse. Elle ne reconnaissait pas ce paysage, ces rochers énormes semés sur la plage, comme les jouets monstrueux qu'un géant colérique eût dispersés. L'Ecosse peut-être — elle l'espérait — mais ce pouvait être tout aussi bien une de ces îles disséminées dans les eaux tumultueuses de la mer du Nord et peuplées de Scandinaves, lointains descendants des Vikings qui avaient ravagé l'Ecosse et l'Angleterre aux temps anciens.

— Où sommes-nous ? demanda-t-elle au marin qui enroulait des cordages à côté d'elle.

— Kalder.

Kalder… En entendant ce nom, Claire crut que son cœur cessait de battre. Kalder… ce nom ne lui était pas inconnu. Elle savait les histoires horribles qu'on colportait à propos de ce château maudit, dont le nom même, dérivé d'un antique vocable islandais, signifiait *froidure*.

Si elle trouva un motif d'encouragement dans le fait qu'elle se trouvait en Ecosse, elle s'avisa toutefois que ce château de sinistre réputation avait été choisi pour être sa dernière demeure sur terre. Sans doute la jetterait-on dans quelque oubliette pour l'obliger à satisfaire aux exigences de lord Walter, faute de quoi elle mourrait de froid et de faim. Et si elle acceptait les conditions qu'on lui fixait… eh bien ! elle mourrait sans doute aussi.

Etudiant l'extérieur de la bâtisse, elle vit de hauts murs crénelés, des tours pointues, un large fossé, un pont-levis qui s'abaissait en grinçant. En admettant même qu'elle pût, par chance, sortir de la cellule qu'on lui destinait, elle ne devait pas imaginer qu'elle pourrait s'évader d'un lieu pareil.

Jamais elle ne s'était sentie aussi seule, aussi démunie. Elle n'aurait donc pas l'occasion de faire la paix avec Malcolm.

Elle entra à Kalder comme dans son tombeau.

24.

Je t'en prie, sois tranquille pendant que mon esprit
Retrouve la beauté des flammes dans les braises.

John MASEFIELD (1878-1967),
poète et dramaturge britannique.
En vieillissant (1923)

Claire résista pendant trois semaines, à l'issue desquelles lord Walter lui lança un ultimatum.

— J'ai envoyé une lettre à Gilles pour lui demander de venir nous rejoindre ici. Vous n'avez donc plus que jusqu'au jour de son arrivée pour changer d'avis. Si vous refusez de l'épouser, vous serez jetée dans une cellule souterraine dont vous ne sortirez plus et où vous mourrez de faim... à moins, bien sûr, que vous ne nous fassiez savoir que vous avez reconsidéré votre position.

— Jamais je n'accepterai de remettre mon héritage entre vos mains.

Lord Walter ricana.

— Ne jouez donc pas aux grandes dames ! C'est inutile. Faut-il vous rappeler qu'après votre mort, une de vos sœurs recueillera le titre et les biens qui y sont attachés. Peut-être sera-t-elle plus encline que vous à épouser Gilles. Si ce n'est pas elle, ce sera la suivante. Comprenez-moi bien. Je ne suis pas du genre à renoncer. Je n'hésiterai pas à vous faire passer toutes dans mes cellules pour obtenir ce que je veux. Alors, réfléchissez pendant qu'il en est encore temps. Vous n'obtiendrez pas la victoire. C'est impossible. Si donc, vous voulez vivre encore quelque temps...

Il tint parole, comme il fallait s'y attendre. Trois jours après l'arrivée de Gilles, il conduisit Claire dans les entrailles du donjon, par un escalier étroit et glissant. Après lui avoir fait suivre encore un long corridor obscur, il la poussa dans une minuscule cellule, humide et glaciale, qui prenait le jour par une minuscule lucarne à barreaux, ouvrant au ras du sol et donnant sur la mer du Nord dont elle prenait les embruns mugissants, à intervalles réguliers. En outre, comme il n'y avait pas de porte mais une grille métallique, toute rouillée, les courants d'air circulaient en permanence. Claire comprit immédiatement qu'elle devait s'attendre à grelotter tout le temps qu'elle passerait dans cette retraite imposée par lord Walter, impavide derrière elle, le regard mauvais.

Il ne daigna même pas lui indiquer ce qu'il avait décidé en matière de nourriture et de boisson. Il partit en emportant la lanterne qui dispensait une chiche lumière.

Il referma la porte, laissant Claire seule pour méditer sur les conséquences de l'héroïsme dont elle avait décidé de ne pas se départir.

En fin d'après-midi, la cellule baignait déjà dans une obscurité presque complète. Pour se couvrir, Claire disposait en tout et pour tout d'une mince couverture, son lit consistait en un tas de paille moisie, dans un coin de la cellule. Elle était seule, vraiment seule, n'ayant pour compagnie que le bruit lancinant du ressac qui frappait les murs du château et l'aspergeait de gouttelettes de plus en plus froides.

Inlassablement, elle marchait de long en large dans sa cellule, elle parcourait l'étroit domaine qui lui avait été assigné, avec l'intention de se réchauffer, mais le froid venu de la mer la pénétrait invinciblement. La mince couverture, jetée sur ses épaules et qu'elle serrait sur elle de ses mains gelées et tremblantes, ne pouvait pas grand-chose pour la protéger.

Elle s'arrêtait parfois pour examiner les murs ruisselants d'humidité, les dessins étranges que faisaient les moisissures vertes ou blanches. Elle chercha des traces d'éventuels prisonniers ayant connu avant elle ce séjour odieux, mais elle n'en trouva pas.

Quand vint la nuit, la nuit vraiment noire, quand Claire n'y vit plus rien du tout, les bruits de la mer lui parurent plus angoissants, insupportables par leur monotonie. Il lui semblait que des créatures innommables couraient autour du château en se plaignant ou en ricanant. Pour tromper l'épouvante qui menaçait de la prendre, elle prêta l'oreille aux bruits du château. Sûrement les gens qui vivaient là devaient se manifester ? Elle eût même été heureuse d'entendre la voix de lord Walter. Elle n'entendit rien de tout cela.

Incapable de trouver le sommeil, elle marchait comme une femme soûle, se heurtant fréquemment aux murs qui se la renvoyaient l'un à l'autre. Elle pleura toutes les larmes de son corps. Epuisée, elle s'arrêta, chancelante. Elle refusait de s'asseoir dans la paille, de peur que des rats ou d'autres bêtes répugnantes y eussent élu domicile.

Elle ne dormit pas de la nuit. Juste avant l'aube, elle marcha vers la porte, crispa ses mains sur les froids barreaux et y appuya son front. De nouveau lui vinrent les larmes. Elle pleura amèrement, sur elle, sur les siens. De quelle faute sa famille ou elle s'étaient-elles rendues coupables pour qu'elle méritât un sort pareil ? Qu'adviendrait-il de ses sœurs, maintenant qu'elle croupissait dans ce lieu infâme dont il était sans doute vain d'espérer sortir ?

Chaque jour de la première semaine, elle reçut une maigre pitance, écuelle de mauvaise nourriture à laquelle elle toucha à peine. Elle était comme un animal tournant en rond dans sa cage et cherchant un moyen de s'échapper tout en sachant que seule la mort lui donnerait la délivrance tant espérée.

Elle s'avisa, mais bien trop tard, qu'elle eût pu — qu'elle eût dû, en vérité — faire une tentative avant d'entrer dans ce château, et qu'elle en avait eu l'occasion alors que le bateau qui l'amenait à Kalder longeait les côtes de l'Ecosse. Il lui eût suffi, alors, de sauter dans l'eau et de nager jusqu'au rivage, effort à sa mesure. Ensuite, elle n'aurait plus eu qu'à marcher jusqu'à trouver de l'aide auprès d'un paysan, et tâcher de rentrer à Inchmurrin aussi vite que possible.

Au cours de cette première semaine de captivité, elle décida aussi de garder le compte des jours passés en cellule, et pour ce faire elle s'employa, chaque soir avant que l'obscurité ne devînt trop dense, à tracer un trait vertical sur le mur humide, juste sous la lucarne. Dès lors qu'on cesserait de lui fournir nourriture et eau, il ne serait plus utile de continuer ce relevé, parce qu'elle n'aurait plus beaucoup de jours à vivre. Les forces lui manqueraient, elle perdrait très vite la notion même de l'écoulement du temps…

Elle pouvait à cette perspective trouver un — mince

— motif de satisfaction en se disant qu'au moins elle ne croupirait pas des années dans sa cellule. Elle se demanda, avec une curiosité morbide, combien de temps elle survivrait sans eau ; deux jours ? trois peut-être ?

Au milieu de la deuxième semaine, plus précisément le dixième jour en fin d'après-midi, elle somnolait, assise contre un mur, lorsque le bruit de la clé qui grinçait dans la serrure l'éveilla en sursaut. Lord Walter, qu'elle n'avait pas vu depuis qu'il l'avait poussée là, lui présenta ce qu'il appelait pompeusement « son dernier repas » puisqu'elle ne recevrait dès lors plus autre chose que de l'eau, en attendant des restrictions plus sévères encore. Il précisa en effet :

— Dès le début de la troisième semaine, vous n'aurez plus d'eau, plus une seule goutte. Dans ces conditions, le mariage avec Gilles ne vous paraît-il pas un sort plus doux que vous ne voulez le croire, et somme toute assez supportable ?

— Milord, répondit-elle avec fierté, vous vous méprenez sur moi. Vous croyez que ma jeunesse est le gage de ma stupidité. Or il n'en est rien. Croyez-vous, vraiment, que je prête quelque crédit à vos propos ? Avez-vous imaginé une seule seconde que je prenais vos engagements pour argent comptant ? Ce n'est pas parce que je suis jeune que je ne suis pas capable de comprendre que ce mariage ne signifierait pas la fin de mes ennuis, ou plutôt qu'il leur mettrait un terme, en effet, puisque je ne tarderais plus à mourir, d'accident peut-être, ou d'une mauvaise fièvre que me donnerait un de ces breuvages dont vous avez le secret. Débarrassé de moi, vous n'auriez plus qu'à veiller à ce que mes sœurs subissent le même sort funeste. Ainsi lady Isabelle et vous seriez-vous libres de mettre la main sur l'apanage des Lennox... Encore faudrait-il que Gilles veuille bien coopérer avec vous. Si ce n'était pas le cas, je ne doute pas que vous n'auriez aucune hésitation à le précipiter dans la tombe, lui aussi.

Au matin qui marquait le début de la troisième semaine, lord Walter se présenta, une fois encore, dans la cellule de Claire, pour lui présenter « son dernier gobelet d'eau ».

En prenant le récipient de métal, Claire posa son regard sur les dentelles qui recouvraient la main de lord Walter, puis sur une belle bague en or qu'il portait au doigt du milieu. Ces jolies choses, elle le savait, avaient été acquises déjà avec la fortune des Lennox. Aussi déclara-t-elle :

— Je vois que vous ne perdez pas de temps pour dépenser un argent qui ne vous appartient pas. Je ne vivrai sans doute pas assez longtemps pour assister à votre chute, mais soyez assuré que vous devrez rendre des comptes, un jour ou l'autre. Quand viendra pour vous l'heure du châtiment, j'espère qu'il sera aussi terrible que les misères et les souffrances que vous aurez infligées à ma famille.

D'une voix grinçante, lord Walter répondit :

— Votre stupide insolence causera votre perte, mais elle ne me fait ni chaud ni froid. Buvez donc cette eau, savourez-la jusqu'à la dernière goutte car vous n'en aurez plus d'autre, à moins que vous ne changiez d'avis.

Claire but avidement et rendit le gobelet en disant :

— Milord, je suis lasse, quant à moi, d'entendre vos propos mensongers. Je vous remercie de ne plus venir m'offenser par votre présence, et si j'avais un conseil à vous donner, ce serait d'aller retrouver le diable qui vous a engendré.

Il répondit d'une gifle formidable qui la précipita contre le mur. Sa tête heurta violemment les pierres humides. A demi assommée, elle tomba sur les genoux. Alors son geôlier posa le pied sur son épaule et l'écrasa sur le sol. Ravalant le sang qui coulait de sa lèvre ouverte par la bague en or remarquée l'instant d'avant, elle eut encore le courage de s'écrier :

— Ainsi venez-vous de commettre un ultime acte de cruauté dont vous devrez rendre compte devant Dieu.

Puis elle se releva. Lisant, dans les yeux de lord Walter, une rage effroyable, elle crut sa dernière heure arrivée. Mais, à sa grande surprise, il se contenta de précipiter le gobelet contre un mur. Il tourna les talons. Au moment de sortir, il se retourna pour dire encore :

— Si vous mourez, ce sera de votre faute et de votre faute uniquement. Moi, je n'aurai rien à me reprocher, puisque je vous aurai offert un moyen de vous libérer et que vous l'aurez refusé.

— Certainement, repartit Claire, plus ironique que jamais. Encore une déclaration dont vous serez responsable devant le tribunal de Dieu. En vérité, vos jours sont comptés, milord. Vous allez au-devant de châtiments épouvantables, sur cette terre et dans l'au-delà. Permettez-moi de dire que je n'échangerais pas ma place contre la vôtre. Maintenant, si vous vouliez bien soustraire à mes yeux votre méprisable présence ? Il faut que je me prépare à retrouver mon Créateur. Si vous n'y voyez pas d'inconvénient, je Lui donnerai un compte rendu fidèle de vos méfaits.

Cette fois, lord Walter se contenta de hausser les épaules avant de partir. Restée seule, Claire leva les yeux vers la lucarne par où entrait un rayon de soleil matinal. Elle prêta l'oreille aux criailleries des mouettes et au bruit sourd des vagues qui attaquaient sans relâche les murs de l'horrible forteresse. Elle respira l'air chargé d'embruns. Elle aimait ce parfum. Mais elle frissonna, car elle avait froid ; de plus en plus froid, parce qu'elle s'affaiblissait de jour en jour.

Ainsi la fin était proche. Claire voulut se préparer à la mort. Au moyen du morceau de pierre crayeuse qui lui permettait de compter les jours, elle traça une grande croix sur le mur, et sous cette croix elle écrivit ces mots : *N'oublie pas.*

Puis elle tomba à genoux et s'abîma en prières, demandant d'abord à Dieu qu'Il voulût bien veiller sur ses sœurs et qu'il permît à Malcolm de connaître qu'en vérité elle n'avait jamais cessé de l'aimer.

— Seigneur, faites qu'il sache que les mots prononcés par mes lèvres ne venaient pas de mon cœur. Si c'était possible, Seigneur, je souhaiterais que vous me pardonniez le mal que je lui ai fait parce que j'étais trop jeune, trop inexpérimentée pour ne pas comprendre que j'étais le jouet des manœuvres ourdies par lady Isabelle. Puis-je espérer, Seigneur, que les circonstances de ma mort compteront pour pénitence de mes péchés et qu'ainsi je pourrai entrer dans Votre paradis ?

Elle émit encore un vœu : si sa mort pouvait venir vite et ne pas lui causer trop de souffrances ?

Elle désirait affronter cette ultime épreuve avec sérénité, mais à mesure que le temps passait, la peur insidieuse s'emparait d'elle. Elle craignait que bientôt ne vînt l'épouvante. Bien sûr elle savait la mort inévitable, mais ce n'était pas ainsi qu'elle eût souhaité quitter cette terre, seule et misérable, même si elle n'avait aucun doute quant à la possibilité d'une vie éternelle, paisible et bienheureuse.

En outre, il lui semblait ignominieux et pour tout dire, indigne d'elle, de mourir sur un tas de paille au fond d'une cellule, quand tant de jeunes Ecossais avaient perdu la vie, glorieusement, sur les champs de bataille. Telle était la fin qu'elle eût désirée pour elle.

Ayant terminé ses oraisons et ses méditations, elle plongea la main dans son corsage et en retira une fine chaîne d'or ainsi qu'un anneau, en or aussi. C'est l'anneau qui lui importait. Le plaçant dans la chiche lumière qui tombait de la lucarne, elle lut, gravée à l'intérieur, la devise du clan Lennox : *Je défendrai.*

Cet anneau, qui avait été l'alliance de sa mère, était devenu le sien lorsqu'elle s'était mariée avec Malcolm. Celui-ci avait voulu intercaler le pronom *te* entre les deux de la devise qui devenait ainsi : *Je te défendrai.* Puis, non content de cet aménagement, il avait fait graver encore la devise du clan Graham : *N'oublie pas.*

Emue, Claire répéta à mi-voix, plusieurs fois, l'inscription complète : *Je te défendrai. N'oublie pas.*

Puis elle passa l'anneau à son doigt, devenu trop grand à cause de tout le poids qu'elle avait perdu. Elle n'eût pas cru avoir tant maigri. Pour ne pas risquer de perdre ce précieux souvenir, elle le fixa à sa phalange au moyen d'un brin de paille, et pour plus de sûreté encore, elle ferma le poing qu'elle se jura de ne plus ouvrir jusqu'à l'heure de sa mort prochaine.

Puis elle s'allongea sur sa répugnante litière et étendit la couverture sur elle. Les yeux fixés sur la croix qu'elle avait dessinée, elle reprit ses prières.

Elle pria jusqu'à ce que le sommeil la prît.

Alors, elle rêva de Malcolm.

25.

L'heure est arrivée, mais l'homme n'est pas venu.

Sir Walter Scott (1771-1832),
romancier écossais.
Le cœur de Midlothian (1818)

Jamie descendit de cheval et gravit à pied la colline au sommet de laquelle se tenait Malcolm, à la lisière d'un bouquet d'arbres.

— C'est là-bas, dit celui-ci en le voyant arriver ; là-bas, comme nous l'avions espéré.

Jamie regarda dans la direction qu'il lui indiquait et prit la mesure de l'énorme forteresse dressée au-dessus des rochers, en bordure de la mer du Nord.

— Il ressemble parfaitement à la description qu'on nous en a donnée. Fichtre ! Ce château de Kalder me semble redoutable.

— Pas si redoutable qu'il y paraît. Il est fort délabré, comme tu le verras quand nous nous en approcherons.

— Tu es certain que c'est bien là qu'est détenue Claire ?

— Certain.
— Lord Walter est là ?
— Oui.
— Combien d'hommes avec lui ?
— Voilà le hic, murmura Malcolm. Je n'en sais rien.
— Si nous nous en approchions un peu plus ? Cela nous permettrait peut-être d'évaluer les forces auxquelles nous devrons nous affronter.
— Il faut, pour cela, attendre que la nuit tombe, puisqu'il nous est impossible d'avancer à couvert désormais. Vois toi-même, il n'y a pas un arbre derrière lequel nous pourrions nous cacher. Notre progression risquerait d'être découverte.
Ils patientèrent donc et quand, enfin, l'obscurité recouvrit toutes choses, ils mirent en marche leurs hommes, vingt-cinq guerriers du clan Graham, les plus endurants et les plus expérimentés qu'ils avaient pu enrôler pour cette mission périlleuse.
Jamie et Malcolm ouvraient la marche. Conduite par ses chefs, la petite troupe s'avança sans bruit et reçut des instructions pour se dissimuler derrière les gros rochers disséminés au pied du château.
C'était l'observatoire idéal, qui donnait vue sur la sinistre forteresse et particulièrement sur le pont-levis qui y donnait accès.
Très vite il apparut que Kalder n'abritait pas une importante garnison. Le château pouvait même sembler abandonné.
— Tout de même curieux que le pont-levis soit abaissé, murmura Jamie.
— Cela ne veut rien dire.
— Et vois cette brèche dans le mur. Qui pourrait penser que des gens se sont retranchés là, avec une prisonnière ?

— Il se trouve pourtant que c'est la vérité. L'aspect délabré du château peut aussi être considéré comme une protection, justement parce qu'on le pense abandonné.

— Soit ! Si seulement nous pouvions voir les casernements... Mais je pense que la muraille nous les dissimule. Il est impossible que lord Walter soit venu ici sans aucun accompagnement, ou alors, c'est qu'il n'a vraiment peur de rien ni de personne.

Malcolm, qui gardait les yeux fixés sur le château, répondit, la voix frémissante d'excitation contenue :

— Les casernements nous échappent, mais nous avons une bonne vue sur les écuries.

— Où ?

— Là-bas, indiqua-t-il en montrant du doigt.

— Mais bien sûr !

Après quelques secondes d'observation et de réflexion, Jamie opina :

— Si nous pouvions savoir combien de chevaux sont abrités là, nous aurions automatiquement le nombre des gens qui habitent le château.

Ils passèrent ainsi deux heures à plat ventre, à observer et à échafauder d'innombrables hypothèses d'après leurs observations. Puis Jamie déclara, d'un ton décidé :

— Je crois que le dernier nombre produit par nos calculs est celui qui se rapproche le plus de la réalité.

— Quarante-sept hommes ?

— A peu près. Certes nous n'avons que vingt-cinq hommes, mais nous avons l'effet de surprise pour nous. Moi, je dis que nous allons mettre ces misérables en déroute. Dans peu de temps, nous délivrerons ta dulcinée.

— Tu crois ? murmura Malcolm. J'en suis moins sûr que toi. Et si lord Walter, comprenant qu'il subit une attaque en règle et qu'il n'a aucune chance de nous repousser, décidait d'assassiner Claire ?

— C'est pourquoi je dis qu'il faut agir vite, surprendre lord Walter et ses sbires, surtout ne pas leur donner le temps de réagir. Il faut que l'affaire soit rondement menée et bouclée le plus rapidement possible.

Ayant mis au point leur plan d'attaque, ils s'en retournèrent auprès de leurs hommes pour distribuer leurs ordres et donner le signal du mouvement.

La petite troupe reprit sa progression dans le silence le plus complet, invisible dans la nuit, et si de temps en temps elle produisait un faible bruit, il était couvert par la rumeur de la mer.

On contourna le château par la gauche pour entrer par la brèche observée plus tôt. Aucune résistance ne fut opposée à cette intrusion. On ne rencontra personne.

Une conférence se tint dans un recoin de la cour.

— Je pense, chuchota Jamie, que les occupants sont déjà retirés dans leurs quartiers et se préparent pour la nuit, sans monter la garde, sans s'inquiéter d'une quelconque intrusion, ce qui ne laisse pas de m'étonner, mais qu'il faut bien considérer comme une chance.

Tavish partit en reconnaissance plus avant, et revint après quelques minutes seulement pour rendre compte.

— J'ai vu quatre hommes dehors, pas un de plus ; deux près des écuries, et deux autres près de l'entrée, au pont-levis.

— Ah ! dit Malcolm, une garde, tout de même…

— Pas du tout. Ils fument la pipe en discutant, et ils n'ont pas d'armes.

— Des indices quant au lieu où est détenue Claire ?

— A mon avis, elle se trouve dans le donjon, dont la

porte est fermée et là, pour le coup, il y a un homme qui monte la garde.

— Fort bien, reprit Jamie. Voici donc ce que nous allons faire. Huit hommes pour neutraliser les gens dans la cour, le reste de la troupe pour envahir le donjon. Il faudra forcer la porte. Une fois à l'intérieur, la moitié d'entre nous montera dans les étages pour en inspecter toutes les pièces, l'autre moitié descendra. Il doit y avoir des oubliettes dans une forteresse de cet acabit, et si c'est le cas, Claire y sera certainement détenue.

Il ne fallut qu'un instant pour répartir les rôles. Les armes sortirent des fourreaux.

Les deux hommes qui devisaient près des écuries moururent sans un cri, sans même avoir compris ce qu'il leur arrivait. Les deux autres, ceux qui se trouvaient près du pont-levis, subirent le même sort tragique dans un silence complet.

L'alerte n'avait pas été donnée.

Pendant ce temps, Malcolm s'était approché de la porte du donjon, mais il lui était difficile de surprendre l'homme qui montait la garde, dans cette zone brillamment éclairée par le clair de lune. Il fallait avoir recours à la ruse.

Un caillou jeté dans un buisson détourna l'attention de l'homme, qui, alerté, tourna la tête, lança un appel, puis se déplaça pour y aller voir. Rapide comme l'éclair, Malcolm bondit sur lui et lui trancha la gorge.

Sans perdre un instant, il se précipita en courant vers la porte dont l'accès était désormais libre, suivi de peu par ses frères et les hommes du clan Graham qui n'avaient rien perdu de son action.

Il ouvrit la porte du donjon et entra.

Juste à ce moment, un serviteur remontait des profondeurs du donjon, une torche dans une main, un trousseau de grosses clés dans l'autre. Il eut le temps de donner l'alerte avant de mourir.

Très vite les mercenaires de lord Walter descendirent des étages en brandissant leurs épées. Les hommes du clan Graham se portèrent au-devant d'eux pour leur barrer le chemin.

Tandis que s'engageait une furieuse bataille à l'arme blanche, Malcolm descendit dans le tréfonds du donjon, avec la torche et les clés dérobées au geôlier.

Dévalant l'escalier luisant et glissant, sans craindre de tomber, sans même y penser, il n'avait qu'un seul souci. Il priait pour trouver Claire et, surtout, pour la trouver vivante.

Claire s'éveilla en sursaut.

Prêtant l'oreille aux bruits qui lui parvenaient des hauteurs, elle ne tarda pas à reconnaître des cliquetis d'épées, des cris, des râles. On se battait donc là-haut… Mais qui pouvait avoir l'audace de venir défier lord Walter en son domaine ?

Puis elle perçut un bruit de pas dans le corridor.

26.

L'homme utile vient en temps utile.

Proverbe italien.

Il n'eut pas à la chercher longtemps. Il la trouva, assise ou plutôt prostrée, sur un tas de paille, dans un coin de sa minuscule cellule.

Il n'avait pas beaucoup de lumière dans cette antichambre de l'enfer, mais il en avait assez pour reconnaître Claire, ne fût-ce que par ses cheveux flamboyants auxquels sa torche fumeuse donnait des reflets de cuivre. D'ailleurs, avait-il seulement besoin de lumière ?

— Claire… ma chérie…, murmura-t-il, la voix cassée par l'émotion.

Il lui fallut du temps pour ouvrir la porte de la cellule. Le trousseau dérobé au geôlier comportait de nombreuses clés, et en plus, ses mains tremblaient. Il s'énervait.

Enfin la grille rouillée tourna sur ses gonds en grinçant sinistrement. Emu, Malcolm entra. Il s'approcha de Claire qui ne bougeait pas.

Immobile, hagarde, elle le regardait comme si elle ne le reconnaissait pas.

Il vit la grande croix qu'elle avait dessinée sur un mur de sa prison, et sous cette croix elle avait écrit les mots *N'oublie pas*, la devise de la famille Graham. Cette découverte porta son émotion à son comble. Les larmes lui montèrent aux yeux.

Ainsi, au moment où elle croyait sa mort prochaine, Claire avait pensé à lui. Elle n'avait pensé qu'à lui. Lui eût-on demandé de décrire ce qu'il ressentait, qu'il n'aurait pas trouvé les mots pour traduire le tumulte violent et doux à la fois qui tordait son cœur et son âme.

Eh bien, lui non plus n'oublierait pas ! Jamais il n'oublierait le sort indigne que lord Walter avait infligé à Claire, et il n'aurait de cesse qu'il fût mis entre les mains de la justice et puni comme il le méritait. Il regrettait d'ailleurs de ne pas pouvoir affronter ce monstre les armes à la main et l'expédier promptement — pas trop vite quand même... — vers l'enfer dont il n'eût jamais dû sortir.

Progressant encore de quelques pas, il planta sa torche dans un anneau planté dans le mur pour cet usage. Il posa son épée par terre. Il s'agenouilla devant Claire. Comme elle ne réagissait pas, comme elle semblait dormir bien qu'elle eût les yeux ouverts, il lui effleura l'épaule pour attirer son attention. Sa main s'était posée sur un os que ne recouvrait plus aucune chair.

Avec une infinie douceur, il prit dans ses mains le visage de la jeune fille martyrisée, et à voix très basse, il l'apostropha de nouveau :

— Claire... ma chérie...

Elle ne bougea pas, ne cilla pas.

Eperdu, ne sachant quel comportement adopter, il s'employa

à repousser quelques mèches de cheveux qui lui barraient le visage, et découvrit ainsi les creux profonds de ses joues. La faible lueur de sa torche lui permit de constater également la pâleur extrême de sa peau, ainsi que la tache violacée et jaune qu'elle portait à gauche. Le coup qui avait occasionné cette ecchymose, il savait très bien qui l'avait porté.

Accablé de ne susciter aucune réaction, il formula une courte mais intense prière.

— Seigneur, faites qu'elle ne meure pas.

Puis il implora :

— Claire, réponds-moi...

Enfin elle battit des paupières et il sentit son cœur battre un grand coup. Merci Seigneur, Claire n'était pas morte ; abattue, épuisée, elle survivrait !

Il s'aperçut alors qu'elle portait, à la main gauche, un anneau d'or qu'il n'eut aucun mal à reconnaître : c'était celui qu'il lui avait passé au doigt le jour de leur mariage. Mais pourquoi fermait-elle ainsi le poing ? Dissimulait-elle ainsi quelque blessure ? Il voulut savoir. Il avait besoin de savoir. Il lui semblait qu'il devait faire le compte de tous les maux infligés à Claire afin de les dénoncer à la justice, le jour venu.

Il ouvrit les doigts de Claire qui résista faiblement et murmura d'une voix éteinte :

— Non, il ne faut pas...

Il insista néanmoins. La main s'ouvrit, l'anneau glissa sur le doigt trop mince. Malcolm le rattrapa de justesse avant qu'il n'eût disparu dans la paille.

Elevant l'anneau dans la lumière de la torche, il le fit tourner entre ses doigts jusqu'à ce qu'il pût lire la devise qu'il y avait fait graver : *Je te défendrai. N'oublie pas.*

Un long gémissement douloureux lui échappa et il plaça

son poing dans sa bouche pour ne pas hurler. Il tomba en avant, son front heurta le pavage, et il pleura amèrement.

Quand il se releva, il murmura à Claire :

— Pourquoi, Claire, pourquoi ?

Pourquoi, en effet, lui avait-elle dénié le droit de rester auprès d'elle pour la défendre contre l'adversité, pour l'aimer et l'honorer comme elle le méritait, puisqu'elle était son épouse bien-aimée ?

Comment en étaient-ils arrivés à cette aberration ? se demanda-t-il. Pourquoi l'avait-elle chassé, mais surtout, pourquoi avait-il accepté de s'éloigner ? Comprenant qu'il avait été tout près de la perdre, il laissa échapper un nouveau gémissement. S'il songeait trop à l'incroyable concours de circonstances qui l'avaient amené là, *in extremis*, il risquait de perdre la raison.

Si, en effet, Kenna et Greer n'avaient pas eu la présence d'esprit d'espionner leurs ignobles tuteurs et de découvrir ainsi le lieu secret où lord Walter avait l'intention d'enfermer sa victime ; et si Kenna, ensuite, n'avait pas osé se vêtir en homme pour chevaucher dans la nuit et venir lui apporter ces renseignements, il ne se trouverait pas à cette heure dans cette cellule, et Claire eût été irrémédiablement condamnée à mort.

Elle avait refermé les yeux. Dormait-elle de nouveau ? S'était-elle évanouie ?

Malcolm l'appela. Il vit ses paupières se soulever lentement, comme si elle avait du mal à sortir de sa torpeur et luttait contre elle-même. Il la prit dans ses bras et l'attira contre lui, puis, en la secouant avec douceur, il murmura :

— Claire, ouvrez les yeux. C'est moi, Malcolm. Vous ne me reconnaissez pas ? Je suis venu pour vous ramener à la maison.

Cette fois, ce furent les sourcils qui se soulevèrent d'abord, avec difficulté. Puis les paupières suivirent, permettant à Malcolm de croiser le beau regard couleur de noisette qu'il avait craint de ne plus jamais revoir. Mais, dans ces yeux il lut le désespoir et la résignation, et il se jura qu'il y remettrait le désir de vivre.

Il avait perdu Claire une fois. Dieu aidant, il ne la perdrait pas une seconde fois.

Il enfouit son visage dans les cheveux de sa bien-aimée et répéta mille fois son nom, comme une litanie dont il ne se lasserait jamais.

— Claire… Claire… Claire…

Mais, entendant soudain un bruit de pas dans l'escalier, il se saisit de son épée et se leva d'un bond.

— Malcolm, où es-tu ?

Calum ! Il reposa son épée.

— Ici, viens vite !

Claire essayait de parler, ou plutôt, ses lèvres parcheminées par la soif s'entrouvraient sans pouvoir prononcer un seul son.

— Calum, tu arrives, oui ou non ?

Enfin son jeune frère entra dans la cellule, dans un grand bruit d'éperons qui sonnaient sur les dalles du sol. Malcolm lui jeta aussitôt :

— J'ai besoin d'eau potable, et vite !

Il reporta son regard sur Claire, qui avait posé une main sur sa manche et le pressait convulsivement, quoique avec une grande faiblesse, comme pour s'assurer qu'il était bien réel.

— Oui, c'est bien moi, lui dit-il en souriant. Je suis venu pour te ramener à la maison. Mes frères sont là avec moi. Tous ! Te rappelles-tu leurs noms ? Jamie, Calum, Niall…

Nous avons aussi beaucoup d'hommes de notre clan, qui mènent la vie dure à lord Walter et aux forbans qui l'entourent. Je crois qu'il n'osera plus jamais s'attaquer à toi et à tes sœurs… Disons même qu'il n'en aura plus les moyens.

Calum revint bientôt avec l'eau tant désirée. Il la tendit à Malcolm et resta là tandis que celui-ci humectait les lèvres de Claire avant d'approcher le gobelet de ses lèvres. Après avoir toussoté, il murmura :

— Elle n'a plus que la peau sur les os.

— Ce n'est malheureusement que trop vrai. Vois donc si tu ne pourrais pas trouver la cuisine de ce château. Rapporte-nous ce qui te paraîtra le meilleur.

— C'est tout ?

— Non. Ensuite, j'aurai une autre mission à te confier. Continue d'explorer le château et localise-moi une chambre convenable.

— Pour Claire ?

— Pour qui d'autre, à ton avis ?

— Ne crois-tu pas qu'il vaudrait mieux la conduire dans une auberge des environs ?

— Je ne le pense pas. Claire n'est pas en état de se jeter de nouveau sur les routes, même pour un bref voyage. Elle n'a plus de forces du tout. Le scélérat a bien failli la faire mourir de faim et de soif.

— Nous sommes arrivés à temps, dirait-on…

— Oui. Maintenant, va.

Calum quitta la cellule pour satisfaire aux demandes de son frère.

A ce moment, la main de Claire se crispa davantage sur le bras de Malcolm.

— Tu… es… venu…

— Oui, Claire, murmura-t-il. Je suis venu. Tu sais que

j'aurais marché pieds nus sur des braises de l'enfer pour venir à ton aide, en sachant que tu avais besoin de moi.

Elle réussit à produire un pâle sourire avant de refermer les yeux brusquement et de s'affaler sur sa litière de paille. Elle venait de s'enfoncer de nouveau dans sa torpeur.

Malcolm tenta de se relever, mais la main de Claire qui l'agrippait refusa de lâcher prise. Il eut les larmes aux yeux en constatant que, même dans un état proche de l'inconscience, elle refusait de le laisser s'éloigner.

Calum ne tarda pas à revenir, avec un récipient fumant. Il déclara :

— J'ai pensé que Claire trouverait avantage à boire ceci. Figure-toi que nous avons trouvé intact l'excellent dîner que lord Walter s'apprêtait à déguster juste avant notre intrusion. J'ai apporté une portion de bouillon de bœuf et d'orge bien chaud.

— Et pour la chambre ?

— J'ai trouvé ce qu'il te faut.

— Où en sont les opérations ?

— C'est pratiquement terminé. Lord Walter est prisonnier. Nos hommes explorent tout le château pour s'assurer qu'il ne reste plus de poche de résistance. Si tu n'as plus besoin de moi, je retournerais bien là-haut pour voir ce que je peux faire. Il faudra mettre au point un système de sentinelles pour ne pas risquer de mauvaise surprise au cours de la nuit...

Calum s'éloigna pour sortir, mais au moment de franchir le seuil, il se retourna pour demander encore :

— Dis-moi, tu n'as pas besoin d'aide pour porter Claire dans sa chambre ?

— Non, je te remercie, répondit Malcolm. J'y arriverai très bien tout seul.

— Elle te cramponne bien, la mâtine, dit Calum en souriant.

— Et alors ?

— C'est donc qu'elle tient à toi… de nouveau…

— Elle a toujours tenu à moi, dit Malcolm, d'un ton péremptoire, même quand elle ne le savait pas.

Toujours souriant, Calum conclut l'entretien d'un clignement d'œil et s'éloigna rapidement.

Malcolm s'employa alors à redresser Claire pour l'asseoir en l'appuyant contre la muraille, et il lui dit :

— Claire, j'ai du bouillon pour toi.

Joignant le geste à la parole, il approcha d'elle le récipient pour lui en faire humer le fumet, puis il la força à en prendre un peu.

— Bois lentement, conseilla-t-il. Et bois tout. Il faut que tu commences à reprendre des forces.

Elle hocha la tête, prit une gorgée, puis une autre, et une autre encore, d'abord avec un soupçon de répugnance, ensuite avec indifférence, enfin avec une avidité de plus en plus grande.

Ravi, Malcolm l'assistait de son mieux. Il connut un nouvel accès de bonheur quand Claire, ayant bu l'entier du bouillon, lui demanda, d'une voix bien posée et très audible cette fois :

— Comment m'as-tu retrouvée ?

Il partit d'un rire joyeux et répondit :

— C'est une longue histoire, que je te raconterai dès que nous serons sortis d'ici.

27.

Une orange sur la table
Ta robe sur le tapis
Et toi dans mon lit
Doux présent du présent
Fraîcheur de la nuit
Chaleur de ma vie

Jacques PRÉVERT (1900-1977)
Paroles

Ils restèrent à Kalder pendant plusieurs jours, afin de donner à Claire le temps de reprendre des forces. Malcolm répondit aux innombrables questions que Claire avait à lui poser. Il ne manqua pas de créditer ses sœurs de la part qu'elles avaient prise dans sa libération. Il ne tarissait pas d'éloges sur Kenna, qui, vêtue des effets de Kendrew, avait eu le cran de galoper jusqu'à Edimbourg.

De son côté, elle lui narrait les changements intervenus dans sa vie après qu'elle l'avait chassé d'Inchmurrin. Avec tendresse, il la gourmandait de ne pas avoir sollicité son aide.

La veille du jour qu'ils avaient fixé pour leur départ, ils s'étaient tout dit.

Presque tout.

Une question hantait Claire ; une question qu'elle n'avait pas osé poser.

Quels étaient les sentiments de Malcolm à son égard ?

Ce soir-là, ils avaient fini de dîner. Comme à l'accoutumée, Malcolm accompagna Claire jusqu'à la chambre qu'elle occupait et, s'arrêtant devant la porte, il lui demanda :

— Que feras-tu, quand tu arriveras à Inchmurrin ?

La réponse fusa :

— Je pousserai lady Isabelle dans le loch, si elle n'a pas eu la bonne idée d'y sauter toute seule.

Malcolm éclata de rire.

— A mon avis, elle ne t'attendra pas. Pas folle, la guêpe ! Elle doit se terrer quelque part, dans un de ses châteaux. Mais nous la retrouverons et elle rendra compte de ses crimes devant la justice, comme son complice.

— J'espère qu'il n'est rien arrivé de fâcheux à mes sœurs.

Malcolm la rassura.

— Avant de quitter Monleigh, Jamie a fait prévenir Aggie et Dermot. Je pense qu'à l'heure qu'il est, tes sœurs et eux sont tout à la joie de leurs retrouvailles.

Tandis qu'ils parlaient ainsi tranquillement, dans la pénombre du corridor, Claire observait Malcolm, et méditait. Voilà un homme bon, se disait-elle ; un homme honnête et droit, intelligent de surcroît, très doué en maints domaines et particulièrement celui du droit qu'il avait commencé à pratiquer à Edimbourg, ainsi qu'il le lui avait dit. Il ne faisait pas de doute pour elle qu'un jour, il aurait son nom écrit dans les livres d'histoire car il ne manquerait pas de devenir un des meilleurs juristes d'Ecosse.

— A quoi penses-tu ? lui demanda-t-il.

— Je pense qu'un jour tu seras un avocat fameux. Et toi, à quoi penses-tu ?

— Je pense que toi aussi tu es promise à un grand avenir et qu'un jour on parlera de la comtesse d'Errick et de Mains avec des trémolos d'admiration dans la voix. J'ai la conviction que toi aussi tu entreras dans les livres d'histoire et que tu y resteras plus longtemps que moi.

— Tu te moques, n'est-ce pas ? murmura Claire.

Pour répondre, il la prit dans ses bras et l'attira contre lui.

— Me moquer ? Comment oserais-je ? Claire Lennox, j'ai beaucoup trop de respect pour toi pour oser me moquer. Pourquoi faut-il que j'aie toujours à te convaincre de cela ?

Elle fronça le nez.

— Peut-être parce que c'est une affirmation que je ne me lasse pas d'entendre…

Il serra davantage son étreinte et reprit :

— Je me suis juré de ne jamais te le dire, mais il faut que je te l'avoue. Je me sens poussé… Voici : j'éprouve un sentiment violent et doux à la fois pour une jeune fille aux cheveux très rouges et au caractère bien trempé.

— Cheveux très rouges ? Tu penses que j'ai les cheveux très rouges ? C'est ainsi que tu les vois ?

Malcolm éclata de rire.

— Claire, veux-tu bien te taire et cesser de t'agiter ? Sinon, je ne parviendrai pas à te donner le baiser que je médite depuis un moment.

Sous le coup de l'étonnement, elle ferma la bouche.

Un baiser ? Elle avait sûrement mal entendu…

Malcolm ne riait plus. Il souriait. Il avait ce sourire très particulier qu'elle avait connu et qu'elle n'avait pas oublié. Elle savait encore ce qu'il annonçait…

Il lui prit les deux mains et les attira à lui pour déposer un baiser dans la paume de chacune d'elles.

Voilà donc tout ce qu'il avait en tête, pensa-t-elle, rassurée et déçue à la fois.

Il n'en restait pas moins que ces baisers avaient un effet dévastateur sur Claire. Elle eut l'impression qu'elle allait s'écrouler à la manière d'un château de cartes.

Pour un simple baiser dans la paume de ses mains…

Malcolm n'en resta pas là. Remontant les manches de Claire, il lui caressa les poignets avant de les gratifier eux aussi, d'un baiser juste à l'endroit où son pouls battait, de plus en plus fort d'ailleurs. Penché sur elle, il dit :

— Tu continues à me manquer, énormément. Tu n'as jamais cessé de me manquer.

Le cœur de Claire s'emballa. Elle ouvrit la bouche pour répondre, mais elle éternua, une fois, deux fois, très fort.

— A tes souhaits, lui dit Malcolm.

— Merci.

— A ce propos, quels seraient tes souhaits ? S'il est permis de les connaître, naturellement.

Les yeux de Claire s'emplirent de larmes.

— Oh, Malcolm, murmura-t-elle. Je suis tellement désolée de t'avoir fait tant de mal. Je me suis montrée si injuste envers toi. Puisses-tu me pardonner…

Les mots moururent sur ses lèvres qu'effleuraient celles de Malcolm. Avec une exquise lenteur, il lui donna un long baiser, d'abord léger, puis plus appuyé, en même temps que ses mains la caressaient.

Après qu'il eut approfondi leur baiser, il ouvrit et entraîna Claire dans la chambre. Il referma et s'adossa à la porte comme pour barrer le passage. Mais avait-elle envie de fuir ? Certainement pas !

Le cœur de Claire, qui battait déjà au point de l'assourdir, battit encore plus fort quand elle s'aperçut que Malcolm regardait le lit avec obstination, tout en continuant à l'accabler de baisers.

Avait-il la tentation de lui faire l'amour ? se demanda-t-elle, sans oser y croire, et en cherchant toutes les bonnes raisons pour se persuader qu'elle se trompait.

D'ailleurs, il regardait le lit, mais de loin, et ne s'en approchait pas. S'il ne fallait qu'un seul argument, c'était bien celui-là…

Il se détacha d'elle…

C'était bien fini.

Il lui prit la main.

— J'ai une meilleure idée, dit-il.

Il la conduisit vers le lit, l'y allongea et se coucha près d'elle, sur le côté et appuyé sur un coude. Ainsi la dominait-il légèrement, et une de ses jambes était venue se placer sur celles de Claire.

Reprenant le cours de ses baisers, il entreprit de déboutonner sa robe pour donner à sa main le passage dont il avait besoin pour lui caresser un sein, puis l'autre. Puis ses doigts se saisirent d'un mamelon déjà durci qu'ils agacèrent avec art, avant qu'il ne se mît à continuer l'ouvrage avec ses lèvres qui tiraient et ses dents qui mordillaient.

Tout le corps de Claire réagissait à ce travail avec bonheur. Son ventre palpitait. Entre ses jambes perlait la rosée du désir.

Dans un grand emballement, Malcolm glissa une main sous la robe de Claire pour la remonter haut, très haut.

Elle crut suffoquer de bonheur quand il glissa un doigt en elle pour des caresses précises, très précises, au moyen desquelles il avait certainement décidé de la rendre folle, car, lorsqu'il la sentait prête à atteindre l'extase à quoi elle aspirait, il s'immobilisait, pour reprendre, quelques instants plus tard.

Puis il s'arrêta tout à fait. Il dit :

— Je veux te voir.

Il remonta la robe plus haut encore.

Claire respirait fort, avec difficulté. Elle avait l'impression d'étouffer et pourtant, elle n'avait jamais été aussi heureuse. Les yeux clos, elle se perdait dans un monde bien à elle, le monde de son propre plaisir, quand Malcolm la ramena à la réalité.

— Soulève tes hanches, lui ordonna-t-il.

Machinalement elle obéit, puis s'aperçut qu'il dénudait le bas de son corps, ce corps qui échappait si bien à son contrôle qu'il ouvrit les jambes sans qu'elle le voulût. Elle entendit un râle, celui que poussait Malcolm en découvrant le spectacle qu'elle lui donnait. Puis il s'affala sur elle et lui donna mille baisers passionnés, sur le ventre, puis plus bas, et plus bas encore. Il la dévorait littéralement, ce à quoi elle consentit volontiers jusqu'au moment où elle dut soupirer :

— Arrête, Malcolm, je ne peux plus le supporter. Arrête, je t'en supplie.

Certes, il cessa. Bien sûr, il remonta au niveau de Claire et, soulevé sur un coude, il la regarda avec un sourire extatique, mais en même temps il continuait de la torturer délicieusement avec ses doigts. Comme elle se tordait sous lui, il murmura :

— Tu es si belle, Claire, dans ces moments-là…

Après cela, elle se perdit dans un monde inconnu. Le temps s'était désintégré. Il lui semblait que certaines secondes duraient très longtemps alors que plusieurs minutes passaient comme rien. Elle ne comprenait plus. Elle ne se connaissait plus. Il lui arriva plusieurs fois de se demander qui elle était.

Parfois elle reprenait contact avec la réalité. A la lumière des bougies, elle voyait le beau visage de Malcolm transfiguré par l'amour. Il lui disait qu'il l'aimait. Alors le désespoir l'envahissait.

Je t'aime, Malcolm… Je t'aime… Je t'aime tellement… Pourquoi ne puis-je te le dire de vive voix ? Ou plutôt, si, je sais pourquoi je ne peux pas te le dire. Mais toi, sais-tu ce que je ressens ? Ne peux-tu lire dans mes yeux les paroles que je ne suis pas digne de prononcer ? Ne peux-tu pas le comprendre à la façon dont je soupire, à la manière dont je te souris ? Et toi, Malcolm, ne peux-tu pas me dire que tu m'aimes ? Non, bien sûr… Pourquoi t'en ferais-je le reproche ? Nous sommes proches l'un de l'autre, dans ce lit, et en même temps, si loin…

C'est dans un de ces moments de terrible désenchantement qu'il parut à Claire que Malcolm se détachait d'elle tout à fait. Il ne la caressait plus, ne lui donnait plus de baisers. Ouvrant les yeux, elle le vit près d'elle, qui la regardait, la tête appuyée sur une main. Pensif, il semblait se demander ce qu'il faisait là, ou chercher un motif pour s'en aller.

Le temps passait, il ne se passait plus rien. Certaine que tout était fini cette fois, Claire soupira et referma les yeux. Elle attendit la sentence, sa condamnation.

Malcolm se mit à rire.

Elle rouvrit les yeux.

— A toi de décider, Claire. Je reste ou je pars ?

Patient, il attendit une réponse. Au bout d'un long moment, il manifesta gentiment son impatience.

— Claire, que veux-tu de moi ? Que préfères-tu ? Ton silence signifie-t-il oui ou non ? As-tu peur de prendre une décision ? Tu peux me le dire… Remarque, cela m'étonnerait de toi.

— Oh, Malcolm, répondit-elle, je n'ose plus prendre de décisions. J'en ai tant pris de mauvaises. Parfois il me semble que je suis la cause de tous les malheurs qui m'accablent et que je vais devenir folle.

— Ne crains plus rien. Je suis là.

Eperdue, elle se serra contre lui et il referma les bras sur elle. Pendant un long moment ils ne dirent plus rien. Les yeux clos, la tête reposant sur la poitrine de Malcolm où battait un cœur puissant, Claire recouvra un peu de sérénité. Elle put alors soupirer et déclarer d'une voix apaisée :

— Je suis contente que tu sois là.

Elle ne parlait alors que du moment présent, sans se rappeler le passé et sans se soucier de l'avenir. Elle ne savait pas ce qu'il adviendrait d'eux ensuite. Elle envisageait même que Malcolm eût simplement envie de lui faire l'amour avant de repartir pour toujours, et cela même lui paraissait bon parce qu'elle aussi avait envie de lui, elle aussi voulait se donner à lui, une fois, juste une fois, une dernière fois. Ensuite, elle accepterait de repartir et de vivre seule jusqu'à la fin de ses jours, avec ses souvenirs et particulièrement celui de cette nuit-là ; avec ses regrets et ses remords aussi.

Parce qu'elle aimait Malcolm. Elle l'avait toujours aimé

et c'était peut-être parce qu'elle l'aimait trop qu'elle avait voulu le chasser. Elle l'aimait tant que si elle pensait à lui, son cœur se serrait.

— Claire…

Cet appel, lancé d'une voix rauque, provoqua en elle une onde de plaisir exquis qui balaya ses pensées aigres-douces et la ramena à l'essentiel de cette nuit. En soupirant elle se laissa aller sur le dos et Malcolm vint sur elle pour lui donner une nouvelle rafale de baisers qui la renvoyèrent dans un état second.

De nouveau elle divaguait de plaisir. De nouveau son cœur carillonnait à ses oreilles. Elle n'entendait plus que lui.

La main de Malcolm se posa soudain sur sa poitrine, sur son cœur précisément. Il lui demanda :

— Est-ce pour moi que ton cœur bat ainsi, Claire ? Ressens-tu la même excitation que celle que j'éprouve quand je te caresse ?

— C'est l'effet que m'ont toujours fait tes caresses, lui répondit-elle en souriant.

Curieux, il posa sa tête sur la poitrine de Claire pour écouter, avant de se soulever légèrement pour lui baiser les seins, et puis le ventre, avant d'aller se perdre plus bas encore, tandis que ses mains s'activaient aussi, elles semblaient partout à la fois.

Claire se demandait, non sans étonnement, comment un seul homme pouvait procurer tant de volupté à une femme. Elle agonisait de plaisir et de bonheur. Lui eût-on annoncé qu'elle allait en mourir, qu'elle aurait accepté son sort avec joie.

Puis, ses pensées prenant un autre cours, elle suivit avec attention les agissements de Malcolm tout occupé d'elle. Il s'y entendait pour allumer chaque parcelle de son corps, pour l'amener souvent, par différents moyens, aux portes du plaisir suprême qu'il lui refusait toujours.

Tout cela était si habile, si savant même qu'elle se mit soudain à sourire en pensant qu'elle se livrait ainsi à un avocat, qui en agissait sans doute avec elle comme dans les arcanes de la loi, c'est-à-dire qu'il procédait méthodiquement, assurant chaque point avant de passer au suivant.

Elle ne se souvenait pas qu'il lui eût jamais baisé les pieds jadis et jamais non plus, pensait-elle, il n'avait accordé autant d'attention à la pliure de ses genoux. Y avait-il, désormais, une place qu'il n'eût pas visitée ? Elle en doutait, et si, pourtant, tel était le cas, elle ne lui révélerait rien à ce sujet. A lui de découvrir, à lui de la faire languir !

Cela dit, si elle appréciait les mignardises, elle commençait un peu à s'impatienter. En vérité, si elle avait été l'homme et lui la femme, il y avait beau temps qu'elle l'eût déjà plaqué sur le dos pour le pénétrer. Tel n'était pas son rôle, tel n'était pas le privilège dont elle disposait.

Si elle pouvait inspirer le poète, elle n'avait pas à écrire la strophe.

En tout cas, elle se trouvait dans un état qu'elle n'avait jamais connu, état proche de la démence amoureuse. Elle éprouvait un tel désir si violent qu'il en devenait effrayant. A la fin, n'y tenant plus, elle se laissa emporter et lança :

— Je t'en prie, Malcolm, prends-moi. Je n'en puis plus.

— Je sais, lui répondit-il d'un ton presque détaché. Je sais bien, puisque je suis responsable de tout. Mais sois patiente, mon amour. Nous ne voulons pas brûler les étapes, n'est-ce pas ?

Ayant dit, il se remit à la picorer d'une chaîne de baisers

qui commençait au niveau de la gorge, contournait les seins et s'y attardait, descendait encore, et encore, et encore...

Instinctivement, elle referma les jambes.

— Oh, non ! s'écria Malcolm. Tu ne veux pas nous priver du meilleur, tout de même ?

— Mais...

Elle ne put aller plus loin. Son corps palpitait, brûlait du feu né de ses entrailles. Elle en était au point que tout son être se révoltait de ne pas connaître l'extase sans cesse promise et jamais accordée.

— Arrête, implora-t-elle, cette fois je n'en peux vraiment plus. J'ai même du mal à respirer.

— Mais nous ne sommes même pas à la moitié du chemin !

— Alors, je ne vivrai pas assez longtemps pour connaître la fin du voyage. Tu vas me tuer, Malcolm, tu vas me tuer !

A genoux, il prit Claire par la taille pour l'asseoir devant lui afin de lui donner un nouveau baiser, avant de lui répondre, avec ce petit air détaché et très agaçant qu'il affectait depuis un moment :

— Mais non, mais non...

Enfin il l'allongea, et leurs lèvres toujours unies par le baiser, il la pénétra.

Claire, alors, connut une grande déception. Il y avait si longtemps qu'elle attendait ce moment, elle était si tendue de désir qu'elle ne ressentait rien. Elle savait que Malcolm était en elle, elle connaissait qu'il lui faisait l'amour, mais elle n'en éprouvait aucun plaisir. Voilà ce que c'était que de vouloir finasser, se dit-elle.

Heureusement, ses sens se réveillèrent très vite, et son corps se remit à fonctionner normalement, merveilleusement. Claire eut tout juste le temps de s'en féliciter avant de perdre la raison de nouveau.

Elle gémit. Elle *supplia* Malcolm de continuer. Elle cria. Elle *ordonna* à Malcolm de ne pas cesser. Puis elle perdit la voix.

Tandis que ses mains caressaient et griffaient alternativement le dos de Malcolm, elle s'émerveillait des possibilités infinies de leurs corps unis par l'amour. Elle trouvait du plaisir dans l'action de Malcolm, dans leur action commune, mais aussi dans les expériences, encore timides, auxquelles elle s'adonnait de temps à autre, quand elle n'était pas submergée par une vague de plaisir si intense qu'elle s'arc-boutait sur le lit.

Si elle avait la sensation très nette d'être possédée par Malcolm, de s'abandonner à lui, il lui arrivait, à certains moments, de penser que, en fait, c'était elle qui menait la danse et qu'il était à son service pour lui donner du plaisir. Alors elle s'ouvrait davantage à lui pour l'absorber. Elle refermait ses jambes et ses bras sur lui pour l'emprisonner.

A d'autres moments encore, il lui apparaissait qu'ils n'étaient plus qu'un, chacun donnant et recevant du plaisir, et que là résidait la finalité de l'amour.

L'amour…

En vérité elle aimait Malcolm. Elle n'avait jamais cessé de l'aimer, ce qu'elle avait toujours su, mais c'est cette nuit-là qu'elle comprit véritablement l'immensité et la perfection des sentiments qui l'unissaient à cet homme.

Comment, se disait-elle, pourrait-elle désormais continuer à vivre sans lui ? Comment survivrait-elle à cette nuit, merveilleuse et terrible à la fois, de révélation ?

Dès le lendemain, Malcolm repartirait pour Edimbourg où l'attendait sa carrière d'avocat promis à un grand avenir.

Elle retournerait à Inchmurrin, son île bien-aimée. La vie reprendrait son cours normal.

Normal ?

Plus rien ne serait pareil pour elle. Elle survivrait, mais ne vivrait plus…

Claire ne respirait plus, elle râlait. Elle sentait monter en elle un plaisir plus grand que ce qu'elle avait imaginé, plus fort, plus exigeant.

Enfin son corps explosa, il se désintégra. Tout était donc fini, dans tous les sens du terme. Poussant un cri de joie et de désespoir, Claire perdit conscience.

Quand elle reprit connaissance, Malcolm, penché sur elle, la regardait avec une tendresse infinie, en lui caressant la joue. La voyant rouvrir les yeux, il murmura :

— Si tu n'étais pas si affaiblie, je te proposerais bien de te faire l'amour encore une fois. Mais j'ai peur de t'épuiser, ou pire, de te tuer. Tu t'es déjà tellement donnée…

Le cœur gros, elle connut la tentation de lui avouer qu'elle préférait mourir dans ce lit plutôt que de vivre tristement, dans le souvenir de leurs retrouvailles sans lendemain.

Elle l'aimait toujours, n'avait jamais cessé de l'aimer, l'aimerait jusqu'à son dernier jour.

Elle le savait depuis longtemps.

Mais lui, la croirait-il si elle lui disait cela ?

Sans doute pas ; il avait toutes les raisons de douter.

Avait-elle seulement le droit de renouer avec lui ?

Non… Il lui parut que non.

Le cœur gros, elle se tut.

Épilogue

Miranda : Je serai votre épouse si vous m'épousez. Sinon, je resterai votre servante et mourrai comme telle. Vous avez le droit de me refuser comme compagne, mais je suis votre servante, que vous le vouliez ou non.
Ferdinand : Ma chère amie, vous serez ma maîtresse. Et moi, toujours je vous révérerai.
Miranda : Vous voulez bien devenir mon mari ?
Ferdinand : Oui, de tout cœur, comme on se libère de ses chaînes. Voici ma main.
Miranda : Et voici la mienne, sur laquelle repose mon cœur.

William Shakespeare (1564-1616),
poète et dramaturge anglais.
La tempête (1611), acte 3, scène 1

Malcolm ne savait plus s'il agissait poussé par la concupiscence, ou par la certitude qu'il faisait l'amour à Claire pour la dernière fois. Toujours est-il qu'il voulait goûter, pour en emporter le souvenir, chaque partie du corps de sa bien-aimée.

Pour la voir telle que Dieu l'avait créée, il la dévêtit entièrement et s'abîma dans la contemplation.

Claire avait une peau nacrée que mettait en valeur sa chevelure flamboyante. Belle à couper le souffle, elle était digne d'inspirer les poètes, les peintres, les sculpteurs... Ne fallait-il pas que le monde conservât le souvenir d'une telle perfection ? Pour autant, un simple mortel saurait-il lui rendre justice ?

Conscient de la chance qu'il avait de tenir une telle femme dans ses bras, Malcolm l'accablait de baisers et de caresses. Il l'aimait plus qu'il ne l'avait jamais aimée. De cela il était certain. S'il savait depuis longtemps qu'il ne pourrait aimer aucune autre femme — il en avait fait l'expérience à Utrecht —, il recueillait en cette nuit l'éclatante confirmation dont il n'avait pas besoin.

Pourrait-il seulement vivre sans Claire ?

Survivre, tout au plus...

Il l'aimait.

Son cœur saignait de ne pouvoir dire ce qu'il éprouvait pour elle. Ses lèvres brûlaient de prononcer les paroles qui eussent révélé l'ampleur et la profondeur de ses sentiments.

Il n'osa pas. Son cœur saigna davantage, ses lèvres restèrent scellées.

C'est pourquoi il essayait de prouver, par ses actes, ce qu'il ne pouvait dire en mots. Il espérait que Claire comprendrait que chaque caresse, chaque baiser était un geste d'amour.

Et si de l'amour physique pouvait renaître l'amour spirituel ?

Tout à ces pensées, Malcolm reprenait le long et délicieux chemin qui menait ses lèvres de la poitrine de Claire à son intimité.

— Une fleur ! déclara-t-il, emporté par la passion. Une

fleur merveilleuse. Chaque fois que je la vois, chaque fois que j'en hume les parfums délicats, je crains de perdre la raison... En vérité, je perds la raison et j'en suis heureux. Comment pourrais-je vivre sans elle ? Comment pourrais-je vivre sans toi ?

Ses caresses et ses déclarations enflammées ne produisirent pas l'effet qu'il en attendait. Si Claire semblait apprécier grandement ses attentions, à aucun moment elle ne déclara qu'elle consentait à revenir sur le passé, aucun indice ne donna à penser qu'elle en avait l'intention. Il s'en désespéra, mais au lieu de se lamenter, ce qui n'était pas dans sa nature, il afficha une légèreté de bon aloi, un cynisme de bonne compagnie.

Alors qu'il la possédait de nouveau, avec une fougue renouvelée, il s'exclama en effet :

— Je ne sais pas ce que l'avenir me réserve, mais je pense que je me rappellerai cette nuit jusqu'à la fin de mes jours.

Il ne comptait plus le nombre de fois qu'il avait possédé Claire. Déchaîné, il se sentait investi d'une force invincible, inépuisable.

Ainsi s'aimèrent-ils jusqu'au bout de la nuit, leurs corps unis et collés l'un à l'autre par leur sueur. Ils s'aimèrent jusqu'à l'épuisement, et épuisés, ils cherchèrent en eux les ressources pour s'aimer encore.

A un moment où Claire, recevant encore une fois les fougueux hommages de Malcolm, ne savait plus que balbutier « Oh » et « Ah », il lui murmura à l'oreille :

— Toi non plus tu n'oublieras jamais cette nuit. Je m'y emploie. Je veux te laisser des souvenirs indélébiles, ma chérie. Je veux te marquer pour le restant de tes jours. Et attends, tu n'as pas encore tout vu, tout connu.

Il souleva alors les jambes de Claire pour les placer sur ses épaules, afin de pouvoir entrer en elle plus loin qu'il n'était jamais allé. En proie à une sorte de sombre jubilation, il se pencha en même temps pour lui donner un baiser sauvage, auquel son amante répondit de la même manière.

Claire se demanda si elle avait dormi ou si elle ne sortait pas plutôt d'un long évanouissement. La dernière étreinte avec Malcolm avait été d'une telle violence…

D'un baiser sur le front, Malcolm lui fit savoir que lui aussi était éveillé. Elle soupira de bonheur et se pelotonna contre lui, tandis qu'il l'enlaçait. Elle était bien, avec lui.

Mais lui, que pensait-il ? A quoi pensait-il, lui qui ne disait rien ?

Pourquoi ne disait-il rien ?

N'avait-il donc rien à dire ?

Le silence lui devenant intolérable, Claire décida de le rompre.

— Etait-ce un concours ? demanda-t-elle.

— Un concours ? s'étonna-t-il.

— Oui, et plus important encore, y a-t-il un vainqueur ?

— Je ne sais pas. A toi de le dire. Qu'en penses-tu ?

Il ne voulait pas se découvrir… Il restait sur la défensive. Considérant qu'il ne servirait à rien de le pousser dans ses derniers retranchements, Claire se renferma de nouveau dans un silence maussade.

Il fallait donc qu'elle en prît son parti. Ce n'était pas parce que Malcolm lui avait fait l'amour qu'il l'aimait. Elle ne s'était que trop bercée d'illusions.

Décidant qu'elle ferait contre mauvaise fortune bon cœur,

elle décida de ne pas donner l'impression qu'elle voulait s'accrocher.

Elle se leva.

Malcolm la retint.

— Eh bien, quoi ? lui dit-il. Tu veux me quitter ? Déjà ?

Il l'enlaça par la taille pour la ramener dans le lit et il expliqua :

— Il est bon de lézarder, après l'amour. Je me demande même parfois si ce n'est pas le meilleur moment.

Après un petit moment de silence, il reprit :

— Pardonne-moi si je me suis montré trop luxurieux avec toi cette nuit. A de certains moments, je ne me connaissais plus, je crois.

— *Nous* avons été luxurieux, répondit Claire, je suis aussi coupable que toi. Moi aussi je me suis laissé emporter, je crois.

Elle passa le bout de sa langue sur sa lèvre inférieure tuméfiée, mouvement qu'imita Malcolm, en souriant, car il portait la même blessure, souvenir qui mettrait plusieurs jours sans doute à se résorber et proclamerait, à qui voudrait le savoir, les excès de la nuit.

Claire esquissa un mouvement pour se lever, mais une fois encore Malcolm la retint prisonnière.

— Reste encore un peu, implora-t-il.

Elle tenta de lui échapper, ne le put et se résigna. Il la pressa contre lui pour lui faire connaître qu'il était ardent de nouveau, mais comme il lui prenait le menton pour lui imposer un baiser, elle lui dit :

— Je t'en prie, Malcolm. Je ne suis plus en état de faire l'amour.

— Ce n'est pas ce que je te demande, lui répondit-il. Un baiser, juste un baiser…

Il lui donna ce baiser, si doux, si tendre, qu'elle en eut les larmes aux yeux. En même temps, il la berçait comme un petit enfant.

Elle ferma les yeux parce qu'elle avait décidément envie de pleurer. Pourquoi Malcolm, qui se montrait si gentil, ne prononçait-il pas les paroles qu'elle attendait ? Pourquoi ne manifestait-il pas, par son attitude, qu'il souhaitait entendre ces paroles, s'il n'osait pas les dire le premier ? Claire eût volontiers fait le premier pas s'il lui avait donné le moindre espoir. Hélas, tel n'était pas le cas, bien au contraire.

Leur séparation serait pour elle beaucoup plus triste que la première, parce que, cette fois, elle serait définitive. Claire ne reverrait plus jamais Malcolm. Peut-être entendrait-elle parler de lui, de ses succès d'avocat à Edimbourg, mais elle ne le verrait plus jamais.

Tout était fini.

Le cœur brisé, elle craignit d'éclater en sanglots. Elle ne voulait pas que Malcolm la vît dans cet état. Elle ne voulait surtout pas qu'il connût la profondeur de l'amour qu'elle lui portait.

— Le jour se lève, dit-elle, mais je suis fatiguée. Un long voyage nous attend. Je voudrais dormir un peu, et je crois que tu devrais en faire autant.

— Dois-je comprendre que tu désires que j'aille dormir ailleurs ?

— Oui.

— Pourquoi tant de froideur, tout à coup ? Tu n'étais pas comme cela, cette nuit.

Le fragile barrage que les paupières de Claire opposaient aux larmes, céda. D'une voix brisée, elle déclara :

— Je ne suis pas faite de pierre, Malcolm. J'ai un cœur, qui peut être brisé, tout comme le tien. Je porte de nombreuses blessures, il faut que je les soigne. Je veux guérir. Je te serai toujours reconnaissante de ce que tu as fait pour moi, jamais je n'aurai de mauvaises pensées à ton égard. Mais je ne puis pas rester un instant de plus près de toi.

— Pourquoi ?

Claire ne retenait plus ses larmes, qui coulaient à flots sur ses joues. La voix entrecoupée de sanglots, elle expliqua :

— Pourquoi me fais-tu cela ? Essaies-tu de me punir pour le mal que je t'ai infligé ? As-tu la volonté de te venger ? Que désires-tu de moi, Malcolm ? Dis-le-moi, et je te satisferai de bon cœur. S'il ne faut que cela pour mettre un terme aux souffrances que nous nous imposons l'un à l'autre, à tour de rôle... Dis-moi, Malcolm, je t'en supplie. Dis ce que tu attends de moi.

— Ce que je veux de toi ? murmura-t-il. Est-ce si difficile à deviner ? Que crois-tu que je veuille ? Dis-le, toi...

— Je ne sais pas...

— Claire ! C'est toi que je veux. C'est toi que j'ai toujours voulue. C'est ton cœur que je veux, avec la promesse que tu m'aimeras toujours, puisque je t'aimerai toujours, jusqu'à mon dernier jour sur cette terre, et encore après si c'est possible.

— Pourquoi ne m'en as-tu rien dit plus tôt ? lui dit-elle sur un ton de tendre reproche. Pourquoi m'as-tu laissée me morfondre ? Pourquoi m'as-tu tourmentée par ton silence ?

— Parce que j'avais besoin de savoir en quelles dispositions tu te trouvais, Claire. Tu n'es pas la seule à porter des blessures, permets-moi de te le rappeler.

Un long moment de silence s'ensuivit, chacun ayant besoin de méditer les paroles qui venaient d'être prononcées.

— Et maintenant ? dit, plus tard, Claire.

— Quoi, *maintenant* ?

— Que va-t-il se passer ?

— Ce qui était prévu. Nous partons d'ici, ce matin, quand nous serons un peu reposés.

— Et puis ?

— Nous allons à Inchmurrin, mais nous ferons une courte halte à Wick.

— Wick ? Pourquoi Wick ?

— Parce qu'il s'y trouve un pasteur. Du moins, je l'espère.

— Un pasteur ? Pourquoi un pasteur ?

— Tu ne devines pas ?

— Oh, Malcolm… Je n'ose pas croire…

— Il faut croire, Claire…

— Un mariage ?

— Exactement, et cette fois, mariage pour de bon ! J'aime autant te prévenir que je ne t'accorderai pas un second divorce. C'est pourquoi tu feras bien de réfléchir tout le long du chemin qui nous mènera à Wick.

Claire sécha ses dernières larmes et se jeta dans les bras de Malcolm en s'écriant :

— Mon amour, c'est tout réfléchi ! Que dis-je ? Il n'y a même pas à réfléchir !

Par miracle pourtant, China survit à ses blessures. Désormais seul témoin dans une affaire qui menace d'ébranler la haute société de Dallas, elle reçoit la protection d'un inspecteur, Ben English. Commence alors une course contre la montre pour identifier l'assassin avant qu'il ne retrouve la jeune femme…

Mortel enjeu, de Tara Taylor Quinn • N° 257

Kate Whitehead avait tout pour elle. La richesse. La renommée. Un mari très en vue. Jusqu'au jour où, enceinte de six mois, elle a fui l'enfer qu'elle vivait au quotidien auprès de cet homme aussi influent que violent.

Deux ans plus tard, Kate est devenue Tricia Campbell. Elle a donné naissance à un petit garçon et refait sa vie à San Diego. Mais elle qui vit dans la hantise d'être retrouvée découvre soudain avec stupeur que son mari est accusé de l'avoir tuée. Pour Tricia, il faut désormais choisir : laisser un innocent risquer la peine capitale pour un crime qu'il n'a pas commis, ou le sauver au risque de le voir ensuite se retourner contre elle… et son enfant.

Les serments du cœur, de Susan Wiggs • N° 258

A Winslow, petite station balnéaire du Rhode Island, Rosa Capoletti savoure pleinement le succès de son restaurant. Quelle belle ascension pour elle qui est partie de rien… Mais sa vie est bouleversée le jour où elle voit resurgir Alex Montgomery, un riche héritier avec qui elle a connu autrefois une folle passion – jusqu'à ce qu'il la quitte sans un mot au moment où elle faisait face à une douloureuse tragédie familiale. Le temps a passé depuis, mais l'un et l'autre constatent vite que, entre eux, l'amour est toujours là, intact. Seulement, peuvent-ils se donner une nouvelle chance, quand tant de non-dits et de malentendus les séparent ?

Dangereuse alliance, de R. J. Kaiser • N° 111 (Réédition)

Une femme traquée. Voilà ce qu'est devenue Stephanie Reymond à la mort de son mari. Parce que celui-ci s'est compromis avec des truands, elle se retrouve soudain poursuivie par des hommes bien décidés à récupérer les millions de dollars qu'ils avaient confiés au défunt. Et ils sont prêts à tout pour ça. Y compris à tuer… Seule face à eux, Stephanie ne peut que fuir. Fuir… et espérer ne pas commettre une grave erreur en décidant de s'en remettre à un marin au passé trouble, Jack Kidwell, pour l'aider à s'en sortir vivante…

Composé et édité par les
éditions Harlequin
Achevé d'imprimer en avril 2006

BUSSIÈRE
GROUPE CPI

à Saint-Amand-Montrond (Cher)
Dépôt légal : mai 2006
N° d'imprimeur : 60588 — N° d'éditeur : 11972

Imprimé en France